NE ME CHERCHE PAS DEMAIN

W0382304

“Actes noirs”

DU MÊME AUTEUR

LA CHAÎNE, Mazarine, 2020.
DANS LA RUE J'ENTENDS LES SIRÈNES, Stock, 2013 ; Le Livre de poche, 2015.
UNE TERRE SI FROIDE, Stock 2013 ; Le Livre de poche, 2014.
RETOUR DE FLAMMES, Gallimard, 2009.
LE FILS DE LA MORT, Gallimard, 2008 ; Folio, 2009.
LE FLEUVE CACHÉ, Gallimard 2007.
À L'AUTOMNE, JE SERAI PEUT-ÊTRE MORT, Pygmalion 2003 ; Folio, 2007.

"I'll Be Gone", texte et musique de Kathleen Brennan, Thomas Waits
© Native Tongue Music Publishing Ltd / Jalma Music / Because Editions

Titre original :
In the Morning I'll Be Gone
Éditeur original :
Serpent's Tail, Londres
© Adrian McKinty, 2014

© ACTES SUD, 2021
pour la traduction française
ISBN 978-2-330-14860-7

ADRIAN McKINTY

Ne me cherche pas demain

roman traduit de l'anglais (Irlande du Nord)
par Laure Manceau

ACTES SUD

Take every dream that's breathing,
Find every boat that's leaving,
Shoot all the lights in the café,
And in the morning I'll be gone.

Prends tous les rêves qui se présentent,
Trouve-toi un bateau en partance,
Éteins les lumières du café,
Au lever du jour je me serai tiré[1].

Tom Waits, "I'll Be Gone" (1987).

Le temps bifurque perpétuellement vers d'innombrables futurs. Dans l'un d'eux je suis votre ennemi.

Jose Luis Borges,
Le Jardin aux sentiers qui bifurquent[2].

1. Traduction libre de Laure Manceau.
2. Jose Luis Borges, *Fictions*, traduction de l'espagnol (Argentine) par Roger Caillois, Nestor Ibarra et Paul Verdevoye, Gallimard, coll. "La Croix du Sud", 1951.

1

LA GRANDE ÉVASION

Le bipeur se met à couiner à seize heures vingt-sept le dimanche 25 septembre 1983. Un *do* dièse strident toutes les quatre secondes, annonçant – en tout cas pour ceux d'entre nous qui ont pris la peine de lire le manuel – une urgence de niveau 1. Il s'agit d'une alerte générale envoyée à tous les policiers, réservistes et soldats d'Irlande du Nord, même en repos. Il n'existe que cinq alertes de niveau 1, parmi lesquelles : attaque nucléaire soviétique, invasion soviétique, et ce que les fonctionnaires qui ont rédigé le manuel ont nonchalamment nommé "intrusion extraterrestre".

On pourrait donc s'attendre à ce que je me sois rué sur le bipeur à l'autre bout de la pièce avant de courir, en proie à une panique grandissante, vers le téléphone le plus proche. Mais ce serait se fourrer le doigt dans l'œil. D'abord parce que je plane plus haut que Skylab, défoncé à la résine de cannabis turc que j'ai cuite moi-même et roulée avec du tabac doux de Virginie. Et ensuite parce que je joue à *Galaxian* sur mon Atari 5200 avec le volume de la télé à bloc et les rideaux tirés pour une expérience immersive des plus prenantes. Je n'entends même pas le bipeur, dont le bêlement répétitif se confond avec celui des vaisseaux rouges qui se détachent de la flotte ennemie pour fondre sur moi de manière terriblement prévisible.

Les éviter ne me pose aucun problème malgré le génie monstre de leurs programmeurs adolescents d'Osaka, parce que j'ai l'art et la manière, là où les mecs n'ont que des 1 et des 0. Je braque la manette à gauche, embrasse le coin de l'écran et esquive facilement leur largage systématique de bombes à fragmentation. Tiré d'affaire, je me replace au milieu pour zigouiller la totalité de l'escadron qui tente de se remettre en formation. C'est seulement au changement de niveau, en m'apercevant que je ne suis pas loin d'exploser mon record, que je remarque le bout de plastique gris rectangulaire posé sur la table basse, qui vibre et bipe avec ce qui m'est apparu plus tard comme davantage d'insistance que d'habitude. Je lance un coussin sur l'engin et me rassois sur le tapis pour continuer ma partie. Alors c'est le téléphone qui se met à sonner sans s'arrêter, et je finis, plus par exaspération que curiosité, par faire pause et aller répondre. C'est le sergent Pollock, d'astreinte au poste de Bellaughray.

— Duffy, tu réponds pas à ton bipeur !

— C'est peut-être les Soviets qui ont bloqué le signal.

— Quoi ?

— Qu'est-ce qui se passe, Pollock ?

— T'es à Carrickfergus ?

— Ouais.

— Présente-toi au poste de police. On est en alerte niveau 1.

— C'est quoi le topo ?

— C'est pas rien. Évasion en masse de détenus de l'IRA de la prison de Maze.

— Sans déconner ! Tu parles d'une couille.

— C'est la panique à tous les étages, mec. On a besoin de tout le monde.

— D'accord. Mais je te rappelle que c'est mon jour de congé alors c'est double salaire pour moi.

— Duffy, comment tu peux penser au fric à un moment pareil ?

— Avec une facilité déconcertante, Pollock. N'oublie pas. Double salaire. Marque-moi ça dans le registre.

— D'accord.

— Encore du beau boulot de la part du service pénitentiaire de Sa Majesté, hein ?

— Comme tu dis. En espérant qu'on va réussir à rattraper le coup… Ça te va de te présenter à Carrick ? Je sais que t'y es pas retourné depuis ta… hem… rétrogradation. Je peux toujours t'envoyer au RUC[1] de Newtownabbey.

— Te bile pas, Pollock. Je serai comme un poisson dans l'eau.

— Je l'espère.

Je raccroche et m'adresse à la flotte galaxienne qui plane en silence sur l'écran.

— Retournez voir vos chefs de l'espace et dites-leur que les Terriens vous donnent du fil à retordre !

Sur quoi je débranche la console Atari de la télé et mets les infos. La prison de Maze (autrefois connue sous le nom de Long Kesh), établissement de haute sécurité, est considérée comme l'un des pénitenciers les plus infaillibles de toute l'Europe. Évidemment, dans la famille "infaillible", on pense immédiatement à cette autre grande innovation de Belfast, "l'insubmersible" *Titanic*. Les faits tombent au compte-goutte tandis que j'enfile mon uniforme et mon gilet pare-balles. Trente-huit prisonniers de l'IRA se sont échappés du Bloc H7. Ils ont pris des otages grâce à des armes entrées dans l'établissement clandestinement, volé une camionnette

1. Royal Ulster Constabulary : police royale de l'Ulster. *(Sauf indication contraire, toutes les notes sont de la traductrice.)*

de blanchisserie et fait péter la grande porte. Un gardien de prison est mort et une vingtaine d'autres blessés. "Parmi les évadés figurent des détenus condamnés pour meurtre et certains des principaux artificiers de l'IRA", dit la charmante présentatrice du journal de la BBC d'une voix hachée.

— Manquait plus que ça, je marmonne, en me demandant si je vais en coffrer un moi-même.

Je me fais une tasse de café instantané et j'engloutis un bol de Frosties pour chasser les effets du cannabis turc.

— Oh, Mr Duffy, vous avez entendu les nouvelles ? me demande Mrs Campbell par-dessus la clôture quand je sors rejoindre ma BMW.

Vu que je porte un gilet pare-balles, un casque anti-émeutes et une mitraillette Heckler & Koch MP5, Mrs C. doit manquer d'esprit de déduction, mais je lui adresse un sourire sombre.

— Vous voulez parler de l'évasion ?

Elle coince une mèche de cheveux auburn derrière son oreille.

— Oui, quel choc, ils vont venir nous assassiner jusque dans nos lits ! Qu'est-ce que je vais devenir avec mon Stephen coincé à l'étage à cause de son invalidité temporaire ?

L'invalidité en question consiste en un régime strict à base de gin et de vodka bon marché, de sorte qu'à midi, Stephen est aussi beurré qu'Oliver Reed sur le tournage des *Trois Mousquetaires*. Mrs Campbell est une belle femme, malgré ses problèmes, sa chemise de nuit des années 1950 et sa clope au bec.

— Ne vous en faites pas, Mrs C., je serai bientôt de retour, je fais, en me la jouant Christopher Reeve dans *Superman II* quand il assure à Lois qu'il ne fera qu'une bouchée du général Zod.

Je ne suis pas sûr qu'elle ait saisi la part d'auto-parodie dans mon imitation de Reeve, mais elle se penche au-dessus de la clôture, dépose un baiser à la cendre sur ma joue et murmure un merci.

Je réponds par un bref hochement de tête, descends l'allée et monte dans ma BMW. Avant de mettre le contact, je ressors vérifier qu'il n'y a pas de bombe à interrupteur au mercure en dessous. Rien à signaler. Je me remets au volant et glisse une cassette de Robert Plant dans l'autoradio, *The Principle of Moments*. C'est la quatrième fois que j'écoute son album solo et je n'arrive toujours pas à l'aimer. Tout en synthétiseurs, boîtes à rythmes, et voix haut perchées. C'est un signe des temps, et on peut affirmer sans risque de se tromper que dans l'histoire de la musique pop, 1983 sera la pire année de ces deux dernières décennies.

Je longe le quartier écossais et prends à droite pour entrer dans le poste de police de Carrickfergus pour la première fois depuis un bail. C'est une sensation étrange. Le jeune qui monte la garde ne me connaît même pas. Il jette un œil à ma plaque, hoche la tête, me regarde, fronce les sourcils, et lève finalement la barrière pour me laisser passer. Je me gare sur le parking visiteurs tout pourri à l'écart du poste et marche jusqu'au bureau du sergent de service. Quelques petites choses ont changé. Ils ont repeint les murs en rose hôpital psychiatrique et mis des plantes vertes partout. Je sais que l'inspecteur principal Brennan a pris sa retraite et qu'ils ont mis à sa place un officier de police de Derry, le divisionnaire Carter. Je ne sais pas grand-chose sur son compte, à part qu'il est jeune, dynamique et fourmille d'idées – ce qui, il faut bien l'admettre, fout les jetons. Mais bon, je ne suis plus chez moi ici, alors qu'est-ce que ça peut me faire de plus trop m'y retrouver ?

Celui qu'on a nommé provisoirement à la tête du CID[1] de Carrickfergus, c'est mon ancien équipier, le fraîchement promu sergent-inspecteur John McCrabban, et ça c'est une bonne nouvelle. Je monte, me glisse dans la salle de réunion et essaie de ne pas me faire remarquer.

— … pourrait nous être utile. On démarre l'opération Chaudron. Blocage de toutes les voies d'accès à Maze. Notre secteur concerne les routes côté nord et côté est, l'A2 et bien sûr les routes qui mènent à Antrim. On travaille en coordination avec le RUC de Ballyclare…

Carter est grand, avec une pomme d'Adam proéminente et des cheveux châtains bouclés. Efflanqué, perché sur l'estrade, il penche vers l'avant comme s'il allait nous coller une baffe. J'écoute son petit laïus, qui parle de dangers et de défis, et se termine sur un écho au fameux discours de Churchill "Nous nous battrons sur les plages". Le mec en fait des caisses, mais une poignée de jeunes réservistes applaudissent à la fin. En sortant de la salle, je dis bonjour à quelques amis. L'inspecteur Douggie McCallister vient me serrer la main.

— Content de te voir, Sean. Mince, si t'étais arrivé cinq minutes plus tôt, t'aurais pu voir McCrabban et Matty mais ils viennent de partir avec les forces anti-émeutes. Comment va ?

— Bof, Douglas, moyen. Il est comment le nouveau patron ?

Douggie lève les yeux au ciel et baisse d'un ton.

— S'il mesurait pas deux mètres, je te dirais que c'est un nain autoritaire qu'a besoin d'un auditoire.

— Ah ouais. Bon, tu peux toujours lui faire le bon vieux coup de la Thorazine dans le whisky.

1. Criminal Investigation Department : section d'enquêtes criminelles.

— Sauf qu'il est abstinent, Sean. Il ne boit que du thé. Il veut même interdire l'alcool au poste, voire dans toute l'île, à en croire ses diatribes.

— Je crois qu'en Amérique, ils ont déjà tenté le coup, avec des résultats franchement mitigés.

— Ouais, bon, une crise à la fois. Viens, que je t'inscrive au tableau de service. Tu sais toujours conduire un Land Rover ?

— Est-ce que le pape est catholique ?

Je prends mon Land Rover blindé et, avec un groupe d'agents sur les dents, on prend la direction de Derryclone, sur les rives de Lough Neagh. Il nous faut deux heures et demie pour passer tous les barrages de police et atteindre notre destination, où nous montons notre propre barrage. L'opération Chaudron dans toute sa splendeur.

Sur Radio 3 passe le *Requiem* de Ligeti, dont l'atmosphère lugubre n'est en rien allégée par les nuages noirs, la bruine continue et les corbeaux solitaires qui croassent au-dessus de nos têtes, perchés sur des fils électriques distendus. Quand j'ouvre les portières arrière, deux des gars sont en train de lire leur Nouveau Testament des Gédéons, un autre sèche ses larmes et l'unique réserviste catholique tripote, à mon grand embarras, un rosaire.

— Putain, les mecs ! On se croirait dans un minibus de Juarez pendant le *Día de los muertos*, là. Bougez-vous ! C'est de la routine, ça. On ne va pas tomber sur des desperados terroristes, promis.

On monte notre barrage sur la route secondaire peu passante qui longe Lough Neagh et au bout d'une heure ou deux de néant total, il devient évident même pour le plus morose des jeunes tâcherons qu'aucun des évadés de Maze ne va se pointer dans notre direction.

Des hélicos équipés de projecteurs venus de la base de la RAF d'Aldergrove sillonnent le ciel. À la radio, on annonce que le secrétaire d'État à l'Irlande du Nord a démissionné, puis un peu plus tard que Mrs Thatcher a démissionné elle aussi.

Je déconne. Personne n'a démissionné et je prédis aux jeunots que lorsque l'enquête sur l'évasion sera publiée, personne au-delà du grade d'inspecteur ne sera inquiété. (Vous pouvez lire le rapport Hennessy de 1984 si vous voulez la preuve de mes remarquables dons de voyance.)

Un autre Land Rover arrive du RUC de Ballymena et ces flics-là parlent un tel dialecte qu'on a du mal à les comprendre. Le gros de la conversation semble tourner autour de Jésus et des tracteurs, une association improbable, en tout cas si on ne connaît pas Ballymena. Un troisième Land Rover arrive tard le soir, avec à son bord des gars de Coleraine. Personne n'a eu l'idée d'apporter du chocolat chaud, ou à manger, ou des cigarettes, mais l'inspecteur du poste de Coleraine a pris un jeu d'échecs de voyage, rien que pour le plaisir de mettre la pâtée à tout le monde. Je lui raconte mon histoire sur Boris Spassky. (C'est un journaliste qui lui demande : "Monsieur Spassky, que préférez-vous, les échecs ou le sexe ?" Et Spassky répond : "Tout dépend de la position.") Mais ça ne l'impressionne pas et je me retrouve échec et mat en onze coups.

Vers minuit, il pleut plus fort. La nuit est longue et froide. Au petit matin, on arrête enfin notre première voiture : une Austin Maxi conduite par une dame d'un certain âge qui revient de l'église et essaie de rentrer chez elle depuis l'heure du déjeuner. Hélas, pas de prisonniers évadés dans son coffre. Cependant, elle est en possession d'une boîte de biscuits, et après de longs échanges, dans l'intérêt des bonnes relations intercommunautaires, on décide de la lui laisser.

En proie à un ennui mortel, on écoute les infos embrouillées et contradictoires qui circulent sur la fréquence de la police. Des émeutes auraient éclaté dans Belfast Ouest mais ça n'aurait été qu'un stratagème pour faire diversion et donc le quartier général n'a pas envoyé beaucoup de soldats ou de flics pour s'en charger.

Juste avant l'aube, on se paie quand même une tranche d'excitation : un pilote d'hélicoptère de l'armée croit voir quelqu'un se cacher dans les roseaux sur la rive sud du lac. La radio aboie des ordres et on nous envoie, avec d'autres patrouilles mobiles, jeter un œil. Quand on arrive, un petit régiment de gardes gallois est en train de tirer dans l'eau à la mitrailleuse. Au lever du soleil, on s'aperçoit qu'ils ont réussi à massacrer tout un vol d'oies du Groenland épuisées, qui avaient eu l'imprudence de faire halte ici avant de gagner le Sud de la France.

Les gars de Ballymena chopent une oie chacun et on repart en voiture vers notre avant-poste. Je mets BBC Radio 4. Aux dernières nouvelles, dix-huit évadés ont été recapturés mais les autres sont encore dans la nature. La liste de leurs noms tombe à midi. Je n'en connais qu'un… et pas des moindres : Dermot McCann. Dermot et moi on allait à l'école ensemble à Derry, à St Malachy. Un mec très intelligent, il était responsable des élèves, et moi suppléant. Beau, bon en sport, charmant, Dermot envisageait de se lancer dans la presse écrite, voire dans le journalisme télé. Mais les Troubles ont tout changé et il s'est engagé dans les rangs de l'IRA tout comme j'ai songé à le faire à l'époque de Bloody Sunday.

Au terme d'intrigues diverses, j'ai fini par rejoindre la police et Dermot a été plusieurs années membre de l'IRA provisoire avant de se faire arrêter. Artificier très doué, expert en explosifs, il a tout bonnement été trahi par un informateur. Le mouchard désignait Dermot comme un acteur essentiel, mais en l'absence de preuve scientifique, un flic zélé l'a piégé en collant ses empreintes digitales sur un bloc de plastic. On l'a jugé coupable, et avant de s'évader, il tirait une peine de dix ans pour association de malfaiteurs et préméditation d'attentats à la bombe.

Je n'ai pas pensé à lui depuis un bail, mais au cours des semaines qui suivent l'évasion, on apprend qu'il figurait parmi les cerveaux de l'opération. Il avait trouvé le moyen de faire entrer des armes clandestinement dans la prison, et c'était lui qui avait eu l'idée de prendre des gardiens en otage et d'enfiler leurs uniformes pour ne pas alerter les tours de garde.

Dermot a atteint le district de Tyrone Sud avant de passer la frontière vers la République d'Irlande. J'apprends plus tard par le MI5 qu'on l'a repéré avec un groupe d'élite de l'IRA dans un camp d'entraînement terroriste en Libye. Mais même en ce lundi matin de chien, sur les rives est de Lough Neagh, dans la brume qui plane sur l'eau et la pluie que crache le ciel gris de septembre, je suis convaincu, à l'image de la glaçante fatalité des contes de fées, que nos chemins se croiseront à nouveau.

2

LA PETITE ÉVASION

Il se fait tard en cette froide journée de décembre et le prisonnier 239 s'occupe à ce qu'il fait le mieux : attendre. Il n'a pas toujours excellé en la matière. Gamin, il était agressif et impertinent. À l'école, il était brillant mais souvent impatient et impulsif. C'est dans la prison de Maze qu'il a appris à attendre. En tant que dirigeant de l'IRA, il a souvent atterri au mitard, où seule l'attente lui a tenu compagnie. Il a passé cinq ans à attendre dans la prison de Maze, à apprendre, manigancer, comploter. Ici, dans ce cercueil de béton en bordure du désert, bien qu'il soit plus difficile d'avoir la notion du temps, il attend encore. Au cours des premiers jours qui ont suivi son arrestation, enragé, il a tapé des poings contre la porte métallique.

— C'est une erreur monumentale ! il a crié. On nous a invités ici !

Mais rien n'y faisait. Le seul effet, c'est qu'ils accouraient avec le tuyau en caoutchouc pour le faire taire.

Il sait qu'il n'est pas seul dans l'établissement, mais ici, il n'y a pas de détenus dans les cellules voisines de la sienne, ce qui accroît son sentiment d'isolement, tout comme la fenêtre trop haute, la cour et ses quatre murs, et les matons, qui ont reçu l'ordre de ne jamais lui adresser la parole ou répondre à ses questions. Mais il ne lui a fallu que quelques jours pour se rappeler ses anciennes aptitudes. Il a réappris à tirer profit du temps pour ne pas se laisser exploiter par lui. Il a lu les romans français qu'on lui a donnés et ce qu'il restait des journaux anglais une fois que le censeur de la prison les avait eus en main. Dans toutes les cultures, il s'agit d'un poste subalterne, et ce que le type découpait dans les pages en disait certainement plus long sur lui qu'il ne l'imaginait.

Il s'est mis à coucher ses pensées dans les carnets qu'on lui laissait. Une page sur deux, il dessinait sa mère de mémoire, ses frères et sœurs ou des vues de Derry. Il se doutait que lorsqu'ils l'escortaient en promenade ou au bloc sanitaire, ils lisaient et prenaient en photo ce qu'il écrivait, mais il s'en fichait. Il composait des poèmes, prenait des notes pour des manifestes politiques ou sur des anecdotes de son enfance. Peut-être même qu'il a écrit sur moi, mais j'en doute, et de fait, mon nom ne figure nulle part dans les documents que m'ont transmis plus tard les Renseignements britanniques. En vérité, je n'ai jamais été son meilleur ami, plutôt un parasite, un coursier, une groupie… Pendant un temps, au lycée, j'ai même été le faire-valoir, le fou du roi… jusqu'à ce qu'il se lasse de moi et intronise un autre tocard à ma place.

Au fil des semaines, les entrées du journal du prisonnier 239 se sont étoffées. Il parlait de son enfance et de son adolescence dans le Bogside dans les années 1950 et 1960. De ce jour atroce à Derry où les paras ont massacré une douzaine de civils qui manifestaient simplement pour l'égalité des droits… De Bloody Sunday, qui l'avait poussé, comme tous les autres jeunes de la ville, à s'engager.

Moi y compris, bien sûr. En fait, la dernière fois que j'ai vu Dermot McCann, c'est le jour où je me suis docilement tourné vers lui pour lui demander si moi aussi, je pouvais intégrer la Provisoire. Il a refusé net.

— T'es à Queen's University, Duffy. Restes-y. Le mouvement a besoin de poigne mais aussi de cerveaux.

Bien entendu, une fois que je suis devenu flic, il a dû carrément me radier du sien…

En ce dernier jour de décembre, le prisonnier 239 tire le mince matelas blanc de son lit et le pose sur le sol de sa cellule. Il écrit dans son journal qu'allongé dans le coin près de la porte, il peut voir, à l'occasion, des cirrus s'effilocher par les toutes petites ouvertures pratiquées en haut du mur. Il sent l'odeur du désert portée par le khamsin qui souffle du sud, et bien qu'il ne soit pas censé savoir où on le retient prisonnier, il sait qu'il se trouve au sud-est de Tobrouk, probablement à moins d'une dizaine de kilomètres de la frontière égyptienne. La liberté… si seulement il pouvait sortir, s'échapper. Et si quelqu'un peut s'évader des geôles de Kadhafi, c'est bien Dermot McCann.

Il s'allonge par terre et décrit les variations de couleur du ciel de la fin d'après-midi. Le *ful* et le pain pita qu'on lui apporte à six heures. La symphonie carcérale nocturne : les clés qui tournent dans les serrures, le couinement des baskets sur le sol ciré, les voix d'hommes au niveau inférieur, une radio dans le lointain, la vermine dans le couloir, le fracas métallique d'un camion sur une route frontalière, et, parfois, selon le vent, les jappements des chacals au bord d'un oued.

Le prisonnier 239 écrit et il attend. Il explore le panorama de son esprit et de sa mémoire. “La société améliore l'entendement, a-t-il inscrit sur la première page de son journal, mais la solitude est l'école du génie !”

En ce dernier soir de décembre, il allume un bout de chandelle rouge (il y a de la cire rouge sur le carnet), dessine un renard, s'enroule dans sa couverture et s'endort. Il se réveillera sans doute au lever du soleil, et quand les gardiens lui apporteront son petit-déjeuner, il percevra peut-être leur changement d'humeur et d'attitude. Il remarquera peut-être qu'ils lui sourient et que l'un d'eux lui apporte des vêtements tout neufs.

3

L'INCIDENT

Décembre. Ça fait presque un an qu'on m'a exclu du CID et rétrogradé du grade d'inspecteur principal à celui de sergent – je veux dire simple sergent, pas sergent-inspecteur. Comme on peut s'en douter, après avoir été inspecteur, c'est très compliqué de retourner au boulot d'agent en uniforme dans un poste de police frontalier. Officiellement, si le RUC me saque, c'est parce que j'ai enfreint tout un tas de règles de mes deux, mais en vrai c'est parce que j'ai agacé des agents du FBI haut placés dans l'affaire DeLorean et ils ont voulu me remettre à ma place.

Les postes de police le long de la frontière sud du comté d'Armagh ne sont que des écoles de bonnes manières pour alcooliques et suicidaires, avec le petit frisson en plus que procure le risque de se faire tirer dessus ou tuer par une explosion en patrouillant à pied, mais moi ce qui m'a achevé, c'est le soir où on a dû raccompagner le sergent Billy McGivvin après une bagarre d'arsouilles qu'il avait provoquée dans un pub. Billy habitait dans mon coin, et j'étais déjà allé dîner chez lui, alors c'est moi qu'on a chargé de le ramener en un seul morceau…

Il était neuf heures du soir passées, et on roulait sur Lower Island Road en direction du village de Ballycarry.

On était trois. Le sergent McGivvin et moi à l'arrière, Jimmy McFaul au volant. En théorie, c'était une voie à double sens, mais en réalité, le chemin à bétail était si étroit que Jimmy a failli nous envoyer dans le fossé quand une voiture est arrivée dans l'autre sens.

Pour ne pas éblouir l'autre conducteur, Jimmy est repassé en feux de croisement. Je regardais par le vitrage pare-balles du Land Rover mais je ne voyais que les haies qui bordaient la route et les pâturages marécageux qui s'étendaient au-delà.

Le Land Rover a émis un son mat.

— C'était quoi, ça ? j'ai fait.

— J'en sais rien, a dit Jimmy.

— En tout cas j'ai pas rêvé.

— Tu crois qu'on nous a tiré dessus ?

J'ai entendu des balles ricocher sur le blindage d'un Land Rover de police des dizaines de fois, et ça a jamais fait ce bruit-là.

— Non, je pense pas.

— Quoi qu'il en soit, faut ramener McGivvin chez lui.

La semaine précédente, la femme de Billy McGivvin s'était fait la malle avec leurs trois gamins. Un avocat l'a informé qu'elle était en Angleterre et qu'elle demandait le divorce pour alcoolisme et violence conjugale. McGivvin avait décidé de contrer ses arguments en allant au Joymount Arms à Carrickfergus se prendre une cuite. Il s'était mis à insulter les clients, à traiter les femmes de salopes et de putes, et quand ils avaient essayé de le foutre dehors, Billy avait dégainé son arme de service.

McGivvin était déjà un officier de police médiocre avant que sa femme le quitte, et il ne faisait aucun doute que maintenant ça allait empirer. Mais c'était pas mes oignons. Ce qui m'inquiétait en revanche, c'était l'éventualité qu'il gerbe sur mon uniforme, que j'avais récupéré au pressing seulement deux jours plus tôt.

— Ça va aller, mon pote, t'en fais pas, je lui répétais. On est bientôt arrivés.

— Booorrrhh, il a répondu en bavant sur le plancher en tôle.

On est arrivés à Ballycarry sans encombre et on a trouvé sa ferme sur Manse Street. Jimmy a garé le Defender et traîné McGivvin sous le crachin. Pas moyen de trouver une clé sous un pot de fleurs ou le paillasson, alors on a fracturé la porte de derrière.

Une fois McGivvin calé sur le canapé du salon en position latérale de sécurité, on a posé un seau par terre à côté de lui et défait les boutons de sa chemise. Il y avait au mur un immense tableau peint sur du velours représentant Jésus dans un défilé de l'ordre d'Orange, que Jimmy ne jugeait pas à l'abri de probables éclaboussures de vomi, alors on l'a décroché du mur et remisé dans la salle à manger.

Un escabeau déplié sous le luminaire de la cuisine ne présageait rien de bon – l'endroit idéal pour un nœud coulant. Je l'ai replié et rangé sous l'escalier.

— Combien il faut de freudiens pour changer une ampoule ? j'ai demandé à Jimmy pour détendre l'atmosphère.

— Je sais pas.

— Deux. Un qui la dévisse, l'autre qui tient le pénis – euh, je veux dire, l'échelle.

Mais Jimmy a pas compris.

— Bon, je crois qu'on peut y aller, j'ai fait.

On est remontés à bord du Land Rover pile à temps pour entendre l'annonce du hit de Noël 1983 dans l'émission Chart Show. C'était "Only You", de Vince

Clarke, réenregistré par un groupe a cappella casse-couilles.

— Les goûts musicaux de ce pays me laissent perplexe ces temps-ci, j'ai dit.

Jimmy a souri du haut de ses vingt-quatre ans sans répondre.

Je l'ai persuadé de changer de station pour Radio 3, et Bach nous a ramenés en Armagh Sud.

Quand on s'est garés au poste, j'ai remarqué que le rétroviseur latéral côté conducteur était fêlé.

— Hé, regarde-moi ça, j'ai dit. On s'est pris un truc sur la route ?

— Non, c'était déjà comme ça avant qu'on parte. Je t'assure.

Il n'y avait pas de trace de sang, ni de quoi que ce soit pouvant faire l'objet d'un prélèvement.

Sûrement que dalle, je me suis dit, et on est rentrés dans le baraquement fortifié pour aller au bout de nos heures de nuit.

4

SUSPENSION SANS SALAIRE

La patrouille à pied touche à sa fin et, comme vous le dira le premier flic ou bidasse venu, c'est la partie la plus détestable. On approche du poste de police au sommet de la colline et se faire tirer dessus si près de la maison serait vraiment rageant.

Le village est désert. C'est un samedi matin calme, bien avant l'heure du marché. On progresse au milieu de la route, le long des lignes blanches.

Les maisons du côté gauche sont en République d'Irlande, celles du côté droit font partie du Royaume-Uni de Grande-Bretagne et d'Irlande du Nord. Notre boulot consiste à surveiller cette frontière et empêcher la contrebande et la libre circulation d'armes, de personnes et d'argent appartenant à l'IRA. La géographie rend la situation absurde. Lors de la création de l'Irlande du Nord en 1921, tout le monde s'est dit que ça ne serait qu'une solution provisoire au problème que posait l'indépendance de l'Irlande. Personne n'a envisagé un seul instant que les contours alambiqués des comtés de Fermanagh, Tyrone et Armagh deviendraient la frontière permanente et officielle entre deux pays distincts. C'est pourtant le cas, et cette ligne court désormais à travers des champs, des villages, parfois même des fermes et des habitations privées. Elle est jalonnée d'enclaves, d'éperons et toutes sortes de spécificités topographiques qui rendent la surveillance impossible.

Ici, dans le village de Bellaughray, la frontière traverse le centre-ville. Techniquement, on est censés rester du côté droit de la route, parce que le moindre pas au-delà de ces pointillés blancs constituerait une incursion dans le territoire souverain de République d'Irlande et, partant, un incident diplomatique ; mais en restant à droite, on s'expose par ailleurs aux tirs des snipers postés à flanc de coteau dans le comté de Monaghan, alors quand c'est moi qui dirige la patrouille, je nous fais marcher côté Eire, où les maisons nous protègent.

Lentement, en file indienne, on atteint le rond-point central de Bellaughray. Il ne nous reste plus que trois cents mètres jusqu'au poste.

J'ai huit gars avec moi, en équipement pare-balles complet, auquel s'ajoute le poids des fusées de détresse, des radios et des mitraillettes Sterling. Comme d'habitude, la patrouille nous a crevés. On a traversé des marécages, franchi des fossés et des murs, marché dans la vase, le lisier, les bouses. Tout ça pour rien. Pas de membre de l'IRA, pas de passeurs d'essence de contrebande ni de voleurs de moutons, ni même d'ailleurs d'enculeurs de moutons, bien qu'on ait clairement mis notre vie en jeu pendant la dernière heure et demie.

Les tireurs d'élite de l'IRA sont doués, et grâce à leurs dollars américains, ils se sont procuré des fusils d'assaut sophistiqués. Ils connaissent nos habitudes, nos itinéraires, et pourraient facilement nous attendre, embusqués, même à un kilomètre de distance.

Mais non. En tout cas, pas ce matin. On passe le rond-point en file indienne et on atteint la minuscule chapelle catholique.

La haie qui entoure le bâtiment de brique rouge m'embête. Tellement épaisse qu'on ne voit pas à travers et que n'importe quoi pourrait se cacher derrière : un homme armé, des explosifs…

J'envoie l'agent Williams en reconnaissance et donne l'ordre au restant de mes hommes de poser un genou à terre. Williams y va, regarde derrière la haie et lève ses pouces à mon intention.

La voie est libre.

— C'est bon, je fais. Allez, on se bouge. On est presque au bercail.

Comme c'est souvent le cas en ces jours de fin décembre, le soleil a presque disparu dans la bouche des énormes nuages crayeux qui déferlent des Mourne Mountains. Mais même par les jours les plus froids, la peur et l'équipement qu'on se trimballe nous font transpirer. Le paysage est d'une beauté austère sous les versants de Slieve Gullion. On est là en territoire sacré : au royaume de Cuchulainn au temps de la *Táin Bó Cúailnge*[1], ou encore la *terra repromissionis sanctorum* – la terre promise des saints – à l'époque de saint Patrick. Mais pas de saints dans les parages aujourd'hui, ni de pécheurs, d'ailleurs.

Je prends la tête de ma troupe deux minutes puis je fais signe à l'agent Brown, qui affiche l'air ahuri du cerf dans le tableau de Landseer, *The Monarch of the Glen*.

— Avance, fiston, je te couvre.

Il marche sur une vingtaine de mètres et se fige.

— Véhicules en vue ! qu'il gueule.

1. "La Rafle des vaches de Cooley" en français, épopée gaélique du cycle d'Ulster qui réunit des histoires composées aux VIIe et VIIIe siècles constitutives du corpus littéraire de la mythologie celtique irlandaise.

Je regarde au bout de la rue. Deux voitures sont garées en travers du chemin ; une Ford Contina bleue, celle de McCoghlan, le boucher du coin, il me semble, et une Toyota orange qui ne me dit rien. Je me demande pourquoi elles bloquent le passage. Une embuscade ? Un double attentat à la bombe ? Ou quelque chose de tout à fait innocent ?

De la fumée s'échappe des deux pots. Je lève mon poing en l'air de façon à ce que tout le monde le voie puis l'abaisse. Mes gars posent à nouveau un genou à terre.

— Saloperie d'arthrite, se plaint l'agent Pike.

— Baisse-toi, et reste sur tes gardes.

Tout le monde finit accroupi ou à demi agenouillé – mieux vaut se mettre à terre s'il s'agit d'une voiture piégée et que des éclats d'obus incandescents nous foncent droit dessus.

On attend. Un corbeau atterrit sur la route et se met à picorer quelque chose. Les moteurs des voitures tournent au ralenti, de la fumée bleue sort en volutes des pots d'échappement. L'agent Daniels commence à siffloter "What's New Pussycat ?", une note sur deux sonne faux. Je sors mes jumelles pour observer la scène. Il y a deux hommes dans les deux voitures, ils semblent discuter.

— Hopkins, va voir ce qui se passe !

— Pourquoi moi ?

— Parce que c'est ton tour d'ouvrir la marche.

— Quand on patrouille avec l'inspecteur Calhoun, c'est toujours lui qui va au-devant des situations suspectes.

— Et c'est pour ça qu'on le paie grassement, tu crois pas ? Maintenant magne-toi d'aller voir ce qui se passe avant que je te botte le cul !

— D'accord, dit Hopkins, résigné.

— McBeth, tu l'accompagnes, en quinconce, six mètres derrière lui. Et restez sur vos gardes !

Hopkins et McBeth se dirigent vers les deux bagnoles et nous on arrête de respirer.

Je sais ce qu'ils se disent, tous les deux.

Ça y est, c'est fini.

Boum. Explosion de cordite dans les couches enchevêtrées de poudre de mise à feu. Expansion logarithmique. L'explosif s'éjecte de son enveloppe plastique. Un feu vermillon. Toute une vie vécue et achevée en un instant…

McBeth et Hopkins atteignent les voitures, s'adressent aux hommes et reviennent.

— Deux vieux schnocks qui taillent une bavette. La voie est libre, déclare Hopkins.

J'acquiesce et au moment où je me lève, j'entends un grand coup qui claque dans les collines. Pas besoin de donner d'ordre. Le temps que je l'ouvre, ils sont tous à terre.

— Quelqu'un est blessé ? Pike ?

— Ça va !

— Brown ?

— C'est bon.

— Daniels ?

— OK.

— McCourt ?

— OK.

— Hopkins ?

— Malgré vos efforts pour me faire zigouiller, sergent, ça baigne !

— McBeth ?

— Ouais, ça va.

— Quelqu'un a vu d'où ça venait ?

Non, personne. Personne n'a vu quoi que ce soit, et

personne ne sait ce que c'était que ce bruit. Au bout de la route, les deux vieux continuent à discuter.

Le tout, c'est de savoir combien de temps rester ici. Parce qu'on peut quand même pas câliner le bitume toute la journée.

— Bien. Pike, McBeth et McCourt, passez du côté gauche de la route et scrutez-moi ces collines. Si vous voyez un reflet de lunette ou un nuage de fumée, vous tirez dessus. Les autres, on se retire en demi-escadron au petit trot sur la route. Quand on les a dépassés de cent mètres, on s'arrête, et on les couvre. Tout le monde a compris ?

— Oui, sergent Duffy ! répondent certains, mais pas tous.

Pike, McBeth et McCourt courent jusqu'au fossé côté République d'Irlande et pointent leur mitraillette en direction des collines. Bien sûr, s'il y a bien un sniper, il sera caché à des centaines de mètres de là et la portée d'une Sterling est de trente mètres à tout casser, mais s'ils canardent tous les trois en même temps, ils toucheront peut-être quelque chose.

Moi et les autres on se relève et on court sur la route. On s'arrête pour permettre à Pike et ses potes de revenir à notre niveau.

On refait ce petit cinéma deux fois avant d'atteindre le poste.

Personne ne nous a tiré dessus. S'il y avait un tireur, il était très prudent. Un tir puis plus rien. Mais on patrouille dans cette zone tous les jours. Il aura d'autres occasions.

Je laisse tous mes hommes se réfugier dans les baraquements et j'entre le dernier. Je ne me détends complètement que lorsque les grilles en métal se referment derrière moi. Comme d'habitude, je suis rincé quand je franchis les doubles portes du vestiaire, mais les enfoirés ne me laissent même pas le temps d'enlever mon gilet pare-balles...

Les enfoirés en question sont deux gaillards sans humour de la police des polices, en civil. Ils sont en veste de tweed noire démodée sur chemise blanche, avec cravate rouge. L'un d'eux arbore une moustache de flic rousse, l'autre brune.

— Sergent Duffy ? me dit le rouquin avec un vague accent écossais.

— Oui ?

— Venez avec nous dans la salle d'interrogatoire numéro 2.

— Vous avez une minute ? je demande, et les fais attendre le temps d'enlever mon équipement.

Je les suis dans le couloir en béton jusqu'à la salle normalement réservée aux suspects. L'agent Jimmy McFaul est déjà là. Il a dû vider son sac à propos de quelque chose parce que de toute évidence, il a pleuré, et il n'arrive pas à me regarder.

Je n'ai aucune idée de quoi il peut s'agir. Du cannabis que j'ai pris dans les scellés à Carrickfergus ? Mais ça remonte à un bail, et qu'est-ce que Jimmy aurait à voir là-dedans ?

— Asseyez-vous, Duffy, me dit le rouquin.

— Je peux aller me chercher à boire ? J'étais en patrouille à la frontière. Le genre de boulot qui donne soif, mais les mecs d'honneur de la police des polices en savent trop rien, je me trompe ?

Je sors me prendre une canette de Coca au distributeur et la pose contre mon front. Je l'ouvre, bois un long trait et les rejoins.

Je m'assois à côté de McFaul.

— Alors Jimmy, quoi de neuf ?

Il garde les yeux rivés à ses bottes.

— Conduisiez-vous un Land Rover sur Lower Island Road, à Ballycarry, vers vingt et une heures quarante-cinq le soir du 20 décembre ? me demande le brun.

— Pardon ?

— C'était le seul Land Rover sur la route ce soir-là. Inutile de nier, ajoute le rouquin.

— Votre pote, là, nous a tout raconté. Vous étiez sur la route, c'est vous qui étiez au volant, vous avez heurté quelqu'un mais vous ne vous êtes pas arrêté.

— Jimmy, tu leur as dit que c'était moi qui conduisais ?

Sans rien dire, Jimmy garde les yeux fixés à l'endroit où son regard menteur rencontre le sol.

— Vous avez renversé quelqu'un, Duffy. D'après l'agent McFaul, vous ne vous en êtes même pas rendu compte, mais vous avez heurté un homme, assène le brun.

— Et est-ce qu'il va bien ? je demande.

— Vous l'avez envoyé dans le fossé avec le rétroviseur latéral. Il était secoué, il s'est cassé un doigt, mais il va s'en sortir. Un jeune de vingt ans qui rentrait de son entraînement de football. C'est son sac à dos qui a pris le choc. Et c'est peut-être bien ce qui lui a évité une blessure plus grave.

— Béni soit le sac à dos, je fais.

— Ce qui ne va pas l'empêcher de nous poursuivre en justice, dit le rouquin.

— Je ne sais pas ce que vous a raconté l'Esprit des Foirages passés[1], mais ce n'était pas moi qui conduisais ce soir-là. J'étais à l'arrière en train d'empêcher le sergent McGivvin de s'étouffer avec son vomi ou de gerber

1. Allusion au personnage l'Esprit des Noëls passés, du *Conte de Noël* de Charles Dickens.

sur mon uniforme. Le sergent McGivvin vous le confirmera.

— On l'a déjà interrogé. Il ne se souvient de rien, insiste le brun avec un sourire sournois. Donc, c'est votre parole contre celle de l'agent McFaul.

J'acquiesce. Alors c'est comme ça qu'ils veulent la jouer.

— Vous êtes tous les deux suspendus sans salaire jusqu'à la fin de cette enquête, dit ce grand enfoiré d'Écossais.

— Vous pouvez garder votre arme à des fins de protection personnelle, mais vous n'avez pas le droit de sortir d'Irlande du Nord et vous ne devez pas vous présenter à votre poste, ajoute son copain.

Jimmy accepte le verdict et s'esquive de la salle d'interrogatoire. C'est lui qui a casé sa version en premier. C'est lui la peau de banane et moi le mec qui glisse. En d'autres mots, je suis fait comme un rat. Le rouquin s'installe à la place de Jimmy et se présente.

— Je suis l'inspecteur principal Slater.

Il me tend une main que je ne serre pas. Je connais ce petit jeu depuis un bail. D'abord le bâton, et après la carotte dans le cul.

— C'est quoi, ce merdier ? je demande. Dites-moi juste l'essentiel.

— L'essentiel ? C'est que t'es fini, Duffy. T'es vraiment pas en odeur de sainteté. Tu devrais voir ton dossier. Je te jure. Un vrai champ de mines. T'aurais dû sauter en 1982. T'es en sursis depuis tout ce temps.

— C'est pas moi qui conduisais le Land Rover.

— Qu'est-ce qu'on en a à faire ? T'es notre tête de turc du mois. Un bon sergent bien juteux. Tout ce qu'il nous faut, c'est notre quota, et c'est toi, dit Slater.

— Mais je vous dis que c'est pas moi qui conduisais !

— Sauf que ton pote Jimmy, il dit le contraire. Lui, il a un dossier nickel, et on a le tien tout puant qui bouche les tuyaux.

Je m'allume une tige. Au moins, Jimmy leur a pas parlé de ma blague sur Freud. Mais peu importe. Plus rien n'a d'importance. Les rouages sont en marche.

— Donc tout a été arrangé dans mon dos ? C'est moi le bouc émissaire ?

— Ça fait quoi, huit ans, que t'es au RUC maintenant ? me demande Slater.

— Plus près de neuf.

Il se penche vers moi et me sourit de ses vilains crocs tout jaunis.

— Inutile de taper un scandale pour le bouquet final, il me fait.

— Allez, videz votre sac. Qu'est-ce que vous me proposez ?

— Normalement tu n'as pas le droit à la retraite ni aux allocations mais on te les filera si tu endosses l'entière responsabilité de l'accident et démissionnes sans faire de bruit.

— Et si je ne démissionne pas ?

Slater passe un pouce en travers de sa gorge.

— Poursuites disciplinaires. Et t'y trompe pas : tu seras jugé coupable et viré sans indemnités de licenciement ni retraite. Et ne va pas croire qu'être un farouche indépendantiste irlandais te sauvera. Dans ta courte et minable carrière, t'as quand même emmerdé un max de monde.

J'acquiesce, écrase ma cigarette sur le bureau et me lève.

— Je vais réfléchir.

5

LA LETTRE

Nouvel An. 1984. Mais pas de Big Brother qui nous observe. Tout le monde s'en contrefout. L'Irlande est une île perdue quelque part dans l'Atlantique que tous les gens raisonnables voudraient voir dériver au large, loin de leurs côtes, au-delà de leur imagination…

L'année avance tant bien que mal. Les journées se confondent. Un matin du grésil, le lendemain de la pluie.

Je sillonne la ville et en arrivant chez moi je regarde au courrier au cas où ma lettre de licenciement serait arrivée pour signature. Carrickfergus est un vaste chantier : des pans de ville entiers délimités pour démolition et reconstruction. De l'argent de la CEE, alors les gens du coin voient ça d'un bon œil, mais ils se fourrent le doigt dedans, parce que ça veut juste dire qu'on est en haut de la liste européenne des Villes Au Fond Du Trou.

Je marche dans les rues, je bois au pub, je regarde la télé jusque tard, quand ils ne diffusent plus que des messages de sensibilisation des jeunes aux risques de noyade dans les carrières ou aux colis bizarres qui sont en fait des explosifs dotés d'un fil piège.

Un soir, la vieille dame dans une maison mitoyenne d'en face fait une sorte de crise et se met à crier : "Il arrive ! Il arrive !" Qui au juste, on ne l'a jamais su, mais elle fait preuve de tant de conviction qu'un mouvement de panique s'empare du voisinage et tout Coronation Road est sur le trottoir.

Un autre soir, on entend une bombe de neuf cents kilos exploser dans Belfast avec tant de force que ç'aurait pu être au bout de la rue.

Signes, présages, araignées du matin, chats noirs, bombes, alertes à la bombe, vols d'hélicoptères…

Enfin, un matin, une enveloppe blanche sur le paillasson.

Je l'emporte dans le salon et remue les braises dans la cheminée. Je m'allume une sèche, inspire un bon coup et la déchire. Une lettre type d'"aveux" à signer, dupliquer, faire certifier conforme et renvoyer au siège du RUC à Belfast.

Les conditions sont relativement confortables. En récompense de mes aveux, je bénéficie d'une retraite anticipée avec pension, bien que je n'aie théoriquement pas travaillé assez longtemps.

Je lis le document deux fois, me sers un Glenfiddich d'urgence et signe tout ce qui doit l'être.

À neuf heures je sors dans Carrickfergus pour aller voir Sammy McGuinn, mon coiffeur, qui est également notaire. Sammy est l'unique communiste de la ville et c'est lui qui m'a initié aux délices de Radio Albania. Il lit le document et secoue la tête.

— Sean, je sais que tu ne le vois pas pour le moment, mais c'est une très bonne chose. En tant que membre de la police, tu n'étais que le laquais d'un gouvernement tyrannique qui opprime la volonté du peuple. Catholique, en plus ! Un mec futé comme toi.

— C'était un boulot, Sammy. Et j'étais pas si mauvais.

— Le pouvoir est un poison pour l'âme ! il fait, et il enchaîne sur Lord Acton, Jurgen Habermas et l'expérience de Stanford.

— Ouais, tu voudrais bien me le certifier conforme, Sammy ?

— Bien sûr, dit-il et il ajoute sa signature et son cachet en marmonnant quelque chose à propos de Thatcher et Pinochet.

— Je vois bien que t'as pas le moral. Pour le même prix, je te rafraîchis ta coupe, il propose, et il met la musique la plus joyeuse qu'il ait trouvée, à savoir la *Symphonie n° 40* de Mozart.

Mrs Campbell me voit sortir de chez Sammy.

— On avait besoin d'un coup de peigne, Mr Duffy ?

— Simplement d'un coup de ciseaux, je réponds sèchement.

Je traverse la rue, achète un timbre tarif prioritaire à la poste, le colle sur l'enveloppe retour, mets le courrier à la boîte et voilà, je ne suis plus flic.

6

LA VISITE

Le temps passe. Les jours, puis les semaines. Les semaines, puis les mois. Février froid. Mars humide. Comme dit Ezra Pound, la vie s'enfuit comme une musaraigne, sans froisser l'herbe. En général, je vais à la bibliothèque lire les journaux : nouvelles paroissiales, éditoriaux fossilisés, système de référence restreint. De temps en temps j'emprunte des 33 tours classiques et ne fais rien jusqu'à six heures du soir, soit une heure convenable pour se cuiter gentiment à la vodka polonaise ou au *poitín* du comté d'Antrim en écoutant Wagner, Steve Reich ou Arvo Pärt. Étrange musique millénaire pour une époque qui l'est tout autant.

Je vais à l'agence pour l'emploi, où on me dit qu'il est inutile de m'inscrire. Avec l'argent que je touche pour ma retraite, ils calculeront mes droits et je ne serai éligible à aucune autre allocation. L'employé me dit que je devrais déménager en Espagne, en Grèce ou en Thaïlande, où mon chèque mensuel du RUC me durerait plus longtemps.

Je trouve que c'est un bon conseil et j'emprunte des bouquins sur l'Espagne à la bibliothèque.

J'écume la ville. J'observe. Scrute comme un détective. Les gamins qui jouent au football. Peignent des têtes de mort sur des murs pignons. Des joueurs de violon et de violoncelle qui font la manche devant la banque. Des hommes dans le centre-ville qui se proposent de te réciter le poème de ton choix pour le prix d'une tasse de thé.

Un soir, au pub, je me bats. La routine. Un vieux schnock me bouscule. Je lui fais : "Excuse-moi, mon pote." C'est parti pour le rififi. Je lui allonge un gauche et avant que je comprenne ce qui m'arrive, l'enfoiré me colle cinq droites. Menton, ventre, reins, re-ventre… Il a soixante ans bien tassés. Il m'aide à me relever, me paye un verre et me raconte qu'il a été champion en poids moyen, qu'il a même entraîné John Wayne pour son rôle d'ancien boxeur dans *L'Homme tranquille*. Une histoire vraisemblable, mais avec mes idées embrouillées, impossible de dire s'il se fout de ma gueule… Je rentre chez moi en taxi, avale une vodka gimlet, 10 mg de Valium, une demi-douzaine d'aspirines et je me couche.

Au petit matin, je me réveille et, en voyant le flacon d'aspirine, je me demande si ce cocktail était une tentative de suicide timide, qui a manqué de courage. Parce que bon, j'ai toujours mon arme de service, qu'en tant qu'ancien policier j'ai le droit de garder jusqu'à un an après mon départ des effectifs. Si on veut pas se rater, c'est comme ça qu'on s'y prend. À bout portant avec une munition .38 à tête creuse direct dans les hémisphères.

J'ai tellement mal au bide que je vais à pied à l'hosto. Étonnamment, la salle d'attente est pleine. De personnages d'arrêt de bus passé minuit, très lynchiens. Un programme de l'Open University à la télé, en noir et blanc. Un physicien barbu : "La vie est un déséquilibre thermodynamique mais l'entropie finira par tous nous emporter…"

Bien.

Je souffre le martyre alors ils me mettent sous perfusion. Le médecin de garde me fait savoir que je vais m'en tirer mais que je ne dois pas mélanger les médicaments.

Il me donne un dépliant sur la dépression. Je rentre chez moi, je m'enroule dans mes draps et vais m'installer sur le palier. Ma chaudière toute neuve s'est mise à fuir et le plombier dit qu'il doit faire venir une pièce d'Allemagne pour la révision de l'appareil et de ses tuyaux dignes d'un orgue. D'après lui, ça va prendre des semaines, voire un mois, alors je loue un poêle à mazout et en vrai, je le préfère au chauffage. C'est mon autel, je me baigne dans sa chaleur, son arôme de santal, son clair de lune rougeoyant.

Je m'allonge devant et laisse l'air chaud glisser sur moi comme une couverture.

Il y a longtemps, j'ai tué un homme avec un poêle semblable.

Non. Est-ce que c'était bien moi ? Est-ce que c'est vraiment arrivé ?

Ou est-ce un fragment, un rêve…

Barques sans rames… Bateaux de rêve… la pénombre entre chien et loup.

L'aube.

Je descends.

Pluie. Ciel couleur litière. Un hélicoptère de l'armée rase les collines obstinément brunes.

Je croise mon reflet dans le miroir de l'entrée. Je suis maigre, tout croûteux, blême. J'ai les ongles longs et sales. Les cheveux en bataille, épais, noirs, avec du gris au-dessus des oreilles et sur les pattes. Je pourrais poser pour une affiche de campagne anti-héroïne. Non que j'aie décidé d'emprunter cette voie. Pas encore. Et en parlant des plaisirs exotiques de l'Orient… Est-ce que je n'ai pas quelque part…

Je fouille dans la poubelle sous l'évier et trouve un mégot de joint dans lequel il doit rester un peu de cannabis. Je me fais un café que j'améliore avec une rasade de Black Bush. Je retourne dans le salon, passe les vinyles en revue jusqu'à ce que je trouve *The Velvet Underground & Nico*. Je mets "Venus in Furs", bois mon café, allume le mégot direct à la flamme du poêle et tire dessus. Mazout. Haschich. L'alto de John Cale. La voix de Lou Reed.

Un peu requinqué, je sors pour rentrer les bouteilles de lait. Je remarque une voiture étrange à quatre maisons de chez moi, dans le virage de Coronation Road. Un Land Rover Defender blanc, deux silhouettes sombres à l'intérieur. Un homme et une femme, elle côté conducteur. Je garde le véhicule dans un coin de ma tête, dévisse le bouchon doré d'une bouteille de lait pour en verser dans ma tasse de café. Je fixe la voiture et bois. Le ciel se met à cracher une bruine maussade.

— Le Seigneur vous garde ! me lance une autre de mes voisines exaltées en guise de bonjour.

Je regarde la voiture une dernière fois, ferme la porte et retourne dans le salon.

"I am tired, I am weary. I could sleep for a thousand years[1]", chante Lou Reed pendant que je m'allonge. La musique s'arrête, le saphir se soulève, bouge d'un cran et la chanson reprend.

Un grincement étouffé me parvient de dehors. Quelqu'un au portail. Le courrier, ou le journal, ou…

J'attrape mon révolver dans ma poche de peignoir et vérifie qu'il est chargé. Mais bizarrement je sais que le mec et la fille du Land Rover ne sont pas des terroristes venus me faire la peau…

J'entends des voix, puis des coups secs de heurtoir.

Je vais dans l'entrée, regarde par l'œilleton que tous les flics se font installer par précaution.

1. "Je suis fatigué, je suis las. Je pourrais dormir un millier d'années."

L'homme, un type grand, au crâne dégarni, à l'air légèrement stressé, ferait un parfait "passant innocent blessé dans la fusillade" au journal télévisé. Il porte un costume bleu et ses chaussures sont cirées à un degré de perfection autistique. Il a dans les vingt-cinq ans. La femme a les cheveux châtains, le teint pâle, un corps mince et des yeux gris. La trentaine. Pas de rouge à lèvres, de maquillage, ni de bijoux. Pull noir, jupe noire courte et chaussures noires à petits talons. Elle n'est pas jolie, pas au sens classique, mais je vois très bien comment elle peut faire tourner la tête aux mecs (et aux nanas aussi, d'ailleurs). Il y a chez elle une intensité, un sang-froid hors du commun.

Je remets le .38 dans la poche de mon peignoir et ouvre la porte.

— Mr Duffy ? demande l'homme avec un accent anglais.

— Oui.

— Est-ce qu'on peut entrer un instant ?

L'espace d'une seconde, je me demande s'ils forment un commando de choc. Parce que c'est précisément ce que ferait un très bon duo. Demander s'ils peuvent entrer et, une fois la porte fermée et que j'aurai le dos tourné, me planter… mais ce sont sûrement ces fameux témoins de Jéhovah dont tout le monde se plaignait l'autre jour au *fish and chips*.

— Bien sûr, venez dans le salon, là, sur votre droite. Je vous propose un thé ?

Ils secouent la tête tous les deux. Peut-être que comme les Mormons, ils ne boivent ni thé ni café.

— Vous êtes sûrs ? La bouilloire est sur le feu, je lance.

— Non merci, dit la femme.

Je m'en fais une tasse, verse des biscuits au chocolat dans une assiette et apporte le tout dans le salon.

Elle a pris le fauteuil en cuir et lui s'est fait reléguer sur le canapé.

Ils prennent un biscuit chacun. Les missionnaires ne méritent pas le Velvet Underground, alors je mets *Metal Machine Music*, magistral doigt d'honneur de Lou Reed, un album tout en effets larsens et guitares stridentes.

— C'est obligé, la musique ? veut savoir l'homme.

J'acquiesce.

— Bien sûr ! Au cas où ils nous écouteraient, je fais.

— Au cas où qui écouterait ? il demande.

Je pointe vaguement un doigt vers le haut et pose un index sur ma bouche. Je m'assois, trempe un biscuit dans mon thé et le mange.

— Donc… Jéhovah, je fais.

— Qui ça ? dit l'homme, et il cligne des yeux si lentement qu'on pourrait se demander si Lou Reed lui a pas provoqué un mini-AVC.

Je porte mon thé à mes lèvres et me tourne vers la nana. En me plongeant dans ses étranges yeux pâles soudain je me rends compte que je l'ai déjà vue.

Ma tasse se fige à mi-chemin de ma bouche. Vous savez jouer au poker, non ? Donc vous savez ce que c'est quand dans une partie de Texas hold'em vous avez un trois et un cinq de couleurs différentes, vous êtes de grosse blind et à court de jetons, et alors le donneur retourne les trois premières cartes et il s'agit d'un deux, d'un quatre et d'un six… et voilà, en un clin d'œil vous passez de gagne-misère à roi du pétrole. En un putain de clin d'œil…

Tout à coup, je me sens un poil ridicule assis là en peignoir et chaussons molletonnés.

— On se connaît, non ? je lui fais.

— Je ne crois pas, elle me répond avec une prononciation raffinée dans laquelle j'entends un très léger accent étranger.

Je me lève et coupe la chique à Mr Reed.

— Oh si, on s'est déjà vus. À moins de cent mètres d'ici, au cimetière Victoria, en 1982. Vous m'avez laissé un petit mot au sujet d'une affaire sur laquelle je travaillais. Vous êtes du MI5, je me trompe ?

Aucun d'eux n'a de signes particuliers susceptibles de les faire sortir du lot, mais c'est justement le but. Elle, je ne l'ai vue que quelques secondes et elle a changé de couleur de cheveux depuis, mais c'est bien elle. Je comprends que j'ai raison à sa paupière qui tressaute et sa moue légèrement tombante.

— Et vous comptez me dire comment vous vous appelez ?

— Tom, prétend l'homme.

— Kate, prétend la femme.

J'avale un grand trait de thé sucré et pose la tasse sur la table basse.

— Bien, Tom, Kate. À quel point êtes-vous dans la merde et qu'est-ce qui vous fait croire que je peux vous en sortir ? Y a plein de flics. Plein de bons flics, même. Qu'est-ce que j'ai de plus que les autres, hein ?

J'adresse un clin d'œil à Tom, mais il n'a pas l'air d'apprécier ma toute nouvelle imitation du mec jovial. En revanche, elle sourit.

— Plus que vous ne croyez, Sean. D'abord, vous faites très bien votre travail. Deuxièmement, on ne veut pas que l'homme que nous recherchons sache qu'on produit un effort particulier pour le trouver ; bien sûr, il sait que la police est à ses trousses, mais si Tom et moi devions aller sur le terrain… disons que ça tirerait illico la sonnette d'alarme. Enfin, et c'est le plus important, la proximité. En fait, vous connaissez l'individu que nous recherchons.

— Vous étiez à l'école avec lui, ajoute Tom.

Je digère l'information. Le deuxième point est une demi-vérité. Elle et Tom n'iraient pas sur le terrain poser des questions – ils auraient des intermédiaires du RUC ou des Renseignements généraux pour s'en charger. Mais les agents du MI5, c'est un peu comme ces officiels de l'Empire qui ne faisaient pas complètement confiance à leurs cipayes. Au RUC, ça fuite, ça se débine, alors que moi je suis hors circuit. Et puis je serai content d'avoir un boulot. Reconnaissant et docile.

Je sirote mon thé, mange un autre biscuit et allume une cigarette. Bien sûr, je vois parfaitement de qui ils parlent : il n'y a qu'un seul homme avec qui je suis allé à l'école susceptible d'intéresser le MI5, et cet homme est Dermot McCann.

— Mr Duffy, si je puis simplement me permettre de… se lance Kate, mais je la coupe.

— Vous voyez ma chère, le problème, c'est que j'ai pris ma retraite. J'aimerais beaucoup vous aider, mais vous arrivez trop tard. Je mets ma maison sur le marché, et dès qu'elle est vendue, je m'envole pour l'Espagne. Je me suis dégoté un chouette petit coin avec vue sur la Méditerranée et avec ma retraite du RUC qui tombera tous les mois, je serai tranquille.

— Et vous ferez quoi de vos journées ? demande Tom.

— Rien du tout. Je me reposerai. J'écouterai de la musique. Vous savez que Haydn a écrit cent quatre symphonies ? Qui peut dire qu'il en a écouté plus d'une demi-douzaine ?

Kate se mord la lèvre et me regarde avec bienveillance.

— Écoutez, Sean, nous regrettons vivement la façon dont vous avez été traité cette année.

— Qui ça, nous ?

— Nous travaillons pour les Renseignements, comme vous l'avez deviné, dit Kate.

Ça commence à me plaire mais je laisse ma colère bouillonner :

— C'est facile de dire que vous regrettez vivement mais il me semble que vous n'avez pas levé le petit doigt pour m'aider.

— Ça n'entrait pas dans notre champ d'action, dit Kate.

— À moins que vous soyez à l'origine de tout ça ? Peut-être que vous avez tout fait pour m'enfoncer et pouvoir débarquer en costume de sauveurs après avoir traversé la mer ? Si c'est le cas, j'ai peur que votre plan ait joliment foiré. Moi, je suis passé à autre chose. Du point de vue mental, spirituel. Et bientôt du point de vue géographique. J'en ai fini avec l'Irlande du Nord, les Troubles, Thatcher, le MI5 et toute cette décennie de mes deux. Je suis très heureux d'empocher mon petit pécule durement gagné et de me tailler en Espagne.

Tom a l'air inquiet mais après un moment de réflexion, Kate secoue la tête.

— Je ne vous crois pas, elle fait.

Je pose ma tasse de thé sur le manteau de cheminée, écrase ma cigarette dans le cendrier dauphin et me frotte le menton.

— Vous devriez. Parce que je me casse. Je suis comme ce putain de Chat mystérieux de la comédie musicale là, Macavity. Vous me cherchez, mais je ne suis déjà plus là.

Kate soupire, attendant que j'aie fini mon numéro. Je rengaine mon poignard.

— Et si vous voulez que je localise Dermot McCann avant mon départ, ça va vous coûter bonbon.

Tom est choqué d'entendre le nom de Dermot McCann si tôt dans la conversation mais c'est à peine si Kate hausse un sourcil.

— Quel est votre prix ? demande-t-elle.

La question à mille balles. Est-ce que je suis foutu de savoir ce que je veux ?

— Réintégration au rang d'inspecteur principal. Recouvrement de mon salaire et de mon ancienneté. Suppression de toute supposée faute de mon casier. Une affectation au poste de police de mon choix. Et une dernière chose…

— Quoi donc ? demande Kate.

— Une excuse pour la façon dont j'ai été traité. Une excuse d'en haut.

— Du chef de la police ?

— De Thatcher.

— De Mrs Thatcher ? demande Tom, sidéré par mon culot.

— Ben, pas de Denis, Ducon.

— Mais vous délirez ! s'écrie Tom, les yeux exorbités.

— Ce sont mes conditions. C'est à prendre ou à laisser.

— On pourrait faire de votre vie un enfer, vous savez.

Je me lève et me rapproche au point de me retrouver quasiment nez à nez avec lui.

— Tu sais quoi, mon pote, je te déconseille de te lancer dans les menaces, c'est vraiment pas la bonne approche.

Kate se racle la gorge, se lève et balaie des miettes imaginaires de son chemisier.

— Je suppose qu'une lettre de regrets signée du Premier ministre ferait l'affaire ? s'enquiert-elle sur un ton tout professionnel.

— Peut-être.

— Bien, alors nous verrons ce que nous pouvons faire dans ce sens.

Elle fait signe à Tom de se lever.

Je les raccompagne à la porte.

— Nous vous tiendrons au courant, dit-elle.

— Faites en sorte de ne pas trop tarder, ma belle, il paraît que Valence est très agréable à cette époque de l'année.

— Détrompez-vous, le climat est étonnamment rude, elle fait, et elle martèle l'allée du jardin en partant.

7

CLAIR-OBSCUR

L'Irlande dans des tons noirs et verts sous la lune gibbeuse. L'Irlande sous la chape des nuages gris, sous l'aile du corbeau, sous l'aile du corbeau et les pales d'hélicoptère. Vol de nuit au-dessus de la vallée de la Lagan et la poudrière d'Armagh Sud. Dans ma tête j'entends la *Neuvième Symphonie* de Mahler, qui s'ouvre sur un motif hésitant, syncopé, évocateur de l'arythmie cardiaque dont souffrait le compositeur…

Je n'ai jamais aimé les hélicoptères : collines qui surgissent du brouillard / pannes de moteur / missiles antiaériens – surtout les missiles. En Ulster, pour ne pas être repérés, les hélicos de la RAF utilisent un leurre thermique basé sur la combustion de magnésium à l'arrière de l'appareil, mais pour des raisons de bureaucratie, l'armée n'a pas encore adopté cette précaution avisée. Heureusement, le trajet depuis Belfast est court, et notre destination se profile à l'horizon.

La garnison de Bessbrook est sortie de terre autour d'un moulin transformé, construit par les quakers au XIXe siècle. C'est à présent le siège régional de l'armée britannique en Armagh et l'héliport le plus actif d'Europe. Des centaines de soldats sont dépêchés depuis cette base sur toute la zone frontalière et c'est ici que de nombreuses agences de renseignements et la police militaire ont implanté leurs centres de commandement.

Entre ces murs d'enceinte anti-explosion surmontés de fil barbelé évoluent des bidasses de toutes sortes : fantassins, pilotes d'hélico, SAS[1], ingénieurs, spécialistes des télécommunications, Royal Marines, et j'en passe. Bessbrook, c'est les meilleurs œufs de l'armée britannique réunis dans le même panier, cerné d'hostilité, et il suffirait que l'IRA se secoue les puces et lance une offensive massive pour que ça devienne un joli petit Diên Biên Phu.

On descend à cinq cents pieds d'altitude. Partout, des arcs lumineux, des projecteurs, des fusées éclairantes rouges. La ville de Newry à deux kilomètres sur la gauche, la frontière de la République d'Irlande à un jet de pierre sur la droite dans une obscurité menaçante.

— Tenez-vous prêt ! Atterrissage brutal. Vous descendez, on décolle, m'explique l'artilleur.

— Qu'est-ce que vous entendez par brutal ? je demande, mais on est déjà en approche : le Wessex touche terre sur un immense H blanc.

— Terminus ! Descendez ! me gueule l'artilleur.

J'acquiesce, défais mon harnais, enlève mon casque. Je sors de l'hélico et, dès que je me suis suffisamment reculé, le Wessex redécolle.

Un jeune officier de la police militaire vient à ma rencontre, porte-bloc à la main.

— Inspecteur Duffy ?

Inspecteur ?

— Duffy, ça ira.

— Par ici.

1. Special Air Service, unité spéciale d'intervention britannique.

On passe une porte en métal anti-souffle et je le suis dans le labyrinthe en béton. On descend de plusieurs étages et on franchit divers sas de sécurité avant d'atteindre le niveau le plus bas : un sous-sol sinistre, froid et humide.

— Ça ressemble drôlement aux derniers jours d'Hitler, par ici.

Ce n'est sûrement pas la première fois qu'il l'entend mais il sourit quand même.

On m'amène dans une salle d'interrogatoire où on me laisse avec un pichet d'eau, une chaise, un cendrier et le *Daily Mirror*. Je lis le journal et fume une clope.

C'est le comédien-magicien Tommy Cooper qui fait les gros titres, grâce à sa crise cardiaque de la veille et sa mort en direct à la télé. Tout le monde a cru que ça faisait partie du spectacle et a continué à se marrer pendant qu'il s'étouffait sur scène. "C'est comme ça qu'il aurait voulu partir", ont dit la plupart de ses amis interviewés pour l'article, mais ça me semble quand même difficile à croire.

Tom et Kate débarquent dix minutes plus tard. Tom est en pull à col roulé, pantalon marron et mocassins à glands. Il fait ce qu'il peut pour la jouer décontracté mais il a des poches sous les yeux et le teint cendreux. Kate, elle, porte une chemise blanche et un jean délavé. Tom tient un magnétophone, elle une mallette. Il installe l'appareil, le branche à un micro et appuie sur enregistrer.

— Vingt heures une, 16 avril 1984, Bessbrook, comté d'Armagh, Irlande du Nord. Entretien avec Sean Duffy, ancien membre du Royal Ulster Constabulary.

— Toujours ancien, hein ?

Kate ouvre sa mallette et me tend une feuille de papier. Il s'agit d'un document légal me réhabilitant au sein du

RUC jusqu'au 31 décembre 1984 à la fonction d'inspecteur principal.

Je le parcours puis la regarde. Elle devine que je ne suis pas satisfait.

— C'est quoi cette connerie de 31 décembre ?

— Je crains que ce soit tout ce que nous ayons réussi à obtenir du chef de la police, répond-elle.

— Il ne vous aime pas trop, ajoute Tom.

— Et la lettre de Thatcher, elle est où ?

— Mme le Premier ministre a été informée de votre requête mais elle a refusé de signer une lettre d'excuses ou de regrets concernant les prétendus mauvais traitements que vous aurait infligés le gouvernement de Sa Majesté, dit Kate en esquissant un sourire compatissant.

— Vous lui avez vraiment demandé ?

— Mais oui.

— Quelle vieille chienne aigrie !

Je regarde Kate, Tom puis la bande noire du magnétophone qui tourne.

— Sean, fait Kate d'une voix douce.

Il y a quelque chose de curieux dans son visage, c'est difficile à expliquer. Sous ce carré châtain strict, elle est attirante, respire l'intelligence, mais on a du mal à savoir ce qu'elle pense, d'où elle vient, et même quel âge elle a vraiment – je ne serais pas étonné d'apprendre qu'elle est fraîchement diplômée d'Oxford du haut de ses vingt-deux ans ou qu'elle a servi au temps de la guerre froide et qu'elle a cinquante piges.

— C'est le mieux qu'on puisse faire pour l'instant.

— Ça ne me suffit pas. J'exige une réhabilitation non temporaire et des excuses. Ces crétins m'ont traité d'enfoiré de Fenian, pratiquement en face. Vous avez une idée de ce que c'est que se farcir toute cette merde à longueur d'années ?

Bien sûr que non. Enfin, pas vraiment. Leurs guerres de religion sont terminées. Les Anglais ont surmonté tout ça il y a des centaines d'années.

Tom tapote la table du bout des doigts.

Je lève les yeux au plafond. Que faire ? Me casser en Espagne ? Bouffer des tapas et me coltiner leur putain de flamenco ?

— Je veux bien laisser tomber pour la lettre d'excuses mais ce sera mon unique compromis, je fais.

Tom secoue la tête en regardant Kate, l'air de dire : *Je te l'avais dit, ce mec se prend pour une diva.*

— Sean, écoutez, ce sont les meilleures conditions qu'on ait pu obtenir. Une réintégration temporaire, un retour au CID. Vous récupérez tous vos avantages ! Des concessions qu'on a arrachées au commandement du RUC au terme d'âpres négociations.

— Âpres, et vaines. Tout ça pour que le 31 décembre, on me jette à nouveau comme une vulgaire chaussette, dis-je en agitant la feuille tel Neville Chamberlain, mais en plus triste, et plus sage.

— Vous vous trompez, insiste Kate.

— Alors expliquez-moi.

— Vous êtes réintégré temporairement sous réserve d'une réhabilitation permanente à la fin de l'année… si certaines conditions sont remplies.

— Et quelles sont-elles ?

— Ne pas nuire à la réputation du RUC, ne pas contrevenir aux ordres directs de vos supérieurs et, enfin, faire en sorte que le MI5 remette un rapport favorable au chef de la police concernant vos activités au sein de son service.

Je plisse le nez tellement je suis écœuré.

— Donc. Je me retrouve en période d'essai, et dans les faits, je devrai servir deux maîtres. Me faire bien voir des flics sans me faire mal voir du MI5.

— On peut dire ça comme ça, fait Kate.

Mais… retourner dans la police ? À mon rang d'avant ? Redevenir inspecteur ? J'en ai déjà des frissons…

— J'aimerais voir tout ça par écrit.

— Ne dépassez pas les bornes, Duffy, marmonne Tom.

Je m'adosse à ma chaise en plastique et regarde ce pauvre Tommy Cooper sourire sous son fez rouge en une du journal.

— Qu'est-ce que vous en dites, Sean ? me demande Kate.

— Perfide Albion, voilà ce que j'en dis.

— Oui. Vous avez raison de vous méfier des Renseignements, mais tort de ne pas me faire confiance. Je mets un point d'honneur à ne donner ma parole que lorsque je sais que je pourrai la tenir.

— Quelle actrice, je fais, mais en vérité ses mots sont étrangement rassurants.

— Et si vous y tenez vraiment, je peux vous écrire noir sur blanc les conditions de votre réintégration totale, ajoute-t-elle avec un sourire.

J'acquiesce.

— Parfait, dit-elle en ouvrant sa mallette pour me tendre divers formulaires à lire et à signer.

Pas de tension dramatique. On sait tous ce que je vais faire.

J'appose ma signature au bas de deux versions différentes du décret secret-défense et d'un formulaire exonérant le ministère de l'Intérieur de toute responsabilité si je venais à mourir ou être blessé dans l'exercice de mes fonctions. Une fois le tout rempli, Kate prend les papiers pour les ranger soigneusement.

— Très bien. Bon, il faut que vous compreniez que ce que nous nous apprêtons à vous dire est hautement confidentiel… se lance-t-elle.

— D'accord.

Elle s'éclaircit la voix.

— Alors je poursuis. Nous savons depuis quelques années que l'IRA bénéficie d'un entraînement aux armes en Libye. Suite à l'évasion massive de prisonniers de Maze en septembre dernier, nous avons suivi la trace de neuf ou peut-être dix membres de l'IRA jusqu'à Tripoli. Grâce au travail de nos homologues, nous avons pu identifier la plupart d'entre eux. Et comme vous l'avez deviné, Dermot McCann en fait effectivement partie.

— Un sacré bonhomme, hein ? Vous auriez dû le surveiller de plus près.

— Je ne vous le fais pas dire. Quoi qu'il en soit, les relations entre le colonel Kadhafi et l'IRA se sont compliquées, voire tendues, et à la fin de l'automne dernier, nos homologues se sont débrouillés pour faire croire au régime de Kadhafi que les membres de l'IRA étaient en fait des agents du Mossad. Suite à quoi Kadhafi les a fait arrêter et jeter dans une de ses geôles.

— Beau boulot.

Elle secoue la tête.

— Comme c'est souvent le cas avec les machinations fantasques des services secrets, l'avantage n'aura été que de courte durée et peut même avoir desservi notre cause. Depuis, Kadhafi a libéré tous les hommes de l'IRA et redouble d'efforts pour les équiper et les entraîner.

Tom prend le relais.

— Les services secrets nous ont quand même rendu un service. Ils ont réussi à mettre la main sur le journal que tenait McCann en prison. Malheureusement, il ne nous est pas d'une très grande aide, mais on voudrait que vous y jetiez un œil.

Il me tend deux douzaines de pages photocopiées dans un classeur noir. Je l'ouvre, tombe sur des gribouillis, des commentaires politiques, des dessins, des poèmes et une tentative d'autobiographie abrégée.

— Vous, vous l'avez lu ? je demande.

— Oui, et je crains que McCann ne soit pas assez bête pour écrire quoi que ce soit de compromettant.

— Vous avez l'original ?

— Oui.

— Je préférerais lire l'original alors, si ça ne vous dérange pas.

Kate hoche la tête et Tom me passe un petit carnet couvert de cire de bougie, qui sent le sable et le *ful medames*.

— Qu'est-ce que vous avez d'autre ?

— On a récolté très peu d'informations sur les activités de l'IRA en Libye mais de toute évidence les hommes ont été formés à la fabrication d'explosifs et au maniement des armes. Et nous pensons qu'ils étaient séparés en deux ou trois cellules.

— Ces cellules ont l'argent et les moyens opérationnels nécessaires à une survie en totale indépendance du conseil de l'armée de l'IRA lorsqu'elles reviennent dans les îles Britanniques, enchaîne Kate.

— De quoi vous mettre mal. Vous avez une taupe au conseil de l'armée de l'IRA, n'est-ce pas ?

Tom devient blême. Kate tend une main en travers de la table pour arrêter le magnétophone.

— Inspecteur Duffy, vous ne devriez pas jouer aux devinettes sur ce genre de choses, dit-elle, lapidaire, avec un froncement de sourcils peu attirant mais spectaculaire.

Elle rembobine jusqu'à "îles Britanniques" et appuie de nouveau sur le bouton d'enregistrement.

— La semaine dernière, les services secrets nous ont fait part d'une information quelque peu inquiétante. Les équipes de l'IRA ont reçu de faux passeports et il se peut que certains aient déjà quitté la Libye.

— Super. Alors ils se sont taillés depuis un bail.

— Oui.

Elle croise les mains sur la table et se tourne vers Tom. Il n'a rien à ajouter.

— Poursuivez, je fais.

— À quel sujet ? demande Kate.

— Quoi, c'est tout ? Vous n'avez pas d'autres infos ?

— Je crains que non, fait Tom avec un sourire penaud.

Je m'allume une cigarette et laisse la nicotine se dissoudre dans mes veines une minute environ avant d'entamer mon baratin.

— Que je comprenne bien. Dix soldats de l'IRA ont été formés à la fabrication d'explosifs sophistiqués et au maniement d'armes en Libye. Certains étaient des détenus évadés de Maze et ces garçons étaient déjà des artificiers remarquables. Les services secrets de Kadhafi leur ont fourni de faux passeports, de l'argent, du matériel et ils sont pour la plupart probablement déjà au Royaume-Uni en train de prévoir une campagne d'attentats à la bombe. J'ai bon ?

— C'est à peu près ça, dit Kate.

— Je pense, se lance Tom, mais avant qu'il ait le temps de nous faire part de ses pensées, les lumières s'éteignent et on entend des bruits sourds tout autour de la base.

Une attaque ? Si c'est le cas, elle n'est pas très vaillante, et au bout de deux minutes la lumière revient. Je remarque que Tom a tiré sur ma clope jusqu'au filtre.

— C'est quoi mon rôle au juste, dans tout ça ? je demande à Kate.

— Nous aimerions que vous nous aidiez à localiser Dermot McCann. Il y a fort à parier qu'il dirige une de ces cellules, peut-être même toute l'unité.

— Ça fait un moment qu'il est en cavale, maintenant. Je suppose que vous avez appliqué la procédure habituelle ?

— Les Renseignements généraux, le service pénitentiaire, le MI5 et même le SAS sont à ses trousses, répond Kate.

— Écoutes téléphoniques ? Détournement de courrier…

— Mis en place. Plus deux équipes de terrain.

— Qui avez-vous mis sur écoute, d'ailleurs ? Je sais qu'Annie et lui ont divorcé il y a quelques années.

— Annie vit chez elle avec sa mère et son père, mais on a quand même mis cette ligne sur écoute, par précaution.

— Qui d'autre ?

— Ne m'en veuillez pas, Sean, mais je ne crois pas être autorisée à vous révéler tous les noms. Je peux vous garantir que nous avons mis sur écoute tous les membres de sa famille et associés connus de nos services et que nous interceptons leur courrier.

— Et vous n'avez rien appris ?

Tom secoue la tête.

À mon tour de hausser les épaules.

— Ça ne m'étonne pas. Dermot est extrêmement rigoureux. Jamais il ne contactera sa famille ou ses amis, pas tant que sa cellule est active. C'est pas un couillon. Ça va pas être de la tarte.

— Nous l'avons pincé une fois, objecte Tom.

— Non, vous ne l'avez pas pincé. C'est la police qui l'a piégé. Dermot n'aurait jamais laissé ses empreintes où que ce soit, et certainement pas sur une de ses bombes. C'est un coup monté orchestré par les Renseignements généraux.

Kate me sourit.

— Il nous faudra peut-être avoir recours à des mesures plus extrêmes, cette fois.

Je n'aime pas ce ton.

— Ne comptez pas sur moi pour être votre assassin, je lui dis froidement.

— Ce ne sera pas nécessaire. Nous voulons simplement que vous fassiez ce que vous faites le mieux.

Je m'allume une autre sèche, lance l'allumette dans le cendrier mais elle atterrit sur le gros menton de Tommy Cooper.

— J'aurai besoin de la liste des amis, parents, anciens potes de prison et connaissances de Dermot. En gros tous les gens que vous avez mis sur écoute plus leur cercle à eux.

— On peut vous en fournir une partie.

— Et j'aurai besoin d'un bureau. Je pensais au poste de police de Carrick. C'est pratique et je connais la chanson. Ils ont un nouveau patron tout coincé du cul, un divisionnaire de Derry. Faudra régler ça avec lui.

— On doit pouvoir s'en occuper, dit Kate.

— J'aurai besoin d'une plaque qui dit que je suis inspecteur au CID. Vous feriez mieux de me coller aux RG. Ça fera pas peur au chaland, mais ça peut foutre les jetons aux flics qui refusent de coopérer.

Comme ça, de but en blanc, je ne sais pas quoi exiger de plus.

— Tout ça m'a l'air raisonnable, fait Kate.

— Bien.

— Bien.

On se serre la main.

Tom me raccompagne à l'aire d'atterrissage.

Pendant le vol en hélico, je lis le journal de Dermot : l'autobiographie, la théorie politique, la fausse poésie, un projet utopique pour une Irlande socialiste, démocratique, à trente-deux comtés. S'il s'agit du véritable Dermot McCann et non d'absurdités écrites pour donner quelque chose à lire à ses gardes, il frise le ridicule.

La société est intrinsèquement morte et l'inertie est la caractéristique principale du régime post-capitaliste. Tout consensus dans le récit post-textuel est utilisé à des fins d'oppression sur l'opposant sectaire. Si l'on se penche sur le paradigme préconceptuel de l'Irlande avant l'invasion normande, on est confronté à un choix : accepter cette hiérarchie rurale ou embrasser une anarchie de royaumes tribaux. Nous devons construire une passerelle vers le passé, entre les classes et entre les identités sectaires acquises. Et si le rationalisme prétextuel survit à la Révolution, je ne crois pas que nous n'aurons pas à choisir entre la théorie capitaliste post-dialectique et une forme de marxisme capitaliste…

Des pages et des pages du même tonneau. Je cherche des acrostiches ou des sens cachés mais n'en trouve pas. C'est peut-être une satire poussée à son paroxysme.

On atterrit à la base de l'UDR[1] à Carrickfergus, où une Mercedes m'attend pour me ramener à Coronation Road. Je continue ma lecture dans la voiture. La seule partie vraiment intéressante de ce journal réside dans les éléments biographiques : l'enfance à Derry, l'école, la colère contre les Christian Brothers qui le maltraitaient, la musique des années 1950, la radicalisation après 1968, les manifs, la prison. Rien sur votre serviteur. Rien sur notre rencontre après Bloody Sunday. Et rien sur cet étrange moment en salle d'étude en sixième

1. Ulster Defense Regiment, régiment de l'armée britannique dont les membres sont recrutés en Irlande du Nord.

quand il m'a collé une gifle pour un affront involontaire de ma part.

La voiture me dépose au 113 Coronation Road.

Je me prends une canette de Bass et m'assois à côté du téléphone.

J'appelle mes parents pour leur dire que j'ai réintégré la police à mon poste d'avant. Ma mère se met à pleurer. Moi aussi.

J'appelle McCrabban.

— Crabbie, c'est moi.

— La vache, Sean, ça fait un bail. Quoi de neuf ? J'ai entendu dire que tu démissionnais ?

— Non ! Moi, démissionner ? Rien qu'une rumeur. Je suis de retour. Au CID, même, je fais, contenant ma joie avec difficulté.

— C'est vrai ? Excellente nouvelle !

— Je m'occupe d'une affaire pour les Renseignements généraux. Je me demandais si ça t'embêterait que je prenne un coin de bureau au poste de Carrick. Je veux pas empiéter sur tes plates-bandes mais…

— T'en fais pas ! C'est avec grand plaisir, Sean.

— Merci, Crabbie.

On taille le bout de gras, je raccroche et m'installe avec le dossier à charge de Dermot sur les genoux. Kate m'a également donné le rapport complet que le MI5 a constitué sur McCann, avec photos et arbre généalogique. À ma grande surprise, je découvre que la quasi-totalité du contenu m'est déjà connue. Dermot a trois frères et deux sœurs. Un de ses frangins purge une peine de vingt ans pour meurtre, les deux autres ont émigré en Australie pour ouvrir un restaurant. Le père est mort et la mère vit avec ses filles Orla et Fiona à Derry.

Tous ses proches encore en vie sont de farouches Républicains qui ne parleront jamais.

Je finis ma bière, me sers un whisky, mets le Velvet Underground et relis tout depuis le début.

À ma troisième lecture du journal, je remarque une chose qui m'a échappé les deux premières fois : un minuscule dessin de femme aux cheveux bouclés tout raturé. En y regardant de plus près, on voit à travers les gribouillis qu'elle porte un collier affichant des lettres : A, rature, rature, I, E.

— Annie, je dis tout haut.

Certes, ils ont divorcé, mais il en pince peut-être encore pour elle. Mon premier ordre du jour sera de me rendre à Derry pour demander à sa mère et à ses sœurs ce qu'elles savent, avant d'aller labourer le terrain potentiellement plus fertile de l'ex-femme remontée.

Nico se met à chanter "All Tomorrow's Parties". D'une certaine façon, j'y vois un symbole.

— Cette histoire, ça va être une affaire de femmes, je prophétise à voix haute.

Sans savoir encore que je vise dans le mille.

8

PREMIER JOUR D'ÉCOLE

L'homme dans le miroir : une copie de moi-même, mais lavé, rasé et vêtu d'une chemise blanche mal ajustée, d'une cravate rouge et d'un blouson en cuir. Mal ajustée parce que j'ai perdu beaucoup de poids ces six derniers mois. Dans les dix kilos, facile, grâce à un régime à base de marijuana, clopes, vodka, sirop de citron vert et pas grand-chose d'autre. Je dévale l'escalier et déboule sur mon perron. Le printemps est là, dans les jonquilles, les jacinthes, la rue luisante après une averse. Les enfants McDowell lancent un ballon de foot dans ma direction. Je le renvoie d'un coup de pied hésitant.

— On a un entretien d'embauche ? me demande Mrs Campbell, pleine d'attention, depuis la galerie de Mrs McDowell où elle fume une cigarette.

Grâce aux cancans de Sammy McGuinn, tout Coronation Road sait que j'ai démissionné de la police.

— Mais non, pas du tout ! Il est de retour chez les poulets. Ces abrutis ont compris leur erreur et ils l'ont réintégré, comme je vous dis ! fait Mrs McDowell.

— C'est bien vrai ? demande Mrs Campbell en attendant que je confirme.

— Mais si je vous le dis ! insiste Mrs McDowell entre deux bouffées, tout en donnant le sein à son bébé.

C'est quoi, son dixième ?

— Vous êtes de retour dans la police pour de bon, Mr Duffy ? s'enquiert Mrs Campbell.

— Disons que…

— Dans les Renseignements généraux, même ! Inspecteur principal, rien que ça, gueule Mrs McDowell pour que toute la rue entende.

C'est en tout cas ce qu'annonce la plaque que j'ai reçue la semaine dernière : inspecteur principal Sean Duffy, Renseignements généraux du Royal Ulster Constabulary, affecté au RUC de Carrickfergus. Comment Karen McDowell est au courant, ça, je n'en ai pas la moindre idée, quoique son homme soit facteur au Royal Mail…

L'enthousiasme illumine le visage de Mrs Campbell.

— Mais félicitations, Mr Duffy ! Je suis si contente. Je me disais bien, aussi, que ce… hem… ce malentendu avec vos supérieurs serait vite oublié.

— Merci, je réponds avant de me racler la gorge. Bien, je ne voudrais pas être en retard. Je reprends du service aujourd'hui.

— Attendez-moi ici ! m'ordonne Mrs Campbell avant de se précipiter dans sa maison.

Elle en ressort avec un peigne.

— Penchez-vous par-dessus la clôture, mon joli.

— Ce ne sera pas nécessaire, je…

— J'ai dit : Penchez-vous !

Je m'exécute et elle me donne un coup de peigne pour aplatir les épis.

— Merci, je fais, penaud, et me dirige vers ma BMW E30 de 1982.

Je jette un coup d'œil en dessous.

— Une bombe, aujourd'hui, m'sieu ? me demande un des mômes McDowell.

— Pas aujourd'hui, non.

— Bah, il fait, un peu déçu.

Je monte à bord, mets la radio sur Downtown et roule jusqu'au poste de Carrickfergus. Le garde jette un œil à ma plaque et, en secouant la tête d'un air méfiant, il me laisse passer.

Je me gare sur le petit parking réservé au CID, marche entre les nids-de-poule emplis d'eau de pluie et de gasoil, et j'entre.

À l'accueil, je tombe sur un gros flic à la moustache grise et à la peau couleur saindoux. Avant, il y avait un sergent qui faisait les mots croisés du magazine *People's Friend* avec le plus grand mal. Ce gars-là est en train de lire *Middlemarch*.

— Inspecteur principal Duffy pour sa prise de fonctions, j'annonce.

— Oui, vous êtes attendu, il marmonne sans lever les yeux.

En arrivant au premier étage, je me rends compte qu'il y a encore eu du changement depuis ma dernière visite. La plupart des cloisons ont été abattues et l'espace est désormais divisé en box. Bénéficiant auparavant d'une situation de premier choix près des fenêtres qui donnent sur le lac, le CID est relégué dans l'extension en parpaings au fond du bâtiment, pleine de courants d'air. Des ordinateurs Apple trônent sur la plupart des bureaux à la place des machines à écrire, et les ampoules jaune terne qui trimaient à mon avis depuis les années 1930 ont été remplacées par des tubes au néon.

Tout l'ancien mobilier en bois, confortable, a disparu, au profit de tables et de chaises en plastique. La plupart des flics sont des bleus au visage poupin qui font semblant de bosser sur les ordinateurs. Enfin, certains travaillent peut-être, mais je me demande bien à quoi. Ils sont deux ou trois à lever la tête quand j'arrive en haut des marches, mais ils baissent à nouveau les yeux en se rendant compte que je ne suis personne d'important.

Des versions modernisées du grand répertoire américain de la chanson s'échappent d'une sono quadriphonique. J'imagine que le but est de créer une ambiance apaisante, mais je vois d'ici le jour où quelqu'un craquera à la cinquantième écoute de "Mack the Knife" et flinguera les haut-parleurs accrochés au mur.

Je meurs d'envie de voir mes partenaires du CID mais la première chose à mon ordre du jour est de me présenter au divisionnaire Carter. C'est lui qui a pris les bureaux près des fenêtres, et fait de la salle des scellés son nouveau domaine.

Je frappe à une porte en verre dépoli encadré d'acajou noir.

— Duffy, c'est bien ça ? il fait, manifestement doué d'un remarquable sixième sens.

— C'est ça, monsieur.

— Ben ne restez pas planté là comme une andouille, entrez !

Il est installé derrière un immense bureau lui aussi sculpté dans ce qui ressemble à de l'acajou. Il arbore un uniforme de divisionnaire et il s'est laissé pousser de longs favoris qui lui donnent des airs de Gilbert et Sullivan.

— Inspecteur Duffy pour sa prise de fonctions, monsieur, dis-je en faisant le salut militaire.

— On ne salue pas quand on est en civil, Duffy. Asseyez-vous.

Je m'exécute. Il n'y a rien sur son bureau, à l'exception d'un dossier sur lequel figure mon nom. Au mur derrière lui, le drapeau britannique, et une photo de la reine à cheval. Il y a aussi, en plus petit, un portrait de famille réunissant le divisionnaire Carter, Mrs Carter et deux enfants à la mine sinistre.

— Permettez-moi de vous lire quelque chose d'intéressant, dit-il.

— Pas mon horoscope au moins, monsieur ? Je ne crois pas à ces trucs.

Il pose le dossier et pointe un doigt vers moi.

— C'est exactement le genre d'attitude qui vous a valu d'être viré, Duffy. Fermez-la et écoutez.

Il se racle la gorge et commence à lire. Il s'agit des aspects les moins reluisants de mon dossier personnel, et je fais la sourde oreille à presque tout ce qui sort de sa bouche.

— … Je pensais qu'on ne vous reverrait plus, Duffy. De la mauvaise graine, disaient tous les gars du poste. Et moi je pensais, *Bon débarras*. Et voilà que je suis chez moi dimanche dernier, je dis bien chez moi, et que je reçois un coup de fil m'informant que je dois faire de la place pour un certain inspecteur principal Sean Duffy des Renseignements généraux. *Ça ne peut pas être le même Duffy dont j'ai entendu parler*, me dis-je, mais je découvre avec stupéfaction que si. Comment se fait-il que vous ayez été viré de la police pour une kyrielle de délits et d'infractions, la dernière en date étant d'avoir renversé un pauvre bougre sans vous arrêter, et que vous resurgissiez comme ça ? Comme par magie ! Renseignements généraux ! Inspecteur !

— Eh bien…

— Comment vous avez fait, Duffy ? Vous avez écrit à *Jim'll Fix It* ? Le chef de la police est votre père ? Vous n'êtes quand même pas parent avec une tête couronnée d'Europe ?

— Pas à ma connaissance, monsieur.

— Qu'est-ce que c'est que ce cirque, Duffy ? Et pourquoi être revenu ici ? Dans ma paroisse ?

Je le regarde froidement entre les deux yeux, fier d'être à présent assez mature pour éviter l'insolence d'un rictus.

— Je ne suis pas autorisé à vous le dire, monsieur, je fais sans intonation particulière.

Son visage vire au rouge. Il pose la feuille. Une veine palpite du côté gauche de son cou.

— On en est là, alors ?

— Oui monsieur, on en est là.

— Sachez que ça ne me plaît pas, Duffy. Pas du tout.

— J'en suis navré, monsieur, mais c'est ainsi… On m'a dit que j'avais un bureau quelque part ?

— Oui, au fond, au CID, à côté des toilettes, dit-il, content de lui.

— Très bien. Je vous souhaite une bonne journée, monsieur…

Il bondit de son fauteuil, contourne son bureau et m'agrippe le bras.

— Pour qui travaillez-vous, Duffy ?

— Je ne peux rien dire, monsieur.

Ses joues sont déjà d'une belle teinte betterave mais, histoire de le pousser à bout, je lui adresse un nouveau salut militaire, pivote sur mes talons et sors en marchant au pas.

Une version jazz de "The Last Train to Clarksville" m'accompagne jusqu'aux quartiers sordides du CID au fond du bâtiment.

Matty et McCrabban se retrouvent donc dans une petite pièce en parpaings nus avec vue sur le parking et la voie ferrée. L'attitude des flics ordinaires à l'égard du CID m'étonne toujours. Pourquoi ce mépris ? Ce sont les inspecteurs qui se tapent les crimes à résoudre. Parce que franchement, ils font quoi, eux ? Personnellement, j'ai été agent ordinaire pendant un an et je n'ai toujours pas de réponse.

J'ouvre la porte et entre dans le repaire du CID.

— Y a de la place pour moi, les gars ?

Ils sont vraiment contents de me voir.

Poignées de main, tapes dans le dos. Je préfère mettre McCrabban à l'aise :

— Écoute, mon pote, je suis aux RG, inspecteur principal en mission spéciale. Je suis pas venu braconner sur tes terres, tu es toujours le maître de céans.

McCrabban est soulagé mais il essaie de ne pas le montrer. Grand, presque voûté, il s'est un peu empâté depuis la dernière fois mais il est toujours aussi pâle et n'a pas l'ombre d'un cheveu blanc.

— Maître temporaire, rectifie-t-il. Ils sont censés faire venir un inspecteur principal cet été.

— Ils disent toujours ça. Si tu t'accroches, le poste sera sûrement pour toi.

Matty, lui, a les cheveux en brosse courte et ses joues ont plus de couleurs. Son nez crochu et ses dents en avant se voient moins dans son visage encore jeune. Il ne ressemble toujours pas à un flic, mais rien de grave car il ne l'a jamais voulu.

— C'est super que tu sois de retour, Sean, quelles que soient tes fonctions, dit-il.

— Il paraît qu'ils t'ont enterré dans un trou en Armagh Sud, ajoute Crabbie.

— On t'a dit vrai. Je crois qu'ils ont tout fait pour me tuer. Mais j'ai survécu rien que pour les emmerder.

— Tu as sept vies, Sean, fait Matty.

— Qui veut aller faire un tour au pub ? C'est pour ma pomme.

— C'est que Carter nous surveille de près, dit Matty.

— Allez. Qu'est-ce qui peut bien nous arriver ?

— Tu dois en savoir quelque chose, dit Crabbie.

On se retranche au Royal Oak juste à côté, où les gars me mettent à jour sur les ragots du poste. Moi je leur dis sans détour que je cherche Dermot McCann et que d'ailleurs j'aurai peut-être besoin de leur aide à un moment.

— Par contre, pas un mot à qui que ce soit. C'est une opération des RG et ces cinglés sont paranos comme pas deux.

Mais je sais qu'aucun d'entre eux n'en soufflera mot.

On boit un coup puis on tombe sur mon ancien patron, l'inspecteur-chef Brennan, désormais à la retraite, qui a entendu dire que j'étais de retour et voulait me dire bonjour. Il a toujours eu des airs tragiques de Polonius, mais maintenant il est vieux, débraillé, et son nez est un plan de métro de capillaires sanguins. Encore pire : il est ivre. Bourré à une heure et demie de l'après-midi. Il insiste pour nous payer une tournée de doubles Johnnie Walker et nous raconte quelques anecdotes déplacées sur mon insolence à ce qu'il appelle l'époque du "mauvais vieux temps". Puis il finit par regarder sa montre et marmonner qu'il a une partie de golf.

— Voilà l'Esprit du Noël futur qui s'en va, fait Matty.

Meurtre, suicide ou cirrhose – telles sont les trois portes de sorties du RUC les plus populaires. Mes copains sont déprimés maintenant, je les raccompagne au poste où je réquisitionne pour ma pomme un bureau, une chaise, une lampe, un téléphone et un ordinateur Macintosh flambant neuf.

Satisfait de ma journée de travail, je rentre chez moi.

— Alors, ce premier jour, Mr Duffy ? J'ai entendu dire que le divisionnaire Carter n'est pas du genre commode, me dit Mrs Campbell.

— Hé bien disons qu'il…

Elle baisse d'un ton.

— D'après Mrs Rattigan, sa femme l'a quitté pour un Américain fortuné. Elle lui a laissé les gosses, aussi. Des garçons, il me semble.

— Oui, apparemment il a eu quelques revers de…

— Mais je vous parle de sa deuxième épouse, bien sûr, la première est morte dans un accident de voiture, c'est lui qui conduisait. Rond comme une queue de pelle, à ce qu'il paraît, mais ce n'est qu'une rumeur.

— Quoi ? Carter a tué sa femme dans un accident de…

— Bon, je ne vous retiens pas, Mr Duffy, votre téléphone n'arrête pas de sonner depuis une heure, il y a quelqu'un qui vous cherche.

Je rentre, me prépare un thé et écoute Delibes pour un peu de sérénité.

Je décroche à la quatrième sonnerie.

— Alors, comment s'est passé ce premier jour ?

— Très bien, Kate.

— Vous avez avancé sur la localisation de notre ami ?

— Pas… pour le moment. J'ai surtout pris mes marques.

— Je vois.

— Du nouveau de votre côté ?

— Non, rien. Il n'appelle pas chez lui, n'y envoie pas plus de courrier, aucune trace de lui où que ce soit. Je vous avoue franchement qu'on est quelques-uns sur les dents.

— Il attend son heure. Quand il abattra ses cartes, vous ne serez pas déçus. Dermot connaît son histoire. Je me rappelle qu'un jour il m'a dit, C'est l'attentat de l'hôtel King David qui a sorti les Britanniques de Palestine.

— C'est vrai. Mais c'est Gandhi qui nous a sortis d'Inde un an plus tôt.

— Dermot n'est pas Gandhi, je fais.

— Je sais. Alors, quel est votre plan d'action ?

— Rien de spécial. Je vais commencer par interroger des gens.

— Quand ça ? me presse-t-elle.

— Vous me harcelez un peu, là, non ?

— Parce que eux me harcèlent. On a tous une hiérarchie.

— Je pensais m'y mettre demain. Aller à Derry voir sa mère et ses sœurs, et son oncle n'est pas à des années-lumière de là. Ils ne me diront rien, mais c'est tout ce que je peux faire.

— Derry ?

— Oui.

— Vous voulez que je vous accompagne ? Je suis à Rathlin. Ce n'est pas à des années-lumière non plus.

— Vous vivez sur l'île de Rathlin ?

— J'y ai une maison. Elle est dans ma famille depuis longtemps et je peux vous assurer que c'est mieux que de dormir à la base.

— Et vous n'avez pas mieux à faire que de suivre une piste qui nous mènera dans l'impasse ?

— Pas vraiment, non.

— La mère de Dermot vit dans un quartier craignos. Ardbo Estate. Je ne voudrais pas avoir l'air d'en faire des tonnes, mais je ne pourrai pas garantir votre sécurité, Kate.

— Je peux me prendre en charge.

Je réfléchis un instant. C'est toujours utile d'avoir un partenaire pour remarquer des choses qui vous échappent. Surtout si c'est une femme.

— D'accord. Je vous retrouve sur le parking du ferry de Ballycastle à neuf heures. Ça vous laisse assez de temps pour arriver ?

— Oui.

— Alors à demain.

Je me prépare une assiette de toast et haricots à la tomate pour le dîner et je regarde les infos.

La situation est calme. Deux attaques sur des postes de police. Quelques bombes incendiaires lancées sur des magasins de Ballymena. Apparemment les cellules libyennes attendent encore pour annoncer la couleur, mais je sais qu'elles ne vont pas attendre une éternité.

9

LES DEUX SŒURS

Le réveil sonne à six heures, je vérifie qu'il n'y a pas de bombe sous la BM et je roule le long de la côte jusqu'à Ballycastle. La pluie battante rend la route glissante et dangereuse dans les portions à flanc de falaise mais je garde une allure raisonnable.

Kate m'attend sur le parking du ferry.

Elle porte un long duffel-coat en laine noir et un béret noir qui penche d'un côté. C'est ravissant. Ça lui donne l'air jeune. La vingtaine. Dans le vent. En pleine ascension.

— Alors comme ça vous vivez sur l'île de Rathlin, c'est bien ça ? je demande en pointant, au-delà de la mer d'Irlande, la longue île en forme de L à huit kilomètres de la côte.

— Oui.

— Je n'ai jamais rencontré quelqu'un qui vivait là.

— Nous ne sommes que quelques centaines.

— Et ce n'est pas gênant pour un agent du MI5 ?

— Pas du tout. Il y a des horaires de ferry réguliers. Le téléphone. L'électricité. Et des vues à tomber, bien sûr.

— Et puis, c'est un endroit sûr.

— Ça, on peut le dire. Il n'y a pas eu de meurtre depuis deux cents ans environ. Mais il faut dire que c'était un meurtre multiple. Le massacre d'une population entière… dit-elle, et elle sourit.

— Allez, montez. Il vaut mieux que vous ne disiez rien. Je vous présenterai comme étant… Je ne suis pas sûr d'avoir saisi votre nom de famille ?

— Utilisez le nom de jeune fille de ma mère. Randall.

— D'accord. Vous serez l'inspecteur de police Randall mais si vous parlez avec un accent anglais, notre numéro tombe à l'eau.

— Je peux faire l'accent irlandais. Mon père vient de la vieille bourgeoisie anglo-irlandaise.

Je lève les yeux au ciel.

— Je suis persuadé que vous faites ça très bien mais c'est mieux si vous fermez votre clapet.

Elle monte dans la voiture.

— Vos parents vivent dans le coin, n'est-ce pas ? s'enquiert-elle.

— Oui.

— On peut passer leur rendre une petite visite si vous voulez.

— Je ne veux pas.

— Oh mais vous êtes boulot boulot, dites donc.

— En effet. Je ne mélange pas la vie privée avec les affaires en cours.

Je fouille dans le compartiment à cassettes et mets la face B de *Kind of Blue*.

En général, Miles Davis peut renseigner sur les goûts musicaux d'une personne, mais Kate ne demande pas autre chose, ne fredonne pas non plus, et ne fait aucun commentaire. Imperturbable, elle me sert son flegme habituel, se renferme l'air de rien.

Mais ça ne m'impressionne pas. Elle se donne trop de mal.

On roule sur l'A2, très fréquentée, jusqu'à Portstewart. La pluie tombe dru et on ne voit rien du tout – dommage, parce que par temps clair, c'est le plus joli coin de la côte. On dépasse Coleraine et, à Limavady, je m'arrête devant un petit café que je connais.

— Vous avez faim ? je demande à Kate.

— Ça se pourrait, dit-elle en jetant un regard sceptique au café, qui n'est qu'un bar ordinaire de bord de route.

— Ils font un *Ulster fry* d'enfer quand Suzanne est de service, et le moyen de savoir si elle est là, c'est de chercher sa Vincent Black Shadow sur le parking.

— Et ça, là, c'est une Vincent Black Shadow ?

— Oui.

— Est-ce que l'*Ulster fry* est la spécialité de la maison ?

— Oui.

— Je veux bien tenter, alors.

— C'est moi qui invite.

On entre. Je commande deux petits-déjeuners et deux thés. J'attrape un exemplaire de *Irish News* et de *Newsletter* et on s'installe à une table avec banquettes près de la fenêtre. Je lis la rubrique sports, Kate les vraies nouvelles.

Nos assiettes arrivent : pain aux pommes de terre, pain irlandais, pancakes, œufs, grosses saucisses de porc, bacon bien gras, boudin noir – le tout frit dans la graisse de bœuf.

— Je ne pense pas pouvoir avaler ça, en fait, dit Kate.

— Et des toasts ! je lance à Suzanne.

Kate picore un toast mais moi j'ai besoin de me remplumer alors j'enfourne la quasi-totalité de mon assiette.

Pas d'accalmie côté pluie alors on court jusqu'à la voiture, manquant tomber dans la boue. On roule et on arrive à Derry juste après dix heures.

Pendant les mille ans qui ont précédé l'invasion normande en Ulster à la fin du XIIe siècle, cette région était le territoire des O'Neill, un peuple réputé pour sa férocité et son indépendance. Les colons anglais ont rebaptisé la ville Londonderry et survécu au célèbre siège de 1690 mené par les armées catholiques du roi Jacques II. Après cette date, à l'est de la Foyle demeurait une ville protestante anglaise et à l'ouest du fleuve se trouvait Derry la catholique. Fait tragique, la ville est encore divisée entre Catholiques et Protestants à ce jour. On entre dans le Bogside, quartier catholique qui peut s'avérer intimidant pour les gens de l'extérieur, avec ses fresques de l'IRA et son dédale de cités. Mais pas pour moi, même si, en tant que flic, je peux me faire kidnapper et zigouiller pour un rien. C'est là que je suis allé à l'école, alors je connais la ville, les moyens d'y entrer et d'en sortir. En fait, je suis content d'y revenir. Je ne me sentirai jamais chez moi à Belfast, mais Derry… ouais, j'aurais pu m'y faire.

On traverse Shantallow Estate, avec ses rangées de maisons grises, ses gamins des rues, ses feux de joie, ses bagnoles calcinées et ses graffitis accueillants de AK-47 sur tous les murs. Puis on traverse l'A515 jusqu'à Lenamore Road, qui nous conduit dans Ardbo Estate.

À tout juste un kilomètre de la frontière avec le comté de Donegal, cet endroit est tout bonnement incontrôlable. Le RUC et l'armée britannique ont beau prétendre qu'il n'existe pas de zones de non-droit en Irlande du Nord, je serais surpris d'apprendre que les décrets de Sa Majesté s'appliquent à la lettre dans le coin.

Le taux de chômage dépasse allègrement les cinquante pour cent et les maisons mitoyennes construites à la va-vite appartiennent au plus gros propriétaire européen, l'Autorité publique du logement d'Irlande du Nord. Non qu'il y ait de quoi se vanter. Un tiers de ces habitations sont soit barricadées de planches soit en ruine, et le reste en est à des stades divers de délabrement.

Des groupes d'enfants et des meutes de chiens errants écument le quartier. Détritus et vieilles nippes s'étalent dans les rues ou s'entassent en petites pyramides à la Charles LeDray. Tous les arbres qui avaient été plantés avec optimisme dans la cité ont fini en feu de trottoir et la ménagerie qu'on voit à travers le pare-brise inclut des chevaux et des chèvres qu'on laisse paître sur les aménagements paysagers entre les immeubles d'habitation bas et marron.

Une sorte d'usine désaffectée fait une coque rouge sinistre à l'ouest, et au nord se dressent les étranges et inquiétantes montagnes du Donegal.

— Si vous voulez faire marche arrière, y a qu'à demander, je fais en voyant son visage.

— Je ne suis absolument pas inquiète, ment-elle.

À une époque, c'était un endroit recherché. Un projet audacieux et rutilant des années 1960, prévoyant l'éradication des bidonvilles, et ça a marché quelques années. Derry a échappé au pire des Troubles jusqu'à la date fatidique du dimanche 30 janvier 1972, au cours de laquelle des parachutistes de l'armée britannique ont réagi de façon disproportionnée à des rumeurs de "tireur embusqué de l'IRA" et tué par balles treize personnes non armées qui manifestaient pour les droits civiques.

Les rangs de l'IRA se sont gonflés du jour au lendemain, et en quelques mois, des quartiers entiers de la ville appartenaient pour ainsi dire aux paramilitaires.

— Vous voulez bien regarder dans la boîte à gants ? Il y a un papier avec une adresse, je demande à Kate.

— 22 Cowper Street.

— D'accord, je crois que je vois où c'est.

On s'enfonce dans Ardbo Estate, entre rangées de maisons et immeubles en ruine, jusqu'à ce qu'on tombe sur la bonne rue. Je n'aime pas trop les regards des gamins quand on passe devant eux avec la BM. Des gosses de treize ans, nuque longue, tatouage toile d'araignée et veste en jean, qui adoreraient voler cette bagnole pour se payer une petite virée.

Les maisons n'ont pas de numéro alors on refait un tour, ce qui nous laisse tout le temps d'attirer l'attention. Je finis par comprendre que le n° 22 est un immeuble de quatre étages en parpaings d'un gris ardoise pas très net. Des fenêtres ont été ajoutées à tous les étages inférieurs et les graffitis me disent qu'on est sur le territoire de l'INLA, l'Armée de libération nationale irlandaise – une des nombreuses branches paramilitaires nationalistes qui existent.

Je gare la voiture devant le 22 et attends que la meute de gamins approche.

— Ne dites rien, j'articule en silence à Kate. Et évitez de les regarder dans les yeux.

— Je vis ici, Sean. Vous me traitez comme un lieutenant naïf qui part pour sa première mission au Viêtnam.

— On n'est pas sur l'île de Rathlin, là, ma jolie. Faites ce que je vous dis, d'accord ?

Le gang approche.

Je file deux pièces d'une livre au plus grand et plus méchant qui arbore un look skinhead / veste en jean / chaussures à semelle cloutée et trimballe un bout de bois avec un clou planté au bout.

— Je te promets dix livres de plus si et seulement si, à mon retour, cette caisse n'a pas une égratignure, je lui dis.

Il me regarde des pieds à la tête et acquiesce.

— C'est bon, je m'en occupe.

Je me dis que j'ai autant de chances qu'il la surveille qu'il se tire avec.

— Bon, on y va, je fais à Kate.

Sa lèvre tressaute légèrement, le tout premier signe de nervosité qu'elle laisse échapper de la journée.

"À la mémoire de Francis Hughes, gréviste de la faim et combattant de la résistance", annonce pompeusement l'entrée du nº 22.

Au-dessus de la porte principale, une fresque représente un tireur paramilitaire qui, kalachnikov dans une main et drapeau tricolore dans l'autre, mène un groupe de réfugiés dans un paysage apocalyptique. C'est assez bien réalisé, en tout cas largement mieux que le primitivisme naïf des graffitis qui s'étalent sur les murs, et c'est même assez terrifiant.

J'entre et me bouche le nez contre les relents d'urine.

Je trouve un plan de l'immeuble barbouillé de graffitis et vois que le 4H est un appartement d'angle au quatrième étage.

Je me dirige d'un pas leste vers l'ascenseur. Je n'ai pas besoin de mes années de formation policière pour établir que l'appareil ne fonctionne pas. La colonne n'est qu'un trou béant avec de la mécanique déglinguée, des poubelles et un landau. Je ne serais d'ailleurs pas surpris qu'il contienne un bébé, mort ou vivant.

On trouve la cage d'escalier et on monte jusqu'au quatrième. L'architecte a dû se dire que cet escalier serait rarement emprunté, vu l'espace étroit et la faible lumière qui filtre par les vitres cassées. Ça pue le vomi, la bière, les feuilles en décomposition et les poubelles. Les taches noires qu'on voit à l'occasion, de la taille d'une chaussure, ne sont pas, comme je l'ai cru au début, des moisissures, mais des rats bruns en train de se décomposer.

Kate a la bonne idée de ne pas dire "Charmant" ou autre chose dans ce goût-là. La situation surpasse son sens aigu et tout britannique de l'ironie.

Arrivés au quatrième, on reprend notre souffle.

— Vous êtes sûre que le MI5 intercepte le courrier à cette adresse ? Les services me semblent basiques dans le coin.

— Si on est bien chez la mère de Dermot, je vous garantis qu'on lit son courrier et qu'elle est sur écoute.

— Si vous le dites, je marmonne et me demande bien quel agent du MI5 aurait les couilles de se pointer dans ce QG de l'INLA, d'entrer par effraction dans l'appartement de Mrs McCann et de cacher un micro dans le téléphone.

On longe un long couloir noir qui empeste et on toque au 4H.

— Qui est là ? demande une femme.

— C'est la police.

— Allez vous faire foutre !

— C'est à propos de Dermot.

Un silence, quelques mots échangés, et finalement la porte s'ouvre. Maureen, la mère de Dermot, est menue, fait dans les un mètre cinquante-cinq ou soixante, c'est une petite chose fragile au carré brun grisonnant. Elle a les yeux noisette, les lèvres rouges, et la peau semblable à du papier paraffiné. J'ai vu des vampires au cinéma qui avaient plus de couleurs qu'elle. Elle a la cinquantaine à présent et de toute évidence elle ne se souvient pas de moi, bien que je sois allé chez Dermot, dans leur ancienne maison de Creggy Terrace, cinq ou six fois quand j'étais gamin.

— Qu'est-ce que vous lui voulez ? demande-t-elle.

— Vous permettez que j'entre, Mrs McCann ?

— Qu'est-ce qu'il a, Dermot ? Il est mort ? Vous l'avez coincé ?

— Non. Je peux entrer ?

— Vous êtes vraiment de la police, d'abord ?

Je lui montre ma plaque.

— Je vous accorde cinq minutes, pas une de plus.

On entre.

C'est un appartement spacieux, bien rangé et bien entretenu, mais qui pue le tabac, la bière et le désespoir silencieux. La vue sur le nord-est de Donegal, la ville de Derry et le Lough Foyle est spectaculaire.

— C'est qui, m'man ? lance Fiona McCann de derrière une planche à repasser dans la cuisine.

Fiona a deux ans de plus que moi et je l'ai déjà vue les fois où je suis allé chez Dermot. À l'époque, elle était extrêmement belle, d'une beauté qu'on ne trouvait pas chez les autres filles de Derry. Chez aucune nana d'Irlande, d'ailleurs. Elle avait le teint mat, les yeux noirs et avait volontairement calqué sa voix sur celle de Janis Joplin. Elle a toujours eu quelque chose d'exotique (toute leur famille, en fait). L'exotisme des aristocrates déchus, ou des familles royales à la dérive, exilées sur des terres lointaines. Elle était partie cinq ans en Amérique, avait travaillé en tant qu'infirmière, eu un enfant et quitté son mari pour revenir à Derry au moment où Dermot s'engageait, où son père mourait d'une insuffisance cardiaque et où le reste de la fratrie partait pour d'autres cieux. Pas franchement le parcours de rêve de la décennie.

— C'est la police, ils sont venus parler de Dermot, répond Mrs McCann.

Fiona lève le nez de sa planche. Ses cheveux roux sont entremêlés de blanc et ses joues sillonnées de rides profondes. On lui donne cinquante ou soixante piges, et je me demande si elle prend de l'héro. Elle a un mégot qui lui pend au bec et déjà elle allume une autre cigarette avant que l'autre ne s'éteigne.

— Mais il s'est pas fait coffrer, si ? Il va bien ?

— Non, on ne l'a pas coffré. Il est toujours en cavale, je fais.

Les yeux de Fiona se plissent.

— C'est bien toi ? Sean Duffy ?

— C'est bien moi. Et voici l'inspecteur Randall.

— Putain de merde. Je rêve ou quoi ? Sean Duffy, qui se pointe ici pour poser des questions sur Dermot, elle fait, crachant quasiment chacun de ses mots.

— Ça, le petit Sean Duffy ? dit Mrs McCann sur un ton plus accueillant avant de me proposer une tasse de thé.

— C'est pas de refus, si ça ne vous dérange pas, Mrs McCann, je réponds.

— Mais pas du tout. Asseyez-vous, asseyez-vous. Et vous, ma jolie, du thé ?

Kate secoue la tête.

— Non merci.

On pousse une pile de livres de poésie et on s'assoit sur une banquette.

Fiona éteint le fer à repasser, écrase son mégot dans un cendrier Rothman déjà plein, traverse la pièce avec son autre cigarette à la bouche et s'assoit face à nous sur une caisse en plastique retournée qui sert de table basse.

— J'ai entendu dire que t'étais flic. J'ai eu un mal de chien à y croire. Et ça t'empêche pas de dormir ?

On m'a posé la question tant de fois que j'ai à disposition une série de réponses toutes faites rangées par degré de sarcasme (en fonction du mépris que m'inspire mon interlocuteur), mais ce n'est ni le lieu ni le moment pour ça. J'ignore donc sa question.

— Comment ça se fait que vous vivez ici ? je demande à la place. Qu'est-ce qu'est devenue votre maison de Creggy Terrace ? Elle était ravissante.

Et je ne plaisante pas. Lumineuse, spacieuse, cinq chambres…

— Ben ils l'ont cramée ! dit Fiona.

— Qui ça ?

— Va savoir. UVF[1], INLA, UDA[2]… quelle importance ? La maison est partie en fumée.

— C'était après qu'on a mis Dermot à l'ombre ?

— Évidemment ! Tu crois quand même pas qu'ils auraient eu le culot de faire ça alors qu'il était dehors ? s'écrie Mrs McCann en revenant avec le thé et des rochers coco de toute évidence faits maison.

Ils ont l'air de dater un peu mais il serait trop impoli de ne pas en prendre un.

— Comment t'as atterri chez les flics ? veut savoir Fiona.

— Ma vie manquait un peu de piquant, je suppose.

— C'est étonnant que tu sois encore en vie. La tête des flics catholiques est mise à prix, non ?

— Tout à fait.

Je mords dans le rocher coco. Je ne sens que le bicarbonate de soude et la mélasse. Je bois du thé pour faire descendre la bouchée. Infect lui aussi. Peut-être qu'elles deux conspirent en ce moment même pour empocher cette prime que Fiona vient d'évoquer.

— Et Orla, elle vit ici aussi ?

— C'est ce que t'ont dit tes espions ? fait Fiona en gloussant.

J'acquiesce.

— C'est exactement ça. On m'a dit que vous viviez ici toutes les trois.

— Elle a déménagé, précise Mrs McCann avec un soupir.

— Lui dis pas où, m'man, ce serait de la collaboration, persifle Fiona.

1. Ulster Volunteer Force, organisation paramilitaire loyaliste.
2. Ulster Defense Association, même chose.

— Mais je le dis si je veux ! Je le dirai à tous ceux qui demandent. Orla, elle michetonne pour Poppy Devlin. Eh oui, c'est une petite catin de son écurie, maintenant ! Et nous, on est humiliées ! On peut plus mettre un pied dehors, on a trop honte !

Le choc. Un silence de plomb tombe dans la pièce pendant que je digère l'information. La sœur de Dermot McCann se prostitue pour un dealer proxénète du nom de Poppy Devlin ? Dermot McCann n'a donc plus aucune autorité dans cette ville ?

Merde alors.

Peut-être que Dermot se fiche de ce que fabrique sa famille, ou alors les anciennes figures de l'IRA se font évincer par une nouvelle génération de dealers pleins aux as que la politique ou "la lutte" n'intéressent pas.

— C'est qui, Poppy Devlin ? je demande.

— Qu'est-ce que tu fous ici, d'abord ? répond Fiona.

Je lui montre ma plaque.

— Je bosse pour les RG du RUC. Je suis à la recherche de Dermot. J'aimerais qu'il se rende.

Fiona s'esclaffe mais n'a pas du tout l'air amusée.

— Tu me fais bien marrer, Sean Duffy.

— J'aimerais qu'il se rende avant que les Anglais lui tombent dessus et l'abattent.

— Les Anglais le trouveront jamais, alors pas de risque ! fait Mrs McCann.

— On te dira pas où il est, même si on le savait, ce qui n'est pas le cas. Tu crois vraiment qu'il nous appellerait ? Tu le prends pour un abruti ou quoi ? T'as oublié à qui t'avais affaire ?

Je secoue la tête.

— Non Fiona, je n'ai pas oublié. Mais au cas où il se manifesterait, tu veux bien me rendre service et lui faire part de ce que je t'ai dit ? Il vaudrait vraiment mieux qu'il se rende. Si le SAS le trouve, ils le tueront. Les Anglais chient dans leur froc de le savoir en cavale.

Fiona traverse la pièce et plante son doigt dans ma poitrine.

— Que dalle, qu'on lui dira ! Et à toi pareil ! Il t'a jamais aimé. Il t'a jamais fait confiance. Je croyais que t'étais un bon gars. Mais je vois que je me suis fourré le doigt dans l'œil. Maintenant dégage avant que je te colle une beigne.

Je me lève.

Kate m'imite juste après.

— Merci pour le thé et les gâteaux, Mrs McCann. Un délice, comme d'habitude.

La vieille dame sourit.

— Sean. Tu as toujours été un gentil garçon. C'est bien dommage que les choses aient tourné ainsi, tu ne crois pas ? dit-elle d'un air songeur.

— C'est sûr.

Je me tourne pour faire face à Fiona. Elle a les joues échauffées et cette lueur étrange dans le regard, évocatrice d'une lignée royale dissidente qui aurait échoué dans cette banlieue sinistre du trou du cul du monde.

— Je suis très attaché à Dermot. Je ne voudrais pas qu'il lui arrive des bricoles. Et ce n'est pas une menace. Je ne veux pas qu'il donne aux Anglais une excuse pour le tuer de sang-froid. Ils sont en train de tout mettre en œuvre pour le retrouver – d'où mon implication – et il vaudrait mieux qu'il se rende de lui-même. Passe-lui le message si jamais tu as de ses nouvelles.

Elle s'emporte.

— Je t'ai dit de dégager, sale flic de merde, ou c'est moi qui te fous dehors.

Je sors, et une fois que Kate a franchi le seuil, Fiona crache à nos pieds et claque la porte.

On descend l'escalier en silence.

— C'était normal ? Vous êtes satisfait de la façon dont les choses se sont déroulées ? me demande-t-elle une fois qu'on arrive en bas.

— Ça s'est passé exactement comme je m'y attendais. Et ce sera pareil avec toute la famille de Dermot. Personne ne nous dira quoi que ce soit.

— Alors comment vous comptez retrouver sa trace ?

Je m'allume une sèche et lui en propose une.

Elle secoue la tête.

— En toute honnêteté, j'en sais foutre rien.

Kate se mord la lèvre.

— Et donc, quelle est la prochaine étape ?

J'inhale la fumée du tabac et laisse sa chaleur imprégner mes poumons et m'éclaircir les idées. Je me frotte le menton.

— Eh bien, il y a son oncle, qui vit toujours dans la région de Derry. On va tenter le coup. Et puis, Annie, son ex-femme, qui vit à Antrim avec ses parents. On lui rendra visite après.

— Et ensuite ?

Je secoue la tête.

— Le reste de sa famille est à l'étranger. Vous m'avez bien dit qu'ils étaient tous en Amérique ou en Australie, ce genre d'endroits ?

— En effet.

— C'est un peu en dehors de notre juridiction, il me semble. Et ses anciens camarades sont soit en prison, soit en cavale…

— Je vous repose donc ma question : qu'est-ce que vous comptez faire ?

— Si personne ne se met à table ?

— Han-han.

— J'espère que quelqu'un changera d'avis ou que Dermot commettra une bourde.

Elle a beau essayer de le cacher, je vois bien que je la déçois. Elle a pris des risques pour moi, promis des miracles à ses patrons, mais je ne suis pas magicien. Je ne suis qu'un inspecteur moyen, peut-être même en dessous de la moyenne, dans des forces de police médiocres. Rien de plus, rien de moins. Elle m'a donné une seconde chance, et j'apprécie son geste, mais à moi tout seul je ne peux pas faire grand-chose.

En sortant du bâtiment, on tombe sur la petite frappe qui protège ma voiture envers et contre tous. Je lui file le billet promis.

— Où est-ce que je peux trouver un gars qui s'appelle Poppy Devlin ?

— Il a un débit de boissons à Carlisle Gardens. Mais allez pas chez lui. Il vend trop cher. Je peux vous avoir de l'héro ou, ajoute-t-il en coulant un regard gêné vers Kate, une petite belette peut-être ?

— Non merci, ça va aller.

On monte dans la BM. J'actionne les essuie-glaces, bien que ce quartier de Derry soit pas plus mal derrière un rideau de pluie.

— Alors on va où ? demande Kate.

— Chez l'oncle.

Je fais en sorte de passer devant le débit de boissons sur Carlisle Gardens. La cabane en béton classique, avec grille en métal et graffitis. Sous l'auvent, deux sbires en blouson Peter Storm discutent et fument clope sur clope.

Je repère bien leur tronche, l'endroit, l'ambiance.

Je vais revenir.

— Et il habite où, l'oncle ? Dans le coin, vous avez dit ?

— À Muff. De l'autre côté de la frontière, dans le Donegal.

— Ah, alors il va falloir passer par le ministère des Affaires étrangères pour obtenir la permission d'aller l'interroger.

— Nan, on sera même pas obligés de se farcir un poste de contrôle.

— Ah bon ? Comment ça se fait ?

Je roule sur Lenamore Road puis prends à gauche sur une route secondaire plus ou moins secrète que je connais. C'est un chemin de campagne peu emprunté qui traverse une ferme à l'abandon. Plein d'ornières et à moitié inondé, mais la BM s'en sort sans trop se plaindre.

— On est où, là ? Sur un chemin de contrebande ? demande Kate, légèrement émoustillée à cette idée.

— Non, les contrebandiers utilisent des routes en meilleur état.

— Et qu'est-ce qu'on fait si on tombe sur un poste de contrôle de l'armée ? Je n'ai pas pris mes papiers d'identité et vous êtes armé. Comment on va leur expliquer ?

— Ne vous en faites pas, je la rassure.

La route de campagne s'arrête brusquement près de Derryvane et on arrive quasiment à Muff avant que Kate s'aperçoive qu'on a traversé la frontière et qu'on est en République d'Irlande.

10

ORLA AUX CHEVEUX D'OR

Jonty McCann habite aux abords de Muff, sur la R238, dans un presbytère victorien en granit récemment rénové avec vue sur le Lough Foyle, et des vaches et des moutons tout autour. Il flotte dans l'air une odeur d'engrais.

Je me gare devant la grille en fer forgé peinte en blanc et sors de la voiture. J'enlève mon blouson en cuir pour prendre mon imper dans le coffre.

— Vous voulez venir pour celui-ci ? Ça va être la même chanson.

— Oui, je viens, dit Kate, toujours un peu déconcertée par la facilité avec laquelle on a franchi la frontière.

Si moi je connais un accès non surveillé pour passer d'Irlande du Nord en République d'Irlande, alors les terroristes doivent en connaître des centaines…

Dans le jardin de Jonty poussent des pois de senteur et des roses rouges et roses.

La maison a l'air bien entretenue.

La bio de Jonty indique qu'il est ouvrier du bâtiment, mais aussi intendant divisionnaire de l'INLA à la retraite – il a monté des opérations qui ont coûté la vie à des tas de gens au fil des ans : policiers, soldats, civils et leaders de factions rivales, y compris deux sommités de l'IRA. En théorie, une trêve a été conclue entre l'IRA et l'INLA, mais Jonty doit bien se douter qu'un de ces quatre, quelqu'un viendra se venger.

On frappe à sa porte, peinte en bleu.

C'est une jeune femme aux cheveux châtain et aux yeux verts qui vient nous ouvrir, en pull Snoopy et bottes de pluie vertes. Je devrais la scruter de près mais je bloque sur son sweat. Snoopy porte les lunettes noires de son personnage Joe Cool qui ont été à la mode il y a une dizaine d'années de ça. Comment est-ce que ce sweat a survécu à autant de cycles de lavage ?

— On voudrait parler à Jonty McCann, je dis, poussé du coude par Kate.

— C'est ça, ajoute Kate.

La jeune femme la regarde et a l'air rassurée. Elle n'a rien d'un assassin de l'IRA.

— À quel sujet ?

— C'est privé, je fais.

— À quel sujet privé ? insiste-t-elle.

— Vraiment, c'est confidentiel.

— Il n'aime pas être dérangé quand il pêche.

— Mais ça ne prendra que très peu de temps.

Elle sonde mon visage, en essayant de déterminer ce que je suis, au juste. Je lui montre ma carte.

— Je suis inspecteur au RUC et je n'ai absolument aucune autorité dans le comté de Donegal. Si Jonty refuse de me parler, il peut m'envoyer promener et je ne pourrai le forcer à rien. Mais je ne pense pas qu'il le fera. Ça ne prendra que cinq minutes.

Elle acquiesce.

— Jamais il ne parlera à la police.

— Je peux toujours tenter ma chance ?

— Vous pouvez, je suppose. Il pêche au bout du chemin.

— Où exactement ?

— Faites le tour de la maison, et descendez en direction du lac. Je lui dis que vous arrivez.

— Très bien.

Je lui souris et elle ferme la porte.

Elle va sûrement le joindre par talkie-walkie, ou je parierais même qu'il a déjà entendu toute notre conversation par micro interposé. Nous envoyer le rejoindre à pied lui laisse tout le temps de prendre une arme et de se préparer à nous accueillir.

Sans surprise, au bout du chemin bordé de ronces, Jonty se tient debout devant un siège pliant et deux cannes à pêche. Il nous fait face, main droite dans la poche de sa veste Barbour.

Il ne fait pas ses cinquante ans. Tignasse brune et barbe fournie, pas de rides. À l'évidence, il ne fait pas de cauchemars où de pauvres bougres le supplient de leur laisser la vie sauve. On s'est déjà rencontrés, à l'époque où Dermot était capitaine de l'équipe de l'école pour le concours national d'éloquence inter-lycées. Bien sûr, on a gagné, et Dermot a été encensé par toute l'école. Je faisais partie de son équipe, mais Dermot était toujours la vedette providentielle, et je doute que Jonty se rappelle m'avoir croisé lors des célébrations de la victoire au Londonderry Arms, un hôtel de Carnlough.

Je lève les deux mains en l'air et fais signe à Kate de m'imiter.

— Qu'est-ce que vous voulez, les poulets ? demande Jonty, la main droite toujours dans sa poche.

— Je cherche votre neveu, Jonty. Je cherche Dermot.

— Dermot ? Et pourquoi je saurais où il est ?

— Même si vous le saviez, vous ne m'en diriez rien.

— C'est vrai.

On se toise. Moi les mains en l'air, lui le doigt sur la détente de son arme.

— Est-ce qu'il est entré en contact avec vous depuis son évasion ?

— Je ne vous dirai rien. Vous perdez votre temps avec moi.

— Est-ce qu'il a cherché à vous joindre depuis la Libye ?

— La Libye ? C'est où, ça ?

Jonty a une longue expérience de toutes sortes d'interrogatoires : le RUC, les flics irlandais, l'armée britannique, les Renseignements britanniques…

Ce petit jeu pourrait durer des heures.

Je regarde Kate. C'est surtout pour elle que je me livre à tout ce cirque, pour qu'elle puisse dire à ses supérieurs que j'ai tout essayé. Mais je m'interroge aussi sur Orla.

— Bon, s'il vous appelle, dites-lui que Sean Duffy a demandé de ses nouvelles.

Les yeux de Jonty se plissent.

— Mais je te connais. Tu bosses pour les Anglais parce que nous on voulait pas de toi. Tu bouffes à tous les râteliers, hein ? Ou tu te tournes vers le plus offrant, sûrement.

Je bâille. On pourrait s'attendre à ce que les mecs aient renouvelé leur stock de répliques, depuis le temps.

— Vous connaissez un proxénète du nom de Poppy Devlin ? je demande.

Il secoue la tête.

— D'après Maureen, votre nièce Orla se serait acoquinée avec ce personnage.

— Ça ne m'étonnerait pas. Orla n'en fait qu'à sa tête. Elle agit à sa guise, et ce sont ses oignons.

— Je me souviens d'elle. Un beau brin de fille, et elle en avait dans la caboche. Vous ne pourriez pas y remédier, Jonty ? Ça contrarie tout le monde, cette histoire.

— Je t'interdis d'en parler ! Je t'interdis d'évoquer les membres de ma famille ! Comme si ça te regardait, sale poulet ! On a fait tout ce qu'on a pu pour Orla, et plus encore ! Et je ne peux pas retourner à Derry maintenant, c'est impossible. Tu piges ? Tout ce que je peux faire, c'est exercer mon influence d'ici.

— Mais Jonty, si…

Il dégaine son 9 mm et le pointe sur nous.

— Ça suffit ! Tu m'as fait crier, et à cause de toi la poiscaille a fichu le camp. Je crois qu'il est grand temps que tu passes la frontière dans l'autre sens.

La voix glaciale, pleine de menaces.

— Bien, bien, calmez-vous, on s'en va, je fais.

Je recule de quelques pas.

— C'est ça, allez au diable !

Kate et moi faisons demi-tour et nous dépêchons de remonter à bord de la BM, où elle s'allume une cigarette d'une main tremblante.

— Ça va ?

— J'ai bien cru qu'il allait nous tirer dessus. Personne ne savait où on était. Il aurait pu passer à l'acte et s'en tirer à bon compte, dit-elle.

— Il aurait pu. Mais ça aurait gâché sa partie de pêche.

Je démarre et en dix minutes on est de retour en Irlande du Nord.

— Bon, je suppose qu'il est temps que je vous ramène ?

— Vous supposez bien.

Je traverse Derry puis je longe la côte.

Comme Kate ne parle pas, je mets Radio 3.

Elle semble digérer les événements de la journée.

La station diffuse *Einstein on the Beach* de Philip Glass, une pièce que j'ai vue à New York en présence du compositeur.

J'essaie d'en parler à Kate mais ça ne l'intéresse absolument pas.

En arrivant à Coleraine, elle me demande de me garer.

— Rentrez chez vous par l'A26 et la M2. Inutile de dévier de votre route pour me déposer à Ballycastle. Je vais y aller en bus. Il y en a un toutes les vingt minutes.

— Vous êtes sûre ? Franchement, ça ne me dérange pas.

— Non, déposez-moi à l'arrêt de bus et rentrez chez vous, Sean. La journée a été longue.

— Comme vous voudrez.

Je la dépose à l'arrêt de bus. Il est quatre heures.

— Vous n'allez pas rater le dernier ferry pour Rathlin ?

— Non, ne vous en faites pas. Et si jamais ça devait arriver, il y a un marin avec un petit bateau qui fait la traversée pour deux livres.

J'acquiesce.

— Bon, pas très fructueuse, cette journée, hein ?

— Comme vous dites.

— Mais c'est le boulot qui veut ça. J'imagine que c'est pareil dans votre branche.

— Pourquoi avoir insisté autant au sujet d'Orla, la sœur de Dermot ? demande-t-elle, perspicace.

— De toute évidence, diverses factions se sont affrontées dans la ville. Les McCann se sont fait plus ou moins évincer. Jonty vit en exil au-delà de la frontière, le reste de la famille a émigré, la mère et Fiona se terrent dans un trou à rats, et personne ne peut venir en aide à Orla…

— Qu'est-ce que ça veut dire ?

— Dermot était quelqu'un à Derry, mais ses années en prison ont créé un vide et d'autres ont pris sa place. Dermot n'a jamais aimé être sous les projecteurs, de toute façon. Il préfère tirer les ficelles en coulisse, mais ce n'est pas ça qui va intimider qui que ce soit, en particulier les caïds qui sont sur le terrain. Il va devoir faire ses preuves s'il veut redevenir un acteur principal.

— De quelle façon ?

— Je crois que vous le savez aussi bien que moi. Il peut faire tourner le vent grâce à un coup d'éclat de l'IRA. Un truc énorme, une superproduction…

— Comme quoi ?

— Je n'en sais rien.

Elle ouvre sa portière et la pluie s'infiltre dans l'habitacle.

— Vous croyez que l'un d'entre eux nous aidera à le retrouver ?

— On n'a pas l'ombre d'une chance. À moins d'une bévue…

Elle se mord la lèvre et acquiesce.

— Les micros cachés ?

— C'est ça.

— Bon, c'est toujours ça. Et l'ex-femme, vous allez l'interroger aussi ?

— Annie ? Oui.

— Il y a peut-être plus d'espoir avec une ex-femme qu'avec une mère ou une sœur ? demande-t-elle avec optimisme.

— Annie sera une coquille difficile à briser.

— Vous la connaissiez elle aussi, à l'époque ?

— Et comment.

Elle me scrute quelques secondes et regarde sa montre.

— Je dois dire que je suis un peu déçue.

— Vous vous attendiez à quoi ?

— Je ne sais pas.

— J'espère que vous n'avez pas trop vanté mes mérites auprès de vos supérieurs.

Elle élude la question.

— Vous savez, aucun d'entre eux ne m'a semblé très fortuné… Peut-être que si on leur proposait de l'argent… ?

Je m'esclaffe.

— C'est pas le tiers-monde, ici.

— Vous seriez surpris, Sean.

— Je n'en doute pas, mais pas avec eux. Croyez-moi, un McCann, ça ne s'achète pas.

Elle regarde de nouveau sa montre.

— Bon, j'ai un ferry à prendre et un rapport à écrire.

Elle m'adresse un bref signe de la main, sort de la voiture et court prendre son bus.

Une fois assuré qu'elle est à bord du Ballycastle express, je fais le tour du rond-point pour reprendre l'A37, puis l'A2 et me retrouve à Derry.

À l'heure de pointe, la circulation est surtout difficile dans l'autre sens, et je n'ai aucun mal à passer le pont en direction du Bogside.

Je me gare au niveau du débit de boissons sur Carlisle Street. La pluie redouble d'intensité à présent et les deux mecs de tout à l'heure ont disparu.

Je déboutonne mon imper pour avoir facilement accès à mon holster. J'inspire un grand coup, sors de la BM, la verrouille et entre dans le magasin.

Des caisses de Harp et de Bass empilées contre un mur, quelques bouteilles de vinasse bon marché, les alcools forts en sécurité derrière un large comptoir en bois, gardés par un gamin maigrichon aux taches de rousseur et cheveux couleur sable, venu jouer dans la cour des grands. Il porte un tee-shirt des Undertones, alors il ne peut pas être si méchant que ça.

— J'peux vous aider ? il fait en levant le nez d'un petit écran de télé noir et blanc qui diffuse *Coronation Street.*

— Je cherche Poppy Devlin.

Il retourne à sa télé.

— Salle du fond, il marmonne, avant d'ajouter : Et c'est Mister Devlin, je te prie.

Je me faufile entre les caisses de bière jusqu'à une porte noire en piteux état dont l'écriteau annonce "Défense d'entrer".

Je la pousse et entre.

Trois filles toutes maigres agglutinées sur un canapé en skaï fument clope sur clope et regardent elles aussi *Coronation Street* sur une télé posée sur une table basse en verre. Elles sont blêmes, maquillées comme des voitures volées et en minijupe. Deux sont blondes peroxydées, l'autre blonde naturelle.

Les trois défoncées à l'héroïne. Aucune ne m'a regardé quand je suis entré.

Orla est la vraie blonde, mais je mets un moment à la reconnaître. Elle a l'air frêle, spectrale, aussi fragile qu'une poupée de porcelaine. Traces de piquouse sur le bras gauche et boutons de fièvre sur la bouche. Pour moi, elle a toujours été la petite sœur enquiquinante que j'ai croisée les rares fois où j'ai eu la chance d'être invité chez Dermot après l'école. C'était la petite dernière. Huit ou neuf ans à l'époque, vingt-quatre ou vingt-cinq aujourd'hui. Elle nous avait tannés Dermot et moi pour qu'on la regarde chanter une chanson qu'elle avait écrite avec deux de ses copines : elles prévoyaient de devenir la version féminine et originaire de Derry des Monkees. La chanson a duré environ douze mesures avant de finir en gloussements, après quoi Dermot, excédé, m'a dit de venir dans sa chambre pour me faire lire Sartre ou Camus.

— Bonsoir mesdames, je fais, mais aucune ne me calcule.

Un rideau s'agite sur ma gauche et quelques instants après, deux types le tirent et font leur entrée. Le duo classique. Un grand, un petit. Le plus grand dans le rôle du dur : il porte un blouson en cuir sur une chemise de bûcheron, avec la crosse d'un flingue qui dépasse de sa poche. Pas l'endroit le plus pratique pour une arme à feu, mais ce n'est peut-être pas son arme de prédilection. Posée sur son épaule, une grosse batte de baseball en alu.

— Je cherche Poppy Devlin, je dis.

— Alors je suis ton homme, fait le petit.

C'est une fiotte cadavérique aux lèvres minces et aux yeux noirs en tête d'épingle. Ses cheveux gras ramenés sur la droite ne sont pas sans évoquer le style hitlérien, et il se balade avec un rat apprivoisé sur l'épaule gauche. Il dégage une sorte de magnétisme nerveux et je sais d'instinct que ce n'est pas un crétin. C'est le genre de mec qui sait parfaitement à qui il peut se mesurer, et je parie qu'il n'a jamais raté un paiement aux sections locales de l'IRA et de l'INLA pour la protection qu'elles lui fournissent.

Un escroc à la petite semaine. Des putes et de l'héro. Ils peuvent tolérer ça.

— J'aurais besoin d'un peu de brown, je fais.

— Alors j'aurais besoin de voir ton fric, il répond.

Je plonge une main sous mon imper et dégaine mon révolver. Avant que quiconque réagisse, je fous une taloche au grand. Sans lui laisser le temps de couiner, j'enchaîne avec un coup de crosse dans le front et un coup de pied dans la rotule. Comme il est toujours debout, je le frappe à la tempe. Cette fois ses jambes cèdent et il s'effondre comme un érable centenaire dans une forêt de l'Ontario.

Il s'écrase contre la table en verre et la télé valse pour atterrir au sol dans une explosion sourde. Les filles se mettent à crier.

Je vise Poppy Devlin avec mon révolver.

Ça n'a pas l'air de le perturber.

— Tu vas avoir affaire à McGuiness.

— J'ai dit, j'aurais besoin d'un peu de brown.

— Suis-moi, il répond.

Je le suis dans une pièce à part dotée d'un jeu de fléchettes et d'une télé qui diffuse le même épisode de

Coronation Street. Il y a une autre salle au fond, avec deux matelas à même le sol. C'est là qu'on baise les filles, je suppose, ou là où elles dorment, ou les deux.

L'héroïne se trouve dans un meuble classeur en métal que Poppy déverrouille à l'aide d'une clé.

Il a environ une demi-livre en réserve, probablement coupée avec je ne sais quelle merde, et conditionnée en petits paquets bien commodes. J'en attrape une poignée plus une liasse de billets.

— Tu peux garder le reste.

— Tu ne sais vraiment pas à qui tu cherches des emmerdes, mon pote.

Je lui souris.

— Retournons voir ces dames.

Au beau milieu de l'hystérie, des cris et des pleurs apparaît le gamin qui était derrière le comptoir, avec un fusil à canon scié. Je me baisse derrière Poppy et me sers de lui comme bouclier humain.

— Qu'est-ce que tu comptes faire avec ça ? je demande au gosse.

— Te foutre une balle dans le caisson.

— Je ne crois pas. Avec un truc pareil, tu vas toucher tout le monde sauf moi. C'est ton patron qui prendra le plus gros, et même si je suis touché, je ferai en sorte qu'il soit mort avant que tes oreilles aient fini de résonner.

Il réfléchit et il acquiesce.

— Alors on est dans une impasse ?

— Mais pas du tout. Lâche ton arme ou je lui explose la tête, je fais en enfonçant mon canon dans la nuque de Poppy.

— Lâche ton arme, Skinny, répète Poppy.

Le gamin hausse les épaules, pose le fusil par terre et lève les mains en l'air.

— Comment tu t'appelles, petit ?

— Tout le monde m'appelle Skinny Mickey.
— Les autres, d'accord, mais toi ?
— Michael Forsythe.
— D'accord Michael, toi et Poppy vous allez amener votre copain dehors. Toi tu le portes sous les bras. Et Poppy, tu le prends par les pieds.
Michael est musclé dans le genre noueux et à eux deux ils n'ont pas trop de mal à traîner leur associé mal en point jusque dans la rue, où il pleut toujours des cordes.
— Et maintenant ? demande Poppy.
— Et maintenant, ça.
Je lui décoche une mandale dans la bouche et il s'étale aussi sec. Je pointe mon arme sur Michael.
— Et toi Mickey, rentre chez toi, t'as rien à voir avec tout ça.
Il secoue la tête.
— Impossible.
— Si tu restes, je vais devoir te péter les genoux, et je suis sûr que t'en as pas envie.
— Non, c'est sûr, mais je ne veux pas qu'il arrive quoi que ce soit aux filles, répond-il non sans galanterie.
Je le regarde dans les yeux.
— Écoute, petit, je ne leur ferai aucun mal. C'est même tout le contraire. Je compte les sortir d'ici. Les emmener loin. Je te donne ma parole.
Il soutient mon regard une dizaine de secondes.
— Très bien, dit-il. Je vous crois.
— Bon, alors barre-toi maintenant, avant que je sois obligé de te donner une leçon.
Il part d'un pas tranquille et fait halte à un arrêt de bus au bout de la rue pour m'avoir à l'œil, ce qui est de bonne guerre.
Je retourne à l'intérieur, saute par-dessus le comptoir, et chope six bouteilles de la gnôle la plus forte que je

puisse trouver – de la vodka polonaise qui titre à 110 degrés. Je déboule dans l'arrière-salle.

— Allez, mesdames, tout le monde dehors !

— Qu'est-ce que vous allez faire ? demande l'une d'elles.

— Si vous avez des affaires à prendre, allez-y et sortez ! je gueule.

Je casse une bouteille de vodka et répands le liquide dans la pièce. J'en casse une autre. La moins défoncée comprend ce qui se trame, attrape les deux autres pour les pousser dans la pièce du fond d'où elles ressortent avec des fringues et des sacs.

— Allez, dégagez, attendez-moi sous l'auvent !

Je vide toutes les bouteilles en m'assurant de ne pas rater le classeur qui contient l'héroïne. J'attrape deux rouleaux de papier cul dans les chiottes et en allume un avec mon Zippo. Une fois qu'il brûle bien, je le lance sur le canapé. Une énorme flamme rouge s'élève dans un souffle et manque me cramer les sourcils. Le plastique du revêtement part en lambeaux et la mousse se consume immédiatement.

— Ça commence à sentir le roussi, je marmonne.

Je ramasse la batte de baseball, reviens dans le magasin, tape sur la caisse pour l'ouvrir et fourre tous les billets dans ma poche. Après quoi j'éclate autant de bouteilles que possible, j'allume l'autre rouleau de papier cul et le jette dans ce foutoir.

Les flammes progressent de bouteille en bouteille comme une entité démoniaque et bientôt les dalles blanches du faux plafond s'embrasent. Le rat blanc se faufile entre mes jambes et disparaît dans l'obscurité. Je retourne dehors, où il bruine. Le soleil a sombré derrière le Donegal depuis longtemps et il fait nuit noire. Les filles partagent une clope, ça a l'air d'aller. Je compte les biffetons. Il y a dans les mille livres, ce qui est une jolie petite somme.

Je file deux cents livres chacune aux deux blondes peroxydées, leur dis de débarrasser le plancher et de ne jamais revenir. Au début, hébétées, elles ne comprennent pas, et il faut que je les pousse pour qu'elles se mettent en route.

— Et moi ? demande Orla, pas franchement inquiète.

— On va y venir dans une petite minute.

Poppy est en train de revenir à lui.

Je me penche et le secoue pour qu'il se réveille. Une fois qu'il a les yeux bien ouverts, je colle mon flingue sous son pif graisseux.

— Tu sais qui c'est ? je lui demande.

— Qui t'es toi ?

— Non. Cette fille. Tu sais qui c'est ?

— C'est Orla.

— Elle s'appelle Orla McCann.

— Et ?

— C'est la sœur de Dermot McCann.

— Et ? Dermot McCann, c'est de l'histoire ancienne, mec. Il impressionne plus personne ici.

Le débit de boissons crame sérieusement et il va falloir qu'on bouge dans une minute…

— De l'histoire ancienne, hein ? T'as tout faux, mon gars. C'est l'histoire de demain, Poppy. Tu as simplement mis sur le trottoir la sœur d'un des principaux commandants de l'IRA. Et tu l'as rendue accro à l'héro.

J'arme mon révolver et pose le canon contre son front.

— Non, déconne pas, je savais pas, je…

Je pose un doigt sur mes lèvres.

— Chhh, Poppy. Tais-toi et écoute-moi. Tu m'écoutes, là ?

— Oui.

— Tu as une heure pour quitter Derry. Vingt-quatre heures pour quitter l'Irlande. Si tu reviens, t'es un homme mort. Si tu parles de ce qui s'est passé aujourd'hui, pareil. Ceci est un message d'en haut. T'as pigé ?

— Je promets que…

— Est-ce que tu as bien compris ?

— Oui.

— Bien. Alors maintenant barre-toi.

— Pour aller où ?

— Je m'en fous. Barre-toi, c'est tout ! je crie.

Il traverse le parking en courant et continue jusqu'à disparaître de ma vue.

Le feu fait gondoler la vitrine de la devanture alors je gifle le grand costaud jusqu'à ce qu'il revienne à lui.

Je prends Orla par le bras.

— Toi, tu viens avec moi.

Je l'installe sur le siège passager de la BM et je roule jusqu'à l'endroit où le petit Michael est encore en train d'attendre.

Je baisse ma vitre et lui fais signe d'approcher.

— T'as l'air d'un bon petit gars, prends ça et sors-toi de cette merde, je lui fais en lui tendant deux cents livres.

Il secoue la tête.

— Mais c'est ton fric, mec, tu l'as gagné en bossant pour cette enflure répugnante.

Ça le fait sourire, il acquiesce et prend le fric. Je remonte ma vitre et traverse Derry jusqu'à l'immeuble où vit Mrs McCann dans Ardbo Estate.

— Je refous pas les pieds là-bas, moi, dit Orla.

Je la chope par la nuque et serre fort.

— C'est ça ou le fleuve. À toi de voir.

Je continue à serrer, jusqu'à ce qu'elle soit sur le point de s'évanouir.

— OK, souffle-t-elle.

— Si tu t'enfuis, je le saurai et je te retrouverai, c'est compris ?

— Qui êtes-vous ?

— Descends de la bagnole.

On monte l'escalier jusqu'au quatrième étage. Je toque à la porte des McCann.

C'est Fiona qui vient ouvrir. Elle me voit, puis elle voit sa sœur. Elle s'apprête à se lancer dans une engueulade mais elle remarque mon regard et se la boucle, prend Orla dans ses bras et toutes les deux éclatent en sanglots.

Je les laisse pleurer une minute puis les pousse dans l'appartement.

Mrs McCann observe la scène.

— Alors comme ça, la petite catin est de retour. Eh ben elle peut…

Je la fais taire d'un simple regard.

— Ne dites rien. Pas un putain de mot.

Je plonge une main dans la poche de mon imper et sors les sachets d'héroïne pour les donner à Fiona.

— Tu étais infirmière, n'est-ce pas ?

Elle hoche la tête.

— Ça l'empêchera de se sentir mal. Ce sera à toi de déterminer la dose. Une fois qu'elle sera sevrée, il faudra arrêter net. Tu crois que tu peux y arriver ?

— On y arrivera, dit Fiona.

— Ça, c'est son fric, je fais en leur donnant quatre cents livres. C'est à elle, ça vous aidera à la remettre sur pied.

— Merci.

— Et encore une fois : pas de leçons. Pas de salades. Elle est de retour et c'est tout ce qui compte, dis-je à Mrs McCann.

— Entendu, répond-elle, en pleurs elle aussi.

— Et Devlin ? marmonne Fiona. Il va venir la chercher.

— Non. Vous n'entendrez plus jamais parler de Poppy Devlin.

On reste plantés là quelques secondes et je tourne les talons pour partir.

— On ne te dira quand même pas où est Dermot, fait Fiona.

— Je sais. Je ne l'ai pas fait pour ça.

— Pour quoi, alors ?

— En souvenir de ce qui nous liait.

Je descends, monte à bord de la BM et allume les phares. Il pleut comme jamais, alors je mets les essuie-glaces et la ventilation à fond. Je traverse Shantallow. Des camions de pompiers arrivent du Waterside pour éteindre l'incendie du débit de boissons, mais comme d'habitude, une foule s'est rassemblée pour regarder le feu et lancer des bouteilles de lait et des pierres sur les pompiers pour les empêcher de venir. Je fouille dans ma boîte à cassettes et trouve celle de Blind Willie Johnson. Je fais avance rapide jusqu'à la quatrième chanson : "Tear This Building Down". Les accords claquent sur la guitare bricolée et Blind Willie Johnson grogne : "Well, if I had my way Lord, in this wicked world Lord. If I had my way Lord I would tear this building down[1]…"

La pluie s'arrête enfin et je roule plus vite en descendant vers le sud. Il est dix heures à peine quand j'arrive à Carrickfergus, mais je suis tellement crevé que je me couche sitôt rentré et pour une fois, je dors du sommeil du juste.

1. "Si je faisais ce qui me chante dans ce foutu monde Seigneur, si je faisais ce qui me chante Seigneur, je démolirais cette baraque…"

11

LA BELLE-MÈRE

Je me fais un Nescafé, j'ajoute du lait concentré, un sucre, je mélange et prends la tasse avec moi. J'allume la radio. Je tombe sur les Smiths, et la complainte mancunienne de Morrissey m'accompagne pendant le petit-déjeuner et une douche éclair.

J'enfile un jean noir, un pull à col roulé noir et ma veste noire. En prenant mon holster, je remarque du sang séché sur la crosse de mon Smith & Wesson .38 de service.

Je le nettoie sous l'eau du robinet de la cuisine. Du sang de proxénète de la soirée sauvage de la veille et je me demande pourquoi je n'ai pas gardé un petit caillou de blanche. J'en suis encore à me poser cette question quand McCrabban me trouve en train de rêvasser dans la salle des enquêteurs du CID au poste de Carrick.

— Qu'est-ce que tu fais, Sean ? me demande-t-il gaiement.

— Je suis venu chercher des plans de la ville d'Antrim, mais là je suis juste perdu dans mes songes.

— Et je peux te demander ce que tu vas faire à Antrim ?

— Mais bien sûr, sergent-inspecteur McCrabban. Je vais à Antrim interroger Annie McCann, l'ex-femme de Dermot McCann, histoire de voir si elle sait où se trouve son mari en ce moment.

— Si c'est le cas, elle ne te dira rien.

— Évidemment.

— Mais il faut quand même que tu le fasses.

— Tu l'as dit, bouffi. Les Anglais me font donner la pa-patte comme un gentil chien.

McCrabban hoche la tête, l'air songeur.

— Et toi, tu travailles sur quoi ? je demande.

— Pas grand-chose. La mort et le chaos règnent partout mais pas dans nos quartiers.

Dans le minuscule bureau sans fenêtre d'à côté, le mien, le téléphone sonne. Je ne savais même pas que j'étais relié au réseau.

— À plus, mec.

J'entre dans la pièce nue et décroche.

— Duffy à l'appareil.

— Sean, c'est moi. Kate. J'essayais de vous joindre chez vous.

— Et vous me trouvez au travail.

— Sean, je peux vous poser une question ?

— Bien sûr.

— Vous n'êtes pas retourné à Derry hier soir pour incendier le débit de boissons de Poppy Devlin, sortir Orla McCann de là, la ramener chez sa mère et menacer Poppy Devlin de le tuer s'il ne quittait pas l'Irlande d'ici vingt-quatre heures, dites-moi ?

— Non.

— Entendu. Je savais bien que ça ne pouvait pas être vous. Vous ne voudriez pas compromettre tout ce que nous avons fait pour vous sur un simple coup de tête irréfléchi et des plus stupides, n'est-ce pas ?

— Absolument.

— C'est ce que je leur ai dit.

Un silence gêné.

— Écoutez, je sais que j'ai dit que je vous accompagnerais aujourd'hui, mais je croule sous le travail. Vous ne m'en voudrez pas si je me dédis ?

— Mais pas du tout. Je promets de vous faire un rapport complet.

— Merci, Sean. J'apprécierais. Vous n'imaginez pas la paperasse.

— Je crois que je vois assez bien, si. Mais je promets de vous tenir au courant.

— Soyez discret s'il vous plaît.

— Comptez sur moi.

— Hm. Ciao.

Je raccroche et rejoins McCrabban, installé dans un box en train de curer sa pipe.

— T'es occupé ? je demande.

— Pas spécialement.

— Ça te dit un petit tour à Antrim ?

— Et laisser les commandes à Matty ? il fait, sceptique.

— Et laisser Matty aux commandes.

— Bon, d'accord.

Quand on arrive aux abords d'Antrim, je lui tends la carte d'état-major.

— Elle habite où, Annie McCann ? demande McCrabban.

— Après le divorce, elle est retournée vivre chez ses parents. C'est un tout petit village qui s'appelle Ballykeel, ça touche la ville. Prends la carte et guide-moi. C'est compliqué par ici. Suffit de se tromper de sens une fois pour se retrouver sur l'autoroute ou la route de l'aéroport. Et les flics postés là peuvent te retenir des heures avec toutes leurs questions.

Crabbie déplie la carte.

— Je le vois pas, ton village.

— C'est en bordure de l'A6 en direction de Lough Neagh. Tu peux pas le rater. Allez ! On arrive au premier rond-point.

— Ballykeel ? Ah, ça y est, je l'ai. Je dirais plutôt qu'on peut très bien le rater, tellement c'est minus. Tout droit au rond-point et après à droite.

— Et ensuite ?

— C'est quoi l'adresse exacte ?

— 3, Lough Neagh Road, Ballykeel, comté d'Antrim.

— OK, c'est bon. Traverse le prochain rond-point et prends la direction du lac. N'entre pas dans la ville, suis les panneaux qui indiquent le lac.

Je suis ses instructions et évite Antrim complètement.

Lough Neagh est l'étendue d'eau douce la plus importante des îles Britanniques, mais l'endroit est étonnamment sous-exploité, et visiter les petits villages qui longent ses berges donne souvent l'impression de mettre le pied dans l'Irlande d'il y a plusieurs centaines d'années. Ballykeel se situe à un gros kilomètre de Shane's Castle, la résidence de Lord O'Neill, l'une des anciennes familles anglo-irlandaises de la région. Les maisons du village sont des cottages en pierre blanchie à la chaux, avec pour beaucoup un toit en chaume d'époque. Il y a un magasin d'alcools, un marchand de journaux, et pas grand-chose d'autre. Lough Neagh en lui-même est au sud, vaste présence bleu clair et étale, sans bateau et avec peu d'oiseaux. On est cernés d'arbres : chênes, frênes, ormes et pommiers sauvages.

On trouve le 3, Lough Neagh Road, qui est un ancien relais de poste à un étage. Un bel édifice construit avec des pierres de la région et une petite écurie sur la droite.

— Ils doivent avoir de l'argent, je commente.

— Peut-être, mais il me semble que ces vieilles granges s'achètent pour une bouchée de pain. L'argent, il en est question quand il faut retaper, et là, vaut mieux avoir les poches profondes.

— Je crois que c'est le cas. Dans les dossiers que j'ai pu lire, j'ai appris qu'ils avaient des terres à Donegal.

— Peut-être, mais y a terres et terres. Tu peux avoir quatre cents hectares à Donegal, et où que tu tournes, t'es dans les marécages jusqu'aux genoux.

On se gare dans une avant-cour gravillonnée, on sort et on toque à la porte.

Au bout d'une minute, une femme grande, rousse, attirante, d'environ cinquante-cinq ans, vient ouvrir. Elle est vêtue d'un gilet marron et d'une jupe verte en velours côtelé qui descend jusqu'à ses chevilles. Elle a une poitrine large et ses yeux clairs et noisette respirent l'intelligence.

— *Bail ó Dhia is Muire duit*[1], dit-elle.

— Vous de même, je réponds.

— Que puis-je faire pour vous ?

Je sors ma plaque et la lui montre.

— Inspecteur principal Sean Duffy, Renseignements généraux, lit-elle d'une voix glaciale.

— Tout à fait. Je suis actuellement détaché au RUC de Carrickfergus et voici le sergent-inspecteur McCrabban, du RUC de Carrick également.

Elle empoigne la porte, qu'elle envisage de nous claquer au nez, mais se ravise.

— Ça n'a rien à voir avec Lizzie, n'est-ce pas ? demande-t-elle, méfiante.

— Euh… non. Qui est Lizzie ?

— Ma fille.

— Non. C'est au sujet d'Annie McCann.

Elle acquiesce. Son visage se durcit.

1. "Dieu et Marie vous bénissent."

— Je vois. J'imagine que vous êtes à la recherche de Dermot ? dit-elle avec une pointe d'agacement.

— Oui, et nous nous demandions si… je me lance, mais elle me coupe tout de suite.

— Est-ce que j'ai l'air d'un informateur ?

— À quoi ça ressemble, un informateur ? je demande avec bienveillance.

Elle secoue la tête.

— Vous perdez votre temps, ici. On ne sait rien au sujet de Dermot, et même si c'était le cas, on ne parlerait certainement pas au RUC !

Et pourtant…

Et pourtant elle se tient encore là. Elle n'a pas fermé la porte.

Il se trame quelque chose.

Je la regarde.

Il se passe un truc que je ne pige pas.

Cette dame a de l'aplomb. Du pouvoir. Sa fille a été mariée à Dermot McCann mais ça ne vient pas de là.

— Serait-ce trop de vous demander une tasse de thé ? Après quoi on vous laissera tranquille pour rentrer à Carrick, je tente.

Elle réfléchit, acquiesce, laisse la porte ouverte et rentre dans sa maison.

Crabbie et moi échangeons un regard.

— Peut-être un piège. Après toi, je fais.

On entre dans un vaste et confortable salon, qui devait être la salle à manger à l'époque du relais de poste. Il y a une imposante cheminée en pierre, des tapis sur les dalles du sol, de charmantes aquarelles au mur, une bibliothèque emplie de ce qui m'a l'air de livres de poésie et d'histoire.

Je m'installe sur un sofa ancien en cuir rouge et me lève lorsque la femme revient avec le thé. Elle nous demande comment on le boit. Pour moi, avec du lait et un sucre, pour Crabbie, lait sans sucre. Elle nous sert dans de la porcelaine fine du XIXe. Il y a aussi du gâteau. Aux fruits confits, et du *carrot cake*, faits maison.

On prend tous les deux une tranche de gâteau aux fruits confits.

— Je suis Mary Fitzpatrick. La mère d'Annie, dit-elle en s'installant dans un fauteuil haut.

— Ravi de vous rencontrer, dis-je solennellement.

— Moi de même, fait Crabbie.

Je bois une gorgée de thé. Elle n'y a pas ajouté d'arsenic, ce qui est un soulagement. Mary Fitzpatrick a beau être la belle-mère d'un célèbre personnage de l'IRA, elle ne souffre pas de troubles pathologiques.

— Excellent gâteau, dit Crabbie dans le silence.

— Merci.

— Savez-vous où se trouve Annie, par hasard ? je demande.

— Elle est sortie avec son père. Je crois qu'ils sont à la chasse au lapin.

— Je vois.

— Ça ne vous avancera à rien, vous savez. Annie ne vous dirait rien même si elle avait eu des nouvelles de Dermot, ce qui n'est pas le cas depuis qu'il s'est évadé de Maze.

— Nous nous demandions s'il était entré en contact avec vous ou Annie, ou si vous saviez où il se trouvait, je poursuis.

Mary sourit et secoue la tête.

— Qu'est-ce qui pourrait bien me pousser à vous aider, vous les agents de l'occupant ? Pourquoi irais-je dénoncer mon ancien gendre à des engeances comme vous ?

— Dermot prépare une série d'attentats. Il va tuer de nombreux innocents.

Mary hoche la tête.

— Il y a toujours des victimes dans une guerre. C'est regrettable, mais c'est ainsi, dit-elle d'un ton brusque.

— Il y a également le fait que les Anglais ont mis le MI5 et le SAS sur sa piste et vous savez ce que c'est avec ces types. S'ils tirent, c'est pour tuer. Mais si Dermot se rendait ou si nous le trouvions avant que…

Elle lève une main.

— Ça suffit, inspecteur Duffy. J'en ai assez entendu. Je n'apprécie pas particulièrement Dermot McCann. La façon dont il a traité ma fille me pose même problème. Je n'entrerai pas dans les détails mais disons qu'il n'a pas agi en gentleman. Malgré tout, et quelles que soient les circonstances, je refuse de parler ou de coopérer avec toute personne travaillant aux ordres du gouvernement britannique ou de…

— Mais Mrs Fitzpatrick…

— Ne m'interrompez pas, jeune homme !

Je comprends à son ton qu'elle me taquine, mais juste un petit peu. Il y a une menace glaçante derrière ces beaux yeux noisette.

Elle pose sa tasse et met les mains sur ses genoux. Dehors, il se met à pleuvoir, et je me dis que si ça dure un peu, ça forcera peut-être Annie et son père à écourter leur chasse au lapin et à rentrer au bercail.

Mary me regarde attentivement.

— Que savez-vous du deuil, inspecteur Duffy, sergent McCrabban ?

— Du deuil ?

— Oui, du deuil. Vos parents sont encore de ce monde ?

— Les miens, oui, fait Crabbie.

— Les miens aussi.

— Avez-vous déjà perdu un frère, une sœur, ou un enfant ?

— Non.

— Non.

— Bien, alors vous n'en savez rien, ni l'un ni l'autre.

— Vous essayez de nous dire quelque chose, Mrs Fitzpatrick ?

— Annie a eu son lot de problèmes. Mais c'est fini à présent, et Dermot ne fait plus partie de notre vie. Il en est sorti. Et la vie continue, n'est-ce pas ? Là où elle le peut, la vie continue.

— Oui, je suppose, dis-je, déconcerté par le discours qu'elle nous tient.

Elle se lève lentement.

— Bien, vous avez eu votre thé, nous avons eu une petite conversation entre personnes civilisées… Je crois qu'il est temps pour vous de partir à présent, n'est-ce pas ?

— Si vous y tenez.

— Oui, j'y tiens, messieurs. Je vous ai assez vus.

Elle nous raccompagne à la porte d'entrée.

Sur le seuil, elle saisit mon bras et le tient un instant. Plonge son regard dans le mien.

— Oui ? je fais.

— Vous n'êtes pas le premier inspecteur du RUC à se présenter ici.

— Ah ?

— Non. Mais vous êtes le premier qui a l'air de faire la différence entre son cul et son coude.

— Eh bien, je serai…

— Vous ne serez rien du tout, Duffy. Vous ne remettrez pas les pieds ici à moins d'y avoir été invité. C'est bien compris ?

— Compris.

On marche jusqu'à la BM et, une fois Crabbie monté à bord, elle me rappelle sur le perron.

— Oui ?

— Orla McCann, fait-elle en arquant les sourcils.
— Oui, vous la connaissez ? dis-je innocemment.
— Du balai, inspecteur Duffy. Allez-vous-en.
Je retourne à la BM, m'installe au volant, démarre.
— Qu'est-ce qu'elle voulait ?
— Me donner un dernier avertissement. "Si je vous revois dans les parages"... Ils adorent ces conneries.
Crabbie soupire.
— On dirait que t'es encore capot, hein ?
— Toi et tes métaphores de jeux d'argent, McCrabban ! Mais où va le monde ?
Il approuve, l'air contrit.
— Si ma femme m'entendait... Je te raconte pas la scène ! Et dans la même journée je fais les louanges du gâteau de quelqu'un d'autre en plus !
Je frotte ma barbe de trois jours sous mon menton.
— Mais tu as raison. Le poker, c'est le jeu de Mrs Fitzpatrick, et elle a assurément des cartes à abattre. Reste à savoir lesquelles.

12

UNE AUTRE LETTRE

Une semaine plus tard, la lettre arrive dans mon casier au RUC de Carrickfergus. L'Irlande du Nord vient de vivre des journées intéressantes. Tout était calme, alors pour prouver qu'ils étaient toujours en activité, les membres de l'IRA provisoire ont procédé à une petite série d'attentats à la voiture piégée dans des bourgs à l'ouest de la rivière Bann. Certains précédés d'avertissements, d'autres non, ce qui couvrait l'éventail des différents modes opératoires des diverses cellules de l'IRA. Une seule personne était morte dans ces douze attaques, mais ce n'était qu'un coup de chance, et tout le monde savait que la chance ne durerait pas éternellement. L'ambiance au RUC de Carrickfergus était tendue. Ce n'était pas la "grande offensive de l'IRA" qu'on nous avait promise mais ça ferait l'affaire jusque-là.

Mes déplacements à Derry, Limavady et Coleraine pour interroger les derniers membres du clan McCann m'ont pas mal occupé, et si je n'en avais pas eu la certitude jusqu'alors, c'est désormais évident : aucun d'entre eux ne parlera. Les informateurs ont la fâcheuse tendance à finir dans des fossés le long de la frontière sud d'Armagh, la main droite coupée et un trou dans la tête.

Un matin, Matty me trouve dans mon bureau attablé devant les mots croisés du *Times*, en train d'écouter l'ouverture des Hébrides sur ce que les gamins appellent un "ghetto blaster". Il m'apporte une lettre et une tasse de café.

— Du courrier pour toi, Sean. Je l'ai trouvée dans ton casier, il fait en posant l'enveloppe blanche sur mon bureau.

C'est la première fois qu'il m'apporte un café ou mon courrier et il y a une espèce d'hésitation chez lui.

— Merci mec, que me vaut cet honneur ?

Il évite mon regard.

— Oh, mais rien.

— Assieds-toi, va, et dis-moi ce qui te trotte dans la tête.

— Nan, c'est rien, tu as une lettre à lire, on parlera plus tard, OK ?

— T'es sûr ?

— Mais oui. À plus tard.

Bizarre, je me dis, et j'ouvre l'enveloppe, adressée à "IP Sean Duffy, RUC de Carrickfergus, Carrickfergus, comté d'Antrim", sans expéditeur.

C'est un mot écrit à la main sur du papier crème :

Cher inspecteur Duffy,

J'espère qu'il vous sera possible de me retrouver au Rising Sun Café de Cornmarket Street à Belfast, le samedi 26 juin à dix heures, pour évoquer un arrangement qui pourrait nous profiter à tous les deux. J'aimerais autant que vous n'appeliez pas chez moi et que vous ne répondiez pas par courrier car je suis persuadée que mes appels et mon courrier sont interceptés par les Renseignements anglais, or j'aimerais que cette entrevue reste secrète.

J'apprécierais de plus que vous ayez l'amabilité de détruire cette lettre sans la photocopier ni la recopier au préalable. Je me suis renseignée à votre sujet et il semblerait que je puisse compter sur votre discrétion en la matière.

Aithníonn ciaróg ciaróg eile.

Recevez mes salutations distinguées,

Mary Fitzpatrick

— Eh ben dis donc, me dis-je à moi-même.

On frappe à ma porte.

Je fourre la lettre dans l'enveloppe.

— Entrez, je fais, et Matty passe une tête dans mon bureau.

— Sean, je me demandais…

— Entre, assieds-toi.

Il s'exécute.

— Un petit verre de remontant ambré de chez Mr Walker ?

— C'est pas de refus, il fait, alors j'ouvre mon tiroir, sors deux gobelets en carton et nous sers à chacun une bonne rasade de Johnnie Walker Black.

— Alors Matty, qu'est-ce qui te tracasse ?

— Eh ben, tu vois, c'est que… y a pas d'avenir ici, quoi, hein ?

— Ah ! Tu pars pour l'Angleterre et tu veux que je t'écrive une lettre de recommandation ! je m'exclame.

— Comment tu fais, Sean ?

— On m'appelait le Grand Illusionniste. Je faisais les fêtes d'anniversaire et les clubs de plage.

Il sourit.

— Pas l'Angleterre. L'Écosse. Je postule à la police de Strathclyde, j'ai besoin de deux recommandations, et je me demandais si tu pouvais m'en écrire une.

— Bien sûr, avec grand plaisir. Si tu crois que ça peut aider.

— Tu es inspecteur principal, Sean, et tu as été décoré de la médaille de la police royale. Oui, je crois que ça peut aider.

— Pourquoi l'Écosse ?

— Ici, y a plus rien. C'est foutu. On est tous au fond du trou. Un jour, je voudrai des enfants. Tu t'imagines élever des gosses ici, toi ?

J'écluse mon Johnnie Walker.

— Non.

— Je veux dire… Va pas croire que je te laisse tomber, mais vient le moment dans la vie d'un homme où il doit d'abord penser à lui…

— Hé mec, mais tu laisses tomber personne. T'as fait ta part du boulot et je serais ravi de t'écrire cette lettre. T'es un formidable agent de police.

Timide, il baisse les yeux, finit son whisky et se lève.

— Merci Sean, et si, euh, si tu pouvais garder ça pour toi… Je ne veux pas que le taulier me tombe dessus avant que tout soit bouclé.

— Motus et bouche cousue.

— Merci.

Matt n'a aucune raison de se sentir coupable. Se tirer est une très bonne idée.

Je ferme la porte de mon bureau, finis mon gobelet et relis la lettre. Puis je la tiens au-dessus de ma corbeille en métal et l'enflamme avec mon briquet.

La toute dernière partie, *Aithníonn ciaróg ciaróg eile*, signifie à peu de chose près “Les scarabées se reconnaissent entre eux”, ou peut-être, de façon plus péjorative, “Les cafards se reconnaissent entre eux”, ou pour faire argot voyou : “Une balance reconnaît une autre balance”.

Ce rendez-vous avec Mary s'annonce intéressant.

13

LA RENCONTRE AU RISING SUN

Cornmarket est une zone commerciale piétonnière en marge de Royal Avenue. C'est là qu'avait lieu le marché de Belfast à l'époque où la ville était à peine plus qu'une rangée de maisons le long de la Farset.

Alors que Dublin stagnait, Belfast a prospéré grâce à la production textile et à l'industrie lourde. Des banques de prestige et des sociétés de crédit immobilier sont apparues autour de l'hôtel de ville et, à l'époque de la Première Guerre mondiale, Belfast construisait quinze pour cent des navires de l'empire. Mais après le partage de l'île en 1921, le développement économique s'est enlisé. Au cours de la Seconde Guerre mondiale, la ville a été lourdement bombardée par la Luftwaffe et a souffert d'une croissance anémique après la victoire. Le *coup de grâce**[1] est survenu entre 1969 et 1975, époque à laquelle cette partie de Belfast a quasiment été rayée de la carte par les attentats à la bombe de l'IRA. Des centaines de magasins, de bureaux et d'usines ont été réduits en cendres.

En 1976, les autorités ont bloqué l'accès du centre-ville aux véhicules et mis en place une série de postes de contrôle où les civils qui voulaient entrer dans Belfast

1. Les mots en italique suivis d'un astérisque sont en français dans le texte original. *(N.d.E.)*

étaient fouillés au cas où ils transporteraient sur eux ou dans leur sac des engins explosifs ou incendiaires. Les rues autour de Royal Avenue grouillaient littéralement de policiers et de soldats, et bien que cela ait été extrêmement malcommode pour tout le monde, ça a fonctionné, et désormais, le centre-ville de Belfast est paradoxalement l'un des endroits les plus sûrs au monde.

Dans les années 1890, le Rising Sun Café était un salon de thé chicos. Mais les fumées de divers attentats tout proches et une rénovation assez moche effectuée en 1982 ont eu raison de son charme kitsch. Adieu élégantes banquettes, bonjour tables et chaises en plastique ; pareil pour les larges dalles noires et blanches du carrelage, remplacées par une chape de béton recouverte de lino marron.

Je suis en avance pour mon rendez-vous avec Mary Fitzpatrick, mais elle est arrivée encore plus tôt. Quand j'entre dans le Rising Sun, une serveuse me demande si je suis Mr Duffy.

Je confirme, et elle me conduit à un salon privé au fond du café, où je découvre avec surprise que les éléments de l'époque victorienne ont été préservés.

Mary est attablée devant une théière argentée.

La serveuse m'accompagne jusqu'à sa table puis s'excuse.

— J'ignorais l'existence de cette pièce, dis-je.

— Comme beaucoup de monde. Je connais Cameron, le propriétaire. C'est un lieu de rendez-vous agréable, au calme, à l'abri des regards indiscrets. Aucun de nous deux ne tombera sur d'anciennes connaissances.

— J'imagine que non.

— J'espère que vous n'avez parlé de cette rencontre à personne.

— À personne.

— Pas même à votre sergent ?

— Non, je fais en me servant un thé.

— Vous connaissiez Dermot personnellement, inspecteur Duffy, n'est-ce pas ?

Inutile de tenter une feinte.

— En effet, oui.

— Vous connaissiez Orla également, c'est bien ça ? Orla, Fiona, tous les McCann.

— Oui.

— Vous connaissiez même mon Annie, un petit peu ?

— Je la connaissais un petit peu, en effet.

— Après votre visite, je l'ai interrogée à votre sujet, dit-elle en plantant son regard perçant dans le mien.

— Et ?

— Elle se souvient bien de vous.

— Vraiment ?

— Elle dit qu'avec Dermot, tous les trois, vous alliez à des concerts à Belfast. À Dublin, une fois.

— Tiens donc.

— Elle dit que c'est vous qui les emmeniez parce que vous aviez une voiture.

C'est sûrement vrai – il y avait un tas de concerts rock à la fin des années 1960 et au début des années 1970.

— Ça me dit quelque chose. Dermot n'avait pas son permis à l'époque et il se peut tout à fait que je l'aie conduit à deux ou trois concerts.

— Mais à l'époque du mariage, vous étiez déjà flic, raison pour laquelle nous ne nous sommes jamais rencontrés.

— Je ne faisais pas partie du cercle intime de Dermot de toute façon. Et je ne lui en ai absolument pas voulu de ne pas m'inviter à son mariage. Ça aurait comporté une part de risque.

Elle acquiesce et enlève son manteau. Elle porte un pull noir sur un jean délavé et des bottines.

Elle me sert un autre thé et se souvient de me passer le sucrier.

La serveuse revient quelques instants plus tard avec un assortiment de gâteaux et de pâtisseries qu'elle pose sur la table.

— Servez-vous, dit Mary.

— Et comment, tout a l'air délicieux.

Je prends un petit pain et une part de fondant au citron.

Elle plonge une main dans son sac et en sort une chemise qu'elle pose devant elle. Ça ressemble à une sorte de rapport.

— Qu'est-ce que c'est ? je demande.

— Mangez votre petit pain, je vais vous le lire.

— D'accord.

Elle ouvre le dossier.

— Donc, au sortir de vos études à Queen's University, vous entrez dans la police et après deux ans d'exercice à Enniskillen et Tyrone Sud, vous devenez inspecteur à Belfast. Vous vous en sortez bien, vous êtes promu sergent-inspecteur et envoyé au RUC de Carrickfergus. Après quelques affaires résolues, vous passez inspecteur principal. Mais patatras, dans l'affaire DeLorean, vous avez des démêlés avec le FBI et tout commence à aller de travers, n'est-ce pas ?

— C'est quoi, ce document, au juste ? Ma fiche personnelle ?

— Peu importe. L'année dernière, vous avez soi-disant renversé un gamin avec un Land Rover, sauf que vous ne conduisiez pas, c'est exact ?

— Comment vous savez tout ça ?

— Vous avez démissionné. Vous avez quitté les rangs de la police.

— Oui.

— Ce qui m'amène à penser que c'est une agence externe qui vous a réembauché. Une agence externe qui ne peut être que le MI5 ou alors une unité de renseignements appartenant à Scotland Yard. Mais pourquoi feraient-ils une chose pareille ?

Je ne dis rien.

— Je crois qu'ils vous ont réengagé dans l'unique but de retrouver mon ex-gendre.

— Je ne peux ni le confirmer ni l'infirmer.

— Je m'y attendais.

Je bois un peu de thé. Il est trop fort à présent, et amer, même avec le sucre.

— Bon, en tout cas, nous savons tous à quoi nous en tenir, n'est-ce pas ?

— Disons que vous en savez un rayon sur moi mais je ne comprends toujours pas l'objet de ce rendez-vous.

— Vous êtes quelqu'un d'intéressant, Duffy. Vous faites le modeste. Vous vous dévalorisez, même. Je crois que vous vous dites que si le MI5 vous a recruté, c'est à cause de vos liens personnels avec Dermot. Vous le connaissiez, lui et son clan, et vous pensez que c'est ce qui vous distingue des autres.

— Continuez.

Elle sourit à nouveau.

— Mais ce n'est pas uniquement pour ça. Le MI5 a fait appel à vous parce que vous êtes un crack. C'est ça qui vous distingue des autres. Vous excellez dans votre boulot, Duffy, c'est pour ça qu'ils vous ont sollicité. Et que je compte le faire moi aussi.

— C'est très flatteur à entendre, mais le MI5 – s'il s'agit bien du MI5 – dispose déjà d'un personnel plus que compétent, croyez-moi…

Elle lève une main pour m'interrompre.

— Venons-en au fait. Lorsque vous avez fréquenté Annie, elle ne vous a jamais amené chez nous à Ballykeel, n'est-ce pas ?

— Non, je ne crois pas.

— Et vous n'avez pas assisté au mariage, donc vous ne connaissez ni Lizzie ni Vanessa ?

— Non.

— Vanessa est ma fille aînée. Elle est médecin au Canada. À Montréal. Mariée à un médecin. Ils ont un petit garçon, mon unique petit-enfant. Ils l'ont appelé Pierre. Mais je l'appelle Peter.

— Formidable. Vous vous y rendez souvent ?

— Je n'y suis allée qu'une fois. Ça m'a suffi. Jim n'aime pas l'avion.

Elle referme le dossier qu'elle a sur moi, le déchire soigneusement et jette le tout dans la poubelle la plus proche.

— Il paraît que c'est charmant, Montréal, dis-je pour faire la conversation tandis qu'elle revient s'asseoir.

Elle ne fait pas cas de ma remarque.

— On n'est pas censé avoir un enfant préféré dans sa progéniture, qu'en dites-vous ?

— J'aurais du mal à vous répondre. Je suis fils unique et je n'ai pas d'enfants.

Elle plonge de nouveau une main dans son sac et me donne une photo : une fille plutôt grande, jolie, aux cheveux roux et à l'air songeur. Elle porte une tenue de hockey sur gazon et se tient devant une cage de but.

— Vous pouvez la garder, dit-elle.

— Pourquoi ça ?

Elle me passe un dossier marron tenu par deux larges bandes de caoutchouc.

— C'est quoi ?

— Une copie du rapport du RUC sur le meurtre de ma fille Lizzie. C'était ma benjamine. La prunelle de mes yeux. Je ne devrais pas le dire, mais c'est ainsi. Elle était si drôle, tellement adorable. Il n'y avait pas une once de méchanceté chez elle. Elle méritait mieux que ça.

— Votre fille a été assassinée ?

— Tout est là. Ce n'est pas le dossier complet, mais je suis certaine que vous pourrez vous le procurer sans mal. Je ne voulais pas regarder toutes ces photos horribles ni le rapport d'autopsie, mais ça devrait largement suffire pour vous faire une idée de ce qui s'est passé.

Je retire les élastiques et ouvre le dossier.

— C'est ce qu'ils appellent une affaire classée sans suite, à présent. On n'a jamais retrouvé le coupable, et l'inspecteur qui enquêtait sur l'affaire a été affecté à d'autres fonctions depuis longtemps. Il y a deux ans, j'ai engagé un détective privé, mais il a fait chou blanc lui aussi et m'a conseillé d'abandonner.

— Qu'est-ce que vous êtes en train de me dire, Mrs Fitzpatrick ?

— Lizzie est morte, inspecteur Duffy. Elle est enterrée au cimetière Arghall, à Toome. Ma plus jeune fille, assassinée, la nuque brisée, par un ou des inconnus.

— Ça remonte à quand ?

— Ça fera quatre ans en décembre.

— Et le RUC n'a aucune piste ?

— Des pistes ? Il y avait trois hommes au bar, trois suspects si vous voulez, mais pas de preuves. Absolument aucune preuve. Je pense que l'un d'eux a fait le coup, et que les deux autres le couvrent. J'ai besoin de savoir lequel. Et j'ai besoin de preuves. J'ai besoin d'être convaincue. Ça ne la ramènera pas. Rien ne lui rendra la vie, mais la loi, la loi ancienne, le code brehon, m'octroie le choix du châtiment. Le droit de la venger.

Elle saisit ma main et la serre fort. Elle pose sur moi un regard brûlant et ses barrettes tiennent à peine ses cheveux roux en place.

— Vous me comprenez, inspecteur ?

— Je l'ignore. Êtes-vous en train de me dire… Assurons-nous d'être bien d'accord, Mrs Fitzpatrick. Si je retrouve l'assassin de votre fille et vous apporte la preuve suffisante de sa culpabilité alors vous… vous…

— Je vous donnerai Dermot McCann, affirme-t-elle avec un rictus glacial.

14

LA FIN TRAGIQUE DE LIZZIE FITZPATRICK

Mary sort un paquet de Benson & Hedges de son sac à main. Elle m'en propose une mais je refuse.

— Ce dossier contient toute l'histoire, mais je peux vous la raconter dans les grandes lignes, si vous voulez.

— Je vous écoute.

— Mon mari tenait un petit bar à Ballykeel. Juste à l'entrée du village. Le Henry Joy McCracken.

— Du nom du rebelle irlandais ?

— Tout à fait. L'endroit nous appartient toujours, mais Jim ne veut plus rouvrir. Pas depuis ce qui est arrivé à Lizzie.

Elle boit une gorgée de thé et allume sa cigarette.

— Lizzie et ses sœurs faisaient le service de temps en temps pour gagner un peu d'argent de poche. Puis Lizzie est partie en Angleterre faire son droit. Elle voulait devenir avocate, comme ceux qu'elle voyait à la télé. La défense des opprimés, tout ça, vous voyez ?

— Oui.

— Elle étudiait à l'université de Warwick. Et s'en sortait très bien. Elle rentrait à la maison pour les vacances, travaillait parfois au bar, mais faisait également un stage dans un office notarial d'Antrim, chez Mulvenna & Wright, une référence dans le domaine, alors on ne la voyait pas beaucoup quand elle était de retour. Quoi qu'il en soit, elle était là pour Noël en 1980 et elle n'était pas censée travailler au pub…

Elle renifle et secoue la tête avant de reprendre.

— C'était le 27 décembre.

— Le 27 décembre 1980 ?

— C'est ça.

Je note la date dans mon carnet tandis que Mary poursuit.

— Jim était au Royal Victoria Hospital de Belfast pour une opération du genou gauche. À cause de son arthrite.

— Je vois.

— Il s'était fait opérer dans l'après-midi et il voulait fermer le pub mais Lizzie a dit qu'elle se débrouillerait. J'ai accepté, parce que je voyais bien qu'elle voulait un peu de responsabilités. J'étais allée voir Jim à l'hôpital, il allait bien, et je suis rentrée à Ballykeel vers dix heures et demie du soir. J'ai passé un coup de fil au pub pour dire à Lizzie que son père était en forme, ce qu'elle était très heureuse d'entendre. Je lui ai demandé si elle avait besoin d'un coup de main, mais elle a dit que ce n'était pas la peine, il ne restait que trois clients. Comme l'heure de fermeture était une demi-heure plus tard, je n'ai pas insisté.

— Est-ce que la police a identifié les trois clients en question ?

— Oui, oui. Des hommes "très comme il faut". Pas des gens d'ici. Ils étaient tous de Belfast. Venus dans le coin pour pêcher.

— Que s'est-il passé ensuite ?

— Eh bien, Lizzie n'est pas rentrée. Il ne faut que dix minutes pour fermer le pub et rentrer à pied à la maison, alors à partir de onze heures et quart, j'ai commencé à m'inquiéter.

— Qu'avez-vous fait ?

— Rien. J'ai attendu. Je me suis dit qu'elle avait peut-être du mal avec les verrous, ce genre de chose.

— Et après ?

— À onze heures et demie, j'ai reçu un appel de Harper McCullough. Il m'a demandé des nouvelles de Jim puis il a voulu parler à Lizzie. Je lui ai dit que je ne l'avais pas encore vue. Et ça l'a angoissé car elle lui avait dit qu'elle serait rentrée à onze heures et demie au plus tard.

— Qui est ce Harper McCullough ?

— C'était son petit ami. Un garçon très affable. Protestant, certes, mais on l'appréciait malgré tout. C'était un ami très proche de la famille.

— Où était-il quand Lizzie s'est fait assassiner ?

— Il assistait au dîner annuel de son club de rugby, à Belfast. Il recevait un prix au nom de son père. Il y était de neuf heures jusqu'à son coup de fil.

— Qu'est-il arrivé ensuite ?

— J'ai dit à Harper que j'ignorais où elle se trouvait, et il a répondu que je devais appeler la police, qu'il sautait dans sa voiture pour arriver le plus vite possible.

— Et vous avez appelé la police ?

Elle secoue la tête tristement.

— J'ai enfilé mon manteau et je suis allée voir au pub ce qu'il se passait. Comme je m'y attendais, le bar était fermé et les lumières éteintes, et aucune trace de Lizzie. J'ai su que quelque chose n'allait pas. Je me suis dit qu'elle avait fermé, et que quelque chose lui était arrivé sur le chemin du retour.

— À quelle distance du pub votre maison se trouve-t-elle ?

— Environ trois cents mètres.

— À travers le village ?

— Oui, ou bien par le raccourci de Love Lane, mais elle n'a pris ni l'un ni l'autre.

— Qu'est-ce qu'elle a fait, alors ?

Mary écrase sa cigarette et prend un mouchoir dans son sac. Elle se tamponne les yeux, tâchant de refouler ses larmes. Et elle y parvient. On est en Ulster, où même les bons Catholiques comme Mary ont été contaminés par le besoin maladif des Protestants de réprimer leurs émotions.

— Je suis rentrée à la maison et j'ai appelé Annie. Elle vivait encore à Derry à l'époque et elle m'a dit d'appeler la police sans plus tarder. J'étais un peu réticente, car nous avons eu maille à partir avec les forces de l'ordre, comme vous le savez peut-être.

Oui, je suis au courant. Moi aussi j'ai fait mes recherches, et j'ai découvert que les Fitzpatrick de Ballykeel étaient une importante famille républicaine de la région d'Antrim. Peut-être pas active au sein de l'IRA mais évoluant en tout cas dans les hautes sphères républicaines. Mary Fitzpatrick était candidate républicaine indépendante à l'élection parlementaire de 1970 et connaissait beaucoup de monde à l'époque.

— Harper est arrivé de son club de rugby vers minuit moins le quart, fou d'inquiétude, et la police d'Antrim juste après. Nous sommes tous partis en quête de Lizzie. Après minuit, un des policiers a braqué sa torche à l'intérieur du pub, et il a cru distinguer un corps allongé par terre. Bien sûr, on ne pouvait pas entrer, parce que c'était Lizzie qui avait la clé, alors ils ont défoncé la porte avec une masse. Et c'est là qu'on l'a découverte. Par terre. Morte. Recroquevillée, les cheveux en travers de son visage. Seigneur, je ne l'oublierai jamais ! J'ai voulu la prendre dans mes bras, la ranimer, mais ils n'ont pas voulu que je la touche !

Elle s'allume une autre cigarette et je pose une main sur son bras. Elle fait une génuflexion, je fais le signe de croix avec elle et ensemble on récite "Que Dieu et Marie et saint Patrick soient avec vous".

Elle sirote son thé froid et poursuit son récit.

— Au début, tout le monde a cru à une mort de causes naturelles, parce qu'un meurtre paraissait insensé. Le pub était fermé de l'intérieur. Les fenêtres sont protégées par des barres de fer. Le verrou était poussé sur la porte d'entrée et sur celle de derrière. Les deux portes étaient fermées à clé, et la clé était dans sa poche.

— Mais ce n'était pas une mort naturelle ?

— Non. Il y avait une ampoule qui ne fonctionnait plus au-dessus du comptoir et elle avait une ampoule neuve brisée dans la main. Pour le premier venu, ça ressemblait à un accident : elle était montée sur le comptoir pour changer l'ampoule, avait glissé, était tombée et s'était brisé la nuque. C'est en tout cas ce qu'ont cru ces abrutis de policiers. Mais le lendemain, le médecin légiste de l'hôpital d'Antrim, un certain Dr Kent, a annoncé à la police qu'il trouvait cette théorie douteuse. Après autopsie, il n'était pas convaincu par les vertèbres cervicales brisées ni par la blessure qu'elle avait à la tête. Plus tard, interrogé par le coroner, le Dr Kent a dit que sa nuque brisée ne concordait pas avec une chute.

— Avec quoi concordait-elle ?

— Il pensait plutôt qu'elle avait reçu un coup à la tête et que quelqu'un lui avait brisé le cou. Pour la police c'était absurde, mais il était tellement catégorique que le coroner a été forcé de constater un décès sans causes déterminées.

— Est-ce que la police a ouvert une enquête pour meurtre ?

— Oui, mais sans conviction. Je voyais bien qu'ils ne croyaient pas à un assassinat. L'endroit fermé à clé, l'ampoule cassée dans sa main… Affaire classée.

— Ils ont interrogé les clients du bar, je suppose ?

— Bien sûr. Tout figure dans le rapport. Ils ont tous raconté la même chose. Lizzie les a fichus dehors à vingt-trois heures tapantes. L'un d'eux, un certain McPhail, avait garé sa voiture dans le village. Ils ont marché jusqu'au véhicule et sont rentrés à Belfast.

— Et qu'a pensé la police de cette histoire ?

— Elle l'a crue.

Je me frotte le menton et réfléchis.

— Il n'y avait personne d'autre dans le bar ?

— Non.

— Est-ce qu'il existe un autre moyen d'accès ?

— Non. Une porte d'entrée, une autre derrière, toutes les deux fermées à clé et verrouillées de l'intérieur.

— Et les fenêtres ?

— Elles sont protégées de barres en fer forgé.

— Est-ce qu'on peut les enlever ?

— Non. Et la police a vérifié. Elles étaient toutes intactes.

— Se glisser entre elles ?

— L'interstice est trop petit, même pour un enfant.

Je me laisse aller contre mon dossier et parcours le rapport de police. Beaucoup de détails, du bon boulot. Le chargé d'enquête, un certain inspecteur Beggs, expose les preuves dans sa conclusion. Absolument rien ne peut le convaincre qu'un crime a été commis.

— C'est coton, je fais.

Elle approuve d'un hochement de tête et exhale une mince volute de fumée bleue.

— Vous êtes certaine qu'on l'a tuée ?

— J'en ai l'intime conviction.

— Je vais creuser, mais je ne peux rien vous promettre.

Elle acquiesce et se lève.

— Quand vous viendrez chez moi, ne mentionnez Dermot en aucun cas. Dites à Annie et Jim que vous enquêtez sur la mort de Lizzie. Je leur ai dit que vous étiez déjà passé à la maison. C'est comme ça que j'ai évoqué votre nom avec Annie. Écoutez-moi bien, inspecteur Duffy, si vous les interrogez au sujet de Dermot, ils ne vous diront rien et vous ferez tout capoter. C'est bien compris ?

— Oui.

— Ne parlez surtout pas de lui !

— Entendu.

— Et le moment venu, si vous remplissez votre part du marché, je remplirai la mienne.

— Mais comment pourrez-vous découvrir où il se trouve ?

— Oh, ne vous en faites pas pour ça. J'ai des ressources. Des contacts.

— Vous balanceriez vraiment le mari de votre fille ?

— Ex-mari. Je n'ai qu'une parole, Duffy. Si vous faites ce que je vous ai demandé, je vous livrerai Dermot McCann.

— Il faut que vous sachiez… Je ne suis pas un assassin. Moi, je veux l'arrêter, mais il se peut qu'il n'obtempère pas et…

— Je vous dirai où il se trouve. La suite, c'est entre vous et lui.

— Je peux en tout cas vous promettre que si je suis présent, je lui laisserai une chance de se rendre.

— Très bien.

Elle tend le bras et nous nous serrons la main.

— Si j'ai besoin de vous contacter, je peux passer chez vous ?

— Et de mon côté, je vous écrirai.

— C'est probablement ce qu'il y a de plus sûr si vous êtes sur écoute.

— Bonne journée, inspecteur.

Elle sort de l'arrière-salle pour entrer dans le café à proprement parler ; je range le dossier dans ma sacoche, attends un laps de temps suffisant et emprunte le même chemin.

15

L'ÉNIGME DE LA CHAMBRE CLOSE

À la première heure lundi matin, je me rends au RUC d'Antrim pour parler à l'agent chargé de l'enquête. Il est maintenant inspecteur principal, et il est passé du CID à l'administration. Un personnage rougeaud et sévère, les cheveux bruns, moustachu. Il a trente-neuf ou quarante ans, et si son cœur ou l'alcool ne lui jouent pas un vilain tour, il finira sûrement directeur adjoint de la police. Il m'accueille sans méfiance, écoute mon petit laïus, sort le dossier et demande à un réserviste de lui en faire une copie pendant qu'on se rend au pub.

— Une pinte de Bass, commande-t-il, et je prends la même chose.

— Alors dites-moi, pourquoi les Renseignements généraux s'intéressent-ils à une mort accidentelle survenue il y a quatre ans ? s'enquiert-il en buvant une gorgée de bière.

— Je ne suis pas autorisé à vous le dire.

— Oh, affaire confidentielle, donc ? fait-il sans moquerie.

— Je le crains, monsieur. Que pouvez-vous me dire sur cet incident ?

— La pauvre petite avait fermé le pub, elle changeait une ampoule, debout sur le bar, elle a glissé, elle est tombée, elle s'est brisé la nuque. Fin de l'histoire.

— La version du Dr Kent est différente, cependant ?

— Ah oui, le docteur. Il a convaincu le coroner de rendre un verdict ouvert. Cet homme est une vraie plaie. Il nous a déjà posé problème par le passé. Il voit des complots à tous les coins de rue. La mère de cette pauvre fille est remontée elle aussi, à cause de lui. Mais ne vous y trompez pas. Trois filles dans cette famille. L'une tombe d'un bar et se casse le cou, l'autre file en Amérique et la troisième est mariée à un membre de l'IRA condamné à perpète. On se croirait dans *Un violon sur le toit*. Mais c'est ni plus ni moins de la malchance.

— À aucun moment vous n'avez envisagé un lien avec l'IRA justement ?

— Impossible. C'était un accident. L'endroit était fermé à clé. Et la clé était dans sa poche. La porte d'entrée était verrouillée. Celle de derrière aussi. Des barreaux aux fenêtres. J'ai essayé d'expliquer au Dr Kent et à Mrs Fitzpatrick qu'en toute logique, il était impossible que quelqu'un d'autre soit impliqué.

J'acquiesce et bois un long trait de Bass.

— Vous avez lu… je me lance, mais il m'interrompt.

— *Double assassinat dans la rue Morgue, La Pierre de lune, Trois cercueils se refermeront, Au seuil de l'abîme…* entre autres.

— Oui, voilà, dis-je, un peu penaud.

Beggs n'est apparemment pas un petit flic de campagne sans cervelle.

— Voyez-vous, inspecteur Duffy, l'essentiel, dans une énigme en chambre close, est de persuader le lecteur que la pièce est hermétiquement fermée alors qu'existe en réalité un autre moyen d'accès. Par exemple, dans beaucoup d'histoires, il y a une seconde clé. Mais ici, la clé était dans la poche de Lizzie, et même s'il y en avait eu une deuxième, ça n'aurait aucune espèce d'importance puisque les verrous des deux portes étaient poussés de l'intérieur.

— Quel genre de verrous ?

— De gros verrous, avec une targette à l'avenant, traditionnellement utilisés pour la fermeture au public alors qu'on continue à servir quelques habitués. On ne peut les actionner que de l'intérieur, il n'y a pas de trou à l'extérieur dans lequel on pourrait glisser un fil de fer, pas de moyen externe de les manipuler. J'ai vérifié moi-même. C'est même l'un des premiers détails dont je me suis assuré lorsque l'agent de police m'a dit que l'endroit était vide et que les portes étaient fermées et verrouillées de l'intérieur.

— Dans la *Rue Morgue*, ils entrent par la fenêtre, dis-je.

— Oui. Mais elle est louche, cette histoire. Et je ne parle pas du singe tueur apprivoisé, je fais référence au fait qu'une vieille dame française dorme avec la fenêtre ouverte. La mère de l'épouse est de Rouen. Croyez-moi. Aucun singe tueur ni aucun vampire ne peut s'introduire chez elle. Je ne pense pas qu'elle ait ouvert ses fenêtres depuis l'Occupation… mais revenons à nos moutons. Dans le cas de cette pauvre Lizzie, les fenêtres sont protégées de grilles en fer forgé dont les barres sont soudées dans le mur. Pour empêcher les cambriolages et les attaques sectaires. Inutile de dire qu'aucune de ces barres n'a été forcée…

— Dans l'une de ces histoires, le fait de forcer la porte dissimule le fait que la porte n'était en fait pas verrouillée de l'intérieur.

— Je suis bien content que vous le souligniez, Duffy. Ça aussi, je l'ai vérifié. Le verrou était si costaud que quand les agents ont défoncé la porte, ce sont les gonds qui ont lâché les premiers.

J'avale une autre gorgée du breuvage de premier choix de Burton-upon-Trent.

— Et on est bien sûr que la porte de derrière était verrouillée elle aussi ?

— Je m'en suis assuré en personne.

— Une porte de cave, peut-être ?

— Le Henry Joy McCracken possède bien une cave mais le seul moyen d'y accéder se trouve dans le bar. J'y ai réfléchi aussi et je suis allé jeter un œil. Murs de brique du sol au plafond, chape de béton au sol. Pas de jeu dans les joints, pas de passage secret.

— Et le grenier ?

— Il n'y a pas de grenier. C'est un plafond voûté avec charpente apparente.

J'écluse ma Bass et secoue la tête.

— Eh bien je n'ai pas d'explication.

— Je ne voudrais pas remettre en cause le bon sens des RG, mais quelle mouche vous a piqués de croire qu'il s'agissait d'un meurtre ? Y a-t-il de nouveaux éléments dont je n'ai pas connaissance ?

— Non, aucun. On nous a simplement demandé de nous pencher dessus à nouveau.

— Si mon avis a une quelconque valeur, ce dont je doute, je dirais que l'explication la plus simple est encore à ce jour la meilleure. Elle a fermé pour la nuit. Arrêté la caisse. Elle s'apprêtait à rentrer chez elle quand elle s'est aperçue qu'une ampoule était grillée. Elle savait que son père mal en point ne pourrait pas la changer alors elle a décidé de s'en occuper. Les accidents, ça arrive…

— Et pourquoi les lumières étaient éteintes ?

— Pour ne pas qu'elle s'électrocute en changeant l'ampoule.

— Alors elle grimpe sur le comptoir pour changer une ampoule dans le noir complet ?

— Elle bénéficiait d'un peu de lumière du lampadaire de la rue. Elle a cru qu'elle allait y arriver. Hélas, ce n'est pas le cas.

— Parlez-moi des trois clients présents juste avant la fermeture.

— Je les ai interrogés tous les trois séparément. Ils m'ont tous raconté la même chose. Lizzie les a mis dehors après la dernière commande et ils sont rentrés à Belfast en voiture. Ils sont amis, donc j'imagine qu'ils ont pu s'inventer cet alibi pour se couvrir les uns les autres, mais je ne l'ai pas cru à l'époque et je ne le crois toujours pas.

J'ouvre mon carnet à la page où j'ai écrit leurs noms.

— Arnold Yeats ?

— Professeur d'histoire à Queen's University.

— Lee McPhail ?

— Agent électoral à Belfast. Une sorte de dépanneur en politique. Travaille dans les deux camps.

— Comment ça ?

— Pour les Protestants comme pour les Catholiques. Tant que vous avez du pognon.

— Un personnage prometteur. Un peu louche sur les bords, non ?

— C'est lui qui conduisait ce soir-là. Le seul assez sobre. Il a des connexions un peu partout et quelques convictions sur certaines choses.

— C'est un début, non ?

Il hausse les épaules.

— On peut y voir ce qu'on veut. Ça fait trois ans que je l'ai interrogé, mais je n'ai rien remarqué de louche à l'époque.

— Le dernier larron… Barry Connor ?

— Chef cuistot. Propriétaire du Canard, à Belfast, dit-il en me regardant comme si j'en avais entendu parler.

— Quelque chose m'échappe ? je fais.

— Je vois que vous n'êtes pas un gourmet, Duffy.

— Non, en effet.

— C'est le seul restaurant de Belfast à avoir des étoiles au *Michelin*.

— Je ne savais même pas qu'il y en avait un.

— Je suis très étonné que les rédacteurs du *Guide Michelin* aient bravé les Troubles pour goûter nos spécialités locales qui n'ont rien de spectaculaire, et pourtant.

— Un universitaire, un magouilleur politique, et un chef renommé. On se croirait dans un *Columbo*, putain.

— À ceci près qu'aucun crime n'a été commis.

On verra ce qu'en dit le Dr Kent, je me dis.

— Parlez-moi du petit copain, qui était au dîner de son club de rugby.

— Harper McCullough ?

— Oui.

— Un bon petit. Son père était dans le bâtiment, il a fait fortune en décidant de développer Antrim en ville nouvelle. Ils ont une baraque au bord du lac. Le gamin étudiait l'architecture ou l'archéologie, je ne sais plus.

— Il faut toujours fureter du côté du petit copain, non ? À quoi ressemble son alibi ?

— Le dîner du club de rugby a duré jusqu'à une heure du matin, mais il n'est pas resté jusqu'au bout. Il a appelé Mary Fitzpatrick de là-bas vers vingt-trois heures trente pour parler à Lizzie. Qui bien sûr ne l'avait pas vue. Alors il est rentré aussi vite qu'il a pu.

— Est-ce qu'on est bien sûrs qu'il était présent à ce dîner ?

— C'est certain. Son père recevait un prix et le fiston devait prononcer un discours en son nom, après quoi il a dû subir les autres discours. Toujours se méfier du petit copain, vous avez raison, mais même s'il avait le don d'ubiquité, je ne parierais pas sur lui.

— Pourquoi ça ?

— La mort de Lizzie l'a sonné. Son père avait fait une attaque quelques mois plus tôt et il est fils unique. Harper s'occupait donc de son paternel à la maison et après la mort de Lizzie il s'est effondré. Ce sont Harper et Mary Fitzpatrick qui insistaient pour que j'ouvre une enquête pour meurtre. Il refusait catégoriquement de croire que Lizzie soit morte de façon aussi stupide.

— Mais c'est votre version ?

Il avale une grande lampée de bière et m'adresse un sourire satisfait.

— Les gens meurent bêtement tous les jours, croyez-moi ! Vous savez combien de meurtres non liés au terrorisme il y a en Irlande du Nord pour une année standard ?

— Je ne sais pas, cinquante, soixante ?

— Dans une année moyenne : vingt. Tous conjugaux. Le mari ivre tue sa femme ivre. Et savez-vous combien de morts accidentelles on compte par an ?

— Non, dis-je, las.

— Environ quatre cents. En d'autres termes, vous avez vingt fois plus de chances de mourir accidentellement que par homicide non lié au terrorisme.

— Je vois.

— Vous êtes sûr, Duffy ? Parce que Harper McCullough et Mary Fitzpatrick ont refusé de voir. Tout comme ce timbré de docteur.

— Lizzie avait-elle des ennemis ?

— Non. Aucun qui se soit fait connaître en tout cas. On a interrogé ses amis. On a parlé à ses professeurs en Angleterre. Elle était très appréciée. Elle était même…

elle était même un peu rasoir. Son truc, c'était le droit, les chevaux.

— Et les Fitzpatrick ? Grande famille républicaine, n'est-ce pas ? Annie était mariée à Dermot McCann et il était prisonnier à Maze. Est-ce qu'il ne pourrait pas s'agir d'une vengeance ?

— Sans revendication ? Quelque chose d'aussi élaboré ? Assassiner une femme ? Vous avez déjà vu un truc pareil ?

— Ça ne ressemble pas trop à leur mode opératoire, j'imagine.

— En effet.

Je commande une autre tournée plus deux sachets de chips au vinaigre. Pendant qu'on nous sert, je glisse vingt pence dans le jukebox et choisis trois chansons d'Elvis : "Suspicious Minds", "In the Ghetto", et "Suspicious Minds" à nouveau.

Je me rassois avec à manger, à boire, et de la musique.

— Merci, fait l'inspecteur-chef Beggs.

— Se pourrait-il que l'assassin se soit caché dans le bar toute une journée et se soit échappé le lendemain, à un moment où personne n'aurait rien vu ?

— Non.

— Comment en être sûr ?

— Les agents qui ont défoncé la porte ce soir-là ont traité l'endroit en scène de crime. La porte fracturée a été constamment gardée. Je suis arrivé dix minutes plus tard et j'ai procédé à une fouille complète des lieux. Y compris la cave, les moindres recoins, les tonneaux vides, et même les pleins ! Inspecteur Duffy, je vous garantis que personne ne se cachait dans le pub en attendant de pouvoir s'échapper.

— Très bien, je fais en écrivant dans mon carnet de bien fouiller tout le Henry Joy McCracken moi-même en quête de cachettes potentielles.

Il sourit et commence à bourrer sa pipe.

— Comme je l'ai dit, je ne suis pas là pour apprendre leur métier aux RG, inspecteur, mais si vous me permettez l'expression, vous ne courez pas le bon lièvre. C'est clair ?

— Très clair, je fais, et je finis ma pinte.

— Très bien, mon vieux, je vous raccompagne au poste et vous donne la copie du dossier intégral.

Après l'avoir remercié et récupéré le dossier, je vais à l'hôpital d'Antrim. Sur le parking, je lis le dossier de Beggs sur la mort de Lizzie. Trente pages en tout, avec les déclarations complètes des témoins, les photos du corps, du pub, le déroulement des événements heure par heure, le rapport d'autopsie du Dr Kent et le verdict du coroner. La couverture porte le tampon "Sans suite" et de toute évidence le RUC d'Antrim considère l'affaire comme classée. L'inspecteur-chef Beggs n'est pas l'incompétent planqué qu'on trouve en général en poste dans les coins reculés. C'est un agent rusé, réfléchi, cultivé, qui fait bien son boulot.

À ce stade, tout indique qu'il s'agit d'une mort accidentelle, ce qui n'est pas ce que Mrs Fitzpatrick a envie d'entendre, mais si c'est bel et bien la vérité, il faudra que je le lui annonce d'une façon ou d'une autre.

Je verrouille ma voiture, ferme ma veste et entre dans l'hôpital.

Il s'avère que le Dr Kent travaille à mi-temps et qu'il n'est pas sur place aujourd'hui, mais au poste des infirmières, on a la gentillesse de me donner son adresse personnelle.

Comme je ne le trouve pas dans l'annuaire, je roule jusqu'à un petit élevage de moutons dans un lieu-dit du marais au sud de Lough Neagh. Radio 3 diffuse *La Légende de la ville invisible de Kitège* de Rimsky-Korsakov – une bonne musique pour s'éclaircir les idées s'il en est.

Le Dr Kent vit seul sur cinq hectares de terre désolée. Sur les murs de sa grange ont été peints les mots "Jésus est mort pour vous ! Repentez-vous et accueillez le Christ comme votre Sauveur !"

Je me gare et traverse la cour parmi les poulets avec lesquels gambade une chèvre. Le Dr Kent apparaît avec un border collie et je suis assez surpris de découvrir qu'il a soixante-dix ans bien tassés. Il arbore une longue barbe blanche et une tignasse de cheveux blancs eux aussi.

— Docteur Kent ?

— C'est moi.

— Inspecteur Sean Duffy des Renseignements généraux du RUC.

Je lui serre la main et en profite pour le scruter. Il a la bonne mine des gens qui vivent à la campagne et il est mince sans être chétif. Ses yeux marron larmoyants ont l'air perçants.

— Que me veulent les Renseignements ? demande-t-il un peu inquiet, en coulant un regard vers sa grange.

Il a certainement un alambic illégal là-dedans, mais ça concerne davantage l'administration des douanes.

Pour le mettre à l'aise, je lui dis que les RG se penchent à nouveau sur la mort de Lizzie Fitzpatrick. Au début, il ne se souvient pas de l'affaire, mais avec les détails ça lui revient.

Il m'invite à entrer dans sa cuisine, où il prépare un thé et me propose du pain Veda avec du beurre, que j'accepte.

— Un drôle de meurtre, pas de doute, il fait en s'asseyant face à moi à la magnifique table en chêne fossile.

Il a un très léger accent écossais qui me le rend tout de suite attachant. Tout le monde aime avoir un médecin écossais et un psychiatre allemand. La citation de la Bible, l'alambic potentiel et son âge avancé n'ont pas fait pencher la balance en sa faveur au départ, mais tout ça est en train de s'équilibrer.

— Vous êtes certain que c'était un meurtre, docteur Kent ?

— Absolument. On l'a frappée à la tête avec un objet en bois arrondi, peut-être un rouleau à pâtisserie, ou encore un rondin de bois, ou une batte de thèque, ce genre de chose. Le premier coup lui a fait perdre connaissance, après quoi le meurtrier lui a brisé la nuque d'un mouvement latéral rapide et puissant.

— Vous étiez sur place ?

— Non, mais j'ai procédé à l'autopsie à la première heure le lendemain.

— Il était impossible à ce stade d'être plus précis sur l'heure du décès ?

— Qu'est-ce que j'ai écrit dans mon rapport ?

— Entre vingt-deux heures et minuit.

— Oui, ça m'a l'air juste.

— J'ai lu vos conclusions. Pas d'aspect sexuel dans ce crime, pas d'autres signes de violence. Rien sous les ongles. Pas de lutte. Ça vous paraît bizarre ?

— Pas du tout. Son assaillant l'a attaquée par-derrière. Elle s'est évanouie, elle est tombée et il l'a manipulée de façon à pouvoir lui briser la nuque. D'où l'absence de lésions défensives.

— Oui, je le vois bien, mais reste à savoir pourquoi, non ? Si le mobile n'est pas sexuel et qu'il ne manque rien dans la caisse…

— Il y a d'autres raisons de tuer.

— Bien sûr, mais Lizzie était appréciée, on ne lui connaissait pas d'ennemis, et la dimension paramilitaire est à exclure. Sans compter ce détail incontestable : le pub était fermé à clé et verrouillé de l'intérieur. Ne semble-t-il pas plus probable qu'elle ait été victime d'un accident ? Elle avait une ampoule dans la main, celle du plafond était grillée…

Il secoue la tête, se lève et ouvre la fenêtre. Une brise iodée en provenance du lac s'engouffre dans la maison.

— Ça, je ne peux pas l'expliquer. Moi, tout ce que je sais, c'est que la blessure qu'elle avait à la tête concordait avec un morceau de bois arrondi, pas une chute sur une lame de parquet, et que l'état de ses vertèbres cervicales indiquait un mouvement latéral violent, tout à fait le genre de dommages qu'aurait infligés une personne (disons un homme fort ou en colère) qui lui aurait saisi la tête à deux mains pour la faire pivoter brutalement vers l'arrière et vers la droite.

— Qui saurait faire une chose pareille ?

— Quelqu'un qui a grandi à la campagne aurait fait ça à un lapin, voire à un agneau, plus d'une fois.

— Est-ce qu'il est impossible qu'elle soit tombée du bar ?

Il me regarde avec un certain agacement.

— Mais non, mon gars ! Ce n'est pas impossible ! Je n'ai jamais dit ça. Je n'irais pas jusque-là. Tout ce que je dis, c'est que le meurtre est l'explication la plus plausible de ses blessures. Quant à votre ampoule. Elle la tenait bien dans sa main droite ?

— J'y ai réfléchi. Il est dit dans le dossier qu'elle était droitière.

— Quand vous changez une ampoule, vous ne gardez pas la neuve dans votre main gauche pour dévisser celle qui est grillée de votre main droite ?

— Peut-être, ou alors vous attendez d'être bien en équilibre avant de la changer de main.

— Oui, bon… C'est le tueur qui l'a mise là, voilà ce que je crois. Pour nous berner.

— Mais à la lumière des preuves indirectes, ne semble-t-il pas, docteur Kent, que tout porte à croire qu'il s'agit d'un accident ?

— Et qui changerait une ampoule dans le noir ? Toutes les lumières étaient éteintes.

— Comme l'inspecteur-chef Beggs l'a souligné, il vaut mieux éteindre les lumières quand on change une ampoule, sinon on risque l'électrocution. Surtout dans un vieux pub avec une installation qui date. Et puis, il y avait la lumière du lampadaire de la rue.

Il réfléchit et passe ses doigts dans sa barbe blanche. Il se rassoit et secoue la tête.

— Je ne suis pas policier, inspecteur Duffy, seulement médecin de campagne. Cinquante ans que je soigne les gens d'ici. Depuis 1933. On en voit des choses, on en entend, dans un si long laps de temps. Et on apprend à faire confiance à son instinct.

— J'en suis persuadé, docteur Kent. Je suis sûr que vous avez une expérience de la vie que je n'ai pas.

— Oui, on peut dire ça. C'est sûr que ça n'a pas été facile, ici, tout seul.

— Vous ne vous êtes jamais marié ?

— Emily a rejoint le Seigneur en 1944. Pas à cause de la guerre. Mais de la tuberculose. On a été infectés tous les deux, mais je m'en suis sorti. C'est moi qui ai dû la contaminer, après avoir contracté la maladie auprès d'un patient. Elle n'a jamais été très vaillante.

— Je suis désolé.

— C'était il y a longtemps. Je vis tout seul ici depuis, mais je ne peux pas dire qu'il ne m'est pas arrivé de sentir sa présence à mon côté parfois.

Je dévore la miche de pain épaisse, délicieuse, du fait maison de toute évidence.

— Qu'est-ce que c'est bon.

— Vous permettez que je vous pose une question, jeune homme ?

— Je vous en prie.

— Pourquoi, à votre avis, Lizzie Fitzpatrick a-t-elle fermé à clé et verrouillé les deux portes du pub si elle s'apprêtait à partir ? Elle venait de mettre les derniers clients dehors, c'est bien ça ?

— Oui.

— Alors tout ce qu'il lui restait à faire, c'était de laver quelques verres et d'éteindre les lumières. Pourquoi prendre la peine de mettre le verrou à la porte d'entrée ? Fermer à clé pour éviter qu'un client entre, d'accord. Mais ce gros verrou, à quoi bon l'actionner si elle compte sortir deux minutes plus tard ?

— Pourquoi, à votre avis ?

— Je n'en ai aucune idée, mais je trouve ça un rien curieux.

— Elle avait peut-être un peu peur. Elle comptait sa caisse et elle voulait être bien en sécurité.

— Oui… pourquoi pas.

— Est-ce que vous la connaissiez avant, euh, l'incident ?

— Non. Pas vraiment. Je connais la famille de vue, et j'ai dû boire un verre au pub une fois ou deux. C'était un établissement catholique et, disons que… ce n'était pas mon genre d'endroit. Vous êtes catholique, non ? Je le vois.

— Oui.

— Et votre religion ne pose pas de problème dans les effectifs à large majorité protestante, pour ne pas dire sectaire, du RUC ?

— Ça va.

— Hmmm, fait-il, dubitatif. C'est en tout cas très étrange que les Renseignements du RUC s'intéressent à un cas de mort accidentelle datant d'il y a quatre ans.

Je souris.

— Certes, mais “nous ne sommes pas là pour raisonner”…

Il pose sa tasse de thé.

— Tout le monde se trompe en citant ce poème. En fait, c’est : “Ils ne sont pas là pour discuter les ordres / Ils ne sont pas là pour raisonner / Ils sont là pour agir et mourir : / Vers la vallée de la Mort / Ils étaient six cents qui chevauchaient[1].” Il y a une différence de point de vue entre “nous” et “ils”. Tennyson ne se permettrait jamais de parler au nom des soldats, vous ne croyez pas ? Lui, fils de pasteur ?

— Je suis sûr que vous avez raison, docteur Kent.

Je finis mon thé.

— Je vous raccompagne ?

On sort dans la cour. Les poulets me picorent les pieds et la chèvre s’intéresse à la manche de mon blouson en cuir.

— Quelqu’un doit prendre la défense de cette jeune fille. Je suis le seul à avoir vu la vérité. Je suis le seul à croire qu’elle a été assassinée.

— Pas tout à fait. Vous, plus Mrs Fitzpatrick et le petit copain.

— Oui, je les ai convaincus. Si j’avais su, comme disent certains. Il m’est arrivé de croiser Mrs Fitzpatrick, et je ne lui ai donné que matière à se ronger les sangs. Le travail d’un docteur, c’est normalement d’apaiser les souffrances des gens. Mais aussi de servir la vérité, n’est-ce pas ? La vérité !

— Docteur Kent, seriez-vous offensé si je demandais un second avis sur votre examen du cadavre de Lizzie ?

1. Alfred Lord Tennyson, *La Charge de la brigade légère*, traduction de Laurent Bury proposée en bonus du dvd du film éponyme de Tony Richardson.

— Mais non, pas du tout. L'idée me va ! Je vais chercher mes dossiers et je vous les ferai parvenir.

Je lui donne mon adresse.

— Je serai très intéressé d'entendre les conclusions de votre médecin. Mon seul regret est de ne pas avoir pratiqué de radiographie. J'ai fait quelques dessins pour l'autopsie. C'est ce qu'on m'a enseigné. C'est la vieille école.

Il se penche et baisse d'un ton.

— Mais je suppose que l'on pourrait toujours exhumer le corps et faire des radiographies si nécessaire. La chair aura disparu mais les os ne seront pas encore décomposés.

— Bon sang, j'espère qu'on n'en viendra pas là.

16

ANNIE MCCANN

Je roule jusqu'à une cabine téléphonique et j'appelle Kate au numéro qu'elle m'a donné. L'indicatif est bizarre, et je ne sais pas trop si je l'appelle au QG du MI5 à Bessbrook ou au poste de commandement de North Down. Une secrétaire me répond et quand je me présente, elle dit qu'elle me met en relation avec Kate Prentice. Enfin un nom de famille.

— Eh bien dites donc, ça fait un bail, dit-elle d'un ton enjoué teinté d'agacement.

— J'ai suivi quelques pistes.

— Prometteuses ?

— Il se peut qu'il y en ait une, oui.

— Vraiment ?

— Oui. Mais je préfère ne pas en parler au téléphone. Je vous rappellerai d'ici deux jours quand les choses auront un peu décanté. Ça peut avorter comme ça peut aboutir. D'accord ?

— Je savais que vous y arriveriez. Je leur ai dit !

— On ne s'emballe pas. Je dis simplement qu'il se peut que j'aie une piste. D'accord ?

— Entendu, Sean, continuez comme ça.

— Si jamais j'avais besoin, disons, d'exhumer un corps, j'en aurais l'autorisation, n'est-ce pas ? Malgré mon statut inhabituel ?

— Exhumer un corps ? Mais c'est quoi, votre piste ?

— J'ai juste besoin de savoir si j'ai l'entière autorité d'un flic normal.

— Bien sûr, et l'appui sans réserve de notre département.

— Bien… Bon, c'est tout pour l'instant. Je vous en dis plus dans quelques jours.

— Entendu. Bien joué, Sean !

— Gardez vos compliments. Le coup d'envoi n'a même pas encore été donné.

Je raccroche et reprends la route jusque chez Mary Fitzpatrick à Ballykeel, sur la rive est du Lough Neagh.

Je gare la BM devant le relais de poste. La pluie s'est arrêtée, le soleil est de sortie. J'ouvre la boîte à gants pour prendre mon vieux dictaphone.

— Interrogatoires, affaire Lizzie Fitzpatrick, jour 1… j'annonce avant de me lancer dans un petit mémo.

Je rembobine et écoute, histoire de déceler une logique dans tout ça, mais impossible pour l'instant. Je range le dictaphone où je l'ai pris.

Je longe l'allée, appuie sur la sonnette et, après un certain temps, c'est Annie qui vient ouvrir.

Elle n'a rien perdu de sa beauté. Elle a les cheveux roux de sa mère, mais avec des boucles qui partent dans tous les sens – ce que certains trouvent charmant dans le genre bohème mais que d'autres jugent un peu excessif pour une femme de plus de trente-cinq ans. Sa peau est pâle, bien sûr, et ses yeux d'un bleu perçant brillent toujours aussi intensément. L'arête anguleuse de son nez a quelque chose d'aristocratique (une ascendance O'Neill peut-être) et ses lèvres sont charnues. Elle a toujours eu le sourire facile et, encore maintenant, malgré la mort de sa sœur et son divorce avec Dermot, son expression est pleine de chaleur.

Elle porte un jean et un énorme pull en laine tricoté main avec un motif de cerf.

— Bonjour ? dit-elle sans me reconnaître.

— Sean Duffy, je fais.

— Sean Duffy ! s'écrie-t-elle en me prenant dans ses bras.

Elle m'embrasse sur la joue et recule d'un pas pour me regarder.

— Sean Duffy ! Je n'en crois pas mes yeux. C'est bien toi ?

— Eh oui, c'est moi.

— Ce que tu es maigre. Travailler dans la police ne te réussit pas.

— Ça peut être stressant.

Elle me regarde à présent avec un poil de méfiance.

— Ma mère m'a dit que tu étais passé.

— C'est vrai. Je bosse pour les Renseignements généraux, je suis sur les affaires classées sans suite. Et je, euh, je suis tombé sur le dossier de ta sœur. Je me suis dit que j'allais me pencher dessus.

— Vraiment ? Lizzie. Pauvre petite. Bon sang. Pas un jour ne passe sans que je pense à elle. Tu l'as déjà rencontrée ?

— Non, jamais. À vrai dire, Annie, je ne savais même pas que tu avais une petite sœur. Ou alors j'ai oublié.

— Et tu es tombé sur son dossier, comme ça ? demande-t-elle, et je perçois à nouveau une trace de méfiance dans sa voix.

— On me l'a donné. Ils se sont dit que ça pourrait m'intéresser vu que je connais un peu la famille.

Elle a l'air de mordre à l'hameçon, me regarde et me sourit.

— Eh bien si on m'avait dit ! Sean Duffy en chair et en os.

— Lui-même.

— Mais qu'est-ce qui t'a pris d'entrer dans la police ?

— C'est une longue histoire, Annie… Tu ne regrettes pas que je sois venu, au moins ?

— Non. Enfin, je ne sais pas. Tu es au courant pour Dermot ? Son évasion de Maze, je veux dire ?

— Bien sûr.

— Ça alors ! Un policier ! Venu fouiner dans le dossier de Lizzie après toutes ces années. On ne t'a jamais dit de ne pas réveiller l'eau qui dort ?

Sa voix chantonnante a très peu changé depuis la dernière fois que je l'ai vue.

— Je fais ce qu'on me demande, Annie, et pour une raison ou une autre, mes supérieurs ont pensé que cette affaire valait encore le coup qu'on se penche dessus.

— Ma mère pense que Lizzie a été assassinée, dit-elle à voix basse.

— Mais toi non ?

— C'est une tragédie. Franchement. Mais les faits parlent d'eux-mêmes… elle est tombée du bar, la pauvre.

— En tout cas tout porte à le croire.

— Bonne chance pour convaincre maman. Je pense qu'Harper a fini par l'accepter, mais pas elle.

Elle tend une main et me tapote le bras.

— Viens, entre donc.

Le salon nous aspire, sinistre et confiné malgré son immensité.

Je salue Mrs Fitzpatrick, nos regards tendus se croisent.

— Je crains que vous ne ratiez Jim à nouveau, inspecteur Duffy. Mon mari est parti pêcher, dit-elle.

— Enfin, ce que lui appelle pêcher, ajoute Annie. Depuis qu'on a fermé le pub, il sort tous les jours. Il s'assoit au bord du lac, à côté de sa canne. Il n'attrape jamais rien, sauf une truite à l'occasion.

Mary regarde sa fille, mi-outrée mi-consternée. Comment peut-elle être aussi volubile au sujet de son père devant un étranger ? Devant un policier ?

— Désirez-vous une tasse de thé, inspecteur Duffy ? me demande Mrs Fitzpatrick.

— En fait, je me demandais s'il serait possible que je jette un œil au pub, aujourd'hui ? J'ai lu les conclusions, j'ai parlé à l'agent qui a mené l'enquête, et j'aimerais vraiment voir l'intérieur, pour visualiser exactement ce qui s'est passé cette nuit-là, si ça ne vous dérange pas.

Mary hoche la tête d'un air satisfait : je suis apparemment décidé à faire mon boulot comme il faut.

— Je vais chercher la clé. Annie va vous accompagner. C'est tout près, moins de dix minutes à pied.

— Je suis sûr que je le trouverai tout seul. Je ne voudrais pas, euh, compromettre votre réputation en m'affichant en public avec l'une de vous, vu ma qualité d'agent de police et… étant donné les circonstances.

— Les circonstances ? Vous voulez dire le fait que Dermot est en cavale ?

— Oui.

— Mais Dermot McCann n'a pas été élu roi d'Irlande à ce que je sache ! s'exclame Mrs Fitzpatrick. Personne ne me dira avec qui je peux m'afficher ou non en public ! Je vous y emmène moi-même si Annie ne veut pas !

— Bon sang maman, si tu me laissais en placer une… Accompagner Sean ne me dérange pas du tout.

— Vraiment, ne vous en faites pas, je peux y aller tout seul, je…

— Si on me pose la question, je dirai la vérité. Tu es un policier qui enquête sur la mort de Lizzie. Personne à Ballykeel ou à Antrim n'y verra d'objection, insiste Annie.

— Et s'ils en ont, ils auront affaire à moi ! dit Mary, et j'interprète le regard qu'elle me lance comme une invitation appuyée à ne plus évoquer le nom de Dermot.

Annie attrape un manteau et une paire de bottes et je la suis à l'extérieur. On prend le portail de derrière.

On emprunte un chemin bordé d'arbres qui longe la rive marécageuse du lac. La forêt sur notre gauche est tapissée de jacinthes des bois, et le village se dresse au loin sur la droite. Les arbres sont envahis de tourterelles des bois et au bord de l'eau virevoltent des mouettes, des courlis, des huîtriers. Deux gamins jouent parmi les arbres avec des épées en bois, à grand renfort de jurons et de coups tranchants qui massacrent les fleurs sauvages alentour.

— C'est un endroit magnifique, je fais.

— C'est vrai. C'est une forêt très ancienne, pas une plantation, et juste là, un peu plus haut, c'est l'endroit où a eu lieu la bataille d'Antrim. Tu connais l'histoire ?

— Oui. C'est Henry Joy McCracken qui a lancé l'attaque sur la garnison britannique. Protestants et Catholiques se sont battus ensemble contre les Anglais.

Et avant qu'elle ait le temps de le dire, j'ajoute :

— Ces mêmes Anglais pour qui je travaille.

Elle se tourne vers moi. Son sourire a disparu mais elle a toujours cette lueur ironique dans le regard.

— Je t'ai toujours apprécié, Sean. Dermot aussi t'aimait bien. C'est pour ça qu'il n'en revenait pas quand il a appris que tu étais entré dans la police. Il était dans une colère… Tu étais comme un petit frère pour lui.

— C'est des conneries, Annie. Dermot se fichait pas mal de moi à l'école et on s'est très peu vus après. Il était populaire et moi non. Il était engagé et moi j'en avais rien à foutre. La seule raison pour laquelle il est resté en contact avec moi après St Malachy, c'est parce que j'avais une voiture et ça l'arrangeait que je puisse l'emmener à tel ou tel endroit.

— Ne dis pas de bêtises, Sean.

— Annie, j'ai beaucoup réfléchi à tout ça. Dermot ne m'a jamais considéré comme son égal. Il daignait passer du temps avec moi à l'occasion mais ça n'allait pas plus loin.

— Et pourtant, tu es venu le trouver après Bloody Sunday. Tu l'as supplié de te prendre dans les rangs de l'IRA, n'est-ce pas ?

— Il t'en a parlé ?

— C'est bien vrai, non ?

J'acquiesce.

— Oui.

— Mais il t'a refusé. Il pensait que tu n'avais pas assez de cran. Que tu te dégonflerais à un moment crucial.

Ses mots me hérissent.

— Merde alors ! C'est ce qu'il t'a dit ?

— Mot pour mot.

— J'ai bien demandé à Dermot de me prendre dans l'IRA et il a bel et bien refusé, mais au motif qu'il voulait que je finisse mon PhD à Queen's d'abord. Il a dit que le mouvement avait besoin de poigne mais aussi de cerveaux.

Annie secoue la tête en gloussant.

— Il t'a menti, Sean. Un pieux mensonge, pour ne pas te vexer. Il pensait que tu n'avais pas les épaules. Que tu n'étais pas fiable. Que ce serait un fiasco, que tu te ferais tuer.

Je suis glacé jusqu'aux os.

— Il t'a vraiment raconté tout ça ?

— T'es tout blanc tout à coup. Ne le prends pas mal.

— Ne le prends pas mal ? Mais tu te rends compte des horreurs que tu viens de me dire ? Putain de merde !

S'il t'a dit tout ça, comment tu peux soutenir qu'il m'appréciait ?

— Je suis désolée, Sean, je parle à tort et à travers.

Ouais, mais tu ne nies rien.

On arrive au village et j'aperçois le Henry Joy McCracken à côté d'un minuscule marchand de journaux et du bureau de poste.

— Je m'en veux d'avoir parlé de tout ça. L'eau a coulé sous les ponts, Sean.

— Moi aussi je t'en veux. Bon sang !

Elle pose une main sur mon bras et le serre furtivement.

— Il a dit beaucoup d'autres choses. Ne le prends pas aussi mal.

— Mais je ne le prends pas mal. Dermot ne m'intéresse pas. Je suis venu ici pour voir s'il y a quoi que ce soit de suspect dans la mort de Lizzie.

Elle sourit sans me répondre et on traverse la rue jusqu'au pub en silence.

— J'ai oublié de prendre une lampe torche. Est-ce que les lumières s'allumeront ?

— Aucune idée, répond-elle en sortant la clé de sa poche. Ça fait des années que je n'ai pas mis les pieds ici.

— On ne va pas entrer tout de suite. Je jette un œil aux fenêtres d'abord.

Je fais le tour du pub, qui est un petit bâtiment de plain-pied, sans mur mitoyen ni structure attenante. La construction en belle brique rouge date de la fin XIXe. Les fenêtres sont donc protégées de barres en fer forgé pour empêcher les cambriolages et, de près, je vois qu'elles sont costaudes et espacées de quinze centimètres. Personne ne peut se faufiler entre. Les barres elles-mêmes sont reliées à un cadre métallique fixé dans la brique par une douzaine de boulons de dix millimètres. Je tire sur chacune de ces barres pour voir si elles sont solidement arrimées à leur cadre, mais ne décèle pas de jeu.

— Tu sais quand ces grilles ont été montées ? Ce ne sont pas des éléments d'origine ?

— Non. Mon père les a fait mettre au début des Troubles. En 1971 peut-être, quelque part par là.

— C'est du solide, en tout cas. Tu as remarqué, la peinture ?

— Non, quoi ?

— Elle est dans le même état sur les barres et les boulons.

— Ce qui signifie ?

— Eh bien, pour passer par la fenêtre, il faudrait retirer les boulons, les douze, et même avec un outil électrique, bonjour le boulot. Et après le meurtre, il aurait fallu remettre tout le bazar en place, y en a au moins pour dix minutes. Quelqu'un aurait forcément vu quelque chose. Mais bon, admettons… Il y a toujours les traces qu'aurait laissées la visseuse sur les têtes de boulon et le mortier aurait été altéré. Mais comme tu peux le voir, à toutes les fenêtres, la peinture est intacte sur les barres et les boulons. À moins que le tueur ait aussi pris le temps de repeindre tous les boulons et toutes les barres la nuit du meurtre.

— Quelqu'un aurait remarqué l'odeur.

— En effet.

— Donc personne n'est entré par les fenêtres.

— Personne n'est entré par les fenêtres. C'est sûr et certain. Allons voir la porte de derrière.

Derrière le pub, un muret de parpaings et un portail en bois entourent une cour où sont entreposés quelques palettes et fûts de bière vides. Le mur peut être escaladé sans problème, mais la porte en elle-même est une planche épaisse en chêne massif avec des gonds en acier inoxydable.

Je me mets à genoux pour examiner la serrure.

C'est une serrure à gorges des années 1950, de la Portadown Lock Company. Modèle n° 13 apparemment.

— Je n'ai pas la clé de derrière, dit Annie.

— Je crois qu'on n'en aura pas besoin.

Je sors mon fidèle kit de crochetage de ma poche de blouson.

— Voyons voir, dis-je en examinant le mécanisme.

— Qu'est-ce que tu fais ? s'enquiert Annie tandis que j'insère un palpeur dans la serrure.

— Donne-moi juste une minute, je fais, sûr de moi.

Mais il ne me faut pas plus de quarante-cinq secondes avec un crochet coudé, un entraîneur et un peu de torsion.

La serrure cliquette. J'appuie sur la poignée et comme je m'y attendais je me heurte au verrou. La porte ne bouge pas d'un centimètre. Si le verrou était mis le soir où Lizzie a été tuée, l'assassin n'est certainement pas entré par ici.

S'il y avait bien un assassin.

— Retournons devant, je fais.

— D'accord.

On contourne le pub à nouveau.

— Pas de porte d'accès à la cave, pour la livraison des fûts ? je demande à Annie.

— Non. Papa les faisait rouler par la porte de derrière.

— Tu connais un autre moyen d'accéder à l'intérieur ?

— Non. Et pourtant, j'ai beaucoup joué ici petite. Les enfants, c'est toujours les premiers à trouver les portefeuilles, les passages secrets et tout, non ?

— Tu as raison. Ça fait combien de temps que le pub est fermé ?

— Plus ou moins depuis que Lizzie est morte.

— Alors comment est-ce que tu gagnes ta vie ?

— C'est assez malpoli comme question.

— Annie, je suis flic. Les questions insolentes, c'est le boulot qui veut ça.

— Qu'est-ce que ça peut bien avoir comme rapport ?

— Tout est pertinent. Comment tu t'en sors ? Je suis sûr que Dermot ne t'a jamais versé un penny de pension. Ta mère ne semble pas travailler. Le pub est fermé. De quoi tu vis ?

— Papa a hérité de terrains de son père, dans le comté de Donegal. On les vend par petits morceaux depuis quelques années. Au bout du compte, il faudra qu'on vende le pub, aussi. Il est bien placé, près du lac. Je suis certaine que quelqu'un peut tenter sa chance.

En arrivant devant la porte d'entrée, je remarque les dégâts causés par le bélier de la police. Il s'agit de la porte d'origine, mais les gonds ont été remplacés, et fixés à un autre endroit du mur en brique.

— Donc c'est cette porte qu'ils ont défoncée ?

— Oui.

— Tu étais présente cette nuit-là ?

— Non, j'étais à Derry.

— Qui était là ?

— Maman, deux agents de police, et je crois que Harper était rentré de Belfast. Tu vas refaire ton tour de passe-passe sur cette serrure ?

— Non, vas-y, ouvre avec ta clé.

Il s'agit d'une serrure Portadown identique à celle de derrière. Un serrurier ou un cambrioleur chevronné aurait pu la forcer sans problème, mais peu importe. Les deux verrous intérieurs étaient ce qui faisait de cette affaire une énigme en chambre close.

Annie glisse sa clé dans la serrure et ouvre la porte. Elle tâtonne pour trouver l'interrupteur et la lumière finit par s'allumer.

On entre. Il y a une seule pièce avec un long comptoir en bois au fond. Une douzaine de tables avec des chaises empilées dessus. Plafond à charpente apparente, on peut le dire.

Comme j'ai l'intuition que l'inspecteur-chef Beggs a pu exagérer sa propre méticulosité, je descends tout de suite explorer la cave.

Je me dis que c'est là que réside sûrement la clé du mystère, mais quand on descend, je ne trouve ni porte dérobée ni passage secret. Les murs en brique sont solides, le sol épais. Ce n'est guère plus qu'un espace de stockage dans lequel on peut à peine tenir debout. Il ne faudrait pas plus de deux secondes pour s'assurer que personne ne se trouvait ici.

— Tu crois que quelqu'un se cachait ici ? demande Annie.

— Beggs et ses hommes ont fouillé partout, mais je m'intéressais davantage aux parois, à un éventuel rejointoiement, ou un faux mur…

— Et ?

— Il n'y a rien de tout ça.

On remonte au rez-de-chaussée, où j'examine la charpente, sublime : une très belle imitation de plafond médiéval en planches de pin lasurées.

L'ouvrage en bois est couvert d'ardoise et s'élève à environ six mètres au-dessus du bar. En ayant apporté une grande échelle et un marteau, on pourrait défoncer le toit pour sortir du pub, mais comment cacher tout le désordre engendré ? Sans compter que les flics auraient remarqué un énorme trou béant.

Non, personne n'est sorti par là.

Une douzaine d'ampoules pendent directement du plafond, dont une au-dessus du comptoir.

— C'est celle-ci qu'elle est censée avoir voulu changer ?

Annie est trop bouleversée pour lever la tête mais elle opine.

Je grimpe sur le bar. J'atteins l'ampoule sans problème mais je mesure un mètre quatre-vingts.

— Combien mesurait ta sœur ?

— Un mètre cinquante-huit ou soixante, par là.

— C'était sûrement un peu délicat pour elle.

— De toute évidence.

Je descends et jette un œil aux verrous des deux portes. Ce sont des barres en métal costaud qui courent derrière les portes, reliées au mur par une épaisse boucle ancrée dans la brique. Barre et boucle sont maintenues par des vis cruciformes de cinq centimètres en acier inoxydable. Vis et verrous sont restés en place malgré l'utilisation du bélier par la police.

J'actionne le verrou plusieurs fois et le laisse en position fermée. Il est aussi lourd et solide qu'il en a l'air. La porte est bien collée contre le mur et il n'y a qu'un espace négligeable en dessous. Le système est si lourd qu'y attacher un fil de fer et essayer d'une manière ou d'une autre de l'actionner de l'extérieur semble la moins plausible des possibilités.

— Alors ? fait Annie.

Je secoue la tête.

— Ça me laisse perplexe. Si ces verrous étaient fermés, il est absolument impossible que quelqu'un soit entré pour l'assassiner comme le suggère le Dr Kent.

— Les verrous étaient bien fermés, n'est-ce pas ?

— Alors à moins de croire au surnaturel, ça ne peut être qu'un accident. Un accident tragique.

On descend deux chaises d'une table pour s'asseoir.

— Parle-moi du petit copain, Harper, je fais.

— C'était une fille super, et bien sûr Harper était dingue d'elle.

— Il l'aimait ?
— Oh que oui.
— Et elle ?
— Aussi.
— Ils parlaient de se marier ?
— Je crois. Oui. C'est sûr. Ils auraient fait un couple adorable.

Ses remarques manquent de naturel, et je me demande si Annie était aussi proche de Lizzie qu'elle l'aurait voulu. Mais je ne gagnerai rien à mettre ça sur le tapis…

Mon regard se pose sur le bar lisse recouvert d'une épaisse couche de poussière, de papillons de nuit morts, avec mes empreintes.

— Ça doit être tellement facile de glisser de là-haut et de se briser la nuque, je dis.

Annie sort un paquet de Rothmans Special Mild et m'en propose une. Je l'accepte et elle prend une boîte d'allumettes dans un cendrier sur la table d'à côté. On allume nos cigarettes, on reste comme ça un moment.

— Tu as des nouvelles de ta sœur qui vit au Canada ? je demande, incapable de me rappeler son prénom.

— Non. Presque jamais. Elle veut oublier qu'elle a vécu en Irlande.

— Difficile de lui en vouloir.

— Comme tu dis. C'est sûrement la meilleure chose à faire. Ce pays est foutu.

— Ouais.

— Peut-être que si tes potes anglais se taillaient et nous laissaient tranquilles, on s'en sortirait.

Mais je ne me laisse pas avoir.

— C'est quoi, la minute politique ? Franchement, Annie. Qu'est-ce qu'on en a à foutre ?

— Ça t'intéressait, avant.

— Moi ? La politique, je m'en suis toujours tamponné. C'est encore le cas aujourd'hui. Surtout la politique irlandaise, la vache. Non, ta sœur a carrément eu une bonne idée de se casser. Est-ce qu'il t'arrive de voir les frères de Dermot ? Je parie que non. Ils doivent tous être en Australie ou en Amérique ou je ne sais où. C'est ça, le plan. Se tailler en Amérique. Chanter quelques vieilles chansons sur son Vieux Pays de temps en temps, donner quelques pièces à la cause à l'occasion, mais ne jamais y refoutre les pieds.

— Et toi, pourquoi tu restes ?

— Bonne question.

L'infecte Rothmans Special Mild se consume jusqu'au filtre sans que je la fume. Annie me la prend et l'écrase par terre. Elle essuie la cendre tombée sur ma main et me serre le bout des doigts.

— Tu veux rester pour le dîner, Sean ?

— C'est une invitation ?

— Oui.

— Avec plaisir.

17

VERTÈBRES

On ferme le Henry Joy McCracken et on retraverse le village en direction de la maison des Fitzpatrick. On ne se parle pas, mais je remarque qu'elle me regarde à la dérobée quand elle pense que je ne la vois pas.

Annie cherche toujours à me cerner, on dirait.

Moi aussi vis-à-vis d'elle, d'ailleurs. Et puis je me sens un peu coupable. Comment pourrait-il en être autrement ?

Je reste donc dîner chez les Fitzpatrick.

Jim Fitzpatrick rentre de sa partie de pêche à cinq heures, accompagné de relents de boue et de whisky. C'est un sacré morceau avec son mètre quatre-vingt-dix, son crâne chauve et ses cent dix kilos. Un Républicain de la vieille école, mais le genre à râler sur les "hommes de violence" et à déménager à la campagne pour y ouvrir un pub, pas le genre à nourrir des rancœurs au fil des décennies. Et il vient d'une famille fortunée, ce qui le différencie de la plupart des gars qui ont atterri à Maze sans rien à perdre.

Il a même pêché un poisson. Une grosse truite qu'il a déjà vidée et étêtée.

Mary nous sert une purée aux cébettes pour accompagner la truite frite aux oignons, et nous parlons du temps qu'il fait, de choses et d'autres.

À aucun moment je ne parle de l'affaire et personne n'évoque Lizzie. Les photos de la petite ont été retirées des murs, et de toute évidence, la plaie est encore vive pour le père. C'est même une plaie qui finira par le tuer. Le bonhomme s'envoie au moins une bouteille par jour, sûrement plus.

Je prends congé à six heures et rentre à Carrickfergus.

Je tergiverse pour savoir si je dois garder tout ça pour moi, mais je sais que c'est reculer pour mieux sauter alors j'appelle Kate et lui déballe toute l'histoire.

Elle n'est pas sûre que ça vaille le coup et préfère que je ne passe pas tout mon temps à enquêter sur la mort de Lizzie Fitzpatrick car il n'y a aucune garantie que Mary Fitzpatrick me livrera Dermot.

Je lui réponds qu'elle a raison et que je compte suivre toutes nos autres pistes.

Je ris en raccrochant. On n'a pas d'autres pistes. On n'en aura jamais. Quand enfin Dermot activera sa cellule et se mettra à faire exploser les gens, peut-être qu'il commettra une erreur et nous laissera une preuve exploitable, mais personne en Irlande ne le vendra. À moins d'avoir une très bonne raison de le faire.

Le matin du mardi suivant, je roule jusqu'à l'aéroport d'Aldergrove et je prends le vol de dix heures pour Aberdeen. C'est une ville où je ne suis jamais allé, mais j'ai l'impression de la connaître parce que Telly Savalas n'arrête pas de nous dire à quel point c'est un endroit génial dans une pub ringarde qui passe avant tous les films depuis au moins cinq ans. Parfois, on n'a même droit qu'à cinq minutes de Kojak avant qu'une alerte à la bombe ne force le cinéma à évacuer.

J'atterris, traverse l'aéroport rutilant et prends un taxi.

Ça fait bizarre de se retrouver à Aberdeen à l'été 1984. C'est à peu près le seul endroit de Grande-Bretagne qui n'est pas au fond du trou. Une fois la reconquête des Malouines assurée par ses braves soldats, Mrs Thatcher a été élue haut la main en 1983. Début 1984, sur sa lancée, elle décide de mettre un terme aux subventions gouvernementales à l'industrie du charbon. Comme elle s'y attend, le NUM, le Syndicat national des mineurs de fond, se met en grève. Le NUM a fait tomber le gouvernement tory précédent et Mrs Thatcher est déterminée à obtenir sa revanche et à mettre un terme définitif à l'influence du syndicat. Elle a fait des provisions de charbon de plusieurs années dans les centrales électriques et elle garantit que les puits seront ouverts pour tout mineur prêt à franchir les piquets de grève. Tous les jours, les journaux anglais publient des photos d'affrontements entre flics et grévistes devant les houillères du Pays de Galles et du Nord de l'Angleterre. Mais Aberdeen est au-dessus de tout ça. Elle dépend d'un combustible fossile très différent. C'est une ville en plein boom pétrolier. Les prix de l'immobilier flambent, les salaires explosent – une femme de ménage de Bridge of Don gagne plus qu'un inspecteur principal du RUC.

Mon ex-petite amie Laura a emménagé ici quand on lui a proposé une chaire en pathologie à la richissime université d'Aberdeen.

L'occasion de se construire une nouvelle vie, et elle l'a saisie.

Je ne lui en ai pas voulu. J'étais peut-être juste un peu jaloux. Elle, elle a su couper court aux questions de culpabilité, d'appartenance, aux sentiments, et elle est partie.

Bien sûr, elle me manque, mais je pense que ça ne va pas plus loin que ça. Enfin je l'espère.

On s'est donné rendez-vous au Student Union Bar, qui serait selon elle un endroit neutre et agréable. Bien entendu, à l'heure du déjeuner, le bar est bondé et je mets un certain temps à la repérer. Elle a coupé ses cheveux, une coupe courte, ça ne lui va pas. Elle porte une robe d'un rouge passé, des chaussures noires à petit talon et un diamant monté sur une bague de fiançailles.

Elle m'embrasse sur la joue et me dit que j'ai l'air en forme.

Je lui retourne le compliment.

On est déjà en train de se mentir et ça me rend un peu triste.

— Viens, on change d'endroit ! Il y a beaucoup plus de monde que d'habitude.

Je la suis dans un café adjacent à un terrain de golf avec vue sur la mer du Nord.

— La vie est douce ? je lui demande.

— On peut dire ça. Et toi, de nouveau inspecteur, alors.

— Oui.

— C'était important pour toi, hein ? Comment tu m'as dit déjà… Le vrai schisme dans la police, c'est entre inspecteur et le mec qui patrouille.

Ça me fait plaisir qu'elle s'en souvienne.

— C'est exact.

Un serveur arrive. Je demande conseil à Laura, qui recommande le haddock grillé les yeux fermés. On en prend deux, plus une bouteille de vin qu'elle choisit.

— Alors tu te maries, je fais.

— Tu as croisé ma mère ?

— Est-ce qu'il est gentil ?

— Tu l'aimerais bien. Il est plongeur. Plongeur professionnel. Un mec à l'amitié virile. Pile ton genre.

Je réponds qu'il a l'air génial, espérant clore le chapitre, mais elle croit que j'ai vraiment envie d'en savoir plus alors elle me donne la totale : d'où il vient, son enfance, comment ils se sont rencontrés. J'écoute poliment et ne retiens rien.

Nos plats arrivent et, une fois terminés, je lui parle de l'affaire.

— Tu as eu le temps de jeter un œil à ce que je t'ai envoyé ?

— Oui.

— Et ?

— Ton Dr Kent a l'air un peu…

— Quoi ? Excentrique ? Taré ?

— Désuet dans la terminologie et les techniques qu'il emploie.

— Il a soixante-dix ans bien tassés. Voire pas loin de quatre-vingts.

— Alors ceci explique cela.

— Et donc, il est à côté de la plaque ?

Elle ouvre son sac et en sort le dossier que je lui ai fait parvenir par courrier express.

— Tu veux les détails ou rien qu'un résumé ?

— Je veux bien les détails. Tu me connais.

— On a sept vertèbres cervicales. Dans son autopsie, le Dr Kent constate que les sept ont subi un traumatisme, dont un traumatisme sévère pour les trois du haut. Il insiste sur le fait que les fractures de tension sur ces vertèbres-ci sont principalement latitudinales, et non longitudinales, et c'est ça qui l'a convaincu que la victime avait subi une violente torsion de la nuque et non un impact dû à une chute ou à un coup.

— Et toi, qu'est-ce que tu en dis ?

— Je dirais que les preuves tendent à accréditer la thèse du Dr Kent, bien qu'il soit très dommage qu'il n'ait pas pensé à faire une radio de la nuque de la victime. Il a inclus des dessins de son étude pathologique au dossier…

— Je l'ai interrogé à ce sujet. Je suppose qu'à l'époque ils procédaient comme ça. Mais il a dit qu'on pourrait exhumer le corps au besoin.

— Oui, il a tout à fait raison. Les os ne seront pas décomposés. On pourrait encore obtenir une bonne radio.

— Est-ce qu'on peut éliminer la chute comme cause des blessures ?

Elle secoue la tête.

— Éliminer ? Non. En réalité, le corps humain est un ressort géant et quand on fait tomber un ressort d'une certaine hauteur… disons qu'il peut arriver n'importe quoi.

— Je sais que ce n'est pas ton rayon, Laura, mais si tu devais estimer la probabilité des deux scénarios : Lizzie est tombée du bar en changeant une ampoule ou Lizzie a pris un coup à la tête, s'est fait tordre le cou et on a voulu faire passer ça pour un accident…

Elle réfléchit un instant.

— Je dirais soixante pour cent pour le meurtre, quarante pour l'accident.

— Mince, c'est pas très convaincant. Je pensais que tu allais dire quatre-vingts/vingt.

— Non. Comme je l'ai dit, il peut s'agir d'une chute. Je crois que l'intuition de ton docteur est la bonne, mais je n'aimerais pas défendre la thèse au tribunal.

J'acquiesce et gribouille dans mon carnet.

Quand j'ai terminé, je la trouve les mains croisées sur la table en train de me sourire.

— Comment tu vas, Sean ?

— Je vais bien.

— Tu manges suffisamment ?

— Oui.

— Et tu ne bois pas trop ?

— Pas plus que les autres.
— Les autres boivent trop.
— À eux la faute ?
— Non.

Elle est tellement belle quand elle sourit comme ça. Tellement que je n'arrive pas à la regarder.

— Et toi, est-ce que tu vas bien ?
— Je n'ai jamais été aussi heureuse, dit-elle et elle le pense. Quand on sera mariés et installés, je vais essayer de faire venir mes parents.

Derrière elle, la mer du Nord étale son indigo froid et ses crêtes d'écume qui filent à la surface. Il y a des pétroliers et d'autres navires énormes qui quittent le port en direction des plateformes, au nord-est. C'est là que réside l'avenir, pas à l'ouest en Irlande, pas au fond des puits de mine vieillissants…

— Ça a l'air glacial dehors. J'imagine que tu ne vas jamais nager ?
— Non. Jamais.
— C'est quelle teinte de bleu, tu dirais ? Indigo ?

Elle esquisse un sourire. Piètre accroche de ma part.

— Tu as envisagé d'emménager en Grande-Bretagne, Sean ? La police de Londres apprécierait certains de tes talents.
— Quels talents ? Je suis un gros poisson parce que le bassin est petit. J'ai une question à te poser. Si tu changes une ampoule et que tu es droitière, tu mets bien l'ampoule neuve dans ta main gauche, non ? Parce que tu as besoin de ta main droite pour dévisser celle qui a grillé ?

Laura réfléchit, s'imagine en situation. Elle secoue la tête.

— Pas sûr. Je crois que je tiendrais l'ampoule neuve dans ma main droite jusqu'à ce que je sois bien en équilibre, et seulement à ce moment-là je la transférerais dans ma main gauche et dévisserais l'ampoule grillée de la main droite.

— C'est ce que je viens de dire. Tu ne crois pas qu'on puisse tirer une conclusion du fait que l'ampoule neuve était dans sa main droite ? Celle dont elle aurait eu besoin pour dévisser l'ampoule grillée ?

— Non.

Je secoue la tête.

— Ça me semblait un peu mince, aussi.

Mon regard se perd de nouveau dans la mer et Laura se met à regarder sa montre à la dérobée.

— Tu sèches, on dirait ?

— Ouais. Sans les conclusions du Dr Kent et les tiennes, je trancherais net en faveur de la mort accidentelle. Le pub était hermétiquement fermé de l'intérieur. Pas d'accès secret. Les portes de devant et de derrière barrées de verrous.

— Et l'assassin éventuel aurait-il pu les actionner depuis l'extérieur ?

— J'ai envisagé cette possibilité mais l'ai éliminée. Trop maousses.

— Et si le Dr Kent et moi on se trompe, tout devient plus simple, n'est-ce pas ?

— En effet !

— Il n'y a pas une histoire célèbre d'une chambre close avec un meurtrier qui entre quand même ?

— Tu plaisantes ! Il y en a des tas en littérature. C'est un genre à part entière. J'en ai lu une douzaine en quinze jours. *Le Mystère de Big Bow, Double assassinat dans la rue Morgue, Le Mystère de la chambre jaune*… plus un ou deux Wilkie Collins et Agatha Christie…

— Et comment s'en sort le tueur ?

— Il y a plusieurs méthodes. Le passage secret, une trappe cachée, tuer la victime à distance, et puis il y a aussi les tours de passe-passe, le recours à un animal pour l'exécution, le surnaturel… Les deux que j'ai envisagées, personnellement, sont le passage secret et la possibilité que le tueur, caché dans le bar à l'arrivée de la police, se soit glissé à l'extérieur par la porte défoncée à un moment donné, le lendemain ou surlendemain.

— Et c'est le cas ?

— Est-ce qu'il s'est enfui, tu veux dire ?

— Oui.

— Non. Les flics qu'on a envoyés sur place sont du genre pointu. Ils ont appliqué un protocole de scène de crime, interdit à quiconque de toucher le corps, n'ont laissé personne entrer ou sortir. L'inspecteur-chef Beggs est arrivé peu de temps après, il a procédé à une fouille complète du bâtiment. Il m'assure que personne ne se cachait à l'intérieur et je le crois.

— Et le passage secret ?

— Beaucoup de vieux pubs ont une sortie secrète, ou une vieille porte de cave par laquelle on livre directement les fûts. Mais je l'ai exploré de fond en comble et les seuls accès sont les portes d'entrée et de derrière.

— Ce qui nous laisse, quoi ? Les fantômes ? Il y en a plein dans les vieux pubs.

— Il y a d'autres explications. Dans l'un des tout premiers romans d'énigme en chambre close, *Le Mystère de Big Bow*, on découvre que la victime n'était pas morte jusqu'à ce que la porte soit forcée. Le tueur détourne alors l'attention et administre le *coup de grâce** quand tout le monde a le dos tourné.

— Mais ça n'a pas pu arriver dans ton pub, si ?

— Non. Mais si Kent et toi avez raison, il s'est passé un truc pas clair cette nuit-là, et ce n'est pas le fait d'un fantôme.

Elle sourit et prend ma main. Le soleil se reflète dans le diamant et m'éblouit.

— Les circonstances sont moches, mais ça me fait plaisir de te voir tout accaparé par une affaire, Sean. J'avais l'impression que tu dépérissais lentement à un moment…

Je m'éclaircis la voix.

— C'était bien le cas. J'adore ce boulot. Découvrir la vérité. Rétablir l'ordre. Remettre le monde d'aplomb.

— Je suis contente pour toi, dit-elle, et elle serre doucement ma main.

— Mais cette affaire, quel casse-tête. Ça fait un, deux, trois, cinq. Je passe à côté de quelque chose. Je ne vois pas les choses comme il faut.

— Ça viendra. Comme toujours, non ?

— Non, pas toujours.

— Je suis certaine que tu vas y arriver, dit-elle avec un sourire patient, et ces mots sont le baume dont j'avais besoin. Tu vas souvent à la messe ? elle demande.

— À la messe ? Non. Jamais… Ton fiancé ? Il est catholique ?

— Non. Ça compte pas vraiment ici. Rien de tout ça n'a d'importance.

Elle sourit encore.

— Tu crois que ça aurait pu marcher ? je fais. Toi et moi ?

Elle secoue la tête.

— Pourquoi ?

— On n'est pas dans le même monde. On n'a pas les mêmes envies, tout ça, dit-elle d'un ton mal assuré.

— C'est pas vraiment une réponse.

Elle retire sa main.

Elle n'est pas d'humeur à être brusquée ni à subir un interrogatoire.

— Tu trouves qu'il y a quelque chose qui cloche chez moi ?

Elle fait non de la tête.

— Bien sûr que non !

— Dis-moi la vérité. Moi, je te le dirais, j'insiste.

— Tu tiens à ce que je te dise s'il y a quelque chose qui cloche chez toi ?

— Oui.

— Il n'y a rien qui cloche chez toi, c'est juste que… tu sais.

— Mais quoi, bon sang ?

— Tu veux un avis médical ?

— Vas-y, lâche les chiens !

— Toute la meute ?

— Autant que ça ? Vas-y, j'encaisse.

— Très bien. Tu as un terrain maniaco-dépressif. Tu as un problème de dépendance à l'alcool. Tu te nourris mal, et tu ne fais pas de sport. Tu fumes trop. Tes années dans la police t'ont institutionnalisé et… hum… volé une partie de ta personnalité et de ta fougue.

— T'y vas pas de main morte.

— Excuse-moi. Je n'aurais pas dû dire ça.

— Non, inutile de t'excuser, si c'est ce que tu penses.

Elle secoue la tête.

— Ce n'est pas ce que je pense. C'est sorti comme ça. Tu n'aurais pas dû me pousser dans mes retranchements.

— C'est vrai. Je n'aurais pas dû.

— Non, c'est moi qui n'aurais pas dû.

On reste assis là, gênés, sans trouver comment enchaîner.

Laura regarde sa montre à nouveau.

Je me lève.

— Bon, j'ai un avion à prendre. Merci pour le temps que tu m'as accordé.

Je lui tends une main mais elle me tire contre elle et m'embrasse sur la joue.

— C'est toujours un plaisir de t'aider, Sean. Fais attention à toi, d'accord ?

— OK.

— Vérifie qu'il n'y a pas de bombe sous ta voiture.

— Je n'y manque jamais.

— Il y a une borne de taxi juste devant. Je te raccompagne.

— D'accord.

Elle m'embrasse à nouveau sur le trottoir et je traverse Aberdeen en taxi, ville de granit blanc étincelante et magnifique sous le soleil d'été. Kojak aurait été content.

18

TROIS HOMMES ET UN ALIBI

Je me douche, je me rase, je mets une chemise, une cravate, un jean noir et mon blouson en cuir. Je m'assure qu'il n'y a pas de bombe sous la BMW et je roule jusqu'au poste de Carrickfergus. Je tombe sur le sergent-inspecteur McCrabban qui fait semblant de travailler dans la salle des enquêteurs du CID dont la fenêtre donne sur le remblai de la voie ferrée.

— Rien d'urgent ? je demande.

Il secoue la tête.

— C'est calme. Comme on dit au cinoche, trop calme.

J'acquiesce. La grande campagne de bombardements de l'IRA n'a toujours pas commencé, mais ils ont les moyens, l'entraînement, les cibles et les hommes. Ce n'est plus qu'une question de temps. On est en juillet, en Irlande, alors certes il y a toujours les bonnes vieilles manifs un peu rasoir, mais les troubles à l'ordre public, c'est le boulot des flics ordinaires, pas des inspecteurs.

— Tu veux jeter un œil à mon affaire ?

Il caresse la moustache qu'il se laisse pousser – avec un succès tout relatif – depuis plusieurs mois.

— Allez.

Je lui passe mon dossier et mes notes et nous prépare deux tasses de thé pendant qu'il lit le tout.

Une fois qu'il a bu son thé et avalé quelques biscuits, il me redonne le classeur.

— Tu es sûr pour le scénario en chambre close ?

— Certain.

— Pas de passage secret ou quoi ?

— Non. J'ai vérifié le sol. Une chape de béton, et le pub n'a pas été construit à l'époque des cachettes à curé et tout ça.

— Mais tu ne crois pas à un accident ?

— Non.

Il secoue la tête et se frotte la nuque.

— Je sais pas trop, Sean.

— Je voulais aller à Belfast interroger les clients qui étaient au Henry Joy McCracken ce soir-là. Ce sont apparemment les dernières personnes à l'avoir vue vivante et…

Crabbie se lève d'un coup.

— Bien sûr que j'en suis. Je laisse un mot à Matt pour lui dire de tenir la boutique.

On emprunte un Land Rover de la police et on prend la M5 vers le nord. Il pleut, et les embruns qui soufflent depuis les lagunes balaient la route. Un mec a planté son Hillman Hunter et on s'arrête pour l'aider. Son moteur est en feu, et cet abruti est planté à côté de son véhicule, en train de chialer. Dès que les agents de la circulation arrivent, on se taille. L'autre nous dit même pas merci.

— J'ai fait des recherches sur les énigmes en chambre close, me dit Crabbie installé côté passager.

— Ah bon ?

— C'est pas les bouquins qui manquent.

— C'est sûr.

— T'as lu celui sur le singe tueur ?

— La *Rue Morgue*. Oui.

— Celui sur la balle de révolver en glace ?

— Ouaip, et je peux te dire qu'il y a un Charlie Chan avec une balle en sang congelé qui est encore mieux.

— Mais rien de tout ça ne semble pouvoir s'appliquer à notre situation.

— En effet.

— Qui est sur notre liste de suspects du jour ?

— Arnold Yeats. C'est le prof de Queen's.

— Mais il est pas en vacances ?

— Eh non, il dirige une université d'été, le pauvre bougre.

— Pas de bol pour lui, mais coup de chance pour nous, approuve Crabbie.

Belfast l'été est une vraie poudrière et tous ceux qui peuvent s'en échapper ne se font en général pas prier – l'un des avantages du métier d'enseignant ou de professeur en université.

Et cette année, la saison des manifestations a été pire que d'habitude ; ma théorie, c'est que la grève des mineurs en Angleterre attire toute l'attention des médias : Belfast se retrouve dans le rôle de la fille un peu quelconque du bal qui doit faire une scène pour qu'on la remarque.

On constate les stigmates des émeutes (poubelles renversées, arrêts de bus démolis, voitures calcinées) dès notre arrivée devant la façade gothique de Queen's University. On se gare sur une zone de stationnement gênant et on retrouve le professeur Yeats dans un immense amphithéâtre, en plein cours magistral intitulé "Histoire bizarre".

Crabbie et moi nous glissons sur des sièges au fond.

L'endroit est surtout peuplé de personnes d'un certain âge, plus quelques jeunes Asiatiques de l'Est.

Yeats est un homme de petite taille à la barbe noire et aux cheveux bruns touffus. Il a l'air d'avoir une petite trentaine, mais il est en fait plus proche des quarante. Il porte un jean, des Converse montantes et un tee-shirt noir. Il donne son cours assis jambes croisées sur son bureau.

— L'un des tribunaux les plus étonnants créés à cette époque est le tribunal de l'amour. Est-ce que quelqu'un en a entendu parler ? demande-t-il avec un accent des Home Counties[1].

Mais personne dans l'amphi ne réagit.

— Le jour de la Saint-Valentin en l'an 1400, le roi de France Charles VI a créé un tribunal de l'amour, une *Cour Amoureuse**, afin de réglementer les lois de l'amour et d'entendre les conflits entre amoureux, poursuit le professeur Yeats. Les juges de cette cour étaient sélectionnés par un panel de femmes sur la base de récitation orale et d'échantillons écrits de poésie. L'une des premières affaires concernait un homme qui avait prononcé des vœux de mariage, mais qui, après avoir hérité de terres à la mort de son père, avait renié ses vœux et s'était engagé auprès d'une femme de plus haute condition. Les juges de la *Cour Amoureuse** décidèrent qu'on ne pouvait le contraindre à épouser son ancien béguin car nulle loi ne peut imposer l'amour à un homme qui ne l'éprouve pas. Cependant, pour avoir enfreint les règles de la courtoisie, il dut dédommager son ancienne amante à hauteur de cinquante livres d'or massif, de quoi largement consoler n'importe quel cœur brisé.

Le professeur Yeats évoque ensuite les sentences prononcées contre les pages qui volaient les billets doux de leurs maîtresses, les amants fanfarons qui se vantaient de leurs conquêtes, puis, en guise de point culminant,

1. Comtés périphériques de Londres.

il aborde l'histoire d'Abélard et Héloïse, sans lésiner sur les détails larmoyants du sort d'Abélard.

Une fois le cours terminé, on le rejoint à son bureau et je fais les présentations.

— Inspecteur principal Duffy des Renseignements généraux, et voici le sergent-inspecteur McCrabban du RUC de Carrickfergus.

— C'est à propos de ma voiture ? demande-t-il, plein d'espoir.

— On vous a volé votre voiture ?

— On m'a braqué la semaine dernière, les voleurs sont partis avec. Vous l'avez retrouvée ? C'est une TR7, c'est un peu le coup classique.

Les chances de retrouver une voiture volée par des jeunes partis s'éclater avec sont proches de zéro. Je n'ai jamais eu vent d'un cas où les gamins ne sont pas allés jusqu'à péter la boîte de vitesses ou la transmission, après quoi ils foutent invariablement le feu à la bagnole.

— Non, nous sommes là pour une raison différente. Nous sommes de, euh, la section des Affaires classées, nous enquêtons sur la mort de Lizzie Fitzpatrick.

— Oh, je vois, dit-il d'un air solennel.

Crabbie acquiesce à mon intention et j'opine aussi. Au moins Yeats ne fait pas mine de ne pas savoir de qui il s'agit.

— Allons dans mon bureau si vous voulez bien ?

Le bureau en question, agréable, tapissé de livres, se trouve au cinquième étage d'un bâtiment de Stranmillis Road, avec vue sur les jardins botaniques et la rivière Lagan. Maintenant que les incendies nocturnes sont éteints, vu d'ici, Belfast ressemble à n'importe quelle ville en brique un peu terne de Grande-Bretagne.

Le professeur Yeats remarque que j'admire la vue.

— Difficile de croire qu'on est en guerre, n'est-ce pas ?

— Exactement ce que j'étais en train de me dire.

Il s'installe derrière son bureau et Crabbie et moi prenons place dans deux fauteuils en cuir confortables.

— Très intéressant, votre cours d'aujourd'hui. C'est votre spécialité ?

Il s'esclaffe.

— Mon Dieu, non. J'enseigne l'histoire industrielle britannique. Mais le but de l'université d'été est d'attirer autant de chalands payants que possible, alors je donne dans la peste, les guerres, le chaos, les castrations.

— On se croirait à Sandy Row un samedi soir, fait Crabbie.

Le trait d'humour fait rire Yeats.

— Vous êtes anglais, professeur Yeats ? je demande.

— Et tout le monde m'a dit que j'avais perdu mon accent.

— Eh non. Il est toujours bien présent.

— Je suis de Hendon… près de Londres.

— Ça fait combien de temps que vous enseignez à Queen's ?

— Je suis arrivé en 1965, ça fait donc presque vingt ans.

— Alors ils vous ont embobiné avant le début des Troubles ?

Il sourit.

— En effet.

— Vous êtes marié ?

— Marié et divorcé.

— Des enfants ?

— Non.

— Est-ce que à tout hasard vous vous rappelez ce que vous faisiez à Antrim le soir où Lizzie Fitzpatrick a eu son accident ?

— Oui, je m'en souviens très bien. On était partis à trois pêcher sur Lough Neagh. Barry, Lee et moi.

— Lee McPhail et Barry Connor, c'est bien ça ?

— Oui.

— Pêcher quoi ? demande Crabbie.

— Truite Dollaghan. Ça faisait des années que Lee s'extasiait sur la pêche à la truite à Lough Neagh et on a enfin décidé de tenter le coup.

— Il ne faisait pas un peu froid en décembre ?

— C'était le moment idéal. Les truites s'étaient nourries tout l'été alors elles seraient belles et à cette époque de l'année les mouches se font rares, alors elles se laisseraient facilement tenter par nos appâts. À la nuit tombée, on a sorti nos lampes, c'était un très chouette moment.

— Et vous avez fait de belles prises ? je demande.

— Et comment. Une excellente journée. C'est même pour ça qu'on est allés boire un verre avant de rentrer à Belfast. J'en ai pris une de neuf livres, Barry deux de huit livres, et Lee a remis à l'eau tout ce qu'il a pêché jusqu'à ce qu'il prenne une bête de douze livres.

— Donc une bonne partie de pêche et ensuite quelques pintes au pub…

— On est allés dans un restaurant indien à Antrim d'abord, qui n'était pas excellent, et puis Lee nous a parlé d'un petit pub qu'il connaissait, le Henry Joy McCracken, et on y est allés boire quelques verres.

— Le pub était vide ? demande Crabbie.

— Non, quand on est arrivés il y avait des fermiers et quelques anciens, des gens du coin, j'imagine, mais à l'heure de la fermeture, il ne restait plus que nous.

— Vous trois plus Lizzie Fitzpatrick ?

— C'est ça, bien qu'on n'ait pas su son nom à ce moment-là, bien sûr.

— Et ensuite ? je reprends.

— Ensuite ? Rien. Il était onze heures, Lizzie a sonné la cloche pour annoncer les derniers verres, mais aucun d'entre nous n'en voulait parce qu'on avait déjà mis chacun notre tournée et Lee devait nous ramener en voiture.

— Alors qu'est-ce que vous avez fait ? demande Crabbie.

— On est partis. On a traversé le village pour prendre la voiture.

— Où était-elle garée ? je demande.

— Pas très loin, juste après le virage sur la route qui descend vers le lac.

— Vous avez vu des gens ?

— Non.

— Absolument personne ?

— C'est un petit village, je suis tout à fait certain qu'il n'y avait personne.

— Pas de voitures non plus ?

— Non.

— Qu'est-ce que vous avez fait ensuite ?

— On est montés à bord de la voiture et on est rentrés à Belfast.

— Sans incident ?

— Non. Lee m'a d'abord déposé sur Stranmillis Road, ensuite Barry et je suppose qu'après il est rentré chez lui.

— À quelle heure étiez-vous chez vous ?

— Je ne sais pas. Onze heures vingt, par là ? Le trajet est rapide depuis Antrim.

— Qu'avez-vous fait après ?

— J'ai fait un brin de toilette, mis la truite au frais et me suis couché avec un livre.

— Quel livre ? fait Crabbie.

— Aucune idée ! C'était il y a presque quatre ans.

— Quand vous avez quitté le pub, est-ce que vous avez remarqué si Lizzie avait verrouillé la porte derrière vous ? je demande.

Il réfléchit.

— Désolé, je n'ai pas fait attention. Pour être honnête, c'est Lee que j'avais à l'œil. Je craignais un peu de le laisser prendre le volant avec trois pintes de Guinness dans le buffet.

— Est-ce que Lizzie vous a semblé agitée ou perturbée ?

— Je n'ai rien remarqué de tel, bien qu'apparemment son père ait été à l'hôpital pour une opération du genou, alors elle était peut-être un peu éteinte ? Je ne sais pas trop.

— À quel moment la police vous a-t-elle contacté au sujet de la mort de Lizzie ?

— C'est moi qui l'ai contactée. J'ai vu un reportage au journal télévisé et un porte-parole de la police lançait un appel à tous les témoins qui avaient été au bar ce soir-là, répond-il, mal assuré.

Après quoi il me regarde moi, puis le sol, puis dehors.

Ça n'échappe pas à Crabbie non plus.

— Ce n'est pas tout à fait comme ça que ça s'est passé, n'est-ce pas, professeur Yeats ? je fais.

— Comment ça ?

— Vous avez vu les nouvelles et vous avez appelé Mr McPhail et Mr Connor et l'un d'eux vous a dit de laisser tomber, peut-être même les deux. Ils vous ont dit qu'il valait mieux ne pas s'impliquer dans cette affaire, n'est-ce pas ?

— Merde, marmonne-t-il.

— Mais après un examen de conscience, vous avez décidé de dire la vérité, c'est bien ça ?

Le professeur Yeats semble abasourdi par notre esprit de déduction, bien que le scénario crève les yeux.

— Alors, lequel c'était ? insiste Crabbie.

— Lee. Il a dit qu'il pourrait avoir des ennuis pour conduite en état d'ivresse et qu'il valait mieux qu'on ne dise rien à la police.

— Mais il ne vous a pas convaincu ? poursuit Crabbie.

— On ne savait pas encore que la mort était accidentelle. La police demandait aux témoins de se faire connaître pour l'aider à résoudre une mort inexpliquée. Ça aurait pu être un meurtre ou autre chose et j'avais le sentiment qu'on devait à tout prix leur dire ce qu'on savait. Alors j'ai appelé le RUC d'Antrim et l'inspecteur en charge de l'enquête est venu m'interroger l'après-midi même. Après quoi il a parlé aux autres. Mais aucun de nous ne savait grand-chose. On a bu, on a à peine parlé à cette pauvre fille. Je crois que c'est Lee qui a le plus bavardé avec elle. Elle disait que son père était à l'hôpital pour une opération du genou et il compatissait parce que c'était arrivé à son père aussi.

— Combien de temps ils ont discuté ? je demande.

— Pas longtemps. Deux minutes.

— Vous êtes toujours ami avec Mr McPhail ?

Yeats prend un air chagriné.

— Pas vraiment, plus maintenant. Il a interprété ce que j'ai fait comme une trahison et il m'a plus ou moins rayé de sa vie après ça.

— Comment avez-vous fait sa connaissance ?

— Il est venu à la conférence que je donnais sur la grande grève de la police de Belfast de 1909. Il a posé quelques questions et on s'est rencontrés après. On s'est découvert un intérêt commun pour l'activisme ouvrier et la pêche.

— Et Barry Connor ?

— Je l'ai rencontré grâce à Lee.

— Lui vous parle toujours ?

— Oui. Barry n'est pas du genre rancunier.

Je regarde Crabbie pour voir s'il a besoin d'autre chose. On dirait que oui.

— Ce soir-là, est-ce que quelqu'un aurait pu entrer dans le pub et se cacher, disons, dans les toilettes ?

— C'est possible, mais je ne crois pas. Je suis allé aux toilettes juste avant qu'on parte et je n'ai remarqué personne.

— Vous avez regardé partout ? je demande.

— Non, j'étais à l'urinoir, c'est tout.

— Vous n'êtes pas allé dans les toilettes pour dames à tout hasard ?

— Pas du tout.

— Sergent McCrabban, quelque chose à ajouter ?

Il hausse les épaules.

— Êtes-vous en possession d'autres informations qui selon vous pourraient nous intéresser, professeur Yeats ?

— Euh, je ne crois pas, non.

Je lui fais répéter la chronologie des événements, cohérente avec ce qu'il a dit précédemment, alors je me lève et lui tends ma carte.

— Merci infiniment de nous avoir accordé tout ce temps, professeur. Voici ma carte – si quoi que ce soit vous revient, n'hésitez pas à m'appeler.

Il nous raccompagne à la porte de son bureau.

— Puis-je vous poser une question, inspecteur ?

— Bien sûr.

— Pourquoi maintenant ? C'est que, ça fait quatre ans. Et ça ressemblait à une histoire simple. La pauvre est tombée d'une table il me semble, c'est bien ça ?

J'acquiesce.

— Ça y ressemblait, en effet, mais le coroner a rendu un verdict ouvert, donc l'affaire n'est jamais vraiment finie. Si vous vous rappelez quelque chose appelez-moi d'accord ?

— Entendu.

— Oh, une dernière chose, est-ce que vous auriez remarqué un problème d'éclairage dans le pub ce soir-là ?

Il soupire.

— Je ne me rappelle pas. Désolé.

— Tant pis. Merci encore.

Crabbie et moi descendons l'escalier.

— Ça te dit de déjeuner pendant que je titille tes méninges ? je fais quand on sort dans la rue.

— Je me mettrais bien quelque chose sous la dent, oui.

— Super, parce que j'ai entendu parler d'un endroit pas loin que je voulais essayer. Suis-moi.

19

LE CANARD

On marche jusqu'à Botanic Avenue et on arrive au Canard au moment où les cuisines sont sur le point de fermer. C'est un bistro français dans le style des Deux Magots avec des tables dehors, des cafés hors de prix et des serveurs arrogants. Partout ailleurs, ce serait un cliché mais dans un Belfast déchiré par la guerre à l'été 1984, c'est une bouffée d'air frais.

Obtenir une table ne doit pas être de la tarte en temps normal, vu la foule de personnes de la BBC et des bureaux tout proches, mais nos plaques font l'affaire avec le maître d'hôtel qui nous trouve une table au fond près des toilettes.

Je commande un verre de vin rouge pour moi et un express pour Crabbie.

— Santé, je fais en goûtant le pinard de la maison.

— Tchin tchin, répond McCrabban en sirotant son café.

Le vin est excellent, j'en commande un autre verre presque aussitôt.

— T'as déjà lu Roald Dahl ? me demande Crabbie.

— *Charlie et la chocolaterie ?*

— Il en a écrit une aussi. Enfin c'est pas vraiment une énigme en chambre close, mais c'est pas mal du tout. Je te raconte ?

— Avec plaisir.

— On envoie la police dans une maison où un homme a été découvert par sa femme, apparemment matraqué à mort. Les policiers, pleins de délicatesse et de compassion, discutent avec la femme du défunt, et remarquent une délicieuse odeur de gigot d'agneau en provenance de la cuisine. La veuve bouleversée insiste pour que l'inspecteur partage son dîner, comme il s'agissait du plat préféré de son mari, etc. Et c'est ainsi que l'arme du crime (un gigot congelé) est consommée.

— Pas mal. C'est une sorte de variation sur le thème de la balle congelée… Mais notre victime s'est fait briser la nuque. Soit il s'agit d'un accident, soit quelqu'un lui a tordu le cou après l'avoir assommée. Je ne crois pas qu'il y ait d'astuce autour de l'arme du crime dans notre chambre close.

— Non, répond Crabbie tristement.

— Tu veux parler de la chronologie ? je lui demande sur un ton enjoué.

— Je suis tout ouïe.

— Lizzie répond à un appel téléphonique de sa mère Mary à dix heures et demie. Tout va bien. Elle met le trio de pêcheurs dehors à onze heures. Tout va bien. À onze heures vingt, notre ami le professeur Yeats arrive chez lui. À onze heures trente le petit copain Harper appelle chez Mary Fitzpatrick pour parler à Lizzie. Mais Lizzie n'est pas rentrée. Mary va au pub à sa recherche, trouve les portes verrouillées et les lumières éteintes. Elle revient chez elle, réveille les voisins, appelle la police. À onze heures quarante-cinq ou à peu après, Harper arrive de Belfast, fou d'inquiétude. Les flics d'Antrim arrivent peu de temps après ça et entament une deuxième recherche. À minuit, un flic braque sa lampe torche par la fenêtre du pub et croit distinguer quelque chose par terre. Ils enfoncent la porte et découvrent Lizzie allongée au sol avec une ampoule dans la main.

Crabbie opine.

— Ça m'a l'air d'être ça. Lizzie meurt entre onze heures et onze heures et demie.

Je bois une gorgée de vin.

— Tu penses que Yeats dit la vérité ?

— Je crois. Pourquoi, où est-ce que tu veux en venir ?

— Tu crois que Yeats ou un de ses potes a fait du rentre dedans à Lizzie, provoqué une bagarre au cours de laquelle ils l'ont involontairement tuée, après quoi ils déguisent la scène en accident et se taillent ?

Crabbie acquiesce.

— Ça serait culotté, hein ? S'en tirer puis s'offrir sur un plateau à la police.

— Ce serait le dernier truc que soupçonneraient les flics justement.

— Mais il y a les portes de devant et de derrière verrouillées.

— Un des gars se planque dans les toilettes, attend que le corps de Lizzie soit découvert et se glisse dehors quand l'agitation est retombée.

— Il n'a pas réagi quand tu as fait cette suggestion.

— Il est peut-être bon comédien. Et il a eu trois ans et demi pour se préparer à cette question.

Crabbie secoue la tête.

— C'est vachement trop risqué. Personne n'aurait le cran de faire un truc pareil. Pourquoi ne pas partir tout simplement ? Et puis ton inspecteur Beggs a fait une fouille complète des lieux, non ?

— C'est ce qu'il dit.

— Tu as une raison de ne pas le croire ?

— Toi comme moi, Crabbie, on sait que les flics protègent leurs arrières… Mais là, non, ça m'a l'air d'être un flic très rigoureux.

— Alors c'est forcément un accident.

— C'est ce que tout porte à croire pour l'instant.

Crabbie soupire.

— Ne le prends pas mal, Sean, mais cette affaire m'apparaît comme une perte de temps.

— C'est la spécialité du RUC.

Un serveur vient prendre notre commande. Finalement je n'ai plus très faim après cette histoire de gigot mais Crabbie si, et il prend le *pot-au-feu** une fois que je lui ai expliqué de quoi il s'agit.

Je commande un autre verre de rouge et quand on me l'apporte je me surprends à ruminer les reproches de Laura. Une fois le serveur reparti, je me penche vers Crabbie.

— Hé, mec, est-ce que je te fais l'effet d'un maniaco-dépressif ? Je suis déprimé, certes, on l'est tous, mais je n'ai pas constaté de phase maniaque. Des erreurs de jugement, de l'impulsivité, d'accord. Mais pas d'obsession enragée, si ?

La conversation dérive très loin de la zone de confort de McCrabban mais il m'écoute poliment. Quand il comprend que j'attends une réponse, il pose son café.

— Je crois que je contesterais ton postulat, Sean. Je ne dirais pas que tout le monde est déprimé. Moi je ne le suis pas.

— Oui, mais c'est parce que tu crois que tu vas t'envoler au paradis à tout instant.

— Tu pourrais me rejoindre si tu acceptais Jésus comme ton Sauveur.

— Ça y est, je regrette d'avoir posé ma question. Bref, voilà ton frichti.

Crabbie est servi et, une fois qu'il a fini son plat, je demande à parler au chef.

— Le chef est très occupé, me répond le serveur avec un sourire onctueux.

Je lui montre ma plaque.

— Je suis sûr qu'il aura un peu de temps pour nous.

Comme beaucoup de chefs, Barry Connor est maigre comme un coucou, à croire qu'il ne se nourrit que de biscottes. Il commence à se dégarnir alors il a rasé le peu de cheveux châtains qu'il lui reste. Il est de taille moyenne, a des yeux gris perçants.

Il porte une sorte de veste de chef sur un tee-shirt blanc et un pantalon en velours côtelé marron. Il a l'air extrêmement nerveux.

— Que puis-je pour vous, messieurs ?

Je nous présente et lui dis que nous travaillons sur l'affaire Lizzie Fitzpatrick.

— Qui est Lizzie Fitzpatrick ?

— Le 27 décembre 1980. Elle était serveuse au Henry Joy McCracken à Antrim. Vous et vos copains avez été ses derniers clients. Elle vous a mis dehors après l'annonce des derniers verres, après quoi elle a eu un mystérieux accident qui a provoqué sa mort.

Un petit sourire de soulagement apparaît sur son visage. On n'est pas là pour l'interroger au sujet de la protection qu'il s'achète auprès des groupes paramilitaires loyalistes et républicains. Ni pour évoquer les bizarreries de ses livres de comptes. Non, on est venus lui parler de Lizzie Fitzpatrick… Quoi qu'il soit arrivé ce soir-là entre eux et Lizzie, ce n'est rien qui inquiète trop notre homme.

À moins bien sûr qu'il ait su que je me dirais ça, et il me devance.

Ce serait diabolique.

— Parlons-en, je fais.

— Vous ne m'en voulez pas de finir mon service d'abord ? On a presque terminé. Il ne reste que deux commandes.

— Non, maintenant, Barry.

Il s'assoit à la table.

— Au fait, c'est vraiment excellent, fait McCrabban. Exactement ce qu'il me fallait.

— Merci, dit Barry.

— Comment connaissez-vous Arnold Yeats et Lee McPhail ? je lui demande.

— J'ai rencontré Arnold grâce à Lee. Lee et moi on a étudié à Queen's ensemble.

— Étudié quoi ?

— Littérature et politique. On voulait tous les deux être journalistes. Lui, il est devenu journaliste, au début, mais moi… je ne suis jamais allé jusqu'au bout.

— Comment vous êtes venu à la tambouille ?

— Ma mère est française. Ce sont toutes ses recettes. Les siennes et celles de ma grand-mère.

— Votre mère est française, dites-vous ?

— Oui.

— D'où, en France ?

— De Bretagne.

— Est-ce qu'il lui arrive de dormir la fenêtre ouverte ?

— Comment ?

— Est-ce qu'il lui arrive de laisser sa fenêtre ouverte la nuit ?

— Je n'y ai jamais réfléchi mais… je dirais que non. Pourquoi cette question ?

— Pour rien. Bon. Racontez-moi la soirée du 27 décembre 1980 du mieux que vous vous en souvenez.

— On était allés pêcher et on avait fait de belles prises. On a mangé un morceau, et Lee nous a parlé d'un pub qu'il connaissait. On a bu quelques bières et on est rentrés à Belfast en voiture. C'est à peu près tout.

— Vous avez parlé avec Lizzie ?

— On a tous commandé une tournée, alors on est allés chacun notre tour au bar. Mais c'est tout. Elle n'invitait pas à la conversation.

— Elle n'était pas particulièrement amicale ?

— Elle n'était pas hostile, elle avait simplement l'air préoccupée. J'ai lu plus tard que son père était à l'hôpital pour une opération…

— Elle a bavardé avec Lee, pourtant, non ?

— Oui. Lee est très sociable. Il pourrait tailler une bavette avec une nonne qui a fait vœu de silence.

— Est-ce qu'il essayait de la séduire ?

— Lee essaie toujours de séduire quelqu'un.

— Je prends donc ça pour un oui.

— Est-ce que c'est allé plus loin qu'elle ne le voulait ? Est-ce que ça a viré à la dispute ? demande Crabbie.

— Non. Pas du tout. Lee a essayé de la draguer gentiment. Elle n'était pas intéressée. Ça s'est arrêté là.

— Donc vous avez fini vos verres et vous êtes rentrés chez vous ?

— Exactement.

— À quelle heure ?

— Au moment des dernières commandes. Onze heures. Peut-être légèrement avant.

— Et à quelle heure êtes-vous arrivés à Belfast ?

— Lee a déposé Arnold vers onze heures vingt et moi environ deux minutes après.

— Et à quelle heure est-il arrivé chez lui ?

— Aucune idée. Il habite à environ cinq minutes de chez moi au bout de Malone Road, alors j'imagine peu de temps après m'avoir déposé.

— Quand avez-vous entendu parler de la mort de Lizzie pour la première fois ?

— Deux jours plus tard. C'est Arnold qui m'a appelé. Il a dit qu'il fallait qu'on déclare à la police ce qu'on savait.

— Et qu'est-ce que vous en avez pensé ?

— Que c'était une bonne idée.

— Et Lee, lui, qu'est-ce qu'il en disait ?

— Hm, je n'en sais rien.

— Mais si, vous savez, je fais.

— Hm, eh bien, je crois que selon lui, on ne devait pas s'en mêler.

— Pourquoi ça ?

— Je dirais par principe. Il ne trouvait pas que coopérer avec la police était une bonne idée.

— Mais Arnold, lui, n'était pas de cet avis.

— Arnold a beaucoup insisté… Bref, il a appelé les flics et ils nous ont interrogés. Mais l'enquête a finalement révélé que c'était un accident.

Je me frotte le menton et regarde Crabbie.

Il avait que dalle.

— Quand vous étiez assis au bar en train de boire au Henry Joy McCracken, est-ce que vous avez remarqué un problème d'ampoules électriques dans le pub ?

— Non. Mais je ne crois pas que ce soit le genre de choses que j'aurais remarqué.

— Pourquoi ça ?

— Je ne sais pas. On avait fait une bonne partie de pêche. Bu trois pintes. Dans ces cas-là, on ne fait pas trop gaffe aux ampoules, je dirais.

Je tends ma carte à Barry.

— Si quoi que ce soit vous revient, surtout appelez-moi.

Il acquiesce.

— Ce sera tout ? il demande.
— Oui.
Il se lève et sourit.
— Ce n'était pas si douloureux, pas vrai ? je fais.
— En effet.
— Merci du temps que vous nous avez accordé, Mr Connor.
Je finis mon vin et quand on se présente à la caisse pour payer, on nous informe que c'est la maison qui régale. Je n'insiste pas.
On sort et je m'allume une cigarette.
— Tu sais ce que je crois ? dit Crabbie.
— Non, dis-moi.
— Je crois que Lizzie Fitzpatrick est tombée du bar et s'est cassé le cou. Je crois que le père n'accepte pas que Dieu ait laissé mourir sa fille dans un accident fortuit. Je crois qu'il fait pression sur les RG pour rouvrir l'affaire et que les RG acceptent de le faire parce que c'est un gros bonnet du mouvement républicain et que personne n'a envie de le foutre en pétard.
Je lui donne une tape sur la caboche.
— T'es pas aussi bête que t'en as l'air, hein ?
— Tu penses que j'ai raison ?
— Et à quel moment Dermot McCann intervient dans ton petit exposé ?
— Tu penses vraiment que si tu découvres ce qui est arrivé à Lizzie Fitzpatrick, quelqu'un du clan Fitzpatrick te tuyautera sur Dermot ? Franchement, même pour toi, c'est un peu poussé…
— Tu sais ce que j'aime chez toi, Crabbie ?
— Quoi ?
— Tu m'empêches de perdre le sens des réalités.
— Je prends ça comme un compliment. Quelle est notre prochaine destination ?

— Allons voir le dernier de ces pêcheurs intrépides.

Un coup d'œil dans l'annuaire nous permet de localiser Lee McPhail dans la rubrique Directeurs/ Agents, dans un immeuble de Botanic Avenue, près de Shaftsbury Square.

On y va à pied. Ses bureaux se trouvent au troisième étage d'un immeuble qui surplombe l'Ulster Bank. Le bâtiment date un peu, mais le bureau a été rénové récemment. Il y a deux secrétaires. Une plus âgée, l'autre moins. Une pour abattre le boulot, l'autre pour le régal des yeux des clients. La plus jeune est une blonde ravissante que nos questions sur l'endroit où se trouve son patron ont l'air de laisser perplexe. La plus âgée nous informe que Lee n'est pas disponible car il fait visiter la ville à des personnes très haut placées venues d'Amérique.

— Et qui sont ces VIP ? je demande.

— Eh bien il y a déjà Joe Kennedy du Massachusetts, dit-elle d'un air triomphant.

— Est-ce que Mr McPhail sera présent à son bureau cette semaine ?

Elle ouvre un tiroir et consulte l'emploi du temps de Lee.

— Non. Il sera pris à l'extérieur toute la semaine.

— Vous permettez que je jette un œil ? je fais en lui prenant l'emploi du temps des mains, mais pas de bol : il est comme les deux doigts de la main avec le clan Kennedy toute la semaine.

— Vous avez une photocopieuse ?

Elle confirme, à contrecœur.

Je fais une copie de la vie bien remplie de McPhail et lui rends l'agenda.

On prend congé et j'examine l'emploi du temps en descendant l'escalier. Lors de sa visite en Irlande du

Nord, Kennedy a prévu de rencontrer des prêtres et des hommes politiques, de visiter des prisons et des usines. Une sortie en particulier attire mon regard : celle de l'usine DeLorean à Dunmurry – que j'ai moi-même visitée à l'époque où ils fabriquaient encore des voitures de sport poussives à portières papillons. Il s'agit désormais d'un *parc commercial* – quoi que ça puisse être.

— Ça te dit de venir avec moi rencontrer McPhail demain à l'ancienne usine DeLorean ? je demande à Crabbie.

— Ce serait avec plaisir, mais je suis au tribunal toute la journée.

— Qu'est-ce que t'as foutu ? Un truc qui implique des moutons ?

— J'ai rien fait du tout. Je témoigne.

— Ben voyons.

On marche jusqu'au Land Rover, je regarde en dessous pour m'assurer qu'il n'y a pas de bombe et je ramène Crabbie à Carrick. Je rends la bagnole, prends ma BM et roule jusqu'à Ballykeel pour voir Mary Fitzpatrick.

Mais c'est Annie qui vient ouvrir quand je sonne.

— Encore toi, fait-elle.

— Encore moi.

— Tu veux entrer ? Mes parents ne sont pas là, ils sont à Belfast.

J'hésite sur le seuil.

— Hm, c'est ta mère que j'étais venu voir. Je voulais simplement lui dire comment on progressait sur l'enquête.

— Parce que quatre ans plus tard, il y a du progrès ?

— Eh bien, pas vraiment, mais je voulais la tenir au courant de ce que je faisais.

— Tu peux me le dire à moi. Entre. Je te prépare un thé.

Je vais dans le salon et m'installe sur le canapé. La télé diffuse *Countdown*.

— Dis-moi quand ils passent aux chiffres ! me lance Annie depuis la cuisine.

Pour l'instant, c'est le mot le plus long. Les deux candidats ont un mot de cinq lettres mais le gars avec le dico en a un de neuf.

— Ça y est, c'est les chiffres ! je crie, et Annie arrive avec deux tasses de thé et une assiette de biscuits au chocolat.

Elle regarde l'écran et j'en profite pour la regarder. Elle est très belle. Ce sont ses yeux, je pense. Ces yeux extraordinaires. Rien de surprenant que ce soit elle qui ait décidé un type aussi charismatique que Dermot à se ranger. Elle avait le même regard que les filles et la mère McCann. Intelligent, hautain et dangereusement sombre.

— Dix plus cinq, quinze. Quinze fois cinquante, sept cent cinquante. Plus neuf, sept cent cinquante-neuf ! couine Annie, d'autant plus ravie qu'aucun des deux candidats n'a la solution.

Elle éteint la télé.

— Désolée. Il faut que je fasse les chiffres. C'est le seul truc qui me permet de ne pas devenir tarée par ici.

— Tu n'as pas de boulot, un truc à mi-temps ou…

— Non.

— Tu n'étudiais pas pour devenir prof à Magee ?

— Si. Mais j'ai laissé tomber. Dermot, ce cher romantique, disait que son épouse n'aurait jamais besoin de travailler !

— Ça fait un peu âge de pierre, non ?

— C'est Dermot. La vieille école. Mais bon, à vrai dire, je n'ai jamais vraiment eu besoin de travailler. Mon père m'a toujours pourrie gâtée et Dermot recevait, disons, de sacrées indemnités.

— Qu'est-ce que tu as fait quand il était en prison toutes ces années ?

— J'ai continué à percevoir les indemnités de tu sais qui, Dermot a fait jouer ses relations, j'ai écrit quelques articles pour *An Phoblacht*. Ça m'a beaucoup plu. Je me suis dit que je pourrais peut-être négocier un poste plus permanent, mais, bon… tu sais ce qui est arrivé ensuite.

— Explique-moi ?

— Eh bien, Lizzie est morte, on a fermé le pub et Vanessa est partie au Canada. Des années assez noires, et puis, le pompon !

— Quoi donc ?

— Il a demandé le divorce ! Lui.

— J'en avais entendu parler.

— Cet abruti est en prison et il divorce. Comme ça ! Je n'arrivais pas à le croire. Vraiment. Il refusait même de me voir.

— Il ne t'a donné aucune explication ?

— Non, aucune. Une déclaration laconique transmise par son avocat.

— Qui disait quoi ? Si ce n'est pas indiscret.

— Je l'ai bien retenue, écoute un peu : Je suis sûr qu'Annie ne verra pas d'objection à ce divorce. Je n'ai aucune envie de traîner son nom dans la boue ni de trahir la cause dans laquelle nous croyons tous les deux si profondément.

— Qu'est-ce qu'il entend par là ?

— Tu le sais très bien. Et ce n'est qu'une vaste connerie. Quelqu'un a dû faire courir une rumeur ou je ne sais quoi…

Elle secoue la tête et regarde en direction du jardin, par la fenêtre.

Un coup de feu retentit dans le lointain et des centaines de canards s'envolent du lac.

Annie croise les jambes, les décroise. Sur le manteau de la cheminée, la pendule clique.

— Bon, il faut que j'y aille, Annie. Si tu veux bien dire à ta mère qu'on travaille toujours sur l'affaire, ça me rendrait service.

Annie renifle et se tourne de nouveau vers moi.

— Tu rentres à Carrickfergus ?

— Non, pas tout de suite. Puisque je suis dans le coin, je pensais rendre visite au gamin qui fréquentait ta sœur.

— Harper McCullough ?

— Oui, c'est lui.

— Tu sais où il habite ?

— J'ai son adresse dans mon carnet.

— Bah, je t'y accompagne. C'est à cinq cents mètres en remontant le chemin du lac… Enfin, si ça ne te dérange pas. Je ne voudrais pas gâcher ton enquête.

— Mais ça ne me dérange pas. J'accepte même avec grand plaisir.

20

HARPER MCCULLOUGH

On déambule sur le chemin de Lough Neagh. Le soleil se couche derrière la berge ouest et la lumière se teinte de nuances qu'on voit parfois en rêve. Des échassiers de dizaines d'espèces différentes se posent pour la nuit et le vent berce les roseaux. L'eau bleue du lac est immobile, à peine troublée par un voilier qui louvoie du côté nord.

— Quel endroit magnifique, je fais.

— Hm.

On continue notre chemin. Une famille de canards se pousse pour nous laisser passer. Annie pose une main sur mon bras pour m'arrêter.

— Quoi ?

— Tu ne me juges pas hein, Sean ? Tu ne m'as jamais semblé être de ce genre-là.

— De quoi est-ce que tu parles ?

— Franchement, à quoi Dermot s'attendait ? Cinq ans qu'il était en prison. Cinq ans. Et avant ça, il disait qu'il se ferait coincer, tôt ou tard. Il le savait. Lui devient le héros de l'histoire, et moi ? Et moi dans tout ça ? Toute seule, à vivre chez mes parents ?

— Annie, tu n'as pas à te justifier…

— Tu sais ce que disent certains ? Ils disent que la première chose qu'ils feront quand ils obtiendront une Irlande indépendante de trente-deux comtés, ce sera d'interdire l'avortement et de retirer le droit de vote aux femmes. De les remettre à leur place. Les hommes aux champs, les femmes dans la cuisine. Tu vois un peu la mentalité.

— Je ne peux pas croire que Dermot ait dit une chose pareille.

— Non… pas vraiment…

Sa voix s'éteint. Le dernier arc de soleil sombre derrière les monts Sperrin et tous les oiseaux du lac semblent pousser un soupir collectif.

— Allez, viens, dit-elle, et on marche jusqu'à une immense maison de style georgien au bord de l'eau, avec une jetée et un débarcadère où est amarré un bateau de plaisance de six mètres.

— Nous y voilà, dit Annie.

— Y a du fric, hein ?

— On peut dire ça. Le père de Harper, Tommy McCullough, était un gros… comment on dit, déjà ?

— Poisson ? Bonnet ?

— Un magnat, on va dire. Son entreprise en bâtiment a construit la moitié d'Antrim. Il était protestant, mais plutôt apprécié dans l'ensemble. Un vrai… euh… personnage. Il organisait des fêtes incroyables pour les gamins du coin, à Halloween et à Noël. C'est comme ça que Lizzie, Vanessa et moi on a rencontré Harper. On le connaît depuis qu'il est tout mioche. Son père était passionné de pêche, et très investi dans le club de rugby.

— Il a fait une attaque, c'est ça ?

— Oui. Il a été mal en point pendant un moment et il est mort peu de temps après l'accident de Lizzie. Harper était complètement perdu.

— Et sa mère ?

— Ne lui parle pas de sa mère. Elle a fichu le camp en Angleterre avec un acteur quand Harper n'avait que cinq ans. Depuis la mort de Tommy, elle harcèle son fils pour qu'il lui donne de l'argent. Et bien sûr, il lui en donne, parce que c'est sa mère, mais de l'avis de tous, c'est une horrible bonne femme.

On ouvre le portail de derrière pour remonter l'allée qui traverse le jardin en direction de la maison, un manoir en grès rouge des années 1780 ou 1790.

Annie ouvre la porte à l'arrière de la maison, qui donne sur une buanderie adjacente à la cuisine.

— Mais attends, il ne va rien dire qu'on entre comme ça ?

— Oh, j'ai déjà fait ça un millier de fois !

Je la suis dans la buanderie, puis la cuisine, pour arriver dans un immense salon légèrement désuet avec vue sur le lac.

— Bonjour ! lance-t-elle. Y a quelqu'un ?

— Annie McCann, c'est toi ? répond une voix depuis une autre pièce.

— Annie Fitzpatrick, s'il te plaît !

Une porte s'ouvre et Harper McCullough entre. Il allume la lumière et donne une accolade à Annie en l'embrassant sur la joue. Il est grand, un mètre quatre-vingt-quinze, bel homme, vingt-six ou vingt-sept ans. Un visage ouvert, rasé de près, mâchoire carrée, épaisse chevelure brune, yeux marron foncé. Il est frêle d'ossature, maigre, et marche un peu voûté. À une autre époque, on l'aurait décrit comme un artiste consomptif. Il porte un pull moutarde, un jean, il est pieds nus. Un peu plus étoffé, il ressemblerait à un de ces brailleurs nés avec une cuillère en argent dans la bouche et du charme, qui se promènent sans but dans la vie ; mais ce garçon ne se promène pas. Sa mère l'a abandonné, son père est décédé récemment et sa petite amie est morte dans un accident bizarre…

— C'est ton nouveau fiancé ? demande-t-il à Annie en me serrant la main.

— Ah ! Non ! s'écrie Annie en riant. C'est… eh bien, je suppose qu'on pourrait dire que c'est un vieil ami de la famille… L'inspecteur principal Sean Duffy des illustres Renseignements généraux.

Il a de la poigne.

— Un policier ? Une bande de rebelles comme vous… Comment se fait-il que vous ayez un policier comme ami de la famille ? demande Harper en riant.

— Calomnie ! Nous sommes une troupe très diversifiée, dit Annie en plantant un index dans la poitrine d'Harper.

Il secoue la tête et m'adresse un clin d'œil.

— Vous savez que son ex-mari est un célèbre commandant de l'IRA ! Vous êtes dans de sales draps, mon ami. Je n'ai jamais vu de guet-apens aussi flagrant.

Annie lui donne un coup dans l'épaule.

— Arrête ! Sean n'est pas mon petit ami. Je ne vois personne. Il est ici pour son travail.

— Ah ? fait Harper.

— En effet, Mr McCullough. Je suis de la section des Affaires classées des Renseignements généraux du RUC. Nous enquêtons sur la mort de Lizzie Fitzpatrick.

Il écarquille les yeux.

— Enfin ! s'exclame-t-il. Lizzie n'a jamais eu la justice qu'elle méritait ! Je me fiche de ce qu'on raconte. Toute cette histoire était très louche, c'est le moins qu'on puisse dire.

— Comment ça ?

— On a dit qu'elle était tombée du bar et s'était brisé le cou. Impossible ! Elle qui était si coordonnée. Elle avait un excellent sens de l'équilibre. Elle savait faire le poirier sur une seule main !

Annie ronchonne.

— Encore cette histoire ? Mais on peut tous le faire ! Regarde !

Elle bascule en équilibre sur ses mains sur le sol de la cuisine, lève sa main gauche. Elle tombe et recommence deux fois avant de tenir dix secondes. Harper me regarde avec gêne, et moi aussi je suis gêné pour elle.

Elle termine et repose les deux pieds à terre.

— Là ! Qu'est-ce que vous dites de ça ?

Harper sourit.

— C'était remarquable, Annie. Toutes les trois, vous avez toujours été incroyablement douées.

Un large sourire fend le visage d'Annie et inconsciemment elle me donne une petite tape dans le dos.

— Qu'est-ce qui se passe par ici ? dit une voix de femme derrière moi.

Je me retourne.

Elle est blonde, séduisante, pâle, très jolie, et enceinte de neuf mois.

— Ah, la voilà ! Prête à éclater ! dit Annie en l'embrassant sur la joue.

Le ventre rond fait l'objet des roucoulements de rigueur avant que Harper fasse les présentations.

— Voici ma femme, Jane. Jane, je te présente Sean Duffy. C'est un inspecteur de police. Il enquête sur la mort de Lizzie.

Jane fronce les sourcils et secoue la tête.

— Pauvre Lizzie. Ne croyez pas ceux qui vous disent qu'elle est tombée d'une table. Elle savait tenir en équilibre sur les mains et…

— J'étais justement en train de leur montrer, là, y a pas une minute, fait Annie.

— Et donc, vous alliez tous à la même école ? je demande.

— Oui. À Antrim. J'avais deux ans d'avance sur Harper. Et Jane était dans la même année que Lizzie, dit Annie.

Ce qui fait que Harper doit avoir environ vingt-huit ans et Jane vingt-cinq, je calcule, en essayant de m'en souvenir pour plus tard.

— J'habitais à moins de deux kilomètres dans cette direction, dit Jane en pointant un doigt vers le lac.

— Jane était l'une des meilleures amies de Lizzie, précise Annie.

— *La* meilleure amie ! insiste Jane. Bon, ce n'est pas parce que je suis sur le point d'exploser que je dois manquer à mon devoir. Qui veut une tasse de thé ?

Jane et Annie s'éclipsent à la cuisine, ce qui me donne l'occasion de parler seul à seul avec Harper.

— Si ça ne vous dérange pas, Mr McCullough, je réinterroge tout le monde. Puis-je vous poser quelques questions ?

— Bien sûr.

— J'aimerais vous ramener à la nuit où Lizzie Fitzpatrick est morte, le 27…

— Le 27 décembre 1980, je ne l'oublierai jamais.

— Ce soir-là, vous étiez au dîner du club de rugby, à Belfast ?

— Oui. C'était le dîner de remise des prix du club de Rugby d'Antrim, au Montjoy Hotel. Mon père recevait un prix. Pour l'ensemble de sa carrière. J'y étais pour le représenter.

— Il avait fait une attaque.

— En effet. Un mois plus tôt. Je n'avais pas envie d'y aller à ce dîner, avec mon père malade et le père de Lizzie à l'hôpital pour son opération du genou. On vous a dit que Jim était à l'hôpital à cause de son genou ?

— Oui. C'est pour ça que Lizzie tenait le pub.

— Elle n'était pas obligée. Ils auraient pu fermer pour un seul soir, bon sang. Elle voulait être avocate. J'enrage toujours. Je crois que Mary l'a persuadée de tenir le pub en la faisant culpabiliser.

— Donc vous êtes allé à ce dîner à contrecœur.

— C'est rien de le dire. Je n'avais vraiment pas la tête à me bourrer la gueule avec le club de rugby. Un sport que je n'ai jamais aimé, soit dit en passant. Et si je n'y étais pas allé, rien de tout ça ne serait arrivé.

— Pourquoi vous dites ça ?

— Eh bien, j'aurais été avec Lizzie à la place.

— Qu'est-il arrivé à Lizzie, selon vous ?

— Quelqu'un l'a tuée. C'est obligé. Jamais elle ne serait tombée du bar. Je l'ai vue sauter de deux fois plus haut que ça, aussi à l'aise qu'un poisson dans l'eau.

— Et comment le tueur a-t-il pu s'y prendre, avec les portes fermées à clé et verrouillées de l'intérieur ?

— Je n'en sais rien. C'est vous l'inspecteur ! Impossible qu'elle soit morte comme ça. Par accident.

— Que faites-vous comme métier, Mr McCullough ?

— Je suis entrepreneur dans le bâtiment.

— Vous construisez vous-même ?

Il s'esclaffe.

— Moi ? Non. Vous m'avez vu ? Je dirige la société. Celle de mon père.

— Vous travailliez pour votre père à l'époque où vous fréquentiez Lizzie ?

Il secoue la tête.

— Pas du tout. J'étudiais à Queen's.

— Quelle matière ?

— Archéologie.

— Un sujet fascinant.

— Oui, dit-il et je remarque une étincelle dans son regard pour la première fois. J'ai toujours adoré ça. Je voulais faire de l'archéologie sous-marine. Vous savez ce que c'est ?

— Non. Enfin pas vraiment.

— On m'a offert un livre sur le sujet quand j'avais dix ans. Ça n'a jamais cessé de me captiver. C'est de la plongée dans les villes submergées. Alexandrie, le Pirée, ce genre d'endroits. C'est un domaine génial et on n'en est qu'aux balbutiements.

— Pourquoi avoir changé de branche ?

Il secoue la tête et soupire.

— Il faut bien que quelqu'un gère cette maudite société... Après l'attaque de mon père, je me suis laissé aspirer, en quelque sorte. Et puis, après que Lizzie... après sa mort, je me suis noyé dans le travail... Et maintenant, il est trop tard. Je vais bientôt avoir un enfant, dit-il, légèrement en proie à la panique.

— Je vois.

— Vous avez des enfants, inspecteur ?

— Moi, non.

— Parce que je veux dire, comment on élève des enfants ?

— Je crois que c'est très simple, monsieur. Euh, il suffit de se procurer le bouquin, et y a tout dedans.

— Quel livre ? Ça existe vraiment ?

— Ma voisine Mrs McDowell a dix gosses, peut-être même onze. Je lui poserai la question.

— Merci. Bon, que font les filles avec ce thé ? demande-t-il, distrait.

Mais je ne veux pas le perdre si vite.

— Donc, le soir de la mort de Lizzie. À quelle heure avez-vous quitté le dîner ?

— C'était censé durer jusqu'à au moins une heure du matin, avec la soirée dansante et leur fichu karaoké, mais les discours, les remises de prix et les petites tapes dans le dos se sont terminés vers onze heures et demie.

— C'est à ce moment-là que vous avez passé un coup de fil chez Lizzie ?

— Oui. Je me disais qu'elle devait largement avoir fini. Verres nettoyés, pub fermé, et à la maison. C'est à seulement cinq minutes de chez eux. Alors quand on m'a dit qu'elle n'était pas rentrée, je me suis inquiété. J'ai dit à Mary que quelque chose ne tournait pas rond, mais bien sûr, cette vieille perruche entêtée m'a dit de ne pas m'en faire ! Je lui ai conseillé d'appeler la police, mais elle refusait de faire entrer un policier chez elle ! Elle a dit qu'elle descendait au pub voir par elle-même et elle a raccroché.

— Ensuite, qu'est-ce que vous avez fait ?

— Je m'inquiétais. J'ai pris ma voiture et j'ai brûlé la gomme jusqu'à Antrim. Je suis arrivé à peu près à la même heure que les flics.

— Donc elle avait fini par les appeler ?

— Oui, en voyant que le pub était fermé, elle était rentrée et avait appelé la police.

— Ensuite ?

— On est tous partis à sa recherche dans le village.

— Et ?

— Un des agents a braqué sa torche à l'intérieur du pub et il a cru voir quelqu'un allongé par terre. Alors on s'est rués sur la porte pour essayer de la forcer.

— Ce que vous avez réussi à faire ?

— Oui. Il a fallu un certain temps à cause du verrou mais les flics avaient un bélier dans leur Land Rover et on s'y est tous mis. Et puis, on est entrés…

— Et ?

— Elle gisait par terre, toute recroquevillée, avec cette stupide ampoule dans la main.

— Comment l'avez-vous vue si les lumières étaient éteintes ?

— Un agent a allumé.

— C'est là que vous avez vu qu'une ampoule était grillée ?

— Je n'ai pas fait attention mais un policier l'a remarqué.

— Est-il possible que quelqu'un ait été caché dans le bar ? Et attende que la porte s'ouvre pour pouvoir s'échapper discrètement ?

Il secoue la tête, perplexe.

— Non, il n'y avait personne.

— Comment vous pouvez en être sûr ?

— Où se cacher ?

— Aux toilettes.

Il secoue la tête.

— J'en doute. On était tous là à faire les cent pas. L'un de nous serait forcément tombé sur l'assassin s'il se cachait là, vous ne croyez pas ?

— Qu'est-ce que vous entendez par faire les cent pas ?

— Rien d'autre que ça. Un policier l'avait déjà déclarée morte. On ne pouvait plus rien faire, vous voyez ? Et Mary pleurait, et moi j'étais dévasté. On n'avait pas le droit de s'approcher du corps et personne n'était autorisé à partir avant l'arrivée des inspecteurs.

— Est-ce que les lieux ont été fouillés ?

— Pas sur le moment, mais lorsque l'inspecteur du RUC d'Antrim a débarqué, il a fait fouiller le pub de fond en comble.

— Combien de temps après l'ouverture de la porte au bélier l'inspecteur est-il arrivé ?

— Dix minutes ? Je ne sais pas.

— Ça me semble suffisant pour s'échapper.

Il secoue à nouveau la tête.

— Non. Vous ne comprenez pas la disposition du lieu. Elle était au milieu de la pièce principale, à environ cinq mètres de la porte. Il y avait quatre policiers, Mary et moi, à attendre que les inspecteurs arrivent. Il est impossible que quelqu'un se soit échappé sans qu'on le remarque. Sans compter qu'un type est resté posté près de la porte d'entrée tout le temps.

— Et la porte de derrière, Mr McCullough ?

— J'ai vérifié moi-même. Fermée à clé et verrouillée.

— Mais vous n'avez pas vérifié les toilettes ?

— Non. Pourquoi aurais-je fait une chose pareille ?

— Et qu'est-il arrivé exactement une fois l'inspecteur sur place ?

— Il a examiné le corps, évalué la situation, puis procédé à une fouille complète du pub.

— Et n'a apparemment rien trouvé de suspect ?

— C'est ce qu'il a dit.

Je prends note de tout ça.

J'ai lu le rapport de l'inspecteur Beggs et les agents présents sur les lieux disaient la même chose. Personne n'avait quitté le pub dans l'intervalle de temps qui précédait la fouille.

Annie et Jane arrivent avec le thé sur un plateau en argent. Porcelaine des grands jours, thé de Ceylan, lait frais. Elles le posent sur la table basse et s'installent au bord du canapé tandis que je continue à poser mes questions.

— Est-ce que Lizzie avait des ennemis, Mr McCullough ?

— J'en doute. C'était une crème. Elle n'aurait pas fait de mal à une mouche.

— Et vous, vous en avez ? Est-ce que quelqu'un aurait pu vouloir vous faire souffrir en s'en prenant à elle ?

Il réfléchit.

— Pas à l'époque. Je n'étais qu'un étudiant. Maintenant, peut-être. Des gens qui se plaignent que la construction de leur maison n'avance pas assez vite, ce genre de chose.

On ne va nulle part, là.

— Mr McCullough, vous avez bien conscience que les deux portes du pub, celle de devant et celle de derrière, étaient fermées à clé et verrouillées de l'intérieur ?

— Oui, parfaitement.

— Et que toutes les fenêtres étaient munies de barreaux ?

— Oui.

— Ce qui revient à dire en gros que ça ne pouvait être qu'un accident.

— C'est ce qu'ils disent.

— Mais vous n'êtes pas convaincu ?

— Elle était en si bonne condition physique. Agile. Elle faisait de l'équitation, elle n'est pas tombée de cheval une seule fois. Alors tomber d'un bar, pardon mais…

— Oui mais dans le noir, en train de changer une ampoule…

— Je n'y crois pas.

— Vous ne voulez pas y croire.

Il passe une main dans ses cheveux.

— Ah, je ne sais pas, dit-il avec un soupir amer.

Jane vient passer ses bras autour de ses épaules.

— Est-ce que tu as parlé à l'inspecteur Duffy de l'effraction ? demande-t-elle à son mari.

— Quelle effraction ? je fais, perplexe.

— Chez Mulvenna & Wright. Juste avant Noël, répond Jane.

— Ah oui, l'effraction. Mais l'inspecteur Beggs n'en pensait pas grand-chose, si ?

— Dites-m'en davantage, je fais.

— Eh bien, Lizzie avait travaillé pour James Mulvenna à Antrim. En tant que clerc. Elle excellait. Il l'a laissée rédiger des actes, des contrats et tout. Elle avait vraiment le sens du détail et…

— Mon Dieu, Harper, viens-en au fait, l'interrompt Annie. Je prends le relais. Il y a eu un cambriolage à l'étude où travaillait Lizzie. Ils ont pris de l'argent, cassé quelques trucs. Des camés. Rien de très grave.

Harper secoue la tête.

— Non, en fait c'était assez grave, justement. Je me rappelle que ça avait perturbé Lizzie. Et ça s'ajoutait à toute la tension de cette semaine-là avec l'opération de son père qui approchait.

— Quand a eu lieu ce cambriolage exactement ?

— Le 23, il me semble, dit Harper. Ou peut-être le 24… Ah non, c'était le réveillon. Le 23, sûr et certain.

— Vous croyez qu'il pourrait y avoir un lien entre le cambriolage et la mort de Lizzie ? me demande Jane.

— Je n'en sais rien. C'est la première fois que j'en entends parler.

Annie lève les yeux au ciel.

— Des camés se sont introduits dans les bureaux et ont volé la caisse. Tu parles d'une histoire.

— Est-ce qu'elle travaillait à l'étude ce Noël-là ?

— Non. Le pauvre vieux Mulvenna venait de décéder et son associé Harry Wright a dit qu'il n'avait pas les moyens de la payer pendant les fêtes. Une raison de plus qui fait qu'elle bossait au pub, peut-être.

Annie secoue la tête.

— Ce n'est pas tout à fait exact. James Mulvenna est mort en octobre, quand Lizzie est rentrée de Warwick.

— Mort de quoi ?

— Sclérose en plaques. En tout cas, James était catholique et son associé Harry Wright était protestant. Franchement, l'idée était géniale parce que James rameutait tous les fermiers catholiques du coin, et Harry tous les protestants. James était bon comme du bon pain, mais Harry, lui, c'était une autre histoire. Élu du Parti unioniste démocrate. Plus protestant, tu meurs. Il n'a pas voulu prendre Lizzie à Noël. Il a sûrement inventé le prétexte de l'argent, parce que la vraie raison, c'était moi et Dermot. Il ne voulait certainement pas de la belle-sœur d'un célèbre membre de l'IRA sous son toit.

— J'aimais bien Mr Mulvenna. Il avait beau être notaire catholique, c'est à lui que mon père faisait appel. Ils jouaient au rugby ensemble. Vous jouez au rugby, inspecteur ? me demande Harper.

— Non.

Jane intervient pour raconter un souvenir de la méchanceté de Harry Wright un jour qu'ils étaient allés chanter des chants de Noël et Annie répond qu'elle s'en souvient parfaitement. Elle se rappelle également que la femme de Wright balançait un seau d'eau sur quiconque sonnait à leur porte le soir de Halloween.

Tout ça est fort intéressant mais ça commence à ressembler à une voie de garage. Les villages irlandais sont truffés d'impasses pleines de ragots. Mais je note d'interroger l'inspecteur-chef Beggs au sujet du cambriolage, pour voir si ça peut mener quelque part.

— Est-ce que Lizzie avait peur d'être suivie ? Des coups de fil bizarres, ou ce genre de choses, dans les jours ou semaines qui ont précédé sa mort ?

Harper secoue la tête.

— Je ne crois pas.

— Rien qu'elle m'ait dit, fait Jane.

— Pareil, dit Annie.

— Pardonnez-moi cette question, mais c'est quoi l'idée, avec votre mère ? Elle ne vit pas ici ? je demande à Harper.

— L'idée ? C'est qu'elle est en Angleterre avec son petit copain. C'est tout. Elle n'est pas… comme certains la décrivent. Elle a fait beaucoup de progrès ces dernières années.

Remarque qui fait rouler des yeux à Jane et Annie. Jane tient sa langue mais Annie n'y arrive pas.

— Harper lui donne un énorme chèque tous les mois. On lui a dit d'arrêter mais il ne veut pas se retrouver avec une bataille juridique sur les bras. Dieu sait comment elle dépense ses…

— Annie, ça suffit ! fait Harper.

Annie comprend qu'elle a gaffé et pour changer de sujet demande s'ils connaissent le sexe du bébé. Harper répond qu'ils ne savent pas parce qu'ils veulent la surprise, mais qu'il adorerait avoir une petite fille.

— Quand avez-vous parlé à Lizzie pour la dernière fois ? je lui demande.

— Je l'ai appelée de Belfast vers neuf heures du soir. Elle était au pub.

— Comment était-elle ?

— Inquiète pour son père. Elle avait eu sa mère au téléphone, l'intervention était terminée mais il était toujours en soins intensifs. Je lui ai dit de ne pas s'en faire et qu'on se parlerait après le dîner. Mais ça n'est pas arrivé. Je ne lui ai plus jamais reparlé.

Ses yeux commencent à s'embuer. Jane lui prend la main et la serre fort. Drôle d'embarras pour elle. Harper ému aux larmes par la mort de son ex-petite copine, qui était sa meilleure amie à elle. Et aucune question ne me vient.

— Bien, je ne vais pas vous déranger davantage pour aujourd'hui, je fais en fermant mon carnet.

— Prenez le temps de finir votre thé, inspecteur, je vous en prie, dit Harper.

Tandis que Jane frotte le dos de Harper, je coule un regard vers Annie. Quelle que soit l'émotion qu'elle ressente, elle essaie de la cacher en croquant bruyamment un cracker.

— C'était une période terrible pour Harper. Lizzie est morte en décembre. Son père est décédé au Nouvel An, sa mère exigeait une partie de la propriété, et puis il y a eu la récession. Il n'avait personne. Il a dû s'en sortir tout seul, dit Jane pensivement, sans lâcher sa main, et en le regardant fièrement.

— Ce n'est pas tout à fait exact, Jane. Voisins et amis se sont réunis autour de lui. On a tous été là pour lui. Et lui pour nous, fait Annie, avec quelque chose de cassant dans la voix.

— Allez, ce n'était pas si dramatique que ça. Nous nous sommes serré les coudes, si je me souviens bien. Mon pauvre père est mort, et le tien est sorti de l'hôpital, et on a partagé un moment en souvenir de Lizzie, au bord de l'eau. C'était… cathartique. Tu te rappelles ? demande Harper à Annie.

— Bien sûr. Ce bon à rien de prêtre refusait de le faire au bord du lac parce que c'était pour lui un lieu de culte païen. Espèce de taré. Je crois que maman a dû le soudoyer. L'Irlande n'ira nulle part tant qu'on n'aura pas viré tous les curés et tous les pasteurs, fait Annie.

Jane bâille derrière sa main et je prends ça pour un signal de départ. Je me lève.

— Bien, je ferais mieux d'y aller. Ma voiture est garée chez Annie et j'ai de la route jusqu'à Carrick.

Harper se lève et me serre la main.

— J'espère que vous découvrirez la vérité. Ça fait presque quatre ans que cette histoire nous hante maintenant.

D'abord on a un son de cloche, puis un autre, et enfin ils rendent un verdict ouvert, ce qui veut dire grosso modo qu'ils n'ont rien élucidé, n'est-ce pas ?

— Je ne peux pas vous promettre de clore l'affaire une bonne fois pour toutes, mais je ferai de mon mieux.

Harper nous raccompagne au portail de derrière, on fait un dernier signe de la main et on se met en chemin.

— Il est gentil, hein ? dit Annie.

Elle m'agace un peu.

— Tu ne m'as jamais dit que sa femme était enceinte. Je crois même que tu ne m'as pas dit qu'il était marié.

— Pourquoi, j'aurais dû ?

— On n'est pas censés apporter un cadeau pour le bébé ?

— Tout à fait le genre de conneries que font les petits-bourgeois, dit-elle de mauvais poil.

— Il me semble que c'est la politesse la plus élémentaire, Annie.

— Tu sais ce que c'est, ton problème ? Tu as une mentalité de soumis. C'est pour ça que c'est si facile pour toi de bosser pour les Anglais. Ça te va comme un gant. Tu t'en serais bien sorti au temps de l'Empire.

— Tu le penses vraiment ?

— Ah ouais, carrément.

Je ne relève pas et on continue à longer le lac en silence.

La nuit est tombée et le ciel s'est empli des constellations d'été. Ici, loin des lumières de la ville, je distingue Pégase, et la nébuleuse de la ceinture d'Orion qui se reflète dans le lac. Taons et libellules bourdonnent sur l'eau et, en remontant à la surface pour choper une bestiole, les truites émettent un ploc à l'occasion.

— Et ne va pas me prendre pour une de ces salopes assez méchantes pour détester les enfants, fait soudain

Annie, comme si on parlait depuis tout ce temps. J'ai demandé à Dermot s'il en voulait, et il a dit que la question des gosses ne se posait même pas tant que l'Irlande était sur le chemin de la liberté. Mot pour mot. Merde alors ! Tu y crois, toi ?

— Annie, je…

— Et maintenant, qu'est-ce que je vais faire ? Je suis divorcée. Mon ex-mari est un putain de terroriste. En cavale, en plus. J'ai pas de boulot. Pas de diplômes. Aucun avenir. J'ai trente ans, merde ! Ce serait pas pire si j'avais la lèpre.

— Oh, je t'en prie. Regarde-toi. Tu as toute la vie devant toi. Tu as encore tout le temps de rencontrer quelqu'un, d'avoir des enfants, de…

— Mais ce n'est même pas le sujet ! Bon sang, Duffy, ce que tu peux être bouché. Comment t'as fait pour être inspecteur ?

— Alors c'est quoi le sujet ?

— Ce n'est pas évident ?

— Non.

Elle garde le silence un instant puis marmonne :

— Laisse tomber, d'accord ?

On arrive chez elle.

— Inutile que je t'invite à entrer. Mes parents sont au discours de Joe Kennedy à Belfast et ils rentreront tard. Je dirai à ma mère que tu t'es sorti les doigts du cul, ou, comme tu dis, que tu fais des progrès sur l'enquête.

— Et ma voiture ?

— Contourne la maison de ce côté et tu tomberas dessus.

Je ne lui en veux pas. Je sais que son hostilité a avant tout à voir avec Jane ou Harper, voire les deux.

— Bon, allez, bonne soirée.

Je fais le tour de la maison.

Comme on est en zone républicaine, bien sûr, je m'agenouille pour m'assurer qu'il n'y a pas de bombe sous ma voiture, mais n'en trouve pas.

Quand je me relève, elle est là. En pleurs ?

Oui, en pleurs.

Je passe mes bras autour d'elle. Elle pleure une minute puis elle renifle. Je lui fais lever la tête et l'embrasse sur le front.

— C'est rien, je fais.

— C'était lui, OK ? Tu voulais savoir ? Ça te regarde pas. C'était lui ! C'est bon, là ?

— Je sais.

— Mais oui, évidemment que tu sais ! Avec tes méninges de putain de flic ! À moins que ça se soit vu comme le nez au milieu de la figure ?

— Non…

— J'imagine que je me suis tournée en ridicule une fois de plus, devant elle, sanglote-t-elle.

— Mais non, Annie, arrête.

— Bon sang ! Je suis nulle.

— C'est rien, je fais en la serrant contre moi.

Je sens son cœur qui bat et ses seins contre ma poitrine.

— Ça n'avait rien à voir avec Lizzie. Je t'en prie, ne pense pas ça, Duffy. C'était après Lizzie. Un an et demi après. Il se remettait de sa perte. J'étais le bouche-trou entre Lizzie et Jane.

— Tu aurais dû la laisser être le bouche-trou.

— Je sais.

— Tu l'aimais ?

— Oh… Oui… Oui, je l'aimais. Avant Lizzie. Avant Jane. Même avant Dermot. Son père. Si tu savais. C'était un vrai tyran. Ne crois pas ces adorables petits détails excentriques quand tu les entends, même si c'est moi qui parle. Harper était un petit garçon solitaire. Il dînait très souvent à la maison. C'était comme un membre de la famille. Son enflure de père. Tout ce qui l'intéressait, c'était les piafs et le club de rugby.

— Les piafs ?

Elle renifle et se dégage de mon étreinte.

— Eh oui. Il était président de la section d'Antrim de la Ligue royale de protection des oiseaux. Je l'ai accompagné en sortie quelquefois. Il s'asseyait et il biberonnait sa flasque de gin en observant les oiseaux. Il n'emmenait jamais Harper avec lui. Moi, il m'aimait bien. Rien de malsain, hein, la vieille baderne. Les oiseaux, je les dessinais. J'avais toutes sortes d'intérêts comme ça. Toutes ces choses qui me plaisaient et maintenant plus rien. De quoi je peux me réjouir, maintenant ? Le compte est bon tous les soirs à la télé ? Dîner avec mes parents ?

— Est-ce que Lizzie et Harper sortaient ensemble au collège ?

— Bon sang ! Faut toujours que tu penses boulot ? Tu m'écoutes, depuis tout à l'heure ? Tu as entendu un traître mot de ce que je t'ai dit ? T'étais pas comme ça avant, Duffy. T'as changé. Ils t'ont transformé en rouage de leur machine.

Je suis toujours le même, Annie, et toi aussi. À la différence près qu'on évolue sur des partitions différentes. Ta chanson est plus stridente et moins contenue, et la mienne renferme un peu plus de mélancolie…

— Je n'ai pas changé.

— Si ! T'étais bien, avant. T'étais cool.

— Jamais aussi cool que Dermot.

— Qui lui arriverait à la cheville ?

Je m'esclaffe et elle me sourit. Je coince une mèche de cheveux derrière son oreille. Elle a toujours été canon. Dans le genre beauté sombre, basque, brune et mate.

Elle prend ma main et la tient un instant contre sa joue. Puis elle se reprend, la relâche et recule d'un pas.

— Bon, Sean, je crois que tu ferais mieux…

— Oui, il faut que j'y aille de toute façon.

J'insère la clé dans la serrure de la portière. Sa main est posée sur mon bras. Je vois ses joues sillonnées de larmes dans le clair de lune.

Elle a envie de dire quelque chose.

Elle hésite.

Les secondes passent, tombent à la renverse dans le gouffre des heures et des années.

— Si je te demandais de m'embrasser, Sean Duffy, tu le ferais ?

— Je le ferais.

— Embrasse-moi, alors.

Je l'embrasse.

Bon sang, qu'est-ce que j'ai pu attendre ce moment.

Mes baisers essuient ses larmes, ma langue trouve la sienne et je l'attire contre moi. Elle soulève son chemisier, saisit ma main et la plaque sur son sein.

— Vite ! Maintenant ! Avant que je change d'avis ! elle dit hors d'haleine.

Elle défait ma braguette.

— Tu préfères qu'on aille à l'intérieur ou…

— Fais-moi l'amour. Baise-moi. Baise-moi ici ! Maintenant. Vite !

Je la prends contre la voiture. Ça n'a rien de très beau. Quand elle atteint l'orgasme, elle crie à réveiller la moitié des colonies de gibier à plumes des berges du lac. Elle rit, je ris aussi, elle m'embrasse, prends une profonde inspiration et me pousse.

— Pars, elle fait. Allez, pars, abruti.

— Je peux te revoir ou…

— Jamais ! Pas un flic ! Pas toi !

— Alors est-ce qu'on peut…

— Non, on ne peut pas ! Pars. Allez, barre-toi.

Je l'observe remonter vers la maison et claquer la porte derrière elle.

Je rentre à Carrickfergus sans musique. La vitre baissée, mes clopes, la nuit qui s'engouffre dans l'habitacle. Je gare la BM sur Coronation Road, patauge dans les factures et les brochures publicitaires et je monte à l'étage.

Je me zieute un bon moment dans le miroir de la salle de bains.

Dix ans que j'attendais ça. Est-ce que c'était en rapport avec Annie ? Ou pour entuber Dermot ? En tout cas, je me sens un peu bête, engourdi. Heureux.

— Abruti, je dis au miroir.

Je me fais couler un bain et à mesure que la pièce s'emplit de vapeur, mon reflet se brouille, s'estompe puis disparaît complètement, ce que je cherchais à obtenir.

21

KENNEDY, UN GÉNIE CAPILLAIRE

Le lendemain matin, je roule jusqu'à Antrim et je rends une petite visite à l'inspecteur Beggs pour lui parler du cambriolage à l'étude de Mulvenna & Wright où Lizzie faisait un stage.

— Oui, j'ai vérifié, dit-il en introduisant un cure-pipe dans le foyer de sa pipe en bois de ronce.

— Et ?

— Et c'était du pipi de chat. Vous voulez les détails ? Oui, bien sûr, les mecs des RG veulent toujours les détails. Attendez une minute, je vais voir du côté de la brigade des vols.

Il part au bout du couloir et revient avec un dossier. Il l'ouvre, se met à lire.

— Voyons voir… Mulvenna & Wright. Les voleurs sont partis avec la caisse, deux enceintes stéréo et un cendrier décoratif. C'était le quatrième de toute une série de cambriolages dans des locaux commerciaux d'Antrim ce Noël-là.

— Donc rien de spécifique.

— En effet. Et on a fini par les coincer.

— Vous avez coincé les cambrioleurs.

— Eh oui. Pas des professionnels, croyez-moi. C'étaient des romanichels. On en a pris trois la main dans le sac, en pleine effraction d'une boucherie à deux heures du matin. Et sans surprise, ils ne savaient rien de la mort de Lizzie Fitzpatrick.

— Est-ce je peux leur parler ? Ils sont sous les verrous ?

— Elle est bonne, celle-là. Dès que vous les libérez sous caution ils passent la frontière ou se taillent en Angleterre. Leur parler, qu'il dit.

— D'accord. Mais si je comprends bien, vous ne faites aucun lien entre le cambriolage à l'étude et la mort de Lizzie quelques jours plus tard ?

— Mais quel lien y aurait-il ?

— Je n'en sais rien. Je suppose que vous avez les noms de ces cambrioleurs ?

Il me tend le rapport d'arrestation.

— Je ne crois pas que ça vous sera d'une grande aide, dit-il avec un rictus.

Les noms sont Michael Mouse, Dick Turpin et Robin Hood.

— Et ces gars ont cambriolé plusieurs commerces d'Antrim ?

— Tout à fait. Mulvenna & Wright n'était qu'une halte parmi toute une liste.

— Comment les a-t-on reliés, ces cambriolages ? Grâce à leurs empreintes ?

— Par le mode opératoire. La géographie, la chronologie. Quatre effractions dans deux rues.

— Hmmm, je fais en me frottant le menton. Alors c'est une impasse ?

— Nous, en tout cas, c'est ce qu'on s'est dit… Comment avance votre enquête ? me demande-t-il une fois que j'ai digéré tout ça.

Je hausse les épaules.

— J'ai presque fini, enfin, j'imagine. J'ai interrogé tout le monde, à l'exception de Lee McPhail.

Beggs me fait un grand sourire.

— Vous allez l'adorer. Un bon client.

— Ah oui ?

— Et comment. Un grand connard tout chauve.

— Vous dites qu'il a écopé de quelques condamnations ?

— C'est rien de le dire. Fraude à l'allocation chômage. Fraude au compteur kilométrique. Atteinte sexuelle sur mineure.

— Dites-m'en un peu plus sur cette histoire de mineure.

— Le mec se prenait pour un tombeur dans sa jeunesse. La fille avait seize ans. Il en avait trente-sept. Le père de la fille a su. Il n'y a pas eu de contrainte, c'est pour ça qu'il n'a pas été accusé de viol.

— Ça ne figurait pas dans le dossier.

— L'affaire a été effacée à cause de l'âge de la fille.

— Comment vous êtes au courant alors ?

— Je ne suis peut-être pas le flic de cambrousse paresseux pour lequel vous me prenez, Duffy.

— Vous êtes injuste. Je ne vous prends pour rien du tout. Vous avez même fait du très bon boulot sur cette affaire.

— Oh, merci beaucoup.

— Est-ce que vous soupçonnez McPhail d'avoir tué Lizzie ?

— Rien ne m'étonnerait venant de lui mais je ne le soupçonne pas d'avoir tué Lizzie car elle est morte accidentellement.

Je soupire et secoue la tête.

— Je ne suis pas loin de me ranger à votre façon de voir les choses.

— Ne vous laissez pas influencer par moi, inspecteur Duffy ! Vous êtes un agent *spécial.*

Je ne mords pas à l'hameçon, mais le remercie pour le temps qu'il m'a accordé et roule jusqu'à Belfast.

Un trajet coton, avec la pluie et des postes de contrôle, et les soldats qui n'ont jamais aimé ma dégaine. Je gare la BM au poste de police de Queen Street et prends un taxi jusqu'à l'ancienne usine DeLorean.

Quand j'arrive à Dunmurry, le futur membre du Congrès Joe Kennedy est déjà à l'intérieur. L'ancienne usine est devenue ce qu'une grande bannière vante comme le fruit de "Fantastiques nouveaux partenariats public-privé".

Une foule pro-Kennedy et une anti attendent l'homme politique à l'extérieur. Je sors ma plaque des RG et me fraye un chemin sans mal jusqu'aux barrières de sécurité. Il pleut toujours et les deux foules réunies atteignent la centaine de personnes. Le révérend Ian Paisley, membre du Parlement, député européen, essaie de déchaîner les anti en parlant d'Antéchrist et de fin des temps mais il a du mal à parvenir à ses fins avec la pluie.

J'attends près des barrières.

Un paysage morne, typique de Belfast : nuages bas, cheminées de centrale électrique crachant du poison gris, trottoirs luisants, Land Rover de la police, hélicos de l'armée, manifestation faussement improvisée par des fanatiques religieux, équipes de télé en quête d'images sensationnelles pour le journal du soir.

On attend, encore et encore. Enfin, une limousine se gare devant les grilles mais personne n'y entre ou n'en sort et les cameramen éteignent leurs lumières.

Une bourrasque souffle du lac et il tombe une poignée de grêlons.

— Renvoyez l'Antéchrist en Amérique ! beugle Paisley en se lançant dans un obscur cantique que même son accompagnateur au synthétiseur ne semble pas connaître.

— Vous êtes d'où ? me demande un inspecteur de la brigade anti-émeutes.

— Renseignements généraux.

— Mince, je pensais que vous aviez mieux à faire que perdre votre temps avec des conneries pareilles.

Avant que j'aie le temps de répondre, les grilles s'ouvrent et la foule se presse contre les barrières de sécurité. Les radios de la police se mettent à grésiller et les flics de Belfast se donnent le bras.

— Dis à tes hommes de se tenir prêts, McDougal, dit un responsable anti-émeutes à un petit homme trapu au visage rouge engoncé sous un casque.

— OK les gars, si on doit intervenir, on y va en douceur. Le monde entier nous regarde, comme on dit, fait McDougal à ses hommes.

La portière de la limousine s'ouvre, le chauffeur sort et ouvre la portière arrière. Une limousine – Dieu nous garde, même Thatcher et la reine ne roulent pas en limousine.

Entre huées, acclamations et sifflets, Kennedy, ses gardes du corps et les représentants du gouvernement sortent de l'ancienne usine de voitures. Paisley entonne "Jesus Loves Me This I Know" dans son accent haché de Ballymena.

Malgré la pluie, la grêle, l'accueil qui lui est fait, Kennedy reste imperturbable. Fils du sénateur martyr de l'État de New York, neveu du président martyr et de Teddy, sénateur actuel du Massachusetts, il est le dauphin.

Il sourit, fait signe aux visages hostiles. Je dois admettre qu'il est impressionnant. Ce sont ses cheveux qu'on remarque en premier. Du côté capillaire, Kennedy a une bonne longueur d'avance sur ce qui se fait en Irlande. C'est une chevelure de l'ère spatiale. Une coupe du nouveau millénaire. Alors que les tifs irlandais sont coincés quelque part en 1927. Les cheveux Kennedy, ils ont envoyé l'homme sur la Lune, putain.

Joe Kennedy avait tout le charme de ses oncles et la même imprudence avec les femmes : au début des années 1970, il a eu un accident de Jeep qui a laissé sa passagère paralysée mais dont il est sorti indemne. Quoique ça n'ait aucune espèce d'importance en Irlande : ce qui compte ici, maintenant, c'est le costard bleu, l'assurance très maîtrisée qui suinte par tous ses pores bronzés et le bombé très Alexandre le Grand de ses boucles blondes.

Une journaliste attirante – de toute évidence américaine – se rue vers lui avec un micro.

— Que pensez-vous de l'accueil qui vous est réservé aujourd'hui, Joe ?

— C'est toujours un bonheur pour moi de rencontrer des Irlandais et des Irlandaises, Sandy, même quand ils ne sont pas d'accord avec moi, répond Kennedy avec aisance, les dents aussi étincelantes qu'un laser anti-missile.

— Rentre chez toi, Ducon ! lance quelqu'un dans la foule.

— Mais je suis chez moi, répond-il, bon enfant.

— Est-ce que vous envisagez de vous porter candidat aux élections du Congrès ? s'enquiert la journaliste.

Kennedy sourit et secoue la tête.

— Sandy, je ne suis pas venu ici aujourd'hui pour parler du Congrès. Je suis ici pour évoquer la justice due au peuple irlandais. Pour réclamer la fin des mesures britanniques qui divisent l'Irlande !

Encore des sifflets dans l'assistance.

— Et quel est le but de votre visite dans cette usine en particulier ?

— Le principal souci de notre commission d'enquête est de s'assurer que tous les projets qui bénéficient de l'argent du contribuable américain emploient un nombre égal de Catholiques et de Protestants. Car comme vous le savez, Sandy, cela fait des siècles, cela fait des millénaires, cela fait bien trop longtemps que les Catholiques d'Irlande souffrent sous le joug de l'impérialisme britannique !

La journaliste et l'entourage de Kennedy acquiescent. La réplique allait faire un malheur ce soir à Boston Sud. Les manifestants connaissent leur partition et le huent à nouveau. Pour eux, Joe Kennedy et le clan Kennedy incarnent tout ce qu'ils méprisent dans la diaspora irlando-américaine : la richesse, l'ingérence, le bon cœur mais surtout une certaine forme de stupidité…

J'arrête d'écouter la journaliste et me concentre sur l'entourage de Kennedy. Il y a le député local, le président du Sein Fenn, Gerry Adams, et aussi l'organisateur de cette visite, Lee McPhail. J'ai pris sur moi la photo de Lee mais ce n'était pas nécessaire, vu ses deux mètres cinq, son crâne chauve, ses grosses paluches et son visage de loup presque entièrement dissimulé par une barbe poivre et sel.

— Dites non aux terroristes et à leurs sympathisants ! Dites non à la doctrine catholique ! Non à la Bête et à l'Antéchrist ! gueule le révérend député et eurodéputé Ian Paisley sans avoir besoin d'un mégaphone.

Nouvelle poussée de la foule contre les barrières de sécurité à l'air fragile.

Et puis tout à coup, ça part en couille.

Les barrières tombent, la petite brigade de policiers se fait engloutir par les manifestants et le futur membre du Congrès se demande sans aucun doute s'il est sur le point de devenir la dernière victime en date de la malédiction Kennedy.

— Sortez-le de là ! hurle quelqu'un.

Un œuf atterrit sur la tête de Kennedy, et il a de la chance que ce soit pas une brique. L'inspecteur de la brigade anti-émeutes et moi-même poussons la journaliste et orientons Kennedy de force vers la voiture.

— Qu'est-ce que vous foutez ? crie Lee McPhail.

Kennedy, qui croit qu'on l'attaque, me colle un crochet du gauche en plein dans la gueule.

— Je suis flic, bordel, on doit vous extraire de ce merdier ! je crie en le poussant vers la portière ouverte de la limousine.

Derrière nous, la foule déferle. J'entends la détonation d'un pistolet à balles en caoutchouc, Paisley se met à déblatérer sur la grande prostituée de Babylone, mi-hiératique, mi-démotique. McPhail, Adams, Kennedy et moi nous entassons dans la limousine.

— Avancez ! je gueule au chauffeur.

— Mais il y a des gens sur mon chemin !

— Alors conduisez lentement, mais avancez bordel !

McPhail claque la portière et on commence à se frayer un chemin parmi la foule. Les manifestants tapent sur le toit de la bagnole et sur les vitres pendant cinq longues minutes éprouvantes avant qu'on puisse rejoindre la route principale.

— La police l'a fait exprès ! déclare Gerry Adams.

Joe Kennedy est trop secoué pour réagir. Je lui tends un mouchoir pour qu'il essuie l'œuf qu'il a dans les cheveux.

Je regarde Adams. Il n'a apparemment aucun souvenir de notre rencontre à la prison de Maze. C'est sûrement mieux comme ça, parce que j'avais été un vrai chieur ce jour-là.

— Vous êtes ? fait Adams qui me surprend en train de le regarder.

— Inspecteur Sean Duffy, Renseignements généraux du RUC.

— Je vais faire un rapport, vous savez. De toute évidence, cette mascarade a été orchestrée par les Renseignements britanniques dans le but d'humilier la famille Kennedy.

— De toute évidence vous n'avez pas eu souvent affaire aux Renseignements britanniques si vous les croyez capables d'organiser un truc pareil, je fais.

— Je crois que l'inspecteur Duffy nous a sauvé la peau, dit Lee McPhail.

— C'est ce qu'ils veulent nous faire croire. Tout ça n'est qu'une manigance, insiste Adams.

— Où est Helen ? geint Kennedy. Mes cheveux, c'est une catastrophe.

Une fois dans le centre de Belfast, on prend la direction de Falls Road.

— Il est plus que temps que vous descendiez de notre véhicule, me fait Adams.

— Est-ce qu'on pourrait avoir une discussion ? je demande à McPhail.

— Vous voulez me parler à moi ?

— C'est que vous êtes difficile à voir.

— Une discussion à quel sujet ? demande-t-il, désinvolte.

— La mort de Lizzie Fitzpatrick. Je suis de la section des Affaires classées et on relance l'enquête. Vous voyez de quoi je parle ?

Il opine.

— Tout à fait. Bon, je sors en même temps que vous. Chauffeur, arrêtez-vous là !

— Qui est Lizzie Fitzpatrick ? demande Kennedy.

— Oui, qui est Lizzie Fitzpatrick ? insiste Adams.

— La belle-sœur de Dermot McCann, dit McPhail.

Adams n'a pas besoin qu'on lui dise qui est Dermot McCann.

La limousine s'arrête sur Great Victoria Street. Lee ouvre la portière.

— Merci pour le mouchoir, me dit Joe Kennedy.

— Je vous en prie. Bonne fin de séjour à Belfast. Nous ne sommes pas tous bons à enfermer, c'est juste une impression.

Lee et moi sortons et la limousine repart.

— Le Crown Bar ? suggère Lee.

— Parfait.

On évite les bus, les Land Rover de la police et les taxis et on entre dans le Crown.

Le Crown, c'est le pub que je préfère à Belfast, pas uniquement parce que c'est un magnifique bar victorien avec des lampes à gaz ou parce que mon film préféré y a été tourné (*Huit heures de sursis*, de Carol Reed) ou même parce qu'on y sert une excellente brune... Non, ce que j'aime, c'est qu'il est divisé en dizaines de petites alcôves, chacune ayant une porte derrière laquelle on peut avoir une conversation confidentielle.

— À quoi vous carburez ? je lui demande.

— Je prends comme vous, il répond, ce qui est un bon moyen de me cerner.

— Deux Bushmills et deux Guinness, s'il vous plaît.

On emporte nos verres dans un coin privé près des fenêtres.

— Donc. Lizzie Fitzpatrick, dit Lee.

— J'ai parlé à vos copains de pêche.

— J'imagine que cette enflure d'Arnie Yeats vous a dit que je ne voulais pas qu'on aille à la police.

— En effet. Il a menti ?

— Non, c'est la vérité. Je suis d'Ardoyne. J'y suis né, j'y ai grandi. Et si j'ai appris une chose dans ce monde déchu, c'est qu'on ne partage pas ce qu'on sait avec les flics.

— Pourquoi ça ?

— Pour deux raisons. Un, on cafte pas. Deux, quel que soit le sujet, ils essaieront de vous faire porter le chapeau.

— Vous voulez bien me parler du soir où Lizzie Fitzpatrick est morte ?

— D'accord.

Il me balade dans le même déroulement des événements que Yeats et Barry m'ont donné. Soit ça s'est réellement passé comme ça, soit ils se sont mis d'accord pour raconter la même histoire.

— Donc à onze heures et demie vous aviez déposé vos deux copains à Belfast. Qu'est-ce que vous avez fait après ?

— Je suis rentré chez moi.

— Vous habitez où ?

— Comme si vous l'ignoriez… Botanic Avenue.

— À deux minutes de chez Barry.

— Oui.

— Vous avez dragué Lizzie Fitzpatrick ce soir-là, n'est-ce pas ?

Il avale un long trait de sa Guinness puis me sourit. L'air vif, l'œil alerte.

— Dites-moi si je comprends bien votre raisonnement, inspecteur Duffy. Vous pensez que j'ai déposé mes potes à Belfast à onze heures et demie puis que je suis retourné à Antrim pied au plancher pour assassiner une fille qui avait refusé mes avances avant de faire toute cette putain de mise en scène pour faire croire que le pub était fermé de l'intérieur et qu'elle était tombée du bar ? Tout ça juste avant que la police arrive et force la porte ?

— Est-ce le cas ?

Il se marre.

— Qui vous a mis ça dans le crâne ? Annie McCann ? il demande avec un regard sournois sous ses épais sourcils bruns.

— Personne ne m'a bourré le crâne. Je suis de la section des Affaires classées. C'est notre boulot.

Inutile qu'il s'enfonce dans cette direction.

— Votre boulot, c'est d'enquêter sur les meurtres non élucidés. Or le coroner a conclu que la mort de Lizzie Fitzpatrick était accidentelle.

— Non, le coroner a rendu un verdict ouvert.

— Ouais, ça revient au même.

— Pas tout à fait.

Lee finit sa pinte et pose son verre sur la table.

— Une autre ? il demande.

— D'accord.

Il revient avec deux pintes de Guinness et deux bols de ragoût de mouton.

On mange, on boit, et quand on a fini, Lee me propose une Camel.

— Alors, comment se fait-il qu'un flic de haute volée comme vous atterrisse aux Affaires classées du RUC ?

— Comment ça, de haute volée ?

— Vous avez coincé ces loyalistes tueurs de pédés à Rathcoole, vous avez décroché une médaille. J'ai fait mes recherches sur vous, Duffy.

— Des recherches ?

— J'étais bien obligé, après le coup de fil de Barry. Il m'a dit que vous vous intéressiez à mon cas.

— C'est de bonne guerre.

— Vous alliez atteindre des sommets, mais votre dossier a quelques blancs et vous revoilà, dans une pauvre section d'Affaires classées ? Qu'est-ce qui vous est arrivé, mon gars ?

— J'ai emmerdé les mauvaises personnes.

— Lesquelles ?

— C'est pas vos oignons, McPhail.

Il acquiesce.

— C'était le directeur de la police, pas vrai ? Mon petit doigt m'a dit que vous avez foutu en l'air l'affaire DeLorean. C'est vrai ?

— Bon sang ! Mais qui vous a dit ça ?

— Mon petit doigt.

— Eh bien votre informateur digital se trompe. J'ai rien foutu en l'air. Vous lisez les journaux ou pas ? DeLorean est inculpé par le FBI. Il est fini.

— Ah, ce n'est pas ce que j'ai entendu. Il paraît qu'il va s'en sortir.

En vérité, j'évite tous les articles de presse relatifs à cette affaire, mais la remarque de Lee ne me surprend pas. L'équipe du FBI sur laquelle je suis tombé concernant ce dossier ne m'est pas apparue comme la plus compétente de la planète.

— Venons-en à vous, Lee. Quel parcours depuis vos débuts en tant que journaliste : délinquant, violeur, et enfin huile qui traîne avec les Kennedy.

— Mollo sur les accusations de viol, Duffy. À une semaine près, elle avait dix-sept ans. En Angleterre, ce ne serait même pas un crime.

— Bref… les Kennedy.

— Le grand-père du futur membre du Congrès était délinquant, bootlegger, voyou à la petite semaine. Toute cette putain de famille est corrompue, du premier au dernier. Bobby était le seul à être honnête.

— Eh ben, en voilà des compliments.

— Vous êtes catholique, il me semble ?

— Oui.

— Alors je m'arrête là. Je suis sûr que vos parents ont une photo de JFK encadrée dans leur salon.

— C'est vrai.

— C'était pourtant pas un saint, pas plus que Joe d'ailleurs. Tout le monde croit qu'il pourrait devenir président un jour, mais entre nous soit dit… il n'a aucune chance.

— J'ai déjà rencontré Adams, à Maze. Mais il se souvient pas de moi, je fais.

— Estimez-vous heureux, Duffy. Vaut mieux pas qu'on se souvienne de vous. Le seul moyen de survivre, c'est de faire profil bas. Pendant cinquante ans.

— Cinquante ans ? C'est à ce moment-là qu'est censé commencer l'âge d'or ?

— Non. C'est à ce moment-là que le reste de l'Europe rejoindra l'Irlande au fond du trou. Qu'il y aura plus de pétrole, que les Américains seront rentrés chez eux et que les Chinetoques régneront sur le monde.

— Revenons-en à nos moutons, vous voulez bien ?

— Je vous écoute.

— Ce soir-là au Henry Joy McCracken… est-il possible que quelqu'un se soit caché aux chiottes ?

— Aux chiottes ?

— Oui. Chez les dames, éventuellement ?

— Les dames, peut-être. Pas chez les hommes. On y est tous allés à un moment ou à un autre, et y avait personne là-dedans.

— Vous en êtes certain ?

— Tout à fait. Et puis comment ils seraient sortis ? Les portes étaient fermées à clé de l'intérieur, non ?

— Mais ça ne veut rien dire. On peut facilement venir à bout de ces serrures avec un peu de savoir-faire. Ce qui me bloque, ce sont les verrous des deux portes. De gros engins coulissants qu'on ne peut actionner que de l'intérieur. Mais si l'assassin se cachait, disons, dans les toilettes des femmes, et qu'il s'est débrouillé pour sortir une fois la porte de devant forcée…

— Ça me semble possible, fait Lee.

— Sauf que ça ne l'est pas. Ce n'est pas du tout comme ça que ça s'est passé. Quand ils ont défoncé la porte, un agent a monté la garde à l'entrée jusqu'à l'arrivée du CID. Et une fois le CID sur place, ils ont fouillé l'endroit de fond en comble et n'ont trouvé personne.

— Alors le mystère reste entier, dit Lee.

— Ce n'est un mystère que si ce n'était pas un accident.

— Donc vous êtes fixé, Duffy. C'était un accident.

— J'ai deux médecins légistes qui disent le contraire.

Il se marre.

— Je suis bien content que ce soit votre migraine et pas la mienne.

— Est-ce qu'à tout hasard vous avez remarqué un problème d'ampoules ?

— Non. Je ne dis pas qu'il n'y en avait pas, mais je n'ai rien remarqué.

— Reste ce foutu cambriolage.

— Quel cambriolage ?

Je lui parle de l'effraction dans le cabinet d'avocats où Lizzie faisait un stage et du fait que l'inspecteur Beggs, qui enquêtait à l'origine sur l'affaire, pensait qu'il s'agissait d'une série de cambriolages perpétrés par des romanichels.

— Des romanichels, hein ? Ne l'écoutez pas. Ces fainéants de flics mettent toujours les crimes non élucidés sur le dos de l'IRA ou des romanichels. Il est bon, votre inspecteur Beggs ?

— C'est un autre problème : oui, il l'est.

— Et qu'est-ce qu'il pense de Lizzie Fitzpatrick ?

— Oh, pour lui, c'est très clair. Il s'agit d'un accident.

— C'est bien d'avoir des certitudes.

— N'est-ce pas ? Au fait, comment vous avez réussi à faire disparaître les accusations d'atteintes sexuelles sur mineure qui pesaient sur vous ?

— Je l'ai épousée.

— En effet, ça peut servir.

— Ça peut.

— Vous êtes toujours mariés ?

— Non, ça n'a pas marché. Une autre tournée ?

— Allez, pourquoi pas.

Il paye sa tournée, moi aussi, et ça continue comme ça jusqu'au soir.

Mon œil commence à m'élancer à l'endroit où Kennedy m'a collé une pêche. Lee disparaît cinq minutes et revient avec un steak congelé.

— Appliquez ça dessus et ça ira. Sinon, vous pouvez toujours lui faire un procès, à cet enfoiré. Il a les moyens.

Je l'aime bien, ce Lee McPhail. J'en ai pas envie, mais c'est plus fort que moi. Joyeusement immoral, et du mépris à revendre pour tous les camps des absurdes guerres de religion qui secouent l'Irlande du Nord. Pour lui, le nationalisme est un vestige pervers du XIXe siècle, et le plus tôt les gens commenceront à penser à eux avant de penser à leur pays, le mieux ce sera.

On picole jusqu'à l'heure de fermeture et je rentre à pied au poste de police de Queen Street, où j'ai laissé ma BM. Les flics refusent que je prenne le volant, ils disent que je suis en état d'ivresse, ce qui est bien possible après neuf ou dix pintes, mais je réclame ma bagnole haut et fort.

— Laissez tomber, Duffy, on va vous trouver un taxi, fait Lee.

On marche jusqu'à une borne et on se sépare comme deux vieux amis…

Il pleut tout le long du retour à Carrick et le chauffeur me prend cinq livres en plus parce que je suis hors zone. Je le paye. Une fois le taxi parti, je remarque une voiture bizarre garée devant chez moi. Une Jaguar noire. Je sais que ça peut être un commando d'assassins dépêché par n'importe quel camp pour me supprimer, mais je suis trop bourré, crevé et dégoûté pour m'en soucier.

Je suis à mi-chemin de mon allée quand j'entends de la musique. Ça vient de mon salon. Non sans difficulté, je dégaine mon arme de service et insère ma clé dans la serrure.

— Qui est là ? je lance en poussant la porte.

— C'est une heure pour rentrer ? fait Kate depuis le salon. Le dîner est gâché. Je savais que c'était une mauvaise idée.

Je range mon flingue.

Elle vient dans le couloir et s'inquiète pour moi.

— Qu'est-ce qui est arrivé à votre œil ?

— Le neveu du président Kennedy m'a collé un pain.

— Pardon ?

— C'est bon, on se calme, il n'y a pas d'incident diplomatique. Il ne l'a pas fait exprès. Enfin, je ne pense pas.

— Vous avez un steak quelque part ? Vous devriez mettre un steak dessus.

— C'est bon, j'ai fait le coup du steak. Je voudrais bien un truc à boire par contre. Sans alcool. Je crois qu'il y a du jus de citron vert au frais.

Je vais dans le salon. Elle écoute ma collection de la Motown et en est à Gladys Knight and the Pips.

Elle m'apporte un jus de citron vert et un sac de glaçons.

— Je devrais peut-être vous faire couler un bain ou je ne sais pas.

— Vous avez vraiment préparé un dîner ?

— Oui. Des pâtes.

— Ce serait parfait.

— Mais elles sont toutes collantes maintenant.

— Je suis sûr que ce sera très bien.

On mange à la table de la cuisine.

“And I’ll be with him on that midnight train to Georgia. I’d rather live in this world than live without him in mine[1]…” chante Gladys dans le salon.

Les pâtes sont un peu sèches mais bonnes quand même. Il est plus de minuit quand on finit de manger.

— Vous ne me demandez pas comment j’ai fait pour entrer ?

— Je suppose que le MI5 a ses méthodes.

— Ce sont vos voisins. Mrs Campbell. On a beaucoup parlé de vous.

— Ah bon ?

— Oui. Elle m’a dit tout le souci qu’elle s’est fait pour vous il n’y a pas très longtemps, précise Kate, l’œil pétillant.

— Mais plus maintenant ?

— Non. Elle pense que vous allez beaucoup mieux à présent.

— Bien.

— Vous allez mieux à présent, Sean ?

— Malgré les apparences… oui. J’ai un os à ronger. On a tous besoin d’un boulot. Sans quoi on réfléchit trop et on sait à quoi ça mène…

Je pose deux doigts contre ma tempe et presse une détente imaginaire.

— Il y a du nouveau. Nous avons des raisons de croire que Dermot est en Allemagne.

— Voyez-vous ça. Pourquoi il serait en Allemagne ?

— Pour monter une attaque contre une des bases militaires britanniques du pays ?

1. “Et je prendrai le train de minuit pour la Géorgie avec lui. J’aime encore mieux vivre dans ce monde que dans le mien sans lui…”

Je secoue la tête.

— J'en doute. Quand Dermot se lancera, il faut s'attendre à un truc énorme. Du grand spectacle. Ce ne sera certainement pas une attaque contre une base militaire reculée d'Allemagne, mais qu'est-ce que vous croyez.

D'un coup la douleur me poignarde l'œil.

— Putain ! Cet enfoiré m'a pas raté.

— Laissez-moi vous faire couler un bain, dit-elle gentiment.

— Quelle intimité tout à coup.

— Ne vous faites pas d'idées. Ce n'est qu'un bain.

Je profite de son absence pour me préparer une vodka gimlet vite fait puis je la suis.

Elle a allumé le poêle à mazout du palier et regarde ma bibliothèque. Qui ne déchire pas autant que ma collection de disques. Principalement des romans, des classiques de chez Penguin pour la plupart. Le palmarès habituel : les incontournables du XIXe, les Américains, un Français ou deux, et des écrivains de la Beat. Je la laisse à mes bouquins et me glisse dans mon bain. Un petit miracle qu'il y ait de l'eau chaude à cette heure de la nuit. Je commence à boire ma vodka gimlet, qui me monte direct à la tête.

— Je peux lire ça ? lance-t-elle depuis ma chambre.

— C'est quoi ?

— *Les Faux-Monnayeurs*.

— Ce n'est pas ce à quoi vous vous attendez… Enfin, pardon, vous le savez sûrement. Vous voulez bien m'apporter un bouquin ?

— Lequel ?

— N'importe… Ah non, sur l'étagère du bas, tout à gauche, la biographie de JFK.

Elle ouvre la porte et glisse sagement le livre sur le carrelage.

— Merci.

Je prends le gros pavé relié, un cadeau de Noël de mes parents que je n'ai jamais eu le courage de lire. Je l'ouvre, lis deux paragraphes, le repose. Qu'est-ce que j'en ai à foutre des Kennedy. Je finis la vodka gimlet, pose le verre par terre près de la baignoire et m'enfonce dans l'eau. Je scrute mon rideau de douche-planisphère. L'Australie est toute ratatinée dans un coin. Le Groenland est dix fois trop gros.

— J'imagine que vous voulez faire un point sur l'enquête ?

— Je ne serais pas contre savoir où vous en êtes.

— Je n'ai pas trouvé le meurtrier de Lizzie. Je ne sais même pas si elle a été assassinée. Et si elle n'a pas été assassinée, je ne sais pas si Mary Fitzpatrick me dira où trouver Dermot.

— Si tant est qu'elle le sache.

— Très juste. Mais elle fait partie des cercles républicains historiques. Elle a des contacts. Hé, mais j'aurais dû demander à Gerry Adams où se trouvait Dermot. Je lui ai parlé aujourd'hui.

J'ai la tête qui tourne. La vodka était peut-être de trop.

Kate a dit quelque chose.

— Quoi ?

Elle répète.

Je l'ignore et plonge la tête sous l'eau. Quand j'émerge, j'ai toujours mal à l'œil.

— Dites, vous me feriez pas un autre gimlet ? Je dormirai jamais avec mon œil.

Elle répond quelque chose qui ressemble à "Je crois que vous avez votre compte".

— Je meurs de soif.

— Vous êtes présentable ?

— Le bain est plein de mousse.

— Je vais vous chercher de l'eau.

Elle entre avec une pinte d'eau glacée. Je bois tout et lui redonne le verre.

Elle s'assoit sur la panière à linge.

— J'ai découvert votre nom de famille. La sécurité laisse à désirer de votre côté. Kate Prentice !

— Je vous l'aurais dit. Ce n'est pas un secret.

— C'est ce que vous dites maintenant, alors que je vous ai démasquée. Passez-moi ce bouquin, vous voulez bien ?

Elle me tend la biographie de JFK et je retourne au paragraphe où je me suis arrêté.

— Écoutez ça… tout se résume à une question capillaire. Écoutez. Ils disent que le matin du 22 novembre 1963, Jack Kennedy a reçu un stetson au Fort Worth Hotel, offert par la chambre de commerce de Fort Worth. Ses conseillers l'ont supplié de le porter pendant le cortège à travers Dallas, parce que ça ravirait les badauds. Mais Jack Kennedy avait des cheveux magnifiques et il avait pour principe de ne jamais se faire photographier avec un chapeau sur la tête. Il a donc refusé de mettre le stetson, et on sait tous comment ça a terminé.

— Comment ?

— La troisième balle d'Oswald atteint JFK en plein dans son inratable coupe casque. S'il avait eu le stetson sur la tête, la face du monde en aurait été changée.

— Vous l'avez dit au neveu du président ? C'est pour ça qu'il vous a frappé ?

— Il m'a frappé par accident. C'était un quiproquo !

— Je crois que vous devriez avaler deux aspirines et vous mettre au lit.

— D'accord.

— Je vous attends dehors.

J'enfile mon peignoir, prends deux aspirines et m'allonge sur mon lit. J'ai la tête qui tourne et l'œil qui m'élance.

Kate s'assoit près de moi et m'aide à me glisser sous les couvertures.

— Vous voulez bien me faire un bisou magique ? Et me dire : “Là, ça va aller.”

— Là, ça va aller.

Pas de bisous, mais tant pis. Je souris dans mes draps frais et en une demi-douzaine de secondes, je dors.

22

MORT DANS L'APRÈS-MIDI

J'ouvre les rideaux. Encore un ciel eau de vaisselle et une pluie qui tombe si lentement qu'on se demande comment elle peut tomber tout court. Comme s'il fallait l'aspirer des nuages pour arroser un autre matin morne d'Ulster.

Je reste planté là, le regard perdu dans les collines. Je songe aux trois pêcheurs et à leurs alibis. À Lizzie. À l'impossibilité du crime.

Je pense à Annie. Pauvre Annie, perdue et si belle.

Quand j'arrive en bas, je découvre avec surprise que Kate est encore là. Elle avait pris un sac de couchage dans sa voiture et s'était pieutée sur le canapé. Elle est réveillée, elle boit une tasse de thé devant un programme de l'Open University à la télé.

— Qu'est-ce que vous regardez ?

— C'est sur les volcans.

— Quoi sur les volcans ?

— Le volcanisme. La lave. L'Islande. Hawaï. Vous savez bien.

— Ils parlent de Pompéi ?

— Vous voulez du thé ?

— Oui.

— Vous voulez du Weetabix ? me lance-t-elle depuis la cuisine.

— Non.

Elle revient avec un thé et s'assoit sur le canapé.

— Vous étiez où hier soir ?

— Au Crown.

— C'est sympa ?

— Vous n'y êtes jamais allée ?

— Non.

— C'est là qu'ils ont tourné *Huit heures de sursis*.

— En fait, non. Carol Reed a fait construire le décor à l'identique dans les London Films Studios d'Alexander Korda. Là où ils ont tourné tous ces films magnifiques de Michael Powell.

— Est-ce que vous savez tout sur tout ?

— Eh oui. Bon, je dois y aller, Sean.

— D'accord.

— Comment vous sentez-vous ?

— Comme si je venais de lire un de ces poèmes de Philip Larkin sur lesquels on tombe dans l'*Observer*.

— Nous avons une réunion à votre sujet en fin de semaine prochaine, elle fait en se mordant la lèvre.

— Vraiment ?

— Oui.

— Qu'est-ce que vous allez leur dire ?

— Que vous travaillez dur.

— Mais c'est le cas.

— Tant mieux. Et, euh, est-ce que tout va bien ?

— Oui, super ! À part un mal de tête atroce.

Elle me regarde avec tendresse.

— Vous ne pensez pas que le temps est venu d'oublier cette piste et d'en poursuivre d'autres ?

Je secoue la tête.

— Je ne crois pas en avoir fait le tour. Pour l'instant les indicateurs accréditent la thèse de l'accident mais je n'en ai pas la certitude et je ne veux pas me présenter à Mary

Fitzpatrick avant d'en avoir le cœur net. Il y a la coïncidence de ce cambriolage que je trouve bizarre, déjà.

— OK, bon, vous êtes le mieux placé.

Elle sort dans le couloir, enfile son manteau, revient dans le salon rouler son sac de couchage qu'elle coince sous son bras.

— Ne perdez simplement pas de vue le fait que la raison pour laquelle nous sommes venus vous chercher est de nous aider à retrouver Dermot McCann. C'est votre boulot. Rien d'autre. D'accord ?

— Oui, c'est bon ! Pas la peine de monter dans la tour, j'articule péniblement.

— Je ne monte pas dans *les* tours, je ne suis même pas en colère, mais rappelez-vous que nous aimerions lui mettre la main dessus avant la grande offensive de l'IRA. Nous n'avons vraiment pas besoin de ça, avec la grève des mineurs qui commence à créer des secousses. Si ça devait entraîner la chute du gouvernement, Dieu sait ce qui arriverait.

— Le gouvernement va rester en place. Franchement, lancer une grève de mineurs en plein été, alors que personne n'a besoin de charbon et que les centrales électriques ont fait leurs provisions toute l'année... Thatcher a tout manigancé. C'est elle qui tire les ficelles en coulisse.

— Absolument, fait-elle, et elle s'en va.

À la télé, un barbu à lunettes déballe son blabla sur les tremblements de terre et les raz-de-marée. Mrs McDowell se pointe pour emprunter du sucre. Je lui demande le titre de ce célèbre livre pour élever ses enfants et elle me répond qu'il n'y a pas besoin de livre – un soupçon de whisky irlandais dans le biberon suffit pour une bonne nuit de sommeil.

Je prends une douche, avale un petit-déjeuner en vitesse et file au poste de police de Carrick. Je bavarde avec Matty et McCrabban à propos de leurs affaires et je laisse la porte de mon bureau ouverte pour qu'ils viennent me parler des miennes quand ils veulent.

Je fais ça tous les jours. Je relis le rapport de l'inspecteur-chef Beggs et j'examine les photos des verrous des deux portes du Henry Joy McCracken.

À la boutique Oxfam, j'achète *The Icknield Way* d'Edward Thomas et un exemplaire flambant neuf de *Comment soigner et éduquer son enfant* de Benjamin Spock. Au moment de payer, le bouquin du Dr Spock s'ouvre et une coupure de presse du *Daily Mail* volète jusqu'au sol.

— Qu'est-ce que c'est ? demande Peggy.

Il s'agit du récit macabre du suicide du petit-fils du Dr Spock, qui s'est jeté du toit du Children's Museum de Boston en décembre 1983. Je tends le papier à Peggy.

— Pas si infaillible que ça, alors ? fait Peggy en tapotant la couverture du bouquin.

— Peu de gens le sont, Peggy.

— Sauf vous, inspecteur Duffy. À vous, on ne la fait pas.

Mercredi, Crabbie me demande d'interroger un petit vieux accusé d'avoir volé de l'argent à l'église presbytérienne, parce qu'il craint de perdre patience. Une promenade de santé. Au bout de quarante minutes dans la salle d'interrogatoire n° 1, le pauvre vieux craque. Les jeux d'argent sont à l'origine du problème, avoue-t-il en larmes. C'est pas beau à voir, et pour me montrer sa gratitude, Crabbie me propose d'aller faire un tour à Antrim pour jeter un œil au Henry Joy McCracken et me donner son avis professionnel.

Je le prends au mot, on y va le vendredi.

On prend la BM, et à cause d'une opération de police qui nous fait dévier vers les cités d'Antrim, on se paume complètement. Ballycraigy Estate nous offre un instantané particulièrement intense et satirique de la misère humaine avant qu'on finisse par trouver la route de Ballykeel.

On passe chez les Fitzpatrick : Annie et Mary sont parties à Omagh rendre visite à la mère de Mary, mais Jim Fitzpatrick est là, devant une émission de pêche diffusée sur Channel 4. Il est dix heures du matin et le pauvre bougre est à moitié pinté. Je lui demande les clés du pub, il me les apporte sans un mot.

— C'était le père ? me demande Crabbie.

— Ouais.

— Il a quoi, soixante ans ? Il en paraît quatre-vingt-dix.

— La mort de Lizzie l'a ravagé.

— Il était bien imbibé, t'as remarqué ?

— J'ai remarqué.

— Si c'est pas malheureux. Quelle saloperie. L'alcool fort, c'est la malédiction et la ruine de l'Irlande.

— Tu l'as dit.

On roule jusqu'au village et on gare la voiture. On est en train de sortir de la BMW lorsqu'on tombe sur Harper McCullough et sa femme, Jane. Je présente McCrabban et Jane nous informe, tendue, que le bébé a officiellement dépassé le terme.

— Si le travail ne commence pas naturellement avant la fin de la semaine, ils vont devoir déclencher l'accouchement, précise Harper, les yeux emplis de terreur.

— C'est ce qui est arrivé à ma femme, dit Crabbie, il n'y a rien à craindre.

— J'ai envie d'accoucher naturellement, c'est pour ça qu'on arpente le village dans tous les sens, dit Jane. Ma mère dit que ça peut aider.

— Enfin, ta mère dit aussi que tu devrais monter à cheval ! Que ça réglerait le problème ! dit Harper, ébahi.

— Oh, mais elle plaisantait, riposte Jane.

Harper lève les yeux au ciel.

— Les anciennes générations ont des principes déments. C'est étonnant qu'on ait survécu jusqu'ici.

— Tenez, Harper, mon vieux, je vous ai acheté ça, je fais en ouvrant le coffre de la BM pour lui donner le livre du Dr Spock.

— Oh, ça m'a l'air parfait ! s'écrie-t-il en se cramponnant au bouquin comme à une bouée de sauvetage.

— Ah, et je voulais vous dire, j'ai regardé un programme de l'Open University l'autre matin, sur les tremblements de terre et les raz-de-marée. Y avait un type avec une barbe incroyable, il parlait d'Alexandrie, de tout ce que l'eau avait englouti. Ça vous aurait plu. Avec le bébé, vous allez pas dormir beaucoup. Vous devriez jeter un œil à leurs programmes, vous pourriez vous remettre à l'archéologie.

Jane m'adresse un sourire plein de gratitude.

— C'est vrai, tu sais, tu pourrais, dit-elle à Harper.

— On verra. Il faut d'abord que le bébé naisse. Et où vont donc ces messieurs comme ça ? nous demande Harper.

— Je m'apprête à demander l'avis professionnel du sergent McCrabban sur la disposition du pub.

— L'énigme en chambre close, marmonne Crabbie sombrement.

— En effet.

— De toute évidence, si le tueur n'avait absolument aucun moyen de sortir de là, il n'y a plus d'énigme, ajoute Crabbie.

— Et pourquoi ça ?

— Parce qu'il n'y a pas de tueur.

— Et mes deux légistes ?

Crabbie hausse les épaules.

— Tu sais pourquoi il faut toujours demander un second avis ? Parce que souvent, les toubibs se plantent complètement.

— Lizzie avait un sens de l'équilibre exceptionnel, vous savez, dit Harper à McCrabban.

— C'est ce qu'il paraît, oui, mais changer une ampoule, c'est délicat. Mon père est tombé de son tracteur un jour à Ballymena. Pourtant, il grimpait dessus et en descendait depuis quarante ans. Un jour, il a glissé et s'est fracturé le bassin.

— Ce n'était pas trop grave ? s'inquiète Jane.

— Il a souffert un jour ou deux et puis le Seigneur l'a appelé à lui.

— Bon sang, je fais dans ma barbe.

— Nous pouvons vous accompagner au pub, propose gentiment Harper. Histoire de vous aider.

L'idée n'a pas l'air d'enchanter Jane. Un bar poussiéreux, dans lequel l'ancien béguin de son mari a trouvé la mort…

— Euh, non merci, Mr McCullough, nous sommes ici à titre officiel et on ne peut pas vraiment impliquer de civils.

Il a l'air déçu.

— En tout cas, s'il y a quoi que ce soit que nous puissions faire, n'hésitez pas à nous appeler, dit-il.

— Et dites à Annie que je la cherchais, si vous la voyez, fait Jane.

On se dit au revoir après avoir souhaité bonne chance à Jane et on marche jusqu'au Henry Joy McCracken.

J'ouvre la porte et allume les lumières. Je fais visiter à Crabbie le bar, les toilettes, l'éclairage. Je ne lui livre pas d'informations supplémentaires. Je le laisse s'imprégner des lieux.

Il explore le sous-sol, examine la charpente, puis jette un œil aux deux portes.

— Je suppose qu'ils ont dû réparer la porte d'entrée mais que celle de derrière est telle qu'à l'époque ?

— Oui.

Il sort pour tester la résistance des barreaux aux fenêtres.

— Impossible que quelqu'un soit passé par là, dit-il.

— Je suis d'accord.

— Pas de traces sur la peinture.

— En effet.

Il inspecte le sous-sol, oriente la lampe torche vers la voûte du plafond, marche dedans et dehors puis finit par tirer une chaise à lui.

Je m'assieds en face.

— Alors ?

— Si les deux portes étaient verrouillées de l'intérieur, le tueur devait être à l'intérieur à l'arrivée de la police. Mais Beggs a fouillé le bar de fond en comble et personne ne se cachait dedans, pas vrai ?

— Vrai.

— Donc pas de tueur.

— C'est ce que tu penses ?

— C'est ce que je pense… Cela dit…

— Quoi ? je demande, tremblant d'expectative.

— Son père est à l'hôpital, sa mère rentre de l'hôpital avec un bulletin de santé sur l'état du père, elle est tellement impatiente de rentrer chez elle qu'elle met les clients dehors à onze heures pile…

— Voire un peu avant.

— Exact. Elle fait comprendre à McPhail, Yeats et Connor qu'ils doivent se magner parce qu'elle veut rentrer chez elle. Alors pourquoi est-ce qu'elle choisit ce moment-là pour changer l'ampoule qui l'a enquiquinée toute la soirée ? Franchement, réfléchis. Il faut qu'elle trouve une ampoule de rechange, qu'elle éteigne tout pour ne pas s'électrocuter, qu'elle ferme et verrouille toutes les portes. Qu'elle grimpe sur le comptoir et dévisse une vieille ampoule poussiéreuse dans le noir qu'elle a du mal à atteindre parce qu'elle mesure un mètre cinquante-sept. Elle fait tout ça au lieu de tout laisser en plan ? De fermer les portes et de se ruer chez elle pour savoir comment va son père ?

— Qu'est-ce que tu es en train de me dire, Crabbie ?

— Je dis que maintenant que j'y réfléchis, je n'y crois pas.

— Je ne t'y force pas.

— Je sais bien. Mais le tueur, si.

— Ça, c'est sûr. Il veut nous faire croire à un accident. Qu'un meurtre ne tient pas la route.

— Ce n'est pas un crime sexuel. Aucun objet n'a disparu. Ce qui nous pousse à nous demander pourquoi. Ça a forcément à voir avec Lizzie.

— Quoi, par exemple ? je demande à Crabbie.

— Je ne sais pas. Un truc qu'elle a fait ? Un truc qu'elle savait ?

— Ça commence à me plaire, ce que tu nous mijotes. Regarde autour de toi. Est-ce que tu vois une planque possible qui nous aurait échappé ?

Crabbie réfléchit et secoue la tête.

— Non, Sean, il ne se cachait pas dans le pub. Il était parti depuis longtemps. S'il a pris le soin de la tuer et de maquiller la scène en accident, il n'aurait pas pris le risque de se cacher dans le bar.

— C'est aussi ce que je me dis.

Crabbie sort sa pipe et moi mes clopes. Je lui emprunte son briquet et me crame une Marlboro Light.

— Tu sais pourquoi les magiciens ne révèlent pas leurs trucs ? je demande à Crabbie.

— Non, Sean, pourquoi ?

— Parce que leurs astuces – jumeaux, diversion, un coup d'œil à ta carte quand tu regardes ailleurs – sont en général tellement bêtes qu'ils savent que tu n'auras que du mépris pour eux quand tu les découvriras. Je suis sûr qu'on passe à côté d'un truc tout bête et évident.

— Moi ça me saute pas aux yeux.

— À moi non plus. Pas encore.

On reste assis là à fumer pendant vingt minutes, mais bien qu'on soit sur une scène de crime, qu'on ait de bonnes méninges de flics aux rouages graissés par notre tabac favori, la révélation ne vient toujours pas.

On ferme à clé et on retourne chez les Fitzpatrick.

Mary et Annie sont rentrées, on leur donne la clé en les saluant brièvement. Je présente McCrabban et j'explique ce qu'on était en train de faire.

Mary demande s'il y a du nouveau.

— Malheureusement, non. Mais nous y travaillons toujours.

— Très heureuse de le constater, dit Mary en me lançant un regard appuyé.

— Je persévérerai jusqu'à ce que j'aie l'esprit tranquille, quel que soit le côté duquel penche la balance.

— Très bien, dit-elle.

— Bon, nous y allons. Au fait, Jane te cherchait, je dis à Annie.

Un vif déplaisir cisaille le visage d'Annie.

— Elle me cherchait, moi, tiens donc ? dit-elle, sur un ton légèrement irrité.

— Avec les meilleures intentions, j'insiste.

— Elle a dépassé le terme, non ? J'étais sûre qu'elle allait nous faire le coup. C'est la reine du mélo, en fin de compte.

— Annie ! Ne raconte pas n'importe quoi. Elle ne peut pas forcer le bébé à sortir ! s'écrie Mary.

Annie cherche du soutien de mon côté, mais je refuse d'entrer dans son petit jeu.

— Bien, il faut qu'on y aille.

— Oui, il est plus que temps, approuve McCrabban, et on se hâte vers la BM.

— Tu acceptes Radio 3 ? je lui demande.

— C'est ta caisse, mec. C'est toi qui décides.

On tombe sur la *Symphonie n° 3* de Brahms, qu'on peut difficilement détester.

On roule en direction de Carrickfergus sous un rare soleil d'août. Je nous fais passer par Tongue Loanen, à travers les champs de moutons et les pâtures laitières.

On arrive au poste par Taylor's Avenue et le pont de chemin de fer, sur lequel se trouve un type pas très net qui attend à côté d'une Toyota Hilux. Il porte un bonnet à pompon vert et blanc des Glasgow Celtics. Ses traits ont quelque chose de tendu. Une insolence mesurée. En tout cas, Crabbie et moi le remarquons. Il y a un chauffeur à la barbe rousse dans le Hilux, et ce qui ressemble à des matériaux de construction sous une bâche sur le plateau du pick-up.

Quelques heures plus tard, Crabbie et moi sommes en mesure de donner une description des deux hommes et du véhicule.

Mais ils ne se feront jamais pincer.

C'est toujours comme ça.

Je passe la guérite et gare la BM derrière le poste de police, dans la zone réservée aux membres du CID.

Le soleil brille. Les oiseaux chantent. Des jours qu'il n'y a pas eu d'émeute, mais les balbutiements de l'Irlande du Nord sur le chemin de la normalité s'arrêtent brutalement cet après-midi-là avec une série d'attaques à la bombe sur des postes de police.

Carrickfergus est un poste assez reculé. Et c'est probablement ce qui lui a épargné le pire des Troubles. Mais tout vient à point à qui sait attendre. Si l'USAAF a pris Hiroshima pour cible, c'est parce que jusqu'alors, elle s'en tirait à bon compte…

Crabbie n'a plus de tabac, alors on marche jusqu'à la presse de Sandy Walker. Il entre, je l'attends dehors. D'ici, on a une belle vue sur le lac et le château et ç'aurait pu être idyllique, sauf qu'on est à marée basse et que la plage est jonchée de son habituel amalgame très art moderne de sacs en plastique, chariots, pneus, eaux usées et deux ou trois créatures marines sans vie.

Crabbie paye, on retourne au poste, on monte à l'étage.

À la machine à café, Matty bavarde avec une jolie réserviste, brune, teint pâle, que je ne connais pas. J'éprouve une pointe de culpabilité à l'idée que je n'ai toujours pas rédigé sa lettre de recommandation, mais comme il ne me harcèle pas à ce sujet, il a peut-être changé d'avis.

Matty nous demande si on veut une tasse de thé.

— Ça va pour nous, merci. Et puis, tu m'as l'air occupé, je fais, en adressant un clin d'œil à Crabbie. Tiens, je vais t'écrire cette lettre, au fait.

— Merci beaucoup.

Je vais dans mon bureau, allume le Mac, mais au lieu de rédiger la lettre, je joue à *Beyond Castle Wolfenstein*, bien décidé cette fois à atteindre le niveau où on peut zigouiller Hitler.

Le temps s'écoule.

La mort chemine le long du lac…

Je ferme les yeux un instant.

Une énorme détonation retentit, suivie d'un effondrement puis de deux déflagrations supplémentaires.

Le dernier tir de mortier n'atterrit pas loin, l'onde de choc fait exploser les vitres de mon bureau et me projette de ma chaise, contre le mur.

De la poussière partout. Du sang dans ma bouche.

Bombe, je me dis. *Non… explosion de gaz. Non… bombe.*

Je me frotte les yeux, je regarde les dégâts autour de moi. Ma chaise a atterri sur l'armoire à dossiers. Mon bureau est renversé, la vitre éclatée.

Se trouver à l'intérieur d'un bâtiment qui explose ne ressemble à aucune autre expérience. C'est uniquement comparable à un tremblement de terre. On perd toutes ses certitudes. Le monde tangible s'écroule et il ne reste que la peur, l'effroi, et l'euphorie passagère d'être encore en vie.

Le temps ralentit.

L'adrénaline monte en flèche.

Choc et hystérie, même parmi les professionnels endurcis que nous sommes.

J'entends des cris. L'alarme incendie qui se déclenche. Je me lève, me stabilise et ouvre la porte de mon bureau. Je suis surpris qu'il n'y ait pas plus de dégâts que ça. On apprend plus tard que seul deux des tirs de mortier ont atteint leur cible, le reste ayant échoué dans la mer sans faire de victimes.

Le toit s'est affaissé, il y a de la fumée et des gravats, mais pas d'incendie et les murs semblent intacts.

— Ça va ? me demande un homme.

— Oui, je vais bien.

— Par ici.

Deux agents en uniforme essaient de soulever un bloc de béton qui écrase les jambes d'une femme. Me sentant d'une force à toute épreuve, j'essaie bêtement de les aider, mais vingt hommes n'auraient pas suffi. C'est trop tard de toute façon. Une poutre métallique du toit lui a transpercé l'abdomen et elle se vide de son sang.

Elle pleure, quelqu'un lui prend la main.

Je m'assois un instant.

Respire de la poussière, tousse.

— Vous saignez, me dit quelqu'un.

Je touche mon crâne. C'est juste une égratignure.

— Il faut évacuer. Venez, monsieur, je vous aide.

On sort dans le soleil d'août.

Les ambulances arrivent. Les pompiers aussi. Même un hélicoptère.

Une couverture atterrit sur mes épaules, un thé sucré apparaît dans mes mains. Une fille aux cheveux blonds me nettoie le visage.

— Buvez, me dit-elle, ça va vous faire du bien.

J'obéis et constate qu'elle a un peu raison.

Après triage des cas selon leur urgence, je patiente dans un groupe non prioritaire et, une heure plus tard, on m'emmène au Moyle Hospital de Larne, où j'ai droit à six points de suture sur le crâne et à une attelle à mon poignet foulé.

C'est dans la salle de réveil de l'aile chirurgicale que j'apprends que six postes de police et quatre bases militaires ont été la cible d'attaques simultanées. Les tirs de mortier dont le poste de Carrick a fait l'objet avaient des obus de seulement cinq kilos alors qu'il a plu sur celui de Newry des bestiaux de vingt-cinq kilos, dont un seul a suffi à tuer neuf policiers et à en blesser trente-sept autres.

Le poste de police de Carrick n'a que deux victimes à déplorer. La réserviste Heather McClusky et la personne avec laquelle elle bavardait à la machine à café : l'enquêteur Matty McBride.

23

SEPTEMBRE

Deux jours plus tard, les médecins n'aiment toujours pas la blessure que j'ai à la tête et refusent de m'autoriser à assister à l'enterrement de Matty, ce qui signifie que je dois profiter d'une relève d'infirmières pour m'éclipser, demander à Crabbie de passer me chercher sur le parking de l'hosto et me conduire au petit cimetière de Magheramorne.

C'est le père de Matty, vétéran de Dunkerque et ancien flic, qui prononce l'éloge funèbre. Il évoque l'amour qu'éprouvait Matty pour la police, et le fait que son fils voulait offrir un avenir meilleur à tous les habitants d'Irlande du Nord.

Tous les flics présents savent bien que ce que Matty aimait en fait, c'était la pêche à la mouche et les filles, et que, peut-être sottement, il considérait ce métier comme un boulot de fonction publique qui lui laissait plein de temps libre pour aller du côté des lacs de Fermanagh.

J'ai le crâne en feu mais je réussis à faire une blague ou deux et à dire à son père que je suis fier de Matty et que je penserai à lui tous les jours de toute ma vie.

Son vieux me remercie, et je vois qu'il est ému.

Crabbie veut me ramener à l'hosto mais j'insiste pour qu'il me dépose chez moi.

L'enterrement de Heather McClusky a lieu le lendemain à Ballycarry, mais ma tête m'élance, j'ai de la fièvre, y aller est au-dessus de mes forces. Peu importe. Apparemment le directeur de la police et le Secrétaire d'État font le déplacement pour celui-là.

Au cours des semaines suivantes, l'IRA attaque davantage de postes de police, bases militaires et magasins. Avec toute une variété de techniques : tirs de mortier, boîtes de conserve bourrées d'explosif et munies d'une goupille, véhicules piégés, grenades, roquettes. Il s'agit apparemment du début de la grande offensive de l'équipe libyenne. Je lis dans le journal que mon vieux pote à la chevelure luxuriante Joe Kennedy disculpe les terroristes et fait porter la responsabilité de ces attaques à la présence permanente de l'armée britannique en Irlande du Nord.

Kate appelle pour prendre de mes nouvelles, et je l'informe que j'ai besoin de quelques semaines avant de pouvoir me remettre en selle, ce qui me permet de voir venir sans trop de pression.

Dans un autre domaine, la grève des mineurs en Angleterre génère un chaos accru pour le gouvernement Thatcher, Indira Gandhi attaque le Temple d'or d'Amritsar et cause la mort de deux mille personnes, et John DeLorean est acquitté de toutes les accusations portées contre lui concernant le trafic de cocaïne.

Je passe du temps chez moi à ne rien faire, et il faut reconnaître que le MI5 me fout une paix royale. Je ne sais même pas pourquoi ils me laissent autant de marge. Ils sont peut-être aux abois, ou alors je ne suis qu'un hameçon parmi une douzaine d'autres et ils attendent que ça morde.

J'apprécie en tout cas qu'ils n'aient pas hésité à désobéir aux ordres pour me faire réintégrer le service. Je me sens un peu redevable. Mais je ne peux pas inventer des preuves que je n'ai pas. Je ne vais pas me cogner la tête contre les murs. Magnum, il fait ça à la télé, des flics dans les bouquins aussi. Mais au RUC, peu de gars se frappent la tête contre les murs à cause d'une affaire. On garde notre énergie mentale pour le quotidien. On est tous trop occupés à rester en vie. À Stalingrad, personne n'a crié de joie quand l'usine de tracteurs a fini par tomber. Je sais ce qu'ils ont ressenti. L'émotion est un luxe qu'aucun de nous ne peut se permettre.

Mi-septembre, je me rends à Antrim pour m'entretenir avec Mary Fitzpatrick.

Je lui expose ce que j'ai et ce qui me manque.

Elle m'écoute poliment. Ce n'est pas ce qu'elle voulait. Elle veut des réponses définitives. Je dis que je vais continuer à y travailler.

Annie est là et me raccompagne à ma voiture.

— J'ai appris ce qui est arrivé à ton poste, dit-elle. Est-ce que tu vas bien ?

— Ça va.

— D'après les journaux, ce sont les équipes de Libye.

— Peut-être. Qui sait ?

— S'il s'agit de la cellule de Dermot, je suis désolée, Sean.

J'acquiesce et elle me prend la main.

— Je suis contente que tu n'aies rien.

— T'en fais pas, ça va.

— J'ai quelque chose à te dire. J'ai beaucoup réfléchi et j'ai pris des décisions.

— Comme quoi ?

— Je vais partir au Canada. À Montréal. Vanessa dit qu'ils recrutent des professeurs là-bas. Je ne suis pas trop vieille pour repartir de zéro.

— Bien sûr que non.

— Nouveau pays, une toute nouvelle vie.

— Je trouve que c'est une très bonne idée.

— Mais je m'en fais pour mes parents, tu vois ?

— Ta mère est une femme forte, elle s'en sortira très bien sans toi.

— Tu crois ?

— J'en suis certain.

Elle esquisse un sourire triste, m'embrasse sur la joue et rentre dans la maison.

Pour ne pas faire une publicité permanente à l'IRA, le poste de Carrickfergus a rapidement été reconstruit, avec toit blindé et immense clôture autour du mur d'enceinte. Je retourne à mon bureau mais l'ambiance est tellement morbide là-dedans que j'abandonne vite l'idée et prends mes quartiers à la bibliothèque de Carrick, dans une petite salle de lecture où je lis et relis mes notes…

C'est là que me trouve McCrabban un après-midi, avec un sourire satisfait.

— J'ai quelque chose pour toi, il fait.

— Tu as découvert quelque chose ?

— Notre ami propriétaire de ce bon restaurant français où on a déjeuné. Il a été condamné pour cambriolage à l'adolescence.

— Barry Connor ?

— Lui-même, dit Crabbie en me tendant le rapport d'arrestation.

Un vol chez un marchand de journaux-bureau de poste de Bangor, dans le comté de Down, figure à son casier. On a tous fait de la fauche à un moment donné, et on rêve de cambrioler une banque quand on est gamin, mais le plus intéressant dans la mésaventure de Barry, c'est qu'il a crocheté la serrure du marchand de journaux avant de déclencher l'alarme.

McCrabban sourit de toutes ses dents quand j'arrive à ce détail.

— Barry sait comment s'introduire dans une pièce fermée à clé, dit-il.

— Super-boulot, mec ! Ça te dit de manger français à l'œil ?

— Je dis pas non.

On prend la BM pour aller à Belfast et on se gare au poste de Queen Street.

On entre dans Le Canard, on s'assoit discrètement vers le fond et on commande à la carte.

— Nous souhaiterions aussi parler au patron. Dites-lui que c'est l'inspecteur principal Sean Duffy, je fais au serveur.

Barry arrive tout en sueur, le visage violacé, l'air plus que tracassé.

— Vous ne pouvez pas me faire ce coup à chaque fois. Pas en plein service, c'est plus possible !

— Pourquoi ne pas en toucher un mot à votre député ?

— Mais c'est ce que je compte faire !

Je tire une chaise de la table d'à côté et lui fais signe de s'asseoir.

— Venez donc nous parler de votre condamnation pour cambriolage, Barry.

Il s'assoit en râlant.

— C'était il y a vingt ans.

— Comment avez-vous appris à crocheter les serrures ?

— Dans un livre.

— Quel livre ?

— Un livre de magie. *Les Secrets d'Houdini* révélés.

— Qu'est-ce qu'on disait justement à propos des tours de magie, inspecteur Duffy ? dit Crabbie.

— Que seul un magicien aurait pu tuer Lizzie Fitzpatrick et s'en tirer à bon compte, sergent McCrabban.

— Je n'ai pas tué Lizzie Fitzpatrick ! J'étais chez moi, dans mon lit ! dit Barry, qui transpire de plus en plus.

Nos commandes arrivent mais j'ai plus le cœur à bouffer.

— Parlez-moi de ce livre, dis-je.

— Ça vous apprend à crocheter tout type de serrure. Même les menottes. L'unique fois où j'ai tenté une effraction dans un magasin, je me suis fait pincer. J'avais dix-sept ans, bon sang !

— Est-ce que vous vous rappelez à quoi ressemblaient les serrures du Henry Joy McCracken, à tout hasard ?

— Je n'en ai pas la moindre idée ! J'ai grandi et j'ai laissé tout ça derrière moi !

— Comment vous échapperiez-vous d'une pièce fermée à clé si vous y étiez forcé, Mr Connor ?

— Je n'ai pas le début d'une idée.

— Et Houdini, comment s'y prendrait-il ? Allez, creusez-vous un peu les méninges.

Il éponge la sueur de son front du revers de sa manche.

— Houdini ? Je n'en sais rien. Grâce à une trappe. Un mur secret. Un double fond. Ce genre de choses, dit-il, désespéré.

Je coule un regard vers McCrabban, qui secoue imperceptiblement la tête. Je suis d'accord avec lui. Ce type n'est pas notre homme. J'enfourne un morceau de pain dans ma bouche.

— Des questions, sergent McCrabban ? je demande.

— Non, c'est bon.

— Parfait, Mr Connor, vous pouvez retourner à votre service.

— C'est tout ? Je suis libre ?

— C'est tout. Vous êtes libre. Mais si un détail pertinent en lien avec cette affaire vous revient, vous feriez mieux de m'appeler avant que ce soit moi qui vous rende visite, d'accord ?

— D'accord, messieurs, entendu ! dit-il, visiblement soulagé.

Crabbie déjeune, on demande l'addition, mais bien entendu, une fois de plus, c'est pour la maison. On nous donne même une demi-douzaine de bons pour un déjeuner gratuit. Puisqu'on est dans le quartier, j'essaie de voir Lee McPhail, mais il escorte un autre homme politique américain en visite à Belfast. Un certain Peter King, contrôleur général des finances du comté de Nassau et grand prévôt du défilé de la Saint-Patrick de New York. Pendant son séjour en Ulster, King s'attire une sacrée publicité en surnommant Gerry Adams "le George Washington irlandais" et en clamant que les attentats à la bombe et les assassinats perpétrés par l'IRA font partie intégrante du combat légitime contre l'impérialisme britannique. Au journal télévisé ce soir-là, Lee ressemble à un chat qui boit du petit-lait. King est une machine à gros titres encore plus performante que Kennedy.

Ennui. Anomie.

Je fais des astreintes avec les anti-émeutes, bien que rien ne m'y oblige. Belfast en tableaux muets : carcasses de voitures, hommes en cagoule, en tenue de combat, feux de trottoir, lac couleur thé, zones bombardées envahies de fougères et d'alysses, Vénus au-dessus des Pléiades, odeur de pétrole douceâtre comme celle du foin coupé, poteaux télégraphiques abattus, enfants sauvages, volutes de fumées planant sur les rues de la ville comme un dragon immense… Des jours de tout ça. Des nuits.

Une vodka gimlet. *Dr Who*. On toque à la porte. Mrs Hamilton de l'autre bout de la rue, en larmes. Le problème : Jessie Watson a volé un des karts de ses enfants pour s'en servir dans l'arche qu'il construit dans son jardin. Je le connais, Jessie Watson : prêcheur laïque adepte d'une de ces sectes apocalyptiques américaines qui fleurissent à Carrickfergus ces temps-ci. Dieu lui a dit que la calotte glaciaire était en train de fondre et qu'il devait construire un bateau. Jessie, qui n'a aucune expérience dans la menuiserie, l'architecture navale ou l'interprétation des apparitions divines, a en revanche un passif en matière de violence et de problèmes psychiatriques, alors j'y vais avec mon révolver et ouvre sa porte d'entrée avec une prudence extrême. Je le trouve en train de sangloter par terre dans sa cuisine, à poil et couvert de peinture marron – enfin j'espère que c'est de la peinture. Le kart est dans le jardin, intact. Je ne vois aucune trace d'arche où que ce soit, ce qui n'a rien d'étonnant, vu que c'est la saison des feux de joie. Je rends son kart à Mrs Hamilton.

— Merci, dit-elle. Un homme comme ça, faudrait l'enfermer. Ça fait partie de votre boulot, Mr Duffy, de protéger la population.

— Peut-être, mais on rigolera moins quand l'inondation arrivera et qu'on ne saura pas à quoi s'amarrer, hein ?

Quelques jours plus tard, Mrs Hamilton m'apporte un ticket pour un concert des Monsters of Rock à Castle Donington. Une façon de me dire merci, et puis son frère avait besoin qu'on le conduise… On y va en BM, on plante la tente, on picole sec, on voit AC/DC et Van Halen, puis on se tape deux catins pendant le concert de Mötley Crüe, ce que les membres du groupe n'auraient pas réprouvé.

Le soir où on rentre, un sergent en charge de l'incinération des drogues, armes et matériel pornographique saisis frappe à ma porte avec un sac de résine blonde de cannabis marocain de la taille et de la forme d'un étron.

— Ça t'intéresse ? il demande.

Qu'est-ce qui a pu lui faire croire que je serais d'accord pour lui acheter ? J'imagine que j'ai la tête du client. La valeur à la revente dans la rue est d'environ cinq mille balles. Je lui propose deux cents livres. Il les prend, sans poser de questions. Je pourrais bien sûr me méfier d'un éventuel coup monté des Affaires internes, mais je sais que le RUC ne chercherait pas à me baiser me sachant protégé par le MI5.

En parlant du MI5. Un hélicoptère m'emmène à Bessbrook. Mines sinistres. Questions. J'essaie de gagner du temps comme je peux. *Pistes intéressantes, théories à tester, nouvelles avancées…* mais ils voient bien que je ne vais jamais réussir à résoudre l'affaire Lizzie Fitzpatrick. Tout comme la *Mary Celeste*, le triangle des Bermudes et le succès populaire de Spandau Ballet, il y a des choses dont on n'est pas censés percer le mystère.

Franchement, Kate doit m'avoir à la bonne. Elle va peut-être me laisser les mener en bateau quelques mois supplémentaires avant de m'autoriser discrètement à réintégrer le RUC à temps complet à la nouvelle année.

Trajet retour en hélico jusqu'à Carrick.

Des jours. Des nuits. Des bombes. Des émeutes.

Guerre civile latente.

Tourner en rond.

Tourner en rond…

Il y a des flics qui font tomber les obstacles dans une affaire à la seule force de leur intellect. Je n'en fais pas partie.

Moi, je suis un flic qui a besoin de faire une pause.

Et en octobre, on m'en donne justement l'occasion.

24

UN DÉPANNEUR APPELLE

“White Rabbit” passe à la radio, je me suis roulé un gros joint de kif de l’Atlas et d’excellent tabac à pipe de Caroline du Nord, je m’apprête à entrer dans mon bain quand j’entends le téléphone sonner en bas, dans le salon.

Il y a une chance sur deux pour que je l’ignore.

Si je n’avais pas décroché, Lee dit qu’il n’aurait pas rappelé parce que son instinct lui conseille de ne jamais offrir de renseignements à la police, quelles que soient les circonstances.

Donc je descends. Je prends le combiné.

— Allô ?

— Lee McPhail à l’appareil.

— Lee. Bonjour. Je vous ai vu à la télé. Votre ami Peter King n’est pas passé inaperçu.

— Il ira loin. Il n’a pas l’étoffe d’un président, mais d’un vice-président, pourquoi pas. Et lui ne trompe pas sa femme, à la différence de notre autre ami.

— Que puis-je faire pour vous, Lee ?

— C’est plutôt ce que moi je peux faire pour vous.

— Je vous écoute…

— C’est à propos de ces romanichels.

— Quels romanichels ?

— Ceux qui, selon votre inspecteur Beggs, ont cambriolé l’étude Mulvenna & Wright à Antrim en décembre 1980.

— Je suis tout ouïe.

— Le RUC n'a pas réussi à retrouver leur trace mais j'ai des contacts que le RUC n'a pas.

— J'ai cru comprendre qu'ils étaient en Angleterre.

— C'est faux.

— Je peux leur parler ?

— Je ne vais pas vous dire qui ils sont, Duffy. Je ne balance pas des amis d'amis aux poulets. Tout ce qui vous importe, c'est qu'ils n'ont pas cambriolé les bureaux de Mulvenna & Wright. Je me suis moi-même entretenu avec eux et ce ne sont pas des abrutis. Ils savaient bien qu'il n'y aurait pas beaucoup d'argent dans un endroit pareil.

— Évidemment ! je fais en me tapant le front. Vos infos sont sûres à cent pour cent ?

— Vous avez ma parole.

— OK.

— Vous comprenez ce que je suis en train de vous dire, Duffy ?

— Tout à fait. Merci, Lee. J'apprécie énormément. Je vous dois une fière chandelle.

— Vous ne me devez rien du tout. Coincez simplement la personne qui a tué Lizzie Fitzpatrick.

— Je ferai de mon mieux.

— Oh, et bien sûr, cette conversation n'a jamais eu lieu.

— Compris.

Il raccroche. J'enlève la bonde de la baignoire et jette le joint dans les chiottes. Je me rase, enfile une chemise blanche, une cravate noire, un pantalon en velours noir et une veste noire.

Je mets mon holster et vérifie qu'il y a bien six cartouches dans mon .38.

Je sors. Il ne pleut pas encore mais c'est prévu.

Je salue Mrs Campbell et Mrs Clawson. Je vérifie qu'il n'y a pas de bombe à interrupteur au mercure sous la BMW et roule sur Coronation Road jusqu'à Barn Road. Là, je bifurque sur North Road et débouche sur la verte campagne de Raw Brae Road, où je fais une pointe à cent soixante et quelques.

Moutons, vaches, collines, hautes haies de ronces, bois.

Je m'en tiens aux routes secondaires, peu passantes, où je peux lâcher les chevaux.

J'arrive à Antrim en un quart d'heure, par la voie à sens unique qui traverse Lenagh.

Je gare la BM en lieu sûr au poste de police et me fais indiquer le chemin de l'étude Mulvenna & Wright, désormais connue sous le nom JJ Wright and Son, office notarial.

C'est un immeuble à façade de verre, près d'un cabinet de dentiste, dans la rue principale.

Une jeune femme charmante aux lèvres très rouges et au carré brun me demande si j'ai rendez-vous.

Je lui montre ma plaque et lui demande à mon tour si Mr Wright est occupé.

Elle répond qu'a priori non mais va s'en assurer.

Je pénètre dans son bureau deux minutes plus tard, et la secrétaire me propose une tasse de thé que j'accepte volontiers, avec du lait et un sucre.

— Que puis-je faire pour vous, inspecteur Duffy ? s'enquiert Mr Wright.

Il a des cheveux roux bouclés miraculeusement dépourvus de cheveux blancs malgré son âge, que je situe aux environs de cinquante-cinq ans. C'est un grand costaud avec une carrure de pilier, et vu le nombre de rugbymen qui deviennent notaires, je vise peut-être bien dans le mille. Il a un visage rouge tirant sur le bordeaux, de grosses paluches et une mine inquiétante.

Je me présente et annonce que j'enquête sur l'affaire Lizzie Fitzpatrick.

Il acquiesce sans rien dire.

— Votre ancien associé, James Mulvenna, quand est-il décédé ?

— En novembre 1980, bien qu'il ait été confiné chez lui dès l'été de la même année.

— Il souffrait de sclérose en plaques, si je ne m'abuse.

— C'est bien ça.

— À quel âge est-il mort ?

— Il avait cinquante et un ans. Les médecins lui avaient prédit qu'avec un peu de chance, il irait jusqu'à trente. Il me l'a annoncé quand on s'est associés, mais on peut dire qu'il en avait sous le capot.

— Après sa mort, c'est vous qui avez récupéré ses clients ?

— Une partie, pas tous. Certains ont préféré changer de crémerie.

— Parce que vous êtes protestant et que Mr Mulvenna était catholique ?

— Il faudra demander aux intéressés, je n'en ai pas la moindre idée.

— Lorsque Lizzie Fitzpatrick vous a adressé une lettre de demande de stage pour les vacances de Noël en 1980, pourquoi avoir refusé ?

— Pourquoi l'aurais-je acceptée ?

— Parce qu'elle avait déjà travaillé pour vous les deux étés et Noëls précédents.

— C'était la stagiaire de James Mulvenna, pas la mienne. Il connaissait sa famille.

— Lizzie ne travaillait pas bien ?

— Au contraire, aux dires de tous elle faisait un excellent travail.

— Et malgré tout vous n'avez pas voulu la prendre pour les vacances ?

— Je n'avais ni le temps ni l'argent à consacrer à une stagiaire ce Noël-là. Je n'ai d'ailleurs jamais pris de stagiaire à l'étude depuis. James accordait bien plus d'importance à ce statut de tuteur que moi.

— Ça n'a rien à voir avec le fait que Lizzie appartenait à une importante famille républicaine et que sa sœur était mariée à l'artificier de l'IRA Dermot McCann ?

— Ça ne me la rendait pas particulièrement aimable. Mais ce n'est pas pour ça que j'ai refusé sa demande. Les stagiaires, il faut les payer, en Irlande du Nord, inspecteur Duffy. L'ordre des notaires stipule qu'ils doivent être rémunérés à la hauteur d'un notaire assistant. Et je n'avais pas cet argent. Pour tout vous dire, je n'étais pas sûr que l'office survive à la mort de James. C'est lui qui avait apporté la moitié des clients et il abattait tout le travail judiciaire.

— Malgré sa maladie ?

Wright acquiesce lentement et me regarde comme si j'étais un demeuré.

— Oh, je comprends. Et je suppose qu'il se mettait souvent le tribunal dans la poche.

— Plus que souvent, opine Wright.

— Bien, permettez-moi d'avancer un peu… Le cambriolage dont l'étude a fait l'objet le 23 décembre 1980. Vous avez une idée de ce qui a été volé ?

— Je le sais même précisément. Brenda et moi avons procédé à un inventaire complet et appelé la police immédiatement.

J'ouvre mon carnet.

— D'après la brigade d'Antrim venue sur les lieux, il s'agit d'un cendrier, d'enceintes stéréo et d'une caisse. Combien y avait-il dans cette caisse ?

— Environ quinze livres.

— Et combien valait le cendrier ?

— Je n'en sais rien. Une livre ?

— Et les enceintes ?

— Cinq ?

— Comment sont-ils entrés ?

Il hésite.

— Allez, dites-le-moi !

— Par la fenêtre des toilettes. Il y avait tellement de couches de peinture qu'on n'a jamais réussi à la fermer correctement.

— Donc ils n'ont même pas eu besoin de briser une vitre ?

— Non. Ils n'ont eu qu'à la pousser vers le haut et à entrer.

— N'avez-vous pas un devoir de diligence envers les documents de vos clients ?

— James n'avait pas… C'était comme ça depuis des années… une décennie…

Je lis mes notes.

— En plus des vols, il y a eu des actes de vandalisme dans les bureaux ?

— Eh bien, c'est ce que nous avons pensé.

— Et ce pourrait être quoi d'autre ?

— On pourrait également appeler ça l'*actus reus* d'un acte criminel délibéré.

— Qu'est-ce que vous entendez par là ?

— Qu'ils l'ont fait intentionnellement.

— Dois-je comprendre qu'autre chose a disparu ce soir-là ? Une chose que vous n'avez pas signalée à la police ?

— On ne pensait pas qu'autre chose avait été volé à l'époque.

— À l'époque ?

Il acquiesce.

Là, je comprends que j'y suis.

J'y suis, putain.

Je tiens la clé de cette affaire.

J'arrête de gribouiller sa tête dans mon carnet et je pose mon crayon.

Je regarde Mr Wright en souriant.

Lui ne sourit pas. Il a le regard noir, perçant, méfiant.

Derrière lui, je vois un véhicule blindé de transport de troupes Saracen, vert, passer dans la rue telle une créature du Jurassique.

— Mais par la suite, vous avez découvert… je me lance pour qu'il complète.

— L'armoire de classement avait été renversée mais nous avons découvert qu'un des, euh, dossiers manquait.

— Quel dossier ?

— Un dossier qui contenait des testaments.

— Quels testaments, Mr Wright ?

— Les testaments de la lettre "M".

— Des personnes dont le nom commence par la lettre "M" ?

— Oui.

— Quand l'avez-vous découvert ?

— Après les vacances de Noël, en janvier.

— Et vous n'avez jamais songé à en parler à la police ?

— Nous considérions qu'il s'agissait d'un détail confidentiel entre nos clients et nous. Nous ne voulions pas que ça se sache. Et puis, la police avait déjà attrapé les cambrioleurs et les avait mis en prison. J'ai, euh, disons, fait quelques demandes discrètes mais les testaments manquants n'étaient pas dans la caravane des romanichels. Ils s'étaient peut-être dit qu'il y aurait de l'argent à se faire… Je ne sais pas. Les romanichels ne savent pas lire, alors ils ont dû les brûler ou je ne sais quoi. En tout cas, c'est ce que nous pensions.

— Vous avez informé vos clients de la disparition de leurs testaments ?

— Bien sûr ! Nous les avons appelés dès que nous nous en sommes aperçus.

— Existait-il des copies de ces documents ?

Mr Wright a l'air honteux.

— Oui, mais les copies certifiées conformes étaient dans le même dossier.

— Vous avez stocké les copies avec les originaux ? je demande, ahuri.

— Je le crains. Nous avons changé nos méthodes, depuis.

— Combien de testaments en tout ?

— Vingt et un testaments et quatre codicilles.

— Si les testaments ont disparu avec leurs copies, comment savez-vous ce qui a disparu ?

— Grâce à nos comptes. Nous avons fait un recoupement avec nos livres de comptes. Heureusement, chaque testament a été payé. Dans notre comptabilité figure la somme payée au notaire et la somme payée au témoin officiel.

— C'est quoi, un témoin officiel ?

— Selon le système juridique d'Irlande du Nord, ni la personne qui rédige le testament ni le témoin ne peuvent en être le bénéficiaire. Il vous faut un notaire et un témoin pour que votre testament soit valable aux yeux de la loi.

— Et ces deux personnes perçoivent des honoraires ?

— Oui.

— Qui est ce témoin ?

— Quand je rédige un testament ici à l'étude, je fais en général appel à Brenda. Elle est notaire.

— Bon, et quand vous avez découvert qu'on vous avait volé vingt et un testaments et quatre codicilles, qu'avez-vous fait ?

— Nous avons appelé chacun de nos clients pour leur exposer la situation et leur proposer de rédiger un nouveau testament gratuitement. C'était bien le moins qu'on puisse faire pour se racheter, dit-il en reprenant ses intonations pleines d'autosatisfaction.

— Y a-t-il quelqu'un qui a décliné votre offre ?

— Oui.

— Je vous laisse une minute pour chercher dans vos dossiers ?

— Inutile. Je me souviens de qui il s'agit. Un seul client n'a pas voulu refaire son testament.

— Qui donc ?

— Je ne suis pas sûr d'avoir l'autorisation de…

— Je mène une enquête pour meurtre, je vous rappelle, Mr Wright.

— Je comprends bien, mais je ne peux ignorer la relation confidentielle qui unit un mandataire à son cl…

— Oh, vraiment ? S'il n'a pas tenu à refaire appel à vous pour son testament, c'est qu'il se fichait de cette relation. La confidentialité ne tient pas puisque le client a refusé votre proposition, je me trompe ? Un juge verra sûrement les choses du même œil que moi, et de toute évidence, quand il aura vent de vos mésaventures, il sera obligé de signaler votre manque de franchise dans cette histoire de dossiers manquants à l'ordre des notaires. N'est-ce pas ? Qu'est-ce que vous en pensez ?

— Non, je…

— Qui n'a pas voulu d'un second testament, Mr Wright ?

Il soupire.

— Harper McCullough.

Le sang reflue du bout de mes doigts.

— Pourquoi a-t-il refusé ?

— C'est son père qui avait fait faire le testament, mais il a eu une attaque, et tous se préparaient à sa mort. Harper McCullough n'a pas voulu infliger tout le processus d'un nouveau testament à son père, ce que je comprenais parfaitement, alors je lui ai remboursé l'argent que son père m'avait versé pour le premier.

— Savez-vous à tout hasard ce qui figurait dans ce testament, Mr Wright ?

— Non, pas du tout, et si c'était le cas, je ne serais absolument pas tenu de vous le dire.

— Mais vous en ignorez le contenu ?

— Oui.

— Parce que ce n'est pas vous qui avez rédigé le testament ?

— C'est exact.

La sent-il comme moi ?

Cette électricité ?

Voit-il mes mains trembler ? Le feu qui brille dans mes yeux ?

— Puis-je me risquer à une devinette, Mr Wright ? Le testament n'aurait-il pas été rédigé par votre associé James Mulvenna avec pour témoin officielle feue Lizzie Fitzpatrick ? je demande très posément.

— Je crois que si.

— Voulez-vous bien vérifier dans vos livres de comptes ?

Il sort de son bureau et revient avec un grand livre en cuir noir de comptabilité en partie double.

— Voilà. Troisième ligne en partant du bas. Août 1979. Des honoraires de cent trente livres pour Mr Mulvenna et vingt livres pour Miss Fitzpatrick.

Je suis son doigt du regard. Le testament a été rédigé le 4 août 1979, au domicile de Tommy McCullough, 2 Loughshore Road, Ballykeel, comté d'Antrim, par James Mulvenna, notaire, avec pour témoin Lizzie Fitzpatrick, clerc de notaire.

— J'aimerais une photocopie de cette page, si c'est possible, dis-je en faisant en sorte que ma voix ne se brise pas.

Pas évident de faire tenir le grand livre de comptes sur le photocopieur Xerox mais on finit par y arriver.

Je prends la photocopie et remercie Mr Wright pour le temps qu'il m'a accordé.

— C'est tout ? demande-t-il.

— Pour l'instant, oui.

Je pique un sprint en direction de l'hôtel de ville d'Antrim, puis fonce droit vers l'état civil.

Je demande les certificats de décès de James Mulvenna et de Tommy McCullough.

Mulvenna est mort le 1er novembre 1980 de "causes naturelles dues aux complications de sa sclérose en plaques". Les notes du document font état d'un séjour de seize jours à l'hôpital avant le décès. Dans ma façon de voir les choses, la mort de James Mulvenna n'est pas un meurtre, presque à coup sûr.

Le certificat de décès de Tommy McCullough a l'air tout aussi innocent. Il est mort chez lui, le 8 janvier 1981. Seulement treize jours après l'"accident" de Lizzie. Officiellement, la mort est due à une bronchopneumonie survenue après son attaque.

Je pars avec une photocopie des deux certificats et roule jusqu'à l'hôpital d'Antrim. Je montre ma plaque et demande à voir le Dr Kent.

— 502, me dit l'infirmière.

Je monte les cinq étages à pied.

Reprends mon souffle.

Je le trouve dans un bureau miteux avec pour lot de consolation une vue sur Antrim, Lough Neagh et la majeure partie de l'Ouest de l'Ulster.

— Inspecteur Duffy, que puis-je faire pour… se lance-t-il mais il s'interrompt en voyant mon visage.

Je lui tends mes certificats de décès.

— J'ai besoin que vous sortiez vos registres. Je dois vérifier si ces décès ont quoi que ce soit de suspect.

Le Dr Kent lit les certificats et secoue la tête.

— Le deux ont été signés par le Dr Moran. C'est un médecin très compétent.

— Je veux que vous me sortiez les dossiers, docteur Kent.

— Les dossiers ne vous seront pas d'un grand secours. Sans autopsie, il sera impossible de…

— Je suis certain que vous ferez de votre mieux. Je vous attends ici.

Il revient une heure plus tard.

Il a mis une blouse blanche et s'est donné un coup de peigne, probablement pour impressionner les personnes en charge des archives.

Je libère sa chaise pour qu'il puisse s'asseoir.

— Alors ? je fais.

Il secoue la tête.

— Je n'ai rien de concluant.

— Dites-moi quand même.

— Je crois qu'on peut dire sans se tromper que James Mulvenna est mort d'une sclérose en plaques avancée et non à cause d'une intervention extérieure. C'était son troisième séjour à l'hôpital en trois ans. Il était très malade.

— Et Tommy McCullough ?

— Ce décès est un peu plus déconcertant. Certes, il n'est pas rare que des patients victimes d'AVC meurent d'une bronchopneumonie…

— Mais…

Il lit le dossier.

— La première attaque de Mr McCullough remonte à 1974 et ne lui a laissé pratiquement aucune séquelle. La seconde est survenue le 1er octobre 1980. Il a été admis aux urgences de l'hôpital d'Antrim à onze heures du matin, puis transféré quatre jours plus tard en médecine générale. Il est sorti et a été confié aux soins de son fils le 30 novembre. Il avait perdu presque entièrement l'usage de la parole et une grande partie de ses facultés motrices, ce qui est courant chez les victimes d'AVC, mais lors de sa sortie il était capable de s'asseoir sans difficulté, il n'était pas sous respirateur artificiel et il pouvait manger de la nourriture solide.

— En d'autres mots, il était hors de danger ?

— Il me semble, oui... Je continue ?

— Je vous en prie.

— Il venait fréquemment à l'hôpital pour des séances de kinésithérapie ainsi qu'en consultation externe, dont une le 7 janvier 1981, la veille de sa mort, dit le Dr Kent en me lançant un regard appuyé.

— Et ça a une importance ?

— Majeure. Une très grande importance. L'infirmière était Aileen Laverty. Je la connais un petit peu. Très compétente. Selon le dossier de Mr McCullough, elle a effectué une prise de sang sur le patient lors de cette consultation du 7 janvier. Or dans les analyses, rien ne laisse présager une pneumonie.

— Serait-il possible qu'une souche fatale de pneumonie se soit développée dans les vingt-quatre heures consécutives à la prise de sang ?

— Entièrement possible.

— Mais improbable ?

— Je dirais plutôt assez peu probable.

— Vous pensez qu'on pourrait s'entretenir avec l'infirmière ? Aileen Laverty ?

— Je vais voir si elle est de garde. On ne tombe peut-être pas le bon jour.

Il la bipe et, lorsqu'elle arrive au cinquième étage, je

découvre une femme d'une quarantaine d'années, mince, brune, l'air grave.

Je me présente, lui tends le dossier, et oui, elle se souvient de Tommy McCullough.

— Vraiment ? Vous avez pourtant dû voir des centaines de patients depuis, dis-je, plus sceptique que l'avocat du diable.

— C'est vrai, mais je me souviens de lui, dit-elle avec un accent de Cork Ouest charmant. Je l'avais vu plusieurs fois en consultation externe. Il faisait des progrès. Sa mort m'a étonnée.

— Elle vous a paru suspecte ?

— Non. Rien de suspect, simplement surprenante. La dernière fois que je l'ai vu, il semblait avoir le moral. Il m'a même dit "au revoir", les premiers mots que je l'entendais prononcer.

— Et dans l'échantillon de sang, vous n'avez pas décelé de pneumonie ?

— Pour tout vous dire, je n'avais même pas prévu de lui faire une prise de sang. Quand on craint une pneumonie chez un patient, on prélève un échantillon d'expectorations. Mais Mr McCullough ne toussait pas, il n'avait pas de mal à respirer. J'ai effectué cette prise de sang par simple mesure de précaution. C'est ce qu'on fait parfois avec les patients âgés. Ceux qui ont entre soixante et quatre-vingt-dix ans.

— Et s'ils ont plus de quatre-vingt-dix ?

L'infirmière regarde le Dr Kent. Il se racle la gorge mais ne dit rien. Je comprends malgré tout ce qu'ils sont en train de me dire. Si les patients ont plus de quatre-vingt-dix ans, on laisse la pneumonie les emporter.

— Donc, vous avez envoyé l'échantillon de sang, les analyses sont revenues avec des résultats négatifs mais il est mort quand même, c'est bien ça ?

— Non, il faut une semaine avant de recevoir les résultats de Belfast. Il était déjà mort et enterré à ce moment-là.

— Et quand avez-vous reçu les résultats exactement ? Vous avez exposé vos doutes à quelqu'un ?

— Je n'avais pas de doutes. Ses globules blancs étaient bas. Il n'y avait aucun signe de pneumonie, mais le test n'est pas infaillible. Et c'était un très vieux monsieur qui avait déjà fait une attaque. La pneumonie peut survenir chez un patient de façon très soudaine, ce qui a dû être le cas pour lui.

Je lui pose quelques questions sur Harper McCullough, sa réaction, son comportement, mais elle n'a que des commentaires positifs.

Je la laisse prendre congé et reprendre son travail.

— Combien de patients meurent de bronchopneumonie dans cet hôpital, docteur Kent ?

— Je n'en sais rien, beaucoup j'imagine.

— Diriez-vous que la majorité des patients âgés meurent de pneumonie ?

— Oui.

— Donc, si le Dr Moran avait trouvé un patient déjà victime d'un AVC mort chez lui dans son lit, il aurait probablement mentionné une bronchopneumonie comme cause du décès, expression fourre-tout bien pratique, surtout si le fils bouleversé de ce patient n'avait pas autorisé d'autopsie ?

— Il aurait pu noter bronchopneumonie, ou arrêt cardiaque, ou simplement mort de causes naturelles, quelque chose comme ça, approuve le Dr Kent.

— Si on avait étouffé Mr McCullough, est-ce que cela se serait vu ?

— Si on l'avait assassiné ? demande-t-il, interloqué.

— Oui. Avec un oreiller, une couverture, un sac en plastique sur la tête… Quelque chose comme ça.

— Un sac en plastique aurait peut-être laissé des marques de ligature mais un oreiller… Oui, on pourrait facilement confondre une mort par suffocation avec une bronchopneumonie. Évidemment, une autopsie aurait révélé la vérité.

Il commence à se faire tard et le soleil a découpé le ciel entre Lough Neagh et les Bluestack Mountains de Donegal.

— Vous pensez qu'il y a eu meurtre, Duffy ? Qu'est-ce que c'est que cette histoire ?

— Je vais vous le dire. Cette histoire, c'est qu'il y a eu trois décès en trois mois, dont deux plus que louches.

— Quels décès ?

— James Mulvenna, Lizzie Fitzpatrick et Tommy McCullough.

— Mais qu'est-ce qui les relie ?

— C'est ce que je vais découvrir, docteur.

— Je savais bien que j'avais raison ! Je peux vous aider.

— Non. C'est à la police de s'en occuper. Il n'y a aucune preuve de malfaisance. Je compte sur votre discrétion. Si j'ai besoin de vous, je vous le ferai savoir.

Il acquiesce.

— Bien, je dois y aller. Docteur, un grand merci pour votre aide précieuse.

Je descends à l'accueil, appelle les renseignements et obtiens l'adresse du domicile du Dr Moran. Après une autre requête, j'obtiens le numéro de téléphone du club de rugby d'Antrim. Deux appels plus tard, je suis en ligne avec le président du club, Andrew Platt, qui est justement dans les locaux en ce moment.

Je lui demande s'il peut m'y attendre environ une heure. Ça ne lui pose aucun problème.

Je sors, retrouve la BM, vérifie qu'il n'y a pas de bombe dessous et roule jusqu'au domicile du Dr Moran, atteignant les 130 km/h dans une zone limitée à 50. Maison de style Tudor, quatre chambres, dans une impasse. Moran est marié avec trois gamins, qui ont tous moins de cinq ans. Cheveux gris, mince, enjoué. Beaucoup moins quand je lui annonce la possibilité que Tommy McCullough ait été assassiné. Non, il ne se rappelle pas les détails de cette affaire. Je lui montre le dossier. Y avait-il des preuves de pneumonie ? Pas en tant que telles. En tant que telles ? Dans ce cas, comment expliquer la mort soudaine de ce pauvre homme, sinon ? Il suffit de lire *News of the World* n'importe quel dimanche.

Je roule jusqu'au club de rugby.

Je retrouve Andrew Platt au bar du club, un endroit élégant, aux boiseries de chêne, tout en longueur, décoré de cravates aux couleurs du club, de trophées et de maillots rapportés de diverses tournées. Platt a tout du colonel Blimp. Moustache en guidon de vélo, visage bouffi, crâne luisant, veste noire, pantalon trop serré remonté trop haut. Il doit avoir la soixantaine, ce qui le situe en plein dans la Seconde Guerre mondiale.

On se serre la main et il me propose un verre.

— Je prends comme vous, je fais, et le barman prépare deux gin tonics doubles.

Je remercie le barman et lui demande de s'éloigner pendant que je pose mes questions à Platt.

J'en viens directement au dîner du club de rugby de Noël 1980 : à quelle heure Harper McCullough est-il arrivé, à quelle heure est-il reparti ?

Platt n'en a pas la moindre idée, mais il pense avoir un vieil agenda dans son bureau.

— Allons-y alors, avec nos verres.

Le bureau en question est propre et bien rangé. Quelques plantes. La surface du bureau est exempte de tout objet. De toute évidence, un militaire.

— Le dîner de Noël 1980, c'est bien ça ?

— Tout à fait.

Il ouvre une armoire de classement métallique et se met à fouiller à l'intérieur.

Je remarque que même ses chaussures brillent comme un sou neuf.

— À tout hasard, avez-vous fait la guerre, Mr Platt ? je demande, pour satisfaire ma curiosité.

— En effet, mon garçon. Royal Air Force. Base de Dumfries.

— Spitfire ?

— Hurricane.

— Des trophées ?

— Un Ju-88 et un 111 abattu avec un collègue.

— Pas trop mal.

— Comme vous dites, fait-il avec un grand sourire.

Il me tend un dossier qui contient des coupures de presse, des photos et le programme du dîner de Noël du club de rugby de 1980. Beaucoup de prix et de présentations. Je n'y comprends pas grand-chose.

— Harper McCullough a reçu un prix et prononcé un discours ce soir-là, n'est-ce pas ?

— Oui. Au nom de son père. C'était le prix du Président.

— Quelle heure était-il environ ?

— Ça devait être l'avant-dernière récompense, donc je dirais vers dix heures.

— Et combien de temps a duré le discours de Harper, si vous vous rappelez ?

— Deux minutes, pas plus, on aime quand ça va vite, répond Platt en s'asseyant sur un coin de son bureau pour boire le fond de son gin tonic.

— Vous rappelez-vous avoir vu Harper après son discours ? je demande, avec ce même frisson qui me parcourt l'échine.

Je peux prédire sa réponse, presque mot pour mot.

— Harper ? Il a prononcé un très beau discours. Très digne. Après quoi il s'est excusé pour aller aux toilettes. Est-ce que je l'ai vu après ça ? Hm, je ne sais pas. Il n'avait aucune raison de s'infliger les derniers blablas…

En d'autres mots, à partir de dix heures et quart, l'emploi du temps de Harper est un point d'interrogation. Il a dit être resté jusqu'à onze heures et demie, mais y a-t-il des témoins pour corroborer ses dires ?

— La police vous a-t-elle déjà interrogé à propos de ce dîner ?

— Non.

— Vous êtes-vous déjà entretenu avec un certain inspecteur Beggs ?

— Non, je ne crois pas.

Beggs est passé à côté. Beggs a merdé, putain ! Il a cru Harper sur parole et s'est dit qu'il y aurait des dizaines de témoins pour confirmer son alibi.

— Vous connaissiez bien son père ? Tommy McCullough ?

— Comme tout le monde ici. Tommy adorait le club de rugby.

— Il était dans le bâtiment, c'est exact ?

— Entrepreneur. Très prospère. Il paraît que sa société a construit la moitié de la ville d'Antrim.

— C'est ce que j'ai entendu dire également. Comment qualifieriez-vous les relations qu'il entretenait avec son fils ?

— Bonnes.

— Vous en êtes certain ?

Platt ouvre la bouche et la referme.

— Répondez, s'il vous plaît, Mr Platt, dis-je avec insistance.

— Je n'aime pas dire du mal des morts…

— Il n'aimait pas Harper ?

— Ce n'est pas ça… Ce serait exagéré de dire que…

— Monsieur, s'il vous plaît, j'appartiens à la section d'enquêtes criminelles et je travaille sur ce qui pourrait bien être un meurtre.

— Eh bien, une fois… ce n'est sûrement pas grand-chose mais… une fois je l'ai entendu appeler Harper "le petit bâtard de Carol".

— Il pensait qu'Harper n'était pas son fils ?

— Ils n'avaient pas le même tempérament et ils n'avaient certainement rien en commun du point de vue physique.

— Est-ce qu'il disait souvent ce genre de choses ?

— Seigneur, non ! Je ne l'ai entendu qu'une fois. Une seule. Il avait bu !

— C'est gentil à Harper d'avoir accepté ce prix au nom de son père en tout cas. Est-ce qu'il avait déjà fait une chose pareille ?

— Non… mais son père venait de faire une attaque.

— Est-ce qu'il y a une photo de Tommy dans le club ? Harper n'en avait pas chez lui quand je suis allé lui rendre visite.

— Bien sûr !

Je le suis dans le couloir, où il me montre plusieurs clichés de Tommy assurant diverses fonctions au sein du club et deux où il porte les couleurs du XV d'Antrim. Un grand deuxième ligne aux cheveux blonds, bien charpenté, avec des cuisses et des épaules énormes. Comme son père, Harper était grand, mais mince et brun.

— Harper n'a jamais joué au rugby ?

— Non, jamais. Et son père ne l'a jamais forcé, ce qui est une bonne chose. On peut forcer quelqu'un à faire du foot ou du cricket, mais avec le rugby, il faut de l'engagement, faute de quoi on se blesse.

J'examine une photo un instant.

— Mr Platt, Tommy a-t-il évoqué le fait qu'il léguerait de l'argent au club dans son testament ?

— Ce n'est pas un sujet de discussion entre gentlemen ! Jamais je ne lui aurais posé la question ! dit-il, offensé.

— Non, bien sûr.

On reste plantés devant la photo encore un peu.

— Bien que… fait Mr Platt, *sotto voce.*

— Oui ?

— Eh bien, un jour il m'a confié qu'il léguerait sa maison à la Ligue royale de protection des oiseaux. Il voulait que ça devienne une sorte de centre d'observation ornithologique. Il les adorait.

— C'est ce que j'ai entendu dire. Et est-ce que le club a reçu de l'argent après la mort de Tommy ?

— Non. Pas un penny. C'est son fils qui a tout perçu, et comme je l'ai dit, le rugby, ce n'était pas son truc. Pas du tout.

— Quel dommage qu'il soit décédé intestat, n'est-ce pas ?

— C'est sûr. Mais on ne sait jamais quand la mort va frapper. Même à la guerre, ce ne sont pas des choses auxquelles on pense. On peut vous annoncer : "Bon les gars, cette mission, elle est casse-gueule, y en a qu'un sur dix qui en reviendra vivant." Et vous, vous vous dites : *Oh les pauvres, dire que je les reverrai jamais.*

Je remercie Mr Platt pour son temps et lui demande où je peux passer un coup de fil.

Il me répond qu'il y a un téléphone à pièces à côté du court de squash.

J'extrais de la monnaie de ma poche et appelle McCrabban chez lui à Ballymena.

Je lui balance mon idée. Elle lui plaît. Lui paraît tout à fait plausible.

— Tu sais, Crabbie, il y a une expression irlandaise qui dit *Ólann an cat cluin bainne leis.*

— Ce qui veut dire ?

— "Le chat tranquille boit aussi la crème."

— Je vois où tu veux en venir.

J'en reste là. Je ne dis pas que je vais faire un beau coup de filet. On sait tous les deux qu'on n'a que des preuves indirectes.

Ce n'est pas son affaire. Ce n'est même pas la mienne. Tout ça, c'est à Mary Fitzpatrick que ça revient.

Je dis à McCrabban qu'on se voit la semaine prochaine et de passer le bonjour à sa dame. Je raccroche, sors et marche jusqu'à la BMW. Le ciel est sombre. Une offensive de nuages noirs est arrivée des Mourne Mountains et le soleil s'est enfin couché dans l'Atlantique. Je sens la première goutte de pluie, vérifie qu'il n'y a pas d'engin explosif sous ma bagnole et monte à bord. Je me demande s'il s'agit de l'idée de Lizzie.

Une fois Mulvenna mort de la sclérose en plaques, elle devait savoir qu'elle était l'unique témoin du testament plein de rancœur de Tommy McCullough. Ils n'avaient qu'à se débarrasser du document, et voilà. Elle épouserait Harper, ils hériteraient de la propriété et vivraient heureux.

Mais pourquoi l'aurait-il tuée ?

Et comment ?

Les gouttes tombent sur le toit de la voiture par dizaines, par seaux, puis les cieux s'ouvrent.

— Merde, je fais.

À quoi bon attendre encore ?

Je roule jusqu'à Ballykeel, me gare devant le Henry Joy McCracken et prends mon kit de crochetage dans la boîte à gants.

Je marche jusqu'à la porte d'entrée.

Je connais la serrure maintenant, et il ne me faut que deux minutes pour me retrouver à l'intérieur du pub.

J'allume les lumières, prends une chaise retournée sur une table et m'assois.

Je feuillette mon carnet pour la centième fois.

Toujours le même problème : un, deux trois… cinq, six.

Je regarde le bar, la porte d'entrée, celle de derrière.

Comment il s'y est pris ?

Comment ?

Comment est-ce qu'il a…

Un battement.

Deux.

Trois.

Et en un claquement de doigts.

Ça m'apparaît.

Je pige tout.

25

LA BONNE FÉE D'HARPER

Je roule jusque chez Harper dans le noir, sous la pluie. J'aurais peut-être dû faire venir McCrabban, mais je ne veux pas l'enquiquiner à cette heure avancée et puis Harper n'opposera sûrement pas beaucoup de résistance.

Je me gare devant un box de cheval ouvert dans la cour boueuse.

J'ouvre ma boîte à gants et insère des piles toutes neuves dans le dictaphone.

Je le mets en marche et le fourre dans ma poche. Méthode ringarde qui ne tiendra pas devant un tribunal, mais ce n'est pas le tribunal qui m'intéresse…

Il pleut des cordes, je remonte mon col et mets une casquette.

J'ouvre la portière et pique un sprint mais suis quand même mouillé comme une soupe en arrivant à la porte et j'ai eu de la chance de pas finir le cul dans l'herbe détrempée.

J'enlève ma casquette, appuie sur la sonnette et passe une main dans mes cheveux pour enlever un peu d'eau de pluie.

Jane McCullough vient ouvrir avec son bébé dans les bras. Elle a cet air fatigué mais heureux des jeunes mamans.

— Oh, bonjour inspecteur Duffy.

— Toutes mes félicitations.

— Merci. Madame s'est enfin décidée à nous rejoindre.

— Une petite fille, donc ?

— Oui.

— Bravo. Combien pesait-elle ?

— Trois kilos cent tout ronds.

— Formidable. Félicitations. Je reviendrai avec un petit cadeau. Est-ce que le rose est toujours à la mode ?

— Oh, c'est inutile. Sa chambre déborde déjà.

— Dites-moi, Jane, je suis venu voir Harper, est-ce qu'il est là ? je demande, hésitant.

Elle m'adresse un sourire triste.

— Vous travaillez toujours sur ce qui est arrivé à Lizzie ?

— Je suis toujours sur l'affaire, oui.

— On peut dire que vous êtes bosseur, dit-elle en bâillant.

Le bébé me regarde. C'est une jolie petite fille qui a la blondeur et les yeux verts de sa mère.

Si je dis à Mary ce dont je soupçonne Harper, elle grandira sans connaître son père.

— Et comment s'appelle-t-elle ?

— Grania.

— Adorable. D'après le Cycle Fenian ?

— Mais oui ! La fille de Cormac Mac Airt. C'est Harper qui est très au fait. L'histoire… tout ça.

— C'est un joli prénom.

— Oui, c'est Harper qui l'a trouvé, mais je l'adore.

— Et où se trouve l'homme de la maison ?

— Je crois qu'il est dans la bibliothèque. Vous savez y aller ? Juste après le salon, au rez-de-chaussée. Vous restez dîner avec nous ?

— Je ne pense pas.

— Je vais coucher la mouflette dans quelques minutes, ce sera plus calme.

— Ce n'est pas ça, j'ai un autre rendez-vous ce soir.

— Comme vous voudrez, mais n'hésitez pas à me dire si vous changez d'avis.

— Je n'y manquerai pas, Jane, merci.

La bibliothèque est une salle rectangulaire très clairement inspirée de la salle de lecture de Trinity College. La collection de livres est impressionnante, il y en a bien trois ou quatre mille, vieux de plusieurs centaines d'années pour certains. Harper est confortablement installé dans un fauteuil en cuir face au ponton et aux eaux agitées du lac.

Il n'a pas l'air content de me voir mais s'empresse de se lever en plaquant un sourire sur son visage. Sourire dont il ne se serait pas encombré s'il avait su que j'étais le putain de messager de l'ange de la mort.

Le livre qu'il lit s'intitule *Archéologie sous-marine : atlas des sites submergés du monde*. Le volume tombe par terre avec un bruit sonore quand il se lève.

— Bonjour, inspecteur Duffy, heureux de vous voir.

— Bonjour, Harper.

— Vous restez dîner avec nous ?

Je ferme la porte derrière moi et m'installe dans un fauteuil face au sien.

— Je vais parler, vous allez m'écouter et quand j'aurai terminé je vous laisserai l'occasion de vous exprimer. D'accord ?

— Pourquoi ces grands airs ? Vous avez découvert…

Je pose un doigt sur mes lèvres.

— Lizzie Fitzpatrick a bien été assassinée, je fais.

— Je vous l'avais dit. Un de ces trois lascars qui étaient au bar. Je…

— Finement joué, Harper, de toujours favoriser la théorie du meurtre parce que vous ne pouviez pas croire qu'un accident soit arrivé à votre Lizzie bien-aimée. Ça vous rendait encore plus digne de compassion. L'homme tellement consumé de chagrin qu'il ne peut se rendre à l'évidence.

— Mais de quoi parlez-vous ?

— Elle n'a pas été tuée par un des clients du bar.

— Comment pouvez-vous en être sûr ?

— Parce que c'était vous, Harper. Je le sais. Vous étiez là, dehors, dans l'ombre. Vous attendiez l'heure de la dernière commande. Vous avez attendu que McPhail, Yeats et Connor s'en aillent.

— Mais j'étais au dîner du club de rugby !

— Non. Vous avez terminé à dix heures et quart. C'est à Ballykeel que vous étiez. À attendre votre heure.

— Je vous dis que j'étais à Belfast !

— Vous avez attendu que les trois pêcheurs soient partis. Puis vous avez frappé à la porte en vous annonçant. Elle a ouvert. Elle était ravie de vous voir. Vous avez fermé le verrou derrière vous. Vous lui avez dit quelque chose ?

— Je n'étais pas là !

— Non, je pense que vous n'avez rien dit. Ou peut-être juste "Va chercher ton sac", et quand elle a eu le dos tourné, vous l'avez frappée à la tête avec un mât de tente ou un manche de hache. Une fois qu'elle a perdu connaissance, vous lui avez brisé la nuque. Vous vous êtes assuré qu'elle était bien morte, vous avez grimpé sur le bar, mis une ampoule grillée dans la douille et une ampoule neuve dans sa main droite. Et vous avez cassé cette ampoule pour faire croire à sa chute.

Harper secoue la tête.

— Mais vous êtes fou ! Pourquoi aurais-je fait une chose pareille ? C'était ma petite amie. Je l'aimais ! On s'entendait bien !

— C'est justement parce que tout se passait à merveille entre vous qu'elle a décidé de vous faire part d'un secret.

— Un secret ? Mais qu'est-ce que vous…

— Elle était clerc de notaire pour James Mulvenna. Elle a travaillé deux étés chez lui avant que vous ne l'assassiniez. Elle se présentait au tribunal, remplissait des formulaires, servait de témoin pour les testaments…

— Et ?

— Elle a été témoin du testament de votre père, Harper.

Je guette sa réaction mais il demeure étonnamment imperturbable.

— Et à mesure que votre relation amoureuse s'épanouissait, ce secret la rongeait. Après la mort de Mulvenna, emporté par la sclérose en plaques, elle s'est rendu compte qu'elle était l'unique témoin vivant de ce testament. Ce testament gardé par le métal de l'armoire à classement de Mulvenna et la parole de Lizzie – les deux uniques choses qui vous séparaient d'une petite fortune.

— C'est la chose la plus ridicule que j'aie jamais entendue.

— Je ne crois pas.

— Et où est-il, ce mystérieux testament ? Allez, montrez-le-moi, dit-il d'une voix légèrement plus aiguë.

— Oh, il a disparu. Dans le cambriolage du 23 décembre. Mais il a été enregistré dans le livre de comptes de Mulvenna dont j'ai fait la photocopie. James Mulvenna tenait une comptabilité très méticuleuse.

Je lui tends la copie.

— Qu'est-ce que ça prouve ? dit-il avec dédain.

Je reprends le document.

— Votre père a payé Mulvenna cent trente livres pour la rédaction de son testament. Et Lizzie, témoin officiel, a perçu vingt livres.

Il s'esclaffe.

— C'est un peu mince, inspecteur Duffy. C'est tout ce que vous allez présenter à un jury ?

— Mr Wright pourra témoigner qu'il a eu une conversation avec vous à propos de la rédaction d'un nouveau testament, que vous avez déclinée en raison de l'état de santé de votre père.

— Il souffrait, je n'allais pas lui imposer ça.

— Mais il allait de mieux en mieux, pourtant ? Son état s'améliorait de jour en jour. Et c'est bien ce qui vous faisait peur. L'ancien testament, et la possibilité qu'il en rédige un nouveau.

— Ce testament, s'il a jamais existé, a disparu depuis longtemps, inspecteur Duffy. Et je crains que vous ayez besoin de votre bout de papier mythique si vous comptez convaincre qui que ce soit de la véracité de vos théories fumeuses, dit-il avec suffisance.

— Voilà ce qui est arrivé, selon moi. Lizzie n'avait aucunement l'intention de vous révéler ce que contenait le testament de votre père. On aurait pu l'accuser d'enfreindre l'éthique professionnelle et elle prenait sa carrière juridique très au sérieux.

— En effet.

— Mais après la mort de Mulvenna et à mesure que vos liens se renforçaient, elle a pris conscience que l'unique chose qui vous empêcherait d'hériter de la propriété et de l'entreprise était un bête bout de papier que votre père avait sûrement signé dans un accès de colère.

— Ça lui ressemble en tout cas.

— Que vous a-t-elle dit, Harper ? À qui léguait-il tout son argent ? À une école ? Une œuvre de bienfaisance ? Le club de rugby ? La Ligue royale de protection des oiseaux ? Vous n'alliez pas toucher un seul penny, hein ? Et c'est ce qui l'a choquée. C'est ça qui l'a poussée à vous en révéler le contenu.

Harper entrelace ses doigts derrière sa tête.

— Vous vous attendez à ce que je vous fasse mes aveux, là ? On n'est pas dans *Miss Marple*, mec. Merde, je ne vais rien avouer. Pour la bonne raison que je n'ai rien à me reprocher.

— Et comment expliquez-vous ça ? je fais en brandissant la copie du livre de comptes.

— Vous allez essayer de me coincer avec ça ? On vous rira au nez au tribunal.

J'approche ma chaise de son fauteuil.

— Elle a dû vous parler à son retour de l'université au moment des vacances de Noël. Elle savait que le temps était compté. Si vous deviez agir, il fallait agir rapidement.

— J'ai peut-être tué Mulvenna aussi, tant que vous y êtes ?

— Non. Mais c'est sa mort qui a tout déclenché. Elle y a vu une brèche. Une minuscule fenêtre par laquelle se frayer un chemin, pénétrer dans l'étude de Mulvenna, mettre la main sur le testament et le détruire.

— Vous devriez écrire des romans, Duffy.

— Donc elle vous a parlé du testament. Seulement voilà, Harper. Elle ne pouvait pas savoir quel genre d'homme vous étiez. Votre père, lui, savait, mais elle n'avait pas idée que vous étiez à ce point impitoyable.

— Je m'éclate. Vous êtes en plein délire, dit-il en prenant une cigarette et une boîte d'allumettes.

Je sors mon Zippo et le lui tends. Il allume sa clope puis me lance mon briquet.

— Pauvre Lizzie. Tout ce qu'elle pensait, c'est que vous vous introduiriez dans l'étude, vous empareriez du testament que vous détruiriez, après quoi tout irait pour le mieux.

— Continuez.

— Mais ce n'était pas votre plan, je me trompe, Harper ? Lizzie n'a pas réfléchi jusqu'au bout. Votre père était en voie de guérison. Chaque jour il récupérait un peu plus. Les consultations externes étaient efficaces. La kinésithérapie aussi. Un sacré gaillard. Il s'était remis d'une première attaque et voilà qu'il allait se rétablir de la seconde. Il vous méprisait toujours. Lorsque l'étude se rendrait compte de la disparition du testament, il en referait un, et ce serait retour à la case départ pour vous. Non, non, non. Lizzie n'avait pas pensé à tout, mais vous, si. Vous saviez que vous n'aviez d'autre choix que de le tuer. Il fallait détruire le testament et s'assurer que votre père ne puisse jamais en refaire un. Mais Lizzie était le grain de sable dans l'engrenage, n'est-ce pas ? Elle avait confiance en vous, mais vous ne saviez pas si vous pouviez lui accorder la vôtre. Un cambriolage passe encore, mais consentirait-elle à un meurtre ?

— Ça sent le tabac ! Je t'ai dit de ne pas fumer à l'intérieur ! Allez dehors, messieurs, s'il vous plaît ! crie Jane depuis la cuisine.

— Désolé, Jane ! je lance à mon tour.

La pluie a cessé, j'ouvre les portes-fenêtres et l'air nocturne froid et humide s'engouffre à l'intérieur.

— Après vous, dis-je en indiquant le balcon.

Il sort et je le suis.

L'air est frais. Lough Neagh est un trou noir silencieux à l'ouest.

— Elle me faisait confiance mais moi non ? C'est ça votre théorie à la con ?

— Vous aviez trois éléments à supprimer. Mulvenna était mort mais le testament existait encore, planqué dans son bureau telle une bombe à retardement. Le testament, Lizzie et votre père, dans cet ordre. D'abord le cambriolage. Pour ça, vous aviez besoin de l'aide de

Lizzie. Elle devait vous dire l'endroit exact où trouver le testament et comment profiter de la fenêtre des toilettes qui ferme mal pour vous introduire dans les bureaux. C'était elle le cerveau. La fée-marraine qui veillait sur cette partie du plan.

— N'importe quoi !

— Ça s'est passé le 23.

— Comme si j'étais capable de faire un cambriolage.

— Puis ç'a été au tour de la pauvre Lizzie. Qu'est-ce qui s'est passé, Harper ? Est-ce que vous lui avez dit que vous alliez devoir tuer votre père, et elle s'y est opposée ? Ou aviez-vous peur de le lui dire parce que vous saviez que pour elle le cambriolage était une chose mais que le meurtre était une limite qu'elle refuserait de franchir ? Vous auriez peut-être pu tuer votre père sans en dire un mot à Lizzie. Mais le poids du soupçon aurait pesé sur votre mariage pendant le restant de vos jours. Non, la meilleure façon, c'était de se débarrasser d'elle et d'attendre environ un mois avant de régler son compte à votre vieux.

— Mensonges !

— Quand vous avez appris qu'elle serait seule au pub, vous avez senti l'adrénaline monter. Vous saviez que ça jouerait en votre faveur. Et puis vous étiez au dîner du club de rugby ce soir-là. Vous aviez un alibi. Lui avez-vous demandé de vous laisser une clé ? En avez-vous fait un double ? À moins que vous en ayez déjà eu un ? Peut-être avez-vous pris la clé dans son sac et fait faire un double à Antrim.

— Vous avez que dalle, Duffy. Vous ne faites que spéculer.

— La clé n'a pas d'importance de toute façon. C'était une vieille serrure. Facile à crocheter. Je vous parie que n'importe quelle clé de cette époque aurait fait l'affaire dans cette serrure. Nan, laissons tomber la clé. Le vrai défi, c'étaient les verrous, pas vrai ?

— Parfaitement, Duffy. Les portes étaient fermées à clé et verrouillées de l'intérieur. Personne n'a pu entrer ni sortir.

— C'était parfait, Harper. Lizzie était seule dans le pub, dans une pièce close. Elle a voulu changer l'ampoule, elle est tombée et elle s'est brisé la nuque. Sa mère et vous étiez les seules personnes à ne pouvoir y croire tellement votre souffrance était grande.

— Vous êtes vraiment…

— Je vais vous dire comment vous avez procédé. Vous avez prononcé votre discours au dîner du club de rugby, vous vous êtes excusé pour aller aux chiottes mais en fait vous êtes rentré à Antrim. Tout le monde vous croyait encore au dîner mais vous étiez déjà à Ballykeel. Vous avez frappé à la porte. Lizzie ouvre, aux anges, "Oh, Harper, quelle surprise, je suis tellement contente de te voir", et bam ! Nuque brisée. Ampoules. Vous vous assurez que la porte d'entrée est bien fermée à clé et verrouillée. Puis vous vous servez de votre clé pour sortir par-derrière. Vous la refermez à clé une fois sorti, mais vous ne pouvez pas mettre le verrou, n'est-ce pas ? Mais ce n'est pas la peine. Vous attendez qu'il soit onze heures et demie et vous appelez Mary Fitzpatrick depuis une cabine téléphonique d'Antrim, pas depuis le club de rugby. Vous arrivez chez Mary puis vous participez aux recherches. L'agent de police braque sa torche à l'intérieur du pub et tout le monde prête main-forte pour forcer la porte.

— Car le pub est fermé et verrouillé de l'intérieur ! s'écrie Harper, avec une détresse évidente dans la voix.

— Vous trouvez le corps et pendant que Mary se lamente et que les flics de la patrouille appellent le central…

J'ouvre mon carnet et lis à haute voix :

— On était tous là à faire les cent pas en attendant que les inspecteurs arrivent. C'est exact ? Tout le monde faisait les cent pas en attendant le CID. Dix minutes d'attente, Mr McCullough.

— Et ?

Je tourne la page de mon carnet.

— Vous vous rappelez la question que je vous ai posée ? "Et la porte de derrière, Mr McCullough ?" Voici ce que vous m'avez répondu : "J'ai vérifié moi-même. Fermée à clé et verrouillée." C'est à ce moment-là que vous avez agi, Harper. Pendant que les flics gardaient l'entrée, consolaient Mary et lui disaient de ne pas toucher le corps et que vous titubiez de désespoir… Vous avez pris dix secondes pour aller à la porte de derrière et actionner le verrou. C'est aussi simple que ça.

— J'ai actionné le verrou pendant que les autres avaient le dos tourné ?

— Oui. Tout simplement. Vous savez pourquoi les magiciens ne révèlent jamais leurs trucs ?

— Non, pourquoi ?

— Parce que leurs secrets sont nazes de chez nazes.

Harper secoue la tête.

— Vous vous fourrez le doigt dans l'œil, Duffy. Le pub était verrouillé.

— Dites-moi la vérité, Harper, j'insiste en serrant les dents.

— Je refuse de vous dire quoi que ce soit, Duffy ! J'en ai assez ! Je crois qu'il est temps que vous partiez. À partir de maintenant, nous communiquerons par l'intermédiaire de mes avocats ou en leur présence.

Je reste planté là à fixer l'eau noire.

Je me demande si ma parole et ma théorie suffiront à Mary.

Presque sûr que non.

Elle a probablement eu des doutes sur Harper elle-même. Mais des doutes, ça lui fait une belle jambe, hein ?

Je lance ma clope, déboutonne ma veste, plonge une main dans mon holster et dégaine mon .38.

— Mais qu'est-ce que vous f… dit-il avant que j'arme le chien et pointe le canon sur lui.

— Pas de geste brusque, Harper. Ce flingue a une détente très sensible. Vous m'avez bien compris ?

— Oui.

Il ouvre des yeux immenses, terrorisés. Il ne me connaît pas. Je suis peut-être un de ces flics ripoux dont il est sans arrêt question dans les journaux. Un de ces flics capables de tout.

— Je n'ai que des hypothèses, Harper. Vous avez un bon alibi et il n'y a pas de testament, donc pas de mobile. Jamais je ne pourrai prouver quoi que ce soit au tribunal et, qui plus est, jamais je ne pourrai convaincre le directeur du ministère public de rouvrir le dossier. Vous ne ferez pas de taule, je vous le garantis.

— Quoi ?

— Comme vous l'avez très justement souligné, Harper, je n'ai que des spéculations et des preuves indirectes. Pas l'ombre d'une preuve solide. Je vous donne ma parole que vous ne serez pas arrêté pour ce crime, et que vous risquez encore moins un procès.

— Mais… mais… alors, qu'est-ce que vous me voulez ?

— Je veux que vous me donniez votre version, Harper. Comment, par accident, les choses ont mal tourné. Vous étiez venu pour lui parler. Vous n'aviez pas l'intention de la tuer. Vous vous êtes disputés. Une chose en entraînant une autre… Je veux connaître votre version des faits.

— Si… si… je dis que je l'ai tuée, ça ne sera pas terminé. Vous allez me tuer. Ici et maintenant !

— Si vous me dites la vérité, Harper, je vous laisse tranquille. Vous n'entendrez plus jamais parler de moi.

— C'est aussi simple que ça ?

— Comme je vous le dis. Jamais je n'arriverai à prouver votre culpabilité, je n'ai aucune chance, mais j'ai besoin de savoir ! J'ai besoin de savoir que j'ai raison, de cette satisfaction intellectuelle.

— Et si je refuse de parler ?

Je le chope par la gorge et colle mon canon contre sa joue.

— Je te tire une balle dans la tronche et je dirai à Jane et à tout le monde qu'après t'avoir mis au pied du mur à propos de la mort de Lizzie tu t'en es pris à moi, tu t'es emparé de mon flingue et l'as retourné contre toi.

— V-vous ne feriez pas ça, bégaie-t-il.

— Tu veux parier ?

Il réfléchit quelques secondes.

La sueur perle sur son visage.

— Parle ! je lui ordonne.

— Je… je… je…

— Allez, avoue, espèce d'enfoiré ! Dis-moi la vérité ou je t'explose la cervelle !

— Vous avez raison ! C'était son idée ! Depuis le début ! sanglote-t-il.

— Mais encore ?

— Elle était encore à Warwick quand elle a appris la mort de Jim Mulvenna et quand je suis venu la chercher à l'aéroport, elle était impatiente de tout me dire. Elle savait que mon père avait eu une attaque et qu'il n'était pas en état de faire un nouveau testament. Elle disait qu'on pouvait y arriver.

— Arriver à quoi ? Dis-le-moi, Harper !

— À faire ce que vous avez dit. Trouver le testament et le détruire.

— Qu'y avait-il dans ce testament ?

— Le vieux devait avoir perdu la boule, putain. Franchement, je savais qu'il ne me portait pas dans son cœur, mais ce qu'elle m'a raconté, c'était dingue. Elle a dit que presque rien ne me revenait. La propriété était léguée au National Trust[1]. Son entreprise serait vendue, et le fruit de la vente serait partagé entre la Ligue royale de protection des oiseaux, Oxfam et le club de rugby. James Mulvenna se doutait que je ferais un procès alors il a tout blindé. Lizzie et moi n'aurions eu que des miettes !

— Combien d'argent risquiez-vous de perdre ?

— La maison et l'entreprise ? Bon sang ! Trois millions.

— Alors, quel était le plan de Lizzie ?

— De s'introduire dans les bureaux de Mulvenna, de voler le testament et de le détruire. Comme ça, quand mon père mourrait intestat, tout me reviendrait. La maison, l'entreprise, les comptes en banque.

— Sauf que votre père n'a pas joué le jeu. Il s'est rétabli.

— Euthanasier le vieux n'a jamais fait partie du plan de Lizzie. Elle voulait que j'attende qu'il meure de causes naturelles. Mais combien de temps ça allait prendre ? Cinq ans ? Et vous avez raison. Il allait de mieux en mieux. Je savais qu'il n'allait pas tarder à recouvrer l'usage de la parole. En six mois, cette vieille crevure serait complètement remise…

Les mots se déversent à présent. Je suppose que tout le monde a besoin d'un confesseur. Je retire ma main

1. Institution britannique fondée en 1895 ayant pour vocation la sauvegarde du patrimoine naturel, culturel et historique d'Angleterre, du Pays de Galles et d'Irlande du Nord.

de sa gorge et recule d'un pas. La soirée offre un cadre parfait. Une odeur de tourbe brûlée flotte sur les berges du lac et la brume s'élève sur l'eau.

— Donc tu voulais tuer ton propre père mais tu savais que tu ne pouvais pas faire confiance à Lizzie, qu'elle te dénoncerait, c'est bien ça ?

— C'était une gentille fille. Comment lui faire confiance sur ce coup-là ? Mais peu importe. Ce n'est qu'une partie du tout. Il y a autre chose...

— Quoi donc ?

— Elle était loin, à l'université. À une époque, j'étais amoureux d'elle mais... on a bien raison de dire loin des yeux, loin du cœur.

— Tu ne voulais pas te marier avec elle ?

— Je connaissais déjà Jane. On était sortis prendre un verre deux ou trois fois. Difficile de me jeter la pierre, avec Lizzie en Angleterre la moitié du temps.

— Lizzie n'était pas au courant pour Jane ?

— Bien sûr que non !

— Mais si elle découvrait le pot aux roses, votre marché tombait à l'eau.

— Exactement.

Il se tâte en quête de ses cigarettes et je lui en allume une seconde.

— Merci, il fait, presque comme si on était potes à présent.

Sans le dictaphone, je lui aurais dit ce que je savais à propos d'Annie, mais Mary n'avait pas besoin d'en entendre parler.

La conversation a atteint un rythme de croisière. Sans baisser mon arme, je recule d'un pas supplémentaire pour le laisser respirer, ce qu'il apprécie visiblement.

— Tu aurais pu lui offrir de l'argent, peut-être ? Aurait-elle accepté, disons, un million ?

— Je n'y ai pas pensé une seconde. Elle s'était entichée de moi. Elle voulait la totale. La maison, l'argent, le train de vie. Elle n'était pas comme ses sœurs. La cause, elle en avait rien à secouer. Elle voulait juste un peu de confort. Et elle pensait qu'elle pouvait y avoir accès avec moi. Et qu'elle pouvait garder sous le coude ce qu'elle savait sur le testament, de sorte que je ne la quitterais ou ne la tromperais jamais. C'était une sorte de chantage.

Pauvre fille. Elle ne savait pas à qui elle avait affaire.

— Donc quand tu as appris qu'elle travaillerait seule au pub le soir où tu serais à Belfast, tu as échafaudé un plan…

— Échafaudé n'est pas le mot qui convient, Duffy. En fait ça m'est venu la veille.

— Parle-moi de la clé.

— Vous plaisantez ? C'était le plus facile. Je lui ai demandé si elle pouvait me prêter un peu de monnaie pour une course que je devais faire au supermarché. J'ai roulé jusqu'à Antrim, fait faire un double de la clé et j'étais de retour un quart d'heure plus tard.

— Il fallait que tu fermes la porte de derrière à clé après ton départ, au cas où quelqu'un viendrait.

— Oui.

— Et si l'occasion d'actionner le verrou ne se présentait pas une fois la porte enfoncée par les flics, tu savais qu'au moins, la porte de derrière serait fermée.

— Exactement.

— C'est pour ça que tu avais besoin de la clé du pub. En guise d'assurance. Mais peu importe au final. Personne ne t'a vu pousser le verrou.

— Eh non.

— Et hop : les deux portes étaient fermées à clé et verrouillées.

Il acquiesce. Je ferme les yeux et pousse un long soupir.

— Où as-tu trouvé l'idée d'une énigme en chambre close ?

Il fait un geste en direction des livres derrière lui.

— Mon père en a des centaines là-dedans.

J'opine à mon tour. Je me demande si Mary a besoin des détails concernant le meurtre en lui-même. Les parents tiennent-ils à savoir exactement comment leurs enfants sont morts ? Est-ce que Harper lui a parlé ? Se sont-ils battus ? Quels ont été les derniers mots de Lizzie ?

Moi en tout cas je n'ai pas envie d'entendre les détails. J'en ai assez comme ça en temps normal au boulot.

— Est-ce qu'elle a compris que tu allais la tuer ?

— Elle ne s'en est jamais douté. Je l'ai frappée par-derrière puis j'ai agi rapidement. C'est dans un SAS que j'ai appris comment briser la nuque à quelqu'un. C'est horrible à dire, mais il n'y a rien de plus facile.

— L'arme ?

— Rouleau à pâtisserie.

— Le Dr Kent avait raison. Où est-il ?

— Je m'en suis débarrassé depuis longtemps.

— Pas de scrupules ?

— Vous me prenez pour un monstre ? Bien sûr que j'ai eu des scrupules. Évidemment ! Mais est-ce que j'avais le choix ? Qu'est-ce que vous auriez fait, vous ?

Je n'allais pas monter sur mes grands chevaux.

— C'est bon, Harper, je fais, et je retourne dans la bibliothèque.

Je désarme le chien, rengaine mon arme. Il me rejoint à l'intérieur.

— C'est tout ? Vous avez fini ?

— J'ai fini.

— Pas d'inculpation ? Rien de rien ?

Je secoue la tête.

— Pas de preuves, pas d'accusation. Rien de rien.

Il sourit et pousse un soupir soulagé.

— Vous êtes catholique, n'est-ce pas ?

— Oui.

— Est-ce que ça ressemble à ça de se confesser à un prêtre ?

— En général, le prêtre n'a pas recours aux armes à feu.

Je sors dans le couloir, il m'emboîte le pas.

— Vraiment, on en reste là ? Vous partez, et vous ne revenez plus jamais ? insiste-t-il, sans en revenir de la chance qu'il a.

— Je t'ai donné ma parole, Harper. Tu ne me reverras jamais.

— Inspecteur Duffy, où allez-vous comme ça ? Vous ne restez pas avec nous ? me lance Jane depuis le salon.

— Non, je dois filer.

— Il paraît qu'il va tomber un vrai déluge avant l'accalmie. Restez manger un morceau pour vous réchauffer, insiste-t-elle.

— Mais oui, restez dîner, dit Harper.

Il croit qu'on est amis maintenant. Son large sourire appelle un bon crochet du droit.

— Non. Il faut que j'y aille. Je suis déjà en retard à mon rendez-vous, dis-je en quittant cette maison pour la dernière fois.

26

LA PAROLE DE MARY FITZPATRICK

Comme Jane l'a prédit, le crachin se transforme en déluge. Je longe l'allée des Fitzpatrick et marque un arrêt devant la vitre du salon. J'aperçois la famille éclairée par la lueur bleue de l'écran de télé.

Je gravis les marches du perron, hésite et finis par sonner.

C'est Annie qui vient ouvrir. Elle porte un sweat vert et une jupe longue en velours côtelé. Elle est pieds nus. Ses cheveux sont attachés à la Mary Tyler Moore. Ça lui va bien.

— Salut, dit-elle, contente de me voir.

— J'ai quelque chose pour toi, je fais.

Je soulève l'élastique de mon carnet et lui tends les bons que m'a donnés Barry Connor pour déjeuner dans son restaurant.

— Tiens, prends-les. Il faut que tu t'habitues à manger français si tu déménages à Montréal.

— Waouh ! J'ai entendu parler de cet endroit. Merci ! dit-elle en m'embrassant sur la joue.

— Je t'en prie.

— Quel bon vent t'amène, Sean ?

— Je suis venu parler à ta mère.

— Ah, c'est au sujet de Lizzie ?

— Oui.

— Tu as du nouveau ?

— Non. Rien de nouveau. En fait je crois qu'on va devoir définitivement clore l'affaire.

— Toutes ces ressources gâchées…

— On peut dire ça.

— Alors je ne te reverrai pas, Sean ?

— Je ne crois pas, non.

— OK.

Elle fronce les sourcils, prête à ajouter quelque chose, mais les mots ne viennent pas.

— Je suis certain que tu te plairas au Canada.

— Ce sera toujours mieux qu'ici.

Elle renifle, m'effleure la joue puis se tourne et se précipite à l'intérieur.

Je dirai à Dermot que tu vas bien, Annie, me dis-je intérieurement.

— Maman ! Quelqu'un à la porte pour toi ! lance Annie.

Mary apparaît dans l'entrée.

— Qui est-ce ? demande Jim à l'intérieur.

— Je vais parler à la police, Jim, dit Mary.

— On devrait peut-être parler dehors, je fais.

Je recule d'un pas et Mary ferme la porte derrière elle. On est à l'abri de la pluie, qui rebondit sur les marches en granit du perron.

— Alors ? dit-elle en pliant ses bras en couperet de boucher sur son ample poitrine.

— J'ai un nom pour vous.

Elle plisse les yeux.

— Je vous écoute.

— Avant de vous le donner, je tiens à ce que vous réfléchissiez.

— À quoi ?

— La vengeance, c'est un attrape-couillon, Mary. Quelle que soit sa souffrance, celui qui se venge s'en inflige bien plus encore par son acte de revanche. Il finit par mener une vie malheureuse. Je sais de quoi je parle. Il y a quelques années de ça, je me suis vengé sur un homme qui avait commis d'horribles actes et ça m'a apporté bien plus de regrets que de satisfaction.

Elle me prend par les épaules et me fusille du regard.

— Dites-moi qui c'est, Duffy !

— Promettez-moi d'abord de réfléchir à ce que je vous ai dit.

— J'y réfléchirai, Duffy.

J'acquiesce.

Je compte jusqu'à dix dans ma tête.

Si je lui dis le nom, je signe son arrêt de mort.

— Harper McCullough.

— Vous en êtes sûr ?

— Oui.

— Pourquoi ?

— Lizzie était le témoin du testament du père de Harper, qui prévoyait de ne rien léguer à son fils.

Je plonge une main dans la poche de mon blouson en cuir et lui tends le dictaphone.

— Écoutez ça. Tout est là-dessus.

Son poing se referme sur l'appareil.

— Il reconnaît l'avoir tuée, mais ce sont des aveux obtenus sous la contrainte. Ça n'aura aucune valeur devant un tribunal.

Mais bien sûr, ça n'a aucune importance.

Vingt générations que la famille Fitzpatrick règle ses problèmes sans avocats ni juges, ils ne vont pas commencer maintenant.

— Vous devriez détruire la bande une fois que vous l'aurez écoutée.

— Entendu.

— Et pour ce qui est de votre part du marché…

— Ma part du marché ?

— Dermot. Votre gendre.

— Pour quand avez-vous besoin de cette information ?

— Le plus tôt sera le mieux.

— Vingt-quatre heures, ça vous va ?

— Ça me va.

— Où descendez-vous quand vous allez à Londres ?

— Comment ?

— Quand vous êtes à Londres, dans quel hôtel descendez-vous ?

— Il n'y a pas d'hôtel où je…

— Quelqu'un vous appellera au Mount Royal sur Regent Street demain soir. Soyez prêt à partir. Si vous foirez votre coup, ce ne sera pas ma faute.

— L'hôtel Mount Royal demain soir ? Est-ce que je dois m'enregistrer sous mon propre nom ?

— Comment pourrai-je vous retrouver sinon ?

— Très bien, j'y serai.

Je vois des larmes et une folie sauvage dans ses yeux.

— Merci, Duffy, dit-elle avant de me pousser doucement vers les marches battues par la pluie.

Elle ouvre la porte de sa maison et disparaît à l'intérieur.

Je remarque qu'Annie m'observe par la fenêtre du salon. Quand elle s'en aperçoit, elle tourne la tête.

Je monte dans la BMW et roule jusqu'à la cabine téléphonique la plus proche, qui se trouve devant le bureau de poste d'Antrim.

J'appelle Kate.

— Je pense qu'il est en Angleterre. Mon informateur m'a dit de me rendre à Londres.

— Londres ?

— Oui.

— Quand partez-vous ?

— Demain.

— Vous êtes certain qu'il est en Angleterre ? Selon nos services, il va attaquer une base militaire britannique en Allemagne.

— C'est vers Londres que mon informateur me dirige, alors j'imagine que c'est là qu'il se trouve.

— Je vous accompagne.

— OK.

— S'il est bel et bien en Angleterre, je m'inquiète.

— Pourquoi ça ?

— La saison des congrès a commencé. Celui du Parti conservateur a lieu à Brighton la semaine prochaine. Le Premier ministre ne bénéficiera pas du protocole de sécurité habituel.

— À votre place, je le réviserais, ce protocole.

— Oui, c'est peut-être une bonne idée.

27

À TRENTE BORNES DE BRIGHTON

Kate, Tom, Alex – un jeune chauffeur du MI5 – et moi-même attendons près du téléphone dans la chambre 301 du Mount Royal. Le SAS et les Renseignements généraux de la police de Londres sont en alerte, prêts à entrer en action d'une minute à l'autre.

Rien ne se passe.

La faim se fait sentir, on passe commande au room service, on joue au poker, on regarde *Porridge* puis le *snooker* sur BBC2.

Le téléphone ne sonne pas avant minuit moins le quart.

Elle appelle d'une cabine téléphonique.

Elle demande à me parler et la réception transfère l'appel dans ma chambre. On met le téléphone sur haut-parleur.

— Duffy ?

— C'est moi.

— 11 Market Road, Tongham, dans le Sussex. S'il n'y est pas déjà, il ne va pas tarder.

— Est-ce qu'il sera seul ou…

Elle a déjà raccroché.

Tongham est un grand village à trente bornes au nord de Brighton. 11 Market Road est une adresse aux abords du bourg. Un cottage avec des bois derrière et des champs devant. Un endroit à l'écart, où personne ne viendra vous embêter.

Kate passe des appels en chemin et l'équipe de recherche découvre qu'il s'agit d'une propriété en location. Le propriétaire est en Espagne.

On arrive à six Range Rover. Un pour nous, deux pour les RG et trois pour les forces d'intervention rapide du SAS.

On se gare en bord de route à environ cinq cents mètres de l'adresse et on attend que les fines lames accomplissent leur boulot. En tenue de camouflage noire, gilet pare-balles et cagoule, ils portent des fusils d'assaut MP5 et certains sont armés de lourdes mitrailleuses.

Ils explorent les lieux pendant une heure et vingt minutes. Ils se servent de caméras à guidage thermique et font un trou dans un mur extérieur dans lequel ils insèrent une caméra espion.

Nous, on fait que dalle. On regarde, on attend, on fume dans la voiture.

Personne ne parle.

Tout à coup, l'équipe du SAS entre. Ils défoncent la porte d'entrée et déboulent dans la maison en mode commando.

Ils ressortent dix minutes plus tard.

L'un d'eux envoie un signal pour qu'on les rejoigne.

On roule jusqu'à la maison pour voir ce qu'ils ont trouvé.

On sait d'ores et déjà que l'endroit a été déserté vu le manque d'enthousiasme de l'équipe.

Kate interroge le commandant du SAS, un sergent du Tyneside qui fume déjà une sèche, en descente d'adrénaline.

— Il y a quelqu'un à l'intérieur ? demande-t-elle.

— Non, et je ne suis pas expert en la matière, mais je dirais qu'il n'y a eu personne depuis un bout de temps, dit-il, à moitié dégoûté.

— Notre source était bonne, se défend Kate.

— Ouais. Ben ça m'en fait une belle. Nous, on se tire, le boulot est fait et on a une trotte pour retourner à Hereford.

— C'est toujours un bon entraînement pour vos gars, je fais, sans conviction.

— Si vous le dites, marmonne le sergent.

Une fois le SAS parti, Kate envoie l'équipe scientifique des Renseignements généraux dans la maison, habillés en combinaison blanche à capuche et dotés de gants en latex.

On est plus dans *1984*, mais dans *Orange mécanique*.

Kate sort un thermos de thé et on le boit pendant que les drougs[1] font leur boulot.

— Vous êtes sûr de votre source, Sean ? me demande Kate.

C'est la première fois qu'elle exprime un doute.

— Vous savez qui est ma source. Et vous savez pourquoi elle m'a donné l'info.

Kate fronce les sourcils.

— Mary Fitzpatrick vendrait-elle vraiment son gendre ?

— Apparemment ils ne peuvent pas se sentir. Et comme je vous l'ai dit, elle m'a donné sa parole.

Kate acquiesce.

Les flics mettent en branle un générateur au diesel bruyant pour alimenter leurs torches et le reste de leur équipement. Le responsable de l'opération, un inspecteur du nom de Dawson, nous fait un rapport préliminaire une heure plus tard.

1. Référence au "nadsat", argot inventé par Anthony Burgess dans *L'Orange mécanique* et repris par Kubrick dans son adaptation cinématographique. Ici le sens est "ami".

— Il semblerait que ce renseignement soit éventé. C'est difficile à dater de façon précise, mais d'après les excréments de souris et la couche de poussière, je dirais que personne n'a occupé cette habitation depuis plusieurs mois.

— Vous en êtes sûr ? s'enquiert Kate.

— Je ne peux pas vous donner de date exacte, mais mon estimation est bonne. Personne n'a mis les pieds ici récemment, ça, c'est certain.

Kate me regarde. Difficile de déchiffrer son expression. Pas un franc agacement, ni une franche déception, mais quelque chose dans ce goût-là.

— Vous avez trouvé des empreintes ? je demande.

— On a cherché mais on n'a rien trouvé, répond Dawson.

Tom secoue la tête et maugrée.

— Quel fiasco.

— Vous ne trouvez pas ça plutôt inhabituel, inspecteur ? j'insiste auprès de Dawson.

— Comment ça, inhabituel ?

— Vous n'avez trouvé absolument aucune empreinte dans toute la maison ? Vous avez déjà passé au peigne fin une scène de crime dans laquelle il n'y avait aucune empreinte ?

Dawson est un grand type avec une moustache et des cheveux grisonnants. Il est loin de respirer l'imbécillité mais avec les flics on ne sait jamais.

— Pas d'empreinte. Pas une seule. C'est très étrange, non ?

Dawson finit par acquiescer.

— Oui, c'est assez rare.

— Où voulez-vous en venir, Duffy ? demande Tom.

— Sean suggère que cet endroit a bel et bien servi de refuge à l'IRA, dit Kate.

— Mais le renseignement est périmé de plusieurs mois, fait Tom en me fusillant du regard sous le clair de lune.

Dawson me regarde, toujours avec cet air écœuré. Mon accent irlandais et mes habits de civil lui indiquent probablement que je suis une pourriture d'informateur.

— Je pense qu'on passe à côté de quelque chose, dis-je.

— On s'est foutu de vous, Duffy. Votre informateur vous a roulé. Il vous a donné une vraie piste, en s'assurant qu'elle n'était plus valide. Le coup classique. On voit ça tout le temps, fait Tom.

— Je peux jeter un œil ? je demande à Kate.

Kate lève les sourcils à l'intention de Dawson.

— On a terminé, servez-vous, fait Dawson.

On y va tous les trois.

C'est un cottage plutôt miteux où flotte une odeur de moisi. Les flics ont installé des lampes à arc mais quand j'actionne l'interrupteur, la lumière s'allume, ce qui m'indique deux choses : la police ne voit pas plus loin que le bout de son nez et quelqu'un continue à payer les factures d'électricité.

Les meubles sont quelconques. Deux canapés, des chaises en plastique dans la cuisine, une télé Grundig noir et blanc d'environ 1970.

Deux chambres avec deux lits simples dans chaque.

— Quatre lits au total. Soit ce qu'il faut pour une cellule de l'IRA typique, dis-je à Kate.

Elle acquiesce, prend note.

Couverts dans les tiroirs, vaisselle dans le placard. Une vieille boîte de cornflakes, du lait en poudre, du sucre dans un bocal, du thé en sachets.

Dans les toilettes, un exemplaire du *Sun* de mars 1983. Je feuillette le journal en quête de messages ou de grilles de mots croisés remplies mais il n'y a rien. La fille de la page trois est une blonde à forte poitrine du nom de Suzanne, qui espère devenir un jour chanteuse à bord d'un bateau de croisière.

Je fais couler le robinet de l'évier et vérifie que le gaz fonctionne.

— Pas de téléphone, mais l'électricité, le gaz et l'eau courante sont opérationnels, je dis à Kate.

— Qu'est-ce que vous en concluez, Sean ?

— Ils s'en sont déjà servis et ils vont revenir.

On va sur les quatre heures du matin.

Kate s'assoit à côté de moi à la table en pin de la cuisine.

— Inutile de vous en vouloir, Sean. Je sais que vous avez fait de votre mieux, dit-elle sur un ton rassurant.

— On devrait surveiller la maison. Ils seront bientôt de retour. Il faut qu'on répare la porte d'entrée et qu'on remette chaque chose à sa place.

— Sean, écoutez, vous…

— Mary ne m'aurait jamais refilé un pétard mouillé. Ils vont venir.

— Mais comment pourrait-elle être au courant, Sean ? Elle est sur écoute, on filtre son courrier.

— Elle le sait, c'est tout !

Kate pose sa main sur la mienne.

— Il faut que vous appreniez à ne pas tout prendre à cœur comme ça.

— Ce n'est pas ce que vous croyez. Je sais que j'ai raison. Je veux que vous fassiez surveiller cette maison. S'ils ne s'en servent pas en ce moment, ça ne va pas tarder. Je veux une équipe en place vingt-quatre heures sur vingt-quatre. J'en ferai partie.

Elle réfléchit.

— Je sais déjà comment ils vont réagir à Gower Street, ils diront que nous devons utiliser nos ressources de la façon la plus raisonnable possible. Que nous courons après des fantômes.

— Alors c'est à vous de les convaincre, non ? Une équipe de surveillance, en permanence, c'est pas compliqué.

Kate soupire.

— Combien de temps ?

— Autant qu'il le faudra.

— On va me le demander. Je dois donner une durée d'engagement précise.

— C'est votre boulot, Kate. Rusez. Convainquez-les. Dermot va venir dans cette baraque. Je le sais. Je le sens, cet enfoiré. Il a prévu un gros coup et il va venir ici avec son équipe. Soit pour finaliser leur opération, soit pour se planquer une fois qu'ils auront terminé. À mi-chemin entre les départs de ferry et Londres. À vingt minutes de Gatwick. C'est l'endroit idéal.

Elle sourit avec indulgence.

— Si vous le dites, Sean.

— Vous voulez bien alors ? Faire surveiller la maison ?

— Comme vous dites, il va falloir réparer la porte et tout remettre en état.

— Sans oublier la poussière et les excréments de souris. Il est prudent, et intelligent.

— Très bien.

— Je veux participer. Je veux être là quand il viendra. Je ne veux pas que vous lui tiriez dessus quand il aura les mains en l'air.

— Vous ne nous faites pas confiance ?

— Vous déconnez ? Pas du tout. Ni au SAS d'ailleurs. Moi, je ne donne pas dans l'assassinat. Je suis policier. On essaie d'arrêter les suspects vivants si on le peut.

Elle arque légèrement les sourcils. Ce n'est pas ce qu'elle a entendu dire. Elle époussette son pantalon.

On sort de la maison.

— J'ai un bureau local à gérer. Je dois retourner en Irlande du Nord, dit-elle.

— D'accord.

— Ce qui signifie que vous êtes sous les ordres de Tom. Vous devez lui obéir.

— Ça me va.

— Et pas d'héroïsme, Sean. Je compte laisser des instructions très strictes à l'équipe de surveillance. Si vous repérez Dermot ou qui que ce soit d'autre, vous devez le signaler et on enverra le SAS pour les coffrer. Votre boulot est une simple mission d'observation, rien de plus. C'est bien compris ?

— C'est clair comme de l'eau de roche.

— Bien. Je vais appeler nos sages et vénérables maîtres pour voir ce qu'on peut faire.

28

L'AMBASSADEUR DE LA MORT

La fourgonnette est garée sur une petite aire d'arrêt à huit cents mètres de la maison, sous un vieux hêtre pourpre. L'endroit idéal pour un poste d'observation : assez proche de la maison, mais sur une route secondaire complètement différente de celle qui y mène. On est garés en face d'une casse où les allées et venues sont très sporadiques, sur une pente légère, de sorte qu'on voit la maison en contrebas, de l'autre côté des champs de colza. On a vue sur tous les véhicules qui circulent sur la route de Londres, et sur toute personne qui entrerait dans la maison par la façade ou l'arrière. Il y a même une cabine téléphonique à la casse, dont on peut se servir au cas où la batterie de notre appareil sans fil se déchargerait.

Dermot a beau être quelqu'un de réfléchi, même s'il explore les environs de sa planque en quête d'observateurs, je doute qu'il fasse cas du vieux Ford Transit cradingue loin là-bas du côté de la casse auto.

On a réparé la porte d'entrée, effacé nos empreintes de pas et même ajouté cette couche de poussière supplémentaire à laquelle je tenais pour que l'endroit ait l'air de n'avoir accueilli personne depuis des mois.

Les observateurs du MI5 travaillent par groupes de trois. Le quart dure douze heures, puis douze heures de pause, ce qui veut dire qu'il faut six personnes minimum. Puisque tout ça c'est grâce à moi, j'insiste pour prendre la place d'au moins un membre de l'équipe pour la surveillance de nuit, que tout le monde déteste.

Notre base à nous se situe dans la planque sordide du MI5 à Brighton, et pour gagner du temps et de l'argent, on crèche tous là plutôt qu'à Londres.

Je partage une chambre avec un jeune agent écossais des Renseignements qui se fait appeler Ricky. Il dit venir de Glasgow, il joue dans un groupe de ska et il porte la barbe. Je l'aime bien et, chaque fois qu'on joue au Scrabble, je le laisse gagner parce que ça a l'air important pour lui. Il dit avoir été recruté à St Andrews pour ses compétences en langues étrangères. Il étudiait la littérature russe, mais lit également le tchèque, le polonais et le serbo-croate – nul doute que c'est grâce à ces aptitudes qu'ils l'ont envoyé direct en poste en Irlande du Nord.

Ricky est l'assistant de Tom et ce sont eux qui mènent la barque.

Au bout de trois jours, Ricky et Tom restent mais les trois autres sont remplacés, car comme le dit Tom, planquer sur le long terme use et épuise les agents des Renseignements.

Il y a un peu de nouveau : le propriétaire de la maison a été retrouvé, il s'agit d'un comptable anglais octogénaire du nom de Donoghue, qui a déménagé en Espagne cinq ans plus tôt. Il possède une douzaine de propriétés le long de la côte sud et il a loué ce cottage à diverses personnes au fil des ans, dont il s'avère qu'aucune n'est apparentée à l'IRA. À cause de l'humidité, personne n'a apparemment loué la maison depuis presque un an, et s'il s'agit d'une planque, elle est très rarement utilisée. À la fin de l'opération, il faudra l'interroger, mais à ce stade, il semble que si l'IRA séjourne dans l'une de ses maisons, il n'est pas au courant.

Dans l'ensemble, les gars sont patients, et ce n'est qu'à partir du cinquième jour que je les entends marmonner à propos de "fausse piste" et de "pétard mouillé". Je comprends les mecs que ça fait chier. Si Mary ne m'avait pas donné sa parole et si j'étais extérieur à cette opération, moi aussi je serais remonté. Et plus le temps passe, plus je commence à me dire non que Mary m'a délibérément menti mais que c'est à elle qu'on a refilé une mauvaise information. Il se peut qu'elle m'ait roulé, mais il est plus probable qu'elle ait écopé d'une info pourrie.

Le sixième jour passe, puis le septième. Des heures à se morfondre dans la fourgonnette, à observer une maison inoccupée, ou bien des heures à se morfondre à Brighton, à jouer au poker avec une équipe tournante d'agents des Renseignements qui perdent leur fric avec une facilité déprimante.

À la fin de la première semaine, Tom, Ricky et moi allons à Londres pour un entretien avec Kate à Gower Street. Tom et Ricky sont convaincus que l'opération est une perte de temps, mais j'insiste sur le fait que ma source est inattaquable.

Mais c'est Kate qui a le dernier mot et, après une légère hésitation, elle donne son feu vert pour une seconde semaine de surveillance. Comme elle nous l'explique, et c'est ce qu'elle dira à ses supérieurs, le congrès des Tories approche et le refuge de l'IRA est d'une proximité suspecte avec Brighton…

L'équipe change mais la routine varie rarement.

En général, je suis de garde la nuit avec deux autres agents des renseignements. Depuis le Ford Transit, on observe la maison de Tongham aux jumelles de vision nocturne ou au scanner infrarouge. Bonjour l'odeur et le confort, mais on peut pioncer un peu chacun son tour pendant que les deux autres surveillent la maison.

À huit heures du mat', Tom ou Ricky nous retrouve avec l'équipe de jour et on roule jusqu'à Brighton.

Moi, je file direct au pieu et je dors jusqu'à deux heures de l'après-midi. La planque se trouve sur Hove Street, près d'un kebab et d'un magasin de location vidéo.

Il m'arrive de marcher jusqu'à la plage, mais la plupart du temps, je traîne avec les autres, à jouer aux cartes et à regarder des films sur le magnétoscope.

Au début du neuvième jour, même moi je suis convaincu que Mary a foiré quelque chose ou qu'elle m'a trahi, obtenu de moi ce qu'elle voulait sans accomplir sa part du marché.

Les environs de Brighton semblent vraiment un décor improbable pour toute action de l'IRA, quelle qu'elle soit. Le congrès du Parti conservateur a bel et bien commencé, et la ville est bourrée à craquer de forces de l'ordre. En raison de la campagne de bombardements de l'IRA et des menaces de mort émises par les mineurs mécontents, les Renseignements généraux et la police du Sussex ont déversé dans les rues des agents de patrouille, des agents spéciaux, la police anti-émeutes et des enquêteurs en civil. On ne peut pas lever le petit doigt sans risquer de toucher un flic qui ne cherche qu'à arrêter et fouiller quelqu'un.

En tant qu'homme à l'accent irlandais avec une barbe d'une semaine, je me suis fait arrêter trois fois en deux jours pour contrôle d'identité. En général, ma plaque fait l'affaire, mais pas toujours. Mais là n'est pas la question. Une attaque à Brighton cette semaine semble quand même irréalisable, même pour quelqu'un de l'envergure de Dermot. L'hôtel de Mrs Thatcher et le centre des congrès ont été fouillés de fond en comble, et le MI5, les RG ainsi que le SAS assurent eux-mêmes la sécurité des membres du cabinet ministériel qui assistent aux divers événements.

Le troisième jour du congrès des Tories, après une nouvelle nuit infructueuse dans la fourgonnette, je vais boire un verre à midi avec Tom et lui dis qu'on ferait sûrement mieux de remballer ce week-end.

— Alors finalement tu doutes de ton informateur ?

Je bois une gorgée de bière.

— On dirait qu'elle s'est fait refiler un vieux tuyau.

— C'est qui, cette mystérieuse Mata Hari, si je peux me permettre ?

— Je préfère ne pas le dire. Mais elle n'est pas impliquée dans le commandement actuel de l'IRA provisoire. Elle appartient à la génération précédente.

Tom acquiesce et boit un coup au goulot de sa Budweiser. On est assis dans la cour d'un pub avec vue sur la plage et la Manche. C'est très agréable. La brise du large est douce et le soleil n'est pas avare de rayons pour un jour d'automne.

— Ou il se peut qu'elle t'ait carrément arnaqué, dit Tom.

— Oui.

— Dommage, en tout cas. C'est la seule piste qu'on ait sur Dermot, à part la piste allemande, et encore je n'ai vu aucun suivi dans les fiches classées confidentiel.

Je finis ma pinte.

— J'ai fait ce que j'ai pu.

— Je sais, dit Tom.

Il passe une main dans ses cheveux et soupire.

— Ils vont me transférer hors d'Irlande du Nord.

— Tant mieux pour toi. C'est vraiment craignos comme endroit.

— Mouais. Ils vont sûrement me mettre sur cette putain de grève de mineurs.

— Parce que le MI5 espionne les mineurs ?

— Ben ouais, qu'est-ce que tu crois. Tous des enfoirés de trotskystes.

Pour un agent des Renseignements, Tom est incroyablement bavard, mais je l'aime bien.

— Ça te dit, une autre bière ? On bronze bien, là, me propose-t-il.

J'accepte et le remercie quand il revient avec deux Stella.

— Santé, mec.

— À la tienne.

— Pourquoi on remballerait pas dimanche matin, hein, qu'est-ce que tu en dis ? je lui fais.

— Je vais en parler à Kate. Ça va lui plaire. Tous les formulaires qu'elle a dû remplir pour cette opération, je te raconte pas.

Kate m'appelle plus tard dans l'après-midi.

— Ça y est, vous arrêtez ? dit-elle sans approbation ni déception dans la voix.

— Ça fait presque deux semaines. Il ne viendra pas. Brighton est trop risqué en ce moment.

— Alors qu'est-ce que vous voulez que je fasse ?

— On tient le coup jusqu'à dimanche matin, après quoi je prends un vol pour l'Irlande du Nord. J'irai parler à Mary. Elle a peut-être eu de nouvelles informations.

Elle ne réagit pas.

Il n'y a rien à dire de toute façon.

C'est terminé.

On a fait ce qu'on a pu mais Dermot est un roi de l'évasion.

Un roi de l'évasion avec un gros tas de fric, de passeports et d'identités.

C'est un voyageur. Un nomade. Un fantôme.

— Vous avez jeté un œil du côté de l'ambassade de Libye ?

Elle rit puis ajoute à mi-voix :

— Oui.

— À dimanche, alors.

— À dimanche, Sean.

Tom, Ricky et moi on marche jusqu'au Grand Hotel pour regarder les équipes de télé et les fidèles du Parti conservateur. Le seul endroit à ne pas être envahi est le Kentucky Fried Chicken, où on prend notre dîner.

Après ça, on rentre à pied jusqu'à la maison et Ricky, moi et un agent du nom de Kevin (natif de Birmingham, fraîchement débarqué dans l'après-midi), on roule jusqu'à Tongham relever l'équipe de jour.

On arrive un peu après sept heures. Il fait déjà nuit, et bien sûr, de l'autre côté des champs, la maison, comme à son habitude, est déserte et plongée dans l'obscurité.

— Du nouveau, les gars ? je demande.

Ils roulent des yeux sans rien dire.

— On vous demande s'il y a du nouveau, répète Tom, agacé.

— Vous pouvez lire le journal de bord. Rien de neuf.

Kevin, Ricky et moi montons à bord du Ford Transit.

Tom ramène les autres à Brighton.

Kevin prend le premier quart, il s'assoit sur une chaise de camping et regarde par la lunette arrière avec les lunettes de vision nocturne. Ricky s'assoit devant avec le journal et je m'allonge sur le lit de camp avec mon walkman sur les oreilles. Tous les quarts d'heure, Kevin est censé écrire ce qu'il a vu sur un porte-bloc.

Tous les quarts d'heure, il marmonne dans sa barbe "Que tchi que dalle" avec un charmant accent de Wolverhampton.

Deux heures se sont écoulées lorsqu'on frappe poliment à la porte arrière de la fourgonnette.

Comme j'écoute Leonard Cohen, je n'entends rien, mais Kevin pose le porte-bloc et ouvre les portières de façon très relax.

Il a peut-être pensé qu'il s'agissait d'un flic du coin qui se demandait ce qu'on fichait garés ici devant la casse ou d'un mec qui s'était perdu. La monotonie a endormi notre vigilance au point qu'on n'envisage qu'une explication innocente.

Enfin bon, je crois que je n'aurais quand même pas ouvert aussi allègrement que lui.

Un éclair de lumière déchire l'obscurité et Kevin tombe à la renverse dans le camion avec un trou dans la tête. Au même moment, un éclair de lumière à l'avant dans la cabine. Encore un, accompagné d'un cri d'animal, et je comprends que Ricky est mort.

Kevin a un flingue dans son holster mais avant même que j'envisage de le prendre, un homme en cagoule ouvre grand les portes arrière du Transit et pointe un Glock 9 mm avec silencieux sur moi.

Leonard Cohen continue à s'époumoner dans mes oreilles.

Au moins, c'est une chanson digne pour mourir.

Je ne sais pas quoi faire à part lever les mains en l'air.

— Qu'est-ce que t'écoutes ? me demande le mec armé avec un accent de Derry.

Je déglutis.

— Qu'est-ce que t'écoutes ? il répète.

— Leonard Cohen.

— Leonard Cohen, c'est ça que t'as dit ?

— Oui.

— Quel album ?

— *New Skin for the Old Ceremony.*

— Quel titre ?

— "Chelsea Hotel #2."

Un autre homme en cagoule le rejoint.

— Je l'ai refroidi, dit-il.

— Oui, j'ai vu.

— Qu'est-ce qui se passe, ici ? demande le deuxième homme en cagoule.

— Il écoute Leonard Cohen, explique le premier.

— Quoi ?

— Il dit qu'il écoute Leonard Cohen, *New Skin for the Old Ceremony*.

— Jamais entendu parler.

— Ça m'étonne pas de toi. Espèce d'inculte.

Le premier enlève sa cagoule.

Bien sûr, c'est Dermot. Ses cheveux sont une longue crinière blonde. Il est bronzé, tonique. Ses yeux sont deux flaques d'un bleu cristallin dans le désert. Il a le visage ridé et la mâchoire pareille à une putain d'enclume. Il a l'air jeune, fort, sans pitié. Un tueur de sang-froid. Un passeur vers le domaine de *Mag Mell*.

— Fais-moi plaisir, dit-il. Passe-moi ce walkman. Tout doux, hein.

Je me lève et lui tends le walkman. Il le met sur ses oreilles et écoute la chanson. Il me regarde pendant que Leonard Cohen chante. Il me regarde sans cligner des yeux une seule fois. Avant que le titre soit fini, il passe le casque à son partenaire.

Lequel n'est pas impressionné.

— Qu'est-ce qu'il raconte ? demande-t-il une fois la chanson terminée.

Dermot reprend le walkman et arrête la lecture.

— C'était à propos de Janis Joplin, fait Dermot.

— Janis Joplin, répète l'autre, sceptique.

— N'est-ce pas, Sean ? me demande Dermot.

— C'est bien ça, je fais.

Dermot me regarde un instant puis sourit.

Nous y voilà, je me dis. *Battu par Dermot encore une fois. Comme c'était déjà le cas tous les jours à St Malachy. Mais là, c'est vraiment la fin, putain…* Et c'est aussi à

St Malachy que le père Pugh nous avait dit que les morts dormiraient un million d'années et seraient ressuscités le Jour du Jugement dernier pour rejoindre la Mère de Dieu aux cieux, alors que les méchants, eux, brûleraient pour l'éternité dans un lac de feu.

Où vais-je finir ?

Peut-on travailler pour le gouvernement Thatcher et être malgré tout quelqu'un de bien ?

Peut-on abattre un homme de sang-froid et éviter les flammes de l'enfer ?

Et Dermot, alors ? Peut-on faire exploser des innocents et aller au paradis ? Que penserait le père Pugh de nous deux à présent ?

— Alors ? demande le deuxième homme à Dermot, qui acquiesce.

— Allez, Sean, tu ferais mieux de descendre de ce camion, n'importe qui pourrait débarquer d'une minute à l'autre. On ne peut pas rester là à papoter toute la nuit.

— Descendre ?

— Oui, descends, et inutile de te préciser de ne pas faire de gestes brusques, parce que, sinon…

— Tu me flingues.

— Je n'hésiterai pas, dit Dermot avec un petit rire.

— Je n'en doute pas.

Je sors du van tandis que le deuxième homme traîne le corps de Ricky hors de la cabine avant pour le mettre à l'arrière. Pauvre Ricky. C'était un bon gars. Je ne savais pas grand-chose sur lui mais le peu que je connaissais me plaisait.

Dermot me fouille et le deuxième terroriste claque les portes arrière du Transit avant de s'installer au volant.

— Détruis la radio, prends le journal de bord et balance les clés ! lui dit Dermot avant de me rejoindre.

— J'ai observé la relève à huit heures ce soir. Vous faites quoi, six heures de surveillance et six heures de pause ? Ou douze heures ? Peut-être quatre ?

— Douze.

— Alors tes potes seront pas là avant huit heures demain matin ?

— Exact.

— Si tu mens…

J'ai toujours eu du mal à mentir à Dermot.

— C'est la stricte vérité. On se relaie toutes les douze heures.

— Des appels radio, ce genre de choses ?

— Non, rien de ce genre, Dermot. La relève se pointe, lit le journal de bord, c'est tout.

Dermot acquiesce.

— Bon, ça nous laisse quelques heures, alors ?

— J'imagine.

— Assieds-toi si tu veux bien, là, par terre. Voilà.

Je m'assois dans la mousse.

— La nuit est belle, tu ne trouves pas ? Merveilleuse. Claire. Fraîche. La corneille Morrigan est de sortie cette nuit, je dirais. Elle nous regarde de son œil noir. Braqué sur toi et moi.

— Oui, Dermot.

— Il t'arrive de lire Hobbes, Sean ?

— Non, Dermot.

— Tu devrais. Il dit tout.

Il s'accroupit face à moi, me tenant en joue avec son 9 mm, l'air de rien.

— L'état de nature est un état de guerre.

— Tu as sûrement raison, Dermot.

— Bien sûr que j'ai raison ! Regarde-nous ! Nous avons exterminé les gigantesques troupeaux de mammouths, d'élans, de buffles. Nous nous sommes multipliés, nous avons peint des images dans des cavernes et nous avons conduit notre pauvre cousin *Homo sapiens neanderthalensis* aux confins de la mer Occidentale. Ça, ce n'était pas très gentil, hein ?

— Non, Dermot.

— Et quand les glaces ont fondu et qu'une ère d'abondance est advenue, nous avons dirigé nos passions belliqueuses vers nous-mêmes ! Nous-mêmes, Sean, nous ne pouvons tout simplement pas nous en empêcher, dit-il, et pour la bonne mesure, il enfonce le canon de son Glock dans ma poitrine.

— Non, Dermot, je fais en essayant de cacher ma peur.

Il me gratifie de ce sourire facile et désarmant et me tapote la tête.

— Tu me comprends. Je le sais. T'en as toujours eu dans la caboche. "La guerre est la locomotive de l'histoire." Tu sais de qui c'est, n'est-ce pas ?

— Je ne me rappelle pas.

— Trotsky, voyons ! Tu le savais, non ?

— Oui, je crois.

— Trotsky. J'ai visité sa maison, tu sais. Il est enterré dans le jardin. Imagine un peu. Une baraque immense. Dans un quartier très charmant. Tout proche de la maison de Fri…

— Dermot, faut qu'on bouge, putain ! intervient son partenaire.

Dermot se tourne vers lui rageusement.

— Bordel, ne m'interromps pas quand je parle, espace d'ingrat !

— Ça va, détends-toi.

— Et me dis pas de me détendre, putain !

— OK.

Dermot se tourne à nouveau vers moi.

— Bien, où en étions-nous ?

— À Frida Kahlo.

— Ah oui. Laisse tomber. Aucune importance. Ce qu'il faut retenir, Sean, c'est que la violence est la seule façon de faire tomber l'Empire.

— Gandhi ?

— Ben Kingsley est la putain d'exception qui confirme la règle ! Pas vrai ?

— Si.

— Allez, lève-toi. Marche jusqu'à la voiture.

— OK Dermot.

— Oui Dermot, non Dermot, OK Dermot, c'est tout ce que tu sais dire ? Fait chier, putain !

Il me bouscule et me considère un long moment avec un air de haine pure, puis finit par mettre une main sous mon épaule pour m'aider à me relever.

— Allez ! À la maison. Ce sera plus confortable. On l'emmène avec nous, Marty. Je suis certain que Sean a tout plein d'informations à partager avec nous.

— Pas la maison. Elle doit être truffée de micros, les mecs doivent être à l'écoute, dit le deuxième homme.

— Marty, on vient de buter ceux qui sont censés écouter, dit Dermot puis il se tourne vers moi. Il y a des micros, Sean ? Tu peux me le dire, hein. Entre toi et moi.

— Non. Pas de micros. On n'a rien touché dans la maison pour ne pas nous trahir. C'était de l'observation pure.

— Et après ? Vous étiez censés faire quoi une fois que vous nous aviez repérés ? Ne me mens pas, mon petit Sean !

— Dès qu'on vous apercevait, on devait appeler la force d'intervention rapide du SAS, qui se serait pointée illico.

— Un peloton d'exécution.

— Non. On voulait vous prendre vivants. Vous êtes considérés comme des sources de renseignements non négligeables, avec le prisme Kadhafi et tout.

Dermot acquiesce.

— Oui. Logique. Mais bon, évidemment, je ne vous aurais rien lâché.

À mon tour d'opiner.

— Allez, par ici, Sean.

On passe le virage, au bout duquel une voiture de sport noire est garée. Dermot pose une main gantée sur ma nuque et serre.

— À propos de source de renseignements, ça te dit de faire une petite balade avec nous, mon petit Sean ?

— Allez, je fais.

— La bagnole va te plaire. Toyota Celica Supra. On est un peu à l'étroit à l'arrière, mais ça ne t'embête pas non plus, hein ?

— Pas du tout, Dermot.

— Le trajet n'est pas bien long, de toute façon. Allez, à la maison. Qu'est-ce que tu en dis, Martin ?

— C'est toi le patron.

Dermot sourit et regarde sa montre.

— Il ne reste plus longtemps à attendre maintenant, Sean.

— Avant quoi, Dermot ?

— On en discutera devant une tasse de thé. Tiens, enfile ça pour moi, tu veux ?

Il me tend une paire de menottes. Je les mets en me laissant un peu de jeu à chaque poignet, mais Dermot ne tarde pas à s'en apercevoir et tire sur les cliquets pour les resserrer au maximum. Il me pousse à l'arrière de la Toyota. Martin garde le 9 mm pointé sur moi tandis que Dermot conduit.

— Plus longtemps avant quoi, Dermot ? j'insiste.

— Avant la nuit de Guy Fawkes ! s'esclaffe-t-il.

29

TIC, TIC... BOUM

Étonnamment, sur les huit cents mètres vallonnés qui séparent la casse de la planque, il se débrouille pour faire monter la Celica Supra à 110 km/h. On se gare devant le cottage dans un crissement de freins et une odeur de gomme brûlée.

— Ce n'est pas spécialement passe-partout pour une voiture de l'IRA, je fais.

Dermot se marre.

— C'est ce que tout le monde me dit ! La dernière fois que je t'ai vu, j'avais même pas le permis !

— Sors de là ! m'ordonne Martin.

Je m'exécute. Dermot sort une clé et entre à l'intérieur.

— Alors le MI5 a exploré toute la maison ?

— Oui.

— J'espère que vous n'avez pas touché à mon thé. Il est empaqueté sous vide d'air. Si vous avez tout ouvert ça va se payer cher.

— Je n'en sais rien.

— Tiens, assieds-toi dans le salon, Sean, et moi je vais faire bouillir de l'eau. Martin, surveille-le, tu veux ? De tes deux yeux. C'est qu'il a plus d'un tour dans son sac, le petit Sean.

— Combien de temps on reste ? demande Martin. Le plan de départ tombe à la flotte, je présume ?

— Comme tu dis. On va débriefer Sean ici puis on ira à Londres, dit Dermot.

Sa remarque me fait tomber en chute libre.

Il dévoile son plan devant moi et il ne le ferait pas s'il comptait me laisser la vie sauve.

Je m'assois sur le canapé poussiéreux du salon pendant que Martin essaie de trouver une station de radio sur mon walkman entre deux coups d'œil nerveux à sa montre. Quand il a enlevé sa cagoule, j'ai vu qu'il ressemblait à une patate toute moche – cheveux roux, dents de travers, gros nez cassé, joues creuses, peau translucide comme une frite molle. Je ne l'ai vu sur aucune photo anthropométrique des évadés de Maze, alors ça doit être une nouvelle recrue, pas encore répertoriée. Pas besoin d'être Henry Higgins pour savoir que son accent de voyou de Belfast Ouest annonce des ennuis.

— T'es sûr qu'on devrait pas se tailler ? Maintenant, je veux dire ? demande Martin en regardant à nouveau sa montre.

De toute évidence, quel que soit l'événement attendu, ça ne va pas tarder. Peut-être ce soir. Un truc de grande ampleur. Un grand spectacle pour impressionner les gars à la maison et l'Amérique irlandaise…

Dermot revient dans le salon au bout de deux minutes avec trois tasses de thé.

— Je crains qu'il n'y ait que du lait en poudre, Sean, me dit Dermot en me tendant un mug Mickey Mouse. Un sucre et du lait, c'est bien ça ?

À moins que quelqu'un l'ait renseigné récemment sur mes habitudes en matière de dégustation de thé, ses souvenirs remontent à l'époque où, au lycée, en tant que responsable des élèves, assisté de moi-même, il préparait le thé et les biscuits pour les autres élèves chargés de la discipline à chaque déjeuner. Il y a de ça quinze ans, lors de cette grisante année scolaire 1968-1969, lorsque le monde entier semblait à l'aube d'un grand changement spirituel.

D'un grand merdier spirituel, plutôt.

— Merci, je fais avant d'en boire une gorgée.

Il s'assoit sur l'autre canapé en face de moi.

— Alors comme ça le MI5 est à nos trousses, hein ?

— Ouais, et le SAS.

— Le SAS aussi, siffle Dermot.

— Et les Renseignements généraux.

— Comment vous avez découvert cette planque ?

— Coup de fil anonyme sur une ligne secrète.

Il acquiesce.

— Et ça fait combien de temps que vous poireautez dans cette camionnette, si je peux me permettre ?

— Une dizaine de jours.

Il sirote son thé et plisse les yeux.

— C'est accorder beaucoup de crédit à un tuyau anonyme.

— C'est qu'on s'est raccrochés à ce qu'on avait… On n'avait aucune idée de l'endroit où tu te trouvais.

— Je me demande qui est ce Monsieur Anonyme ? s'interroge-t-il tout haut – question semi-rhétorique.

— Aucune idée.

— Tu es toujours inspecteur au RUC, n'est-ce pas ?

— Euh, c'est un peu compliqué.

— Voilà qui est intrigant.

— Je me suis fait virer de la police par les Affaires internes. Ils ont dit que j'avais renversé un type en Land Rover.

— Ça ne te ressemble pas.

— Ce n'était pas moi. C'est un coup monté. Et il y a eu d'autres choses. Insubordination. Désobéissance à un ordre direct.

— Toi qui étais un si gentil garçon à l'école.

— Et pourtant. J'ai fait chier le directeur de la police et j'étais apparemment le bouc émissaire idéal.

— Et alors t'es chez qui maintenant si tu n'es plus dans les rangs du RUC ?

— On m'a repris temporairement. Le MI5 a forcé la main au RUC pour qu'ils me reprennent et m'intègrent aux Renseignements généraux.

— Pourquoi ?

— Pour les aider à te retrouver.

Il acquiesce d'un air sage et croise ses mains gantées sous son menton.

— Je vois, alors tout ça c'était à cause de moi ?

— Tout ça quoi ?

— Tes intrusions dans ma famille et chez mes amis, tes questions sur la mort de Lizzie Fitzpatrick.

— Ah, ça ? Au départ, oui, c'était à cause de toi, et puis je me suis laissé distraire. Je n'aimais pas le fait que tout le monde semble d'accord pour enterrer cette affaire.

— Et tu as fini par trouver qui l'a tuée ?

— Non. Pas encore.

Il boit encore un peu de thé.

— Je ne sais pas si je dois te croire, Sean.

— En tout cas, c'est la vérité. Avec plus de temps, plus de moyens, j'aurais peut-être abouti à quelque chose.

— Des moyens. Ha ! Regarde-nous, Marty et moi. On n'a rien du tout, et pourtant, on s'apprête à changer la face du monde.

— Tu l'as dit ! fait Marty.

— Enfin, on a quand même mes connaissances en chimie, c'est sûr ! Ça ne m'a jamais trop servi à l'école, mais maintenant tu devrais voir ce que je sais faire ! Tiens, tu savais que dans une réaction de décomposition, le résultat est en général exothermique ? Tu te demandes sûrement ce qu'est une réaction de décomposition, hein, Sean ? dit-il en me donnant une tape amicale sous le menton.

— En effet, Dermot.

— Eh bien, on peut voir des réactions de décomposition dans des matières telles que le trinitrotoluène (TNT) et la nitroglycérine. Les molécules contiennent de l'oxygène. Lorsque la molécule se décompose, elle produit des gaz combustibles, et ce à des températures très élevées, ce qui génère de très hautes pressions dans la zone de réaction. Fascinant, non ?

— Extrêmement. Est-ce que je peux te poser une question, Dermot ?

— Ça dépend.

— Comment tu as fait pour apporter ta bombe dans Brighton, avec tous ces flics à tous les coins de rue ?

Ses yeux s'écarquillent et Marty arrête de tripoter mon walkman. Les deux me regardent, horrifiés.

— Répète ce que tu viens de dire, m'ordonne Dermot.

— Je suis simplement curieux de savoir comment vous avez pu introduire la bombe dans Brighton. Franchement, la ville grouille de flics. Comment vous avez pu prendre le risque de passer un poste de contrôle avec une bombe ?

— De quelle bombe parles-tu, Sean ? Précisément.

— Du véhicule piégé que vous allez faire exploser devant le congrès du Parti conservateur.

Il pousse un soupir de soulagement.

Martin se marre.

— Bien tenté, Sean, une bonne devinette, mais tu tombes à côté de la plaque.

— La coïncidence est trop grosse. Qu'est-ce que tu ferais près de Brighton pendant le congrès alors que vous avez des planques dans tout le pays ?

Dermot sourit en hochant la tête.

— Parlons plutôt de toi, Sean. Je n'aurais jamais cru que tu deviendrais un traître.

— Un traître ?

— Que tu travaillerais pour la couronne.

— Pour les flics, tu veux dire ?

— Ouais, le RUC, les SS. Qu'est-ce qui t'a pris ? C'est pour le fric ? Il paraît que vous êtes bien payés.

Il commence à se hérisser, prêt à en découdre, mais je ne mords pas à l'hameçon.

— Le fric ? C'est les salades qu'on vous sert ? J'habite un logement social à Carrickfergus et je ne roule pas en Toyota Celica Supra !

Bien sûr, je ne dis pas que je suis propriétaire de la maison et que ma voiture est une BMW – ça amoindrirait la force de mon message.

— Alors pourquoi avoir rejoint ces salauds de loyalistes, Sean ?

— Je voulais arrêter toute cette folie. Traquer les tarés des deux camps et les mettre à l'ombre pour qu'ils ne puissent plus nuire à personne.

Il sirote son thé et prend un air pensif.

— Je me rappelle un tout autre Sean Duffy venu me voir à Derry en 1972 pour me supplier de le prendre dans la Provisoire. Un Sean Duffy que j'ai refoulé malgré ses larmes, parce qu'il était en doctorat à Queen's University. J'ai dit à cette sombre petite merde que le mouvement avait besoin de cerveaux ! Tu t'en souviens, Sean Duffy ?

— En effet. C'était juste après Bloody Sunday. Je suis sûr que tous les mecs de Derry sont venus frapper à ta porte ce jour-là.

— Ça, tu peux le dire, Sean. Mais je ne t'ai pas oublié. Avec tes cheveux longs, ta barbe, ta veste en peau de mouton et ton écharpe aux couleurs de ton université. Et je me rappelle la tête que tu as faite quand je t'ai dit non… Est-ce que c'est pour ça ? Pour cette raison que tu t'es enrôlé dans la police ? Pour te venger de moi ?

Ce n'est pas idiot. Dermot, le responsable des élèves. Dermot, le capitaine de l'équipe de hockey sur gazon, Dermot, toujours à la pointe de la musique, des dernières tendances, Dermot, qui se sortait toujours toutes les nanas, et impressionnait les mecs…

— Tu as une trop haute estime de toi, je fais. Avant qu'on me recrute pour me mettre sur ta piste, ton nom ne m'a jamais traversé l'esprit. Quand je suis devenu inspecteur, tu étais déjà en prison, non ? Et puis, tu es qui, de toute façon ? Tu n'es personne dans le grand ordre des choses. Qu'est-ce que tu as fait depuis ton évasion de Maze ? Composé quelques poèmes dans le Hilton de Benghazi ? Fomenté quelques coups ? Mais qu'est-ce que tu as vraiment accompli ?

Martin ne se retient plus.

— Tu vas voir, ce qu'il a accompli, connard, ça va pas tarder ! Tu vas voir ! Lee Harvey Oswald sera plus qu'un putain de détail.

Alors c'est bien de Thatcher qu'il s'agit.

J'ai raison.

Pas un véhicule piégé, mais quoi alors ?

Une attaque à la mitraillette, à la Carlos le Chacal ? Non. Trop de flics et de soldats.

Alors quoi ?

Un tireur isolé dans le centre des congrès ?

Mais comment faire passer une arme avec les détecteurs de métaux ?

Je passe les scénarios en revue et fais chou blanc.

— Ça chauffe du ciboulot, on dirait, dit Dermot.

Je souris en secouant la tête.

— Je ne trouve pas, Dermot. Ça me laisse perplexe. Comment tu comptes l'approcher suffisamment pour ne pas la rater ?

Dermot s'allume une cigarette et m'en propose une. Je hoche la tête, il me l'allume et me la tend.

— À ton tour, Sean. Qu'est-ce que tu as sur moi ?

— Moi personnellement ?

— Toi, le MI5, le RUC.

J'inhale la fumée. Quelle que soit l'approche, impossible de lui mentir. Il verra immédiatement clair dans mon jeu.

— Ils ont toute une équipe sur ton dos, je dis pour le flatter. Ils ont l'air de penser que tu es le chef de toutes les cellules qui se sont entraînées en Libye. Que tu es une sorte de rouage essentiel. Je leur ai dit que toutes ces cellules agiraient de façon indépendante une fois qu'elles seraient de retour au Royaume-Uni, mais je ne sais pas si j'ai été entendu.

— Quels renseignements ils ont sur mon compte ?

— On sait que Kadhafi t'a fait arrêter et t'a gardé à l'ombre pendant trois mois. Le MI5 a mis la main sur le journal que tu tenais en prison, ou le MI6 peut-être. On l'a lu, en quête d'indices, mais tu es trop rusé pour y avoir noté quoi que ce soit d'important…

Il sourit. Il aime qu'on lui passe la pommade autant que n'importe qui.

— Quoi d'autre ?

— C'est tout. Bien sûr, ils ont mis les téléphones sur écoute. Ta mère, tes sœurs, tes potes. Les parents d'Annie. Tes oncles et tantes. Tes connaissances, tes voisins, tout le bordel. Mais tu ne leur as jamais passé un coup de fil, pas vrai ?

— Bien sûr que non !

— La rumeur a couru que tu étais en Allemagne. Ils sont encore nombreux à y croire.

— L'Allemagne ? Mais qu'est-ce que je foutrais là-bas ?

— Ils avaient l'air de croire que tu t'apprêtais à attaquer une base militaire britannique sur le sol allemand.

Il hausse les épaules.

— Tiens. C'est pas une mauvaise idée. Mais c'est davantage le territoire de la Fraction armée rouge, tu vois ?

— En tout cas, c'est tout ce qu'on a. Des milliers d'heures de travail gâchées.

Martin se marre.

— On vous a fait tourner en bourrique !

— On avait que dalle jusqu'à ce coup de fil anonyme à propos de la planque. Et encore, même ça, ça commençait à ressembler à un canular jusqu'à ce que, bon…

— Tu ne sais pas du tout qui vous a tuyauté sur cet endroit ? demande Dermot.

— Pas la moindre idée. C'était sur la ligne secrète et tu sais qu'ils n'enregistrent pas ces appels. C'est le règlement.

— Ouais, je sais.

Avant qu'il me demande s'il se peut que je mente à propos de la nature anonyme de ce tuyau, je m'empresse d'enchaîner.

— Tu as des ennemis au sein du mouvement ? Quelqu'un qui serait jaloux de tes fonctions ?

Dermot se frotte le menton.

— Peut-être. Il faudra y réfléchir, à mon avis. C'était un homme ou une femme ?

— Un homme.

— Hmm, je me demande.

Martin regarde sa montre pour la énième fois.

— On devrait se débarrasser de ce gars et foutre le camp, qu'est-ce que t'en dis, Dermot ? Cette planque n'en est plus une, les flics vont rappliquer dans pas longtemps.

Dermot hoche la tête.

— Ouais, Marty, mon vieux poteau, t'as raison. Ça la ficherait mal que je désobéisse à mes propres règles, hein ?

— Sûr.

Il passe sa tasse à Martin.

— Lave-moi ça comme il faut et range tout sur l'étagère.

— Pourquoi ? fait Martin.

— Si tu voulais bien te consacrer un peu moins à la lecture de *Penthouse* et un peu plus à celle du *New Scientist*, Marty, ma petite soucoupe en porcelaine, tu saurais qu'il existe une chose qui s'appelle l'ADN. De nos jours, il suffit que tu postillonnes au mauvais endroit pour que la police retrouve ta trace et te coffre.

— Ce n'est pas aussi précis que ça, je fais.

— Mieux vaut prévenir que guérir, non, Sean ?

Je hoche la tête piteusement.

Martin prend ma tasse et s'en va dans la cuisine.

Dermot me scrute d'un air ennuyé, absent. Un peu comme un vieux chat regarde une souris avec laquelle il a trop joué.

— Donc concrètement tu ne sais pratiquement rien, hein, Sean ?

— Je sais que tu vas essayer de t'en prendre à Thatcher.

— Mais tu ne sais pas quand ni comment, or c'est la clé, n'est-ce pas ?

— J'imagine.

— Je pourrais te laisser ici, et tu n'aurais pas la moindre idée de l'endroit où on se rendrait, n'est-ce pas ?

— Tu as déjà parlé de Londres devant lui ! lance Marty depuis la cuisine.

— Oui, mais où à Londres ? je dis. Et puis, c'était peut-être du bluff.

Je commence à entrevoir une lueur d'espoir. Est-il envisageable qu'il me laisse la vie sauve ? Qu'il me ligote et me bâillonne jusqu'à ce qu'il soit trop tard pour que je puisse agir ? Ça lui ressemblerait bien. Déguiser un acte sadique en acte de pitié – en me laissant vivre alors que d'autres mourront, mon échec sera d'autant plus cuisant. Je devrai vivre le reste de mes jours avec l'idée qu'il m'a battu. Une fois de plus, le grand Dermot McCann se montre plus rusé que le petit Sean Duffy.

— Je ne sais vraiment pas quelle est ta prochaine étape, Dermot, dis-je.

Il regarde sa montre.

— Bon, ce fut très intéressant. Et sympa. J'aurais mille autres questions à te poser, mais comme me le rappelle mon jeune et turbulent collègue, il faut qu'on dégage. Tic-tac, tic-tac.

La révélation me frappe de plein fouet.

— Je crois que je sais, dis-je.

Il sourit.

— Que tu sais quoi ?

— C'est une bombe à retardement. C'est ça, pas vrai ? Cachée il y a des semaines. Non, des mois. Dans l'hôtel. C'est ça ?

Dermot s'esclaffe encore.

— Ton intelligence te perdra, Sean. Martin ! Radine-toi !

Martin revient dans le salon, se plante à côté de moi, prêt à faire le nécessaire quand son patron lui en donnera l'ordre.

— Je t'avais bien dit qu'il fallait se méfier de lui, hein ?

— Tu l'as dit, patron.

— Mais quand la bombe va-t-elle exploser, Dermot ? Ce soir ?

Pas de réaction.

— C'est ce soir, hein ? À quelle heure ? Combien de temps il leur reste ?

Dermot lève son Glock et le braque sur moi.

— Combien de temps ? je répète.

— Ils en ont un peu plus que toi, en tout cas.

Soudain, je suis terrorisé. Je ne veux pas mourir. Pas ici, pas comme ça.

— Non, Dermot, ne fais pas ça ! Je t'en prie. Je suis désolé, je fais, pathétique.

Désolé d'avoir choisi le mauvais camp. D'avoir baisé ton ex-femme. Désolé pour tout…

— Désolé ?

— Peut-être que tu as fait le bon choix et moi le mauvais. On a tous les deux fait ce qu'on pensait être juste, tu ne crois pas ? Et tu vas me tuer pour ça ?

Dermot soupire et se tourne vers Martin.

— Tu sais qu'en Inde, il y a un prêtre qui passe sa vie à compter les nombres entiers ? 1, 2, 3, 4, 5, 6, et ainsi de suite. Tu sais pourquoi il fait ça ?

— Aucune idée, Dermot, répond Martin.

— Et toi, Sean, tu sais pourquoi ?

— Non.

— Pour s'assurer qu'ils sont tous là. Tu comprends, Sean ?

Ouais, je comprends. T'es vraiment taré, mon pote.

— Pas vraiment, Dermot.

— Il faut faire preuve de méticulosité. Il faut inventorier les nombres entiers. J'ai une demi-douzaine de bonnes raisons de te tuer, Sean. Le fait que tu es un traître figure très haut sur la liste, mais priver les Renseignements britanniques d'un indice sur l'identité de la personne qui a posé la bombe à Brighton est une nécessité plus urgente. *Is Binn béal ina thost.* T'es futé dans ton genre, Sean, tu vois sûrement pourquoi je ne peux pas ne pas te supprimer ?

— On était amis, Dermot.

— Et si les rôles étaient inversés, tu me laisserais partir ou tu ferais ton devoir en…

Je bondis, crochète ma jambe droite autour du mollet de Martin et le fais tomber à la renverse de mon coude droit. Je l'accompagne dans sa chute et, au moment où son visage s'écrase contre le sol, je m'assure d'enfoncer mon coude dans sa tempe. Une balle siffle à mon oreille, puis une autre munition pique dans le plancher à quelques centimètres de moi. Je retourne Martin, inconscient, et attrape son 9 mm. Une troisième balle me frôle.

Je trébuche jusqu'à la cuisine, ajuste le semi-automatique dans mes mains entravées, dézingue l'éclairage du salon et tire un autre coup sur l'ampoule au-dessus de ma tête avant de plonger sous la table, échappant de peu à deux coups de feu de Dermot.

Je pose le flingue le temps de retourner la table de la cuisine, qui atterrit sur le lino dans un bruit assourdissant.

— Tout va bien, Sean ? gueule Dermot depuis le salon.

Je m'accroupis derrière la table et reprends le flingue.

— C'est une impasse, Sean. Tu es là-dedans, et moi ici. Comment comptes-tu te sortir de ce guêpier ?

Des bavardages, encore, toujours une grande gueule. J'attrape une tasse sur le bord de l'évier et la lance en direction de sa voix. Elle se brise près de lui et, de rage, il tire deux fois dans la cuisine.

Je réponds par trois coups de feu vers l'éclair qui sort de la bouche de son 9 mm.

Silence.

Cinq secondes.

Dix.

— Dermot ?

— Han.

— Dermot, tu es blessé ?

— Han.

Je m'avance dans le salon, allume une lampe d'appoint et le vois allongé face contre terre. Il tient toujours son 9 mm à la main.

Je marche sur son poignet et pousse son flingue du bout du pied.

Je le retourne. Il est blessé à l'abdomen, salement.

Je m'agenouille à côté de lui et prends sa main.

— Quand est-ce que la bombe va exploser, Dermot ?

— Sean, c'est toi ? il demande, dans le noir.

— Oui, Dermot, c'est moi.

— Comment on a fait pour en arriver là ?

— Je ne sais pas, Dermot.

— Je suis gravement blessé ?

— Je ne crois pas. Je peux appeler les secours. Mais la bombe, Dermot. Des vies innocentes…

Il réfléchit un instant.

— Mon petit Sean, écoute-moi.

— Je t'écoute…

— Tu veux être un héros ?

— Dis-moi.

— Tu as jusqu'à quatre heures du matin.

— Elle explose à quatre heures ?

— Sixième étage, Sean, amène tes fesses au sixième étage avant quatre heures…

Soudain, un coup de feu surgi de l'obscurité atteint Dermot en plein visage.

— Merde !

Je plonge à terre.

Martin a un deuxième flingue ou il s'est emparé de celui que j'ai éloigné de Dermot.

Je m'abrite derrière le corps de Dermot et essaie de deviner de quel côté se trouve cet enfoiré.

Une ombre file devant la fenêtre, en direction de la porte d'entrée.

Je tire dessus.

L'ombre tire deux fois en retour.

Je vide mon chargeur.

L'ombre tombe.

30

BRIGHTON ÉBRANLÉE

Martin et Dermot sont tous les deux immobiles. Le sang s'écoule en filets sinueux sur le sol en liège depuis l'endroit où la balle a déchiqueté le visage de Dermot.

Et moi ?

Je suis indemne. Je n'ai pris aucune balle. Même pas une égratignure. Secoué. Mais sain et sauf.

Je m'agenouille à côté de Dermot McCann.

Morrigan des corneilles, fille d'Emmas, déesse de la guerre, accueille ton fils fidèle.

Je fouille dans ses poches de pantalon, trouve un porte-clés avec la clé de la voiture, et celle des menottes. Je me libère, vais à l'évier, fais couler de l'eau dans une tasse.

J'ouvre la fenêtre, bois et inspire un grand coup.

La pièce autour de moi se dissout temporairement. Je sens les embruns sous la jetée de Brighton, j'entends les voix sur la promenade, et peut-être, je dis bien peut-être, que je ressens les ondes de douleur du futur se propager jusque dans le présent…

Je me retourne vers le salon. Je vois que Dermot respire.

Des bulles de sang se forment sur sa langue.

Sa poitrine se soulève d'un centimètre.

On peut peut-être le sauver pour qu'il végète en état de mort cérébrale dans un sinistre service hospitalier pendant les cinquante prochaines années.

Mais il ne mérite pas ça.

Sa mère ne souhaiterait pas le voir dans cet état et son catholicisme très strict ne l'autoriserait jamais à débrancher la prise.

Il vaut mieux qu'il meure en martyr.

Pour la mère comme pour le fils.

Je me dirige vers Martin et lui prends le 9 mm des mains.

Je retourne à côté de Dermot et pose le canon contre son cœur.

— *Codladh samh*, je fais, et j'appuie sur la détente.

Je laisse tomber le flingue et cours jusqu'à la Toyota.

Je roule jusqu'à la cabine téléphonique à côté de la casse. Je plonge une main dans ma poche et trouve deux pièces de cinquante pence.

J'en glisse une dans l'appareil en entendant la tonalité et compose le numéro temporaire de Kate. Ça sonne et ça sonne, mais personne ne répond. Je raccroche avant que sa messagerie ne se déclenche et que le téléphone bouffe ma pièce.

J'appelle Tom à Brighton.

— Allô ? dit-il d'une voix endormie.

— J'ai trouvé Dermot. Ils ont planqué une bombe dans le Grand Hotel. Ils vont assassiner Thatcher.

Putain, le mec se réveille d'un coup.

— Quoi !

— C'est Thatcher la cible. Le Grand Hotel. Il y a une bombe dans une chambre du sixième étage. Le sixième étage. T'as entendu ?

— T'es sûr de toi, Duffy ? Il va falloir que je réveille le Premier ministre !

— Réveille-la, putain ! Réveille toute la ville ! C'est une bombe à retardement. Elle va exploser à quatre heures du matin.

Un silence se fait pendant que Tom passe l'information au tamis de ses filtres du MI5.

— C'est impossible, Duffy, finit-il par dire.

— Si, c'est possible. C'est ce que Dermot m'a dit.

— Il doit s'agir d'une autre cible. Scotland Yard a passé tout l'hôtel au peigne fin avant d'autoriser le cabinet ministériel à séjourner ici. Ils sont allés dans toutes les chambres avec les chiens dressés à la recherche d'explosifs. À tous les étages. Et après ça, l'équipe de sécurité personnelle du Premier ministre a fouillé sa suite et son étage.

— Mais je te dis que c'est au Grand Hotel de Brighton, Tom. Il faut commencer à évacuer les gens !

— Et Dermot, où est-il ? En lieu sûr ? Je veux lui parler.

— Il est mort, pauvre tache ! Débouche-toi les oreilles, merde ! Il nous a tendu une embuscade. Tout le monde est mort. Fais évacuer ce putain d'hôtel ! J'arrive dans vingt minutes !

Je raccroche d'un coup sec, mets ma dernière pièce dans le téléphone et ressaie le numéro de Kate. Toujours pas de réponse, mais quand la messagerie se déclenche, je dis : "Dermot prévoit d'assassiner tout le cabinet ministériel. La bombe se situe au Grand Hotel de Brighton. Elle doit exploser à quatre heures du matin !"

Je raccroche et jette un œil à ma montre.

Deux heures vingt-deux. À quelques minutes près, on a une heure quarante devant nous.

Mais on a un immeuble entier à évacuer. J'aurais dû appeler la réception et lancer une alerte à la bombe ! Fait chier !

Je cours à la Toyota Celica Supra, j'ouvre la portière et monte à bord. J'enfonce la clé dans le contact, démarre et allume les phares.

Je n'ai jamais conduit un de ces petits bolides avant, mais j'apprécie le fait que le compteur monte jusqu'à 210 km/h.

J'écrase la pédale d'accélérateur et enchaîne les rapports.

De zéro à cent en quinze secondes.

Seulement 160 chevaux, 216 Nm de couple, mais cette caisse avance comme une voiture de formule 1. Radio Luxembourg se met en marche et je monte le volume.

Hendrix et le Velvet envoient du son rien que pour moi.

Je passe les vitesses et je traverse le village de Clayton à 110 km/h.

En ligne droite, je fais des pointes à 200, avec le châssis qui vibre, un sous-virage brutal, mais le moteur adore.

Je baisse ma vitre et allume une cigarette.

Nuit. Vitesse. Tabac de Virginie. Angleterre.

Inutile de regarder ma tronche dans le rétro pour savoir que je souris.

Si la maladie des temps modernes est l'angoisse et l'ennui, en Irlande du Nord on a trouvé le remède. L'omniprésence de la mort réduit l'ambition, l'inquiétude, l'ironie et la monotonie à un seul et unique mot. *Vivre !*

Vivre est déjà un miracle.

Oui.

Je trace sur l'A23, traverse des villages et des hameaux déserts jusqu'à ce que la banlieue se profile, m'indiquant que j'atteins les abords de Brighton.

En passant le sommet d'une colline, je vois la ville endormie s'étendre devant moi : les maisons, les hôpitaux, la gare, le quartier des hôtels, la jetée, le Royal Pavilion, et la mer noir charbon au-delà.

Tout le monde dort.

Personne ne se rend compte qu'il se souviendra de ce matin d'octobre pour le restant de ses jours.

Je regarde l'horloge du tableau de bord.

Deux heures quarante.

On ne va pas avoir le temps de faire venir une équipe de déminage. La bombe va exploser quoi qu'on fasse. La seule chose qui importe est de savoir si elle prendra des vies avec elle.

Je grille un feu au croisement avec l'A27 et manque tuer un homme au niveau de Preston Park. Je continue à filer vers le sud et quand j'arrive sur le front de mer, je m'arrête et cherche l'hôtel des yeux. Il est là, sur ma droite, à deux cents mètres, éclairé de guirlandes électriques.

Deux heures quarante-quatre au tableau de bord.

Inutile de céder à la panique, mais en roulant vers l'hôtel, je m'inquiète de voir qu'aucun ordre d'évacuation ne semble avoir été donné. Pas de clients enveloppés de couvertures, pas d'ambulances, pas de journalistes, rien que deux policiers en uniforme qui taillent le bout de gras comme si tout était au poil.

Je m'arrête dans un crissement de freins.

— Hé, vous pouvez pas vous garer ici ! me lance un flic quand je sors de la bagnole.

Je lui montre ma plaque.

— Vous pouvez quand même pas, il marmonne.

— Te voilà ! fait Tom en sortant du hall en courant.

Je le maudis, lui, sa mère et tous ses ancêtres jusqu'à la génération de chimpanzés qui se balançaient de branche en branche dans la forêt vierge.

— Putain, Tom qu'est-ce que tu branles ? T'as pas entendu ce que je t'ai dit ? Y a une bombe là-dedans !

Les deux flics me regardent, ahuris.

Tom affiche une désinvolture assumée.

— J'ai contacté Nigel Cavendish des Renseignements généraux, il m'assure que toutes les chambres de cet hôtel ont été fouillées par des chiens dressés à la recherche d'explosif. La garde rapprochée de Mrs Thatcher a…

Je le bouscule et cours dans le hall de l'hôtel.

Je pique un sprint jusqu'à la réception et montre ma plaque à une fille à l'air endormi.

— Dans quelle chambre est le Premier ministre ? je demande.

— Quoi ?

— Le Premier ministre. Quelle chambre ?

— Je crains de ne pas être autorisée à…

Tom pose une main sur mon épaule et me fait pivoter pour qu'on soit face à face.

— Sean, il s'est foutu de toi. Quel que soit l'endroit où Dermot a posé cette bombe, elle n'est pas ici ! Je te dis que l'hôtel a été fouillé de fond en comble. C'est une simple diversion pour…

— Et moi je te dis qu'il y a une putain de bombe dans cet hôtel !

Les yeux de la réceptionniste s'écarquillent.

Tom secoue la tête.

— Pas à l'intérieur. La seule façon envisageable serait de garer un véhicule piégé devant le bâtiment. J'ai une équipe qui est en train de vérifier discrètement tous les véhicules du péri…

— T'es qu'un abruti, bordel ! La bombe est au sixième étage. Je fais sortir tout le monde !

La pendule de l'accueil affiche 2:50.

Je regarde la fille. Une petite brune d'environ vingt-cinq ans, l'air intelligent.

— Appelez la suite du Premier ministre ! Réveillez-les !

— Je crois qu'ils sont déjà réveillés.

Je cours à l'ascenseur. À côté se trouve un gros flic de la police de Londres, assis derrière un bureau, en train de lire un roman de Frederick Forsyth.

Il pose son bouquin.

— Je peux voir votre badge, monsieur ? il me demande, cet inconscient.

J'appuie sur le bouton pour monter.

— Il est avec moi ! fait Tom.

On monte ensemble dans la cabine.

J'appuie sur le bouton du sixième étage. Tom a l'air ridicule avec son pull noir enfilé sur un pantalon de pyjama violet au motif petites souris.

— Qu'est-ce que tu comptes faire ? Toquer à toutes les portes du sixième pour réveiller tout le monde ?

— C'est l'idée !

— Mais voyons, Sean, ouvre les yeux ! C'est le dernier tour que Dermot te joue ! Il perturbe le congrès des Tories en se servant de toi pour parvenir à ses fins.

— Je ne crois pas. Je pense qu'il m'a dit la vérité.

— Désolé mais je ne peux pas te laisser faire ça. La presse va s'en donner à cœur joie. Foutre la trouille à tout le monde la veille du grand discours du Premier ministre.

Je le chope par les oreilles.

— Ouvre bien grand tes esgourdes, connard. Il y a une bombe entre ces murs ! On évacue tout le monde !

L'ascenseur commence à monter.

Deuxième étage. Troisième.

Je regarde ma montre.

2:53. Il ne nous reste qu'une heure et sept minutes. Comment procéder ?

Je respire un grand coup. OK. D'abord, taper à toutes les portes et vider le sixième étage. Ensuite, appeler la BBC et le 999 depuis le téléphone d'une chambre pour déclarer l'alerte à la bombe. Ça, ça va retenir l'attention et ils seront forcés d'évacuer que ça leur plaise ou non. Enfin, trouver la suite de la ministre et s'assurer qu'elle sait précisément ce qui va se passer…

L'ascenseur émet un ding et les portes s'ouvrent.

Je sors dans le couloir du sixième.

Je remarque la moquette rouge et un grand miroir dans un cadre doré.

Je vois mon visage. Hagard, maigre, avec ce qu'on pourrait presque appeler une barbe. Les yeux enfoncés dans leurs orbites. Cette barbe, je remarque, est teintée de gris. À un moment donné pendant l'année qui vient de s'écouler, je suis devenu un vieil homme.

— Sean, je t'en prie, écoute… se lance Tom en essayant de m'attraper le bras.

Je le repousse et me mets en marche d'un pas décidé vers la chambre la plus proche.

Je tape à la porte.

Je regarde ma montre.

2:54.

Cette fois, je ne suis pas à l'abri dans un bureau.

Cette fois, je suis sur le terrain.

Bruit de détonateur. Libération des liaisons chimiques de Dermot…

Ma tête se tourne à peine. Ma bouche s'ouvre…

Immédiatement, la douleur. Comme un accident de voiture. Comme une puissante décharge électrique.

C'est de l'explosif supérieur, pas une bombe maison bricolée à partir d'engrais.

Du Semtex.

Les Tchèques en fabriquent sans marqueurs, indétectable par les chiens renifleurs. Et bien sûr, le plus gros importateur de Semtex, c'est la Libye.

Voilà les pensées qui traversent mes synapses alors que les murs implosent et qu'une partie du plafond s'effondre.

Je bascule vers l'avant, essaie de rétablir mon équilibre, mais je tombe avec le sol à l'étage du dessous.

Tom m'attrape mais déjà que je ne peux rien faire pour moi, pour lui encore moins, et on tombe tous les deux.

Pendant notre chute dans le néant, on voit l'étage du dessus s'effondrer sur nous.

Nous enterrer.

L'expression de Tom : *T'avais raison.*

La mienne : *Non, c'est toi qu'avais raison. Il s'est foutu de moi, il m'a dit quatre heures du mat' pour que je me retrouve au cœur de l'explosion alors que je voulais faire évacuer l'hôtel.*

Toutes les explosions se font en deux temps. D'abord l'expansion, puis, après le souffle vers l'extérieur, les gaz qui sont aspirés par le vide créé, et qui génèrent une onde supplémentaire.

Je sens l'air se faire aspirer de mes poumons.

Impossible de respirer.

Ni de crier. L'air est comme du verre en fusion : aqueux, épais, un liquide noir empoisonné…

Je me frappe la poitrine, j'attrape du ciel entre mes doigts, j'atterris brutalement, puis des tonnes de gravats m'ensevelissent dans une obscurité totale.

…

…

…

Quelques instants. Qui pourraient être des années. Le noir. Celui des puits de mine. De l'horizon des événements. Je m'enfonce. Profondément, là où il fait de plus en plus froid, de plus en plus noir. Loin du monde des hommes. Dans le royaume des choses pas tout à fait humaines. Où les golems et les métamorphes gisent inachevés dans la glaise. La substance de la nuit…

Soudain je me réveille. Cloué sur place par des gravats dans le noir confiné. J'ai mal. Mais c'est bon signe. Parce que ça veut dire que je suis vivant et que mes terminaisons nerveuses fonctionnent. De la poussière dans la bouche et la gorge. Je tousse. Je suis roulé en position fœtale. Je plie mes doigts. Je peux bouger mes deux mains et ma jambe gauche. La droite est coincée sous quelque chose de lourd. Ma main gauche est contre mon visage. Et ma montre fonctionne.

Les aiguilles phosphorescentes sont toutes les deux sur le six.

Je n'ai perdu connaissance que quelques heures. J'entends des voix et le bruit lointain d'un hélicoptère. Je veux crier pour appeler à l'aide mais j'ai la gorge trop sèche. Je suce un doigt pour générer de la salive.

— Par ici ! je crie.

Au-dessus, le silence.

— Je suis là, en dessous ! je crie à nouveau.

— On vous a entendu ! On arrive tout de suite. Tenez bon ! répond quelqu'un.

— Il a un accent irlandais. Si ça se trouve, c'est l'enculé qu'a tout fait sauter, marmonne quelqu'un d'autre.

Bruits de pioches.

Lumière.

Ils me sortent de là au bout de dix minutes.

Ils m'installent sur une civière mais je n'en ai pas besoin. Je pourrais sortir en marchant. Je n'ai rien de cassé. J'étais au cœur de l'explosion du Grand Hotel, j'ai été enterré sous les débris, et je m'en sors avec quelques bleus et entailles.

J'apprends plus tard que cinq personnes n'ont pas eu cette chance.

Trois des victimes sont des femmes, dont aucune ne fait partie du cabinet ministériel ou même du Parlement.

La bombe a été planquée dans la chambre 629, sous la baignoire.

Mrs Thatcher était réveillée au moment de l'explosion, elle travaillait sur son discours dans le salon de sa suite du premier étage. Sa salle de bains a été détruite mais elle s'en est sortie indemne.

Tu mourras dans un hôtel, Maggie, mais pas celui-ci.

Sa garde rapprochée l'a escortée à l'école de police de Brighton pour qu'elle se remette des événements et récrive son discours.

Elle a reçu des appels du président Reagan et de tous les chefs de gouvernement de la CEE.

Elle prononce son discours à l'heure prévue devant une foule vibrante d'admiration et fait le vœu de ne jamais voir les terroristes de l'IRA triompher d'un gouvernement élu démocratiquement.

L'IRA diffuse quant à elle ce communiqué : "Mrs Thatcher sera désormais consciente qu'elle ne peut pas occuper notre pays, torturer nos prisonniers et tirer sur nos concitoyens chez eux en toute impunité. Aujourd'hui, nous avons manqué de chance, mais gardez à l'esprit qu'il nous suffira d'en avoir une seule fois. Vous, il vous en faudra toujours. Laissez l'Irlande en paix et il n'y aura plus de guerre."

Je lis ce communiqué le soir même dans l'*Evening Standard*.

L'IRA n'a pas compris que la chance est une marchandise que certains d'entre nous ont et d'autres pas.

Thatcher en a. Moi aussi. Dermot, non.

Je passe deux jours au Royal Sussex County Hospital.

Au soir du deuxième jour, je reçois de la visite. Une demi-douzaine d'inspecteurs la précèdent. Kate. Suit Douglas Hurd, le secrétaire d'État à l'Irlande du Nord. Puis Mrs Thatcher en personne.

— C'est lui ? demande-t-elle à Kate.

— Oui, fait Kate.

Le Premier ministre se penche au-dessus de mon lit.

— Vous m'entendez ?

— Je vous entends.

— Je suis votre obligée, inspecteur Duffy. Je vous dois une fière chandelle.

— Je n'ai pourtant rien fait.

— Votre modestie vous honore, inspecteur Duffy. Et je crois comprendre que l'héroïsme dont vous avez fait preuve ne sera pas connu du grand public à sa pleine mesure. Mais tant que j'aurai une influence sur le gouvernement de Sa Majesté, je m'assurerai que votre nom soit toujours mentionné avec respect – ce qui n'a pas toujours été le cas dans un passé récent.

Même si je n'étais pas défoncé par les médocs, je ne suis pas sûr que j'aurais été en mesure de suivre ce qu'elle racontait.

S'agit-il de ces foutues excuses que je réclamais ?

— Comment va Tom ? Personne ne m'a donné de ses nouvelles, je fais.

C'est Kate qui prend le relais.

— Tom est au Royal Free Hospital de Londres. Il a les deux jambes cassées, ainsi que quelques côtes, et un poumon perforé. Il souffre de brûlures graves mais il se rétablit et ses jours ne sont pas en danger.

Mrs Thatcher pose une main sur mon épaule et se penche au-dessus de moi. L'espace d'un instant terrifiant, je m'attends à ce qu'elle m'embrasse sur le front, mais elle dit simplement :

— Bonne chance, inspecteur Duffy.

Après quoi, elle adresse un signe de tête à sa garde rapprochée et sort.

Une fois qu'elle est partie, il commence à pleuvoir.

Je pense aux personnes qui ne s'en sont pas sorties, que je n'ai pas pu sauver. Je songe à Matty et à l'agent réserviste Heather McClusky, et je pense à Dermot.

Et à ce pauvre incompétent de Tom.

Mais il a survécu.

Et c'est bien ça qui compte, non ?

De vivre.

31

ÎLE DE RATHLIN

La BMW file sous la pluie en direction du nord, le long de la côte irlandaise, jusqu'à ce que la terre s'arrête abruptement dans la campagne sauvage et accidentée qui était à une époque le pont maritime entre Alba et Hibernia.

Ça fait trois semaines que je suis rentré d'Angleterre. Que je me tourne les pouces dans ma maison de Coronation Road. Que j'attends une lettre ou un coup de fil.

Mais personne ne m'a contacté. Je ne sais pas où je me situe. Je ne sais rien du tout.

Je roule vers le nord, traverse Ballypatrick, Ballycastle et Ballintoy.

Je me gare à la Chaussée des Géants et quand la pluie s'arrête je sors mon walkman, remonte la fermeture de mon blouson en cuir sur mon sweat à capuche et vais sur les rochers, aussi loin qu'ils s'avancent dans l'Atlantique nord.

Il est largement plus de minuit. Il n'y a personne, pas d'oiseaux, rien.

J'aperçois quelques lumières des villages de la péninsule écossaise de Kintyre. Rien d'autre. Je m'assois sur l'une des colonnes hexagonales les plus proches de l'eau et mets *Houses of the Holy* de Led Zep dans mon walkman. Je fais avance rapide jusqu'à "No Quarter".

Je brûle un peu de résine de cannabis et l'émiette dans une roulée.

Je l'allume et mets ma capuche. Le ciel miroite de constellations troubles dont nous n'avons jamais été censés connaître le vrai nom ni la véritable histoire. J'inhale le cannabis noir. Le retiens. Le laisse s'échapper. La lune, elle sait. Elle en a vu des choses en quatre milliards d'années d'ellipse. Et il va en falloir du temps avant qu'elle nous pardonne notre intrusion sacrilège de 1969.

Je ferme les yeux. Il fait doux. Il flotte une odeur d'iode et d'embruns. La mer se brise doucement sur le cap, sur ce sentier secret entre deux royaumes. Le sentier qui existe encore pour ceux qui savent voir. Je m'allonge sur les rochers plats.

— Qu'est-ce que je vais faire ? je dis tout haut à la mer. Qu'est-ce que je vais faire maintenant que j'ai remis de l'ordre dans le monde ?

Mais la mer, comme toujours, garde ses réponses pour elle. Je vais rester allongé ici et m'offrir à Lyr, le dieu des eaux déchaînées. La cassette arrive au bout de la bande. L'eau lèche les pierres, seule note tout juste audible sur la grande portée de la nuit qui déroule un interminable silence.

Je dors. Rêve.

Lumière grise.

Lumière jaune.

L'aube sur l'Écosse.

Je me lève, m'étire pour dégourdir mon squelette et marche jusqu'à la voiture.

Je roule jusqu'à Ballycastle et prends le premier ferry de la journée pour l'île de Rathlin.

Je suis l'unique passager et la traversée s'effectue sur une mer étrangement calme, laiteuse et phosphorescente. On s'amarre à la petite jetée en pierre de Church Bay.

Je demande mon chemin pour aller à Cliffside House. On me dit de suivre la route qui mène au phare ouest. J'emprunte la route vallonnée et trouve ce que je cherche, au bout d'un chemin isolé, derrière des chênes et des noisetiers.

Tout à fait ce à quoi je m'attendais.

On entend l'océan de toutes parts.

La maison est un manoir médiéval fortifié de deux étages, construit en pierres rejointoyées et blanchies à la chaux.

L'accès est protégé par une longue barre en fer qui se lève et s'abaisse au-dessus d'une grille au sol. Un panneau annonce clairement la couleur : Défense absolue d'entrer.

J'ouvre la barrière, passe la grille et marche sous les branches de deux gigantesques chênes.

La porte d'entrée, peinte en rouge, est en érable franc et fait dix centimètres d'épaisseur.

Les vitres sont pare-balles.

Je frappe à la porte avec un heurtoir qui a la forme d'une tête de chèvre.

— C'est ouvert, lance-t-elle depuis l'intérieur.

Je tourne la poignée et entre.

Je me retrouve dans un manoir du XVIIIe avec d'épais murs de pierre ornés d'écus, d'arcs anciens et de claymores.

Il y a même une harpe.

Les meubles sont en bois, artisanaux, anciens.

— Je suis tout au fond de la maison, Sean, dit-elle.

Je traverse un petit salon, une cuisine démodée et me retrouve dans un jardin d'hiver moderne et spacieux. Elle est assise sur un canapé en rotin, dos à moi, face à la mer.

La baie vitrée du jardin d'hiver est constituée d'une gigantesque feuille de verre courbe. Je me rends compte qu'on est presque au bord de la falaise. À l'ouest, Malin Head dans le comté de Donegal, le point le plus septentrional de toute l'Irlande, semble si proche qu'on pourrait le toucher. À l'est, les falaises de Kintyre semblent encore plus près. Je ne sais pas ce qui nous fait face en direction du nord, au-delà des cinquante kilomètres d'océan Atlantique. Les Hébrides ? Mais je ne compte pas poser la question. Je ne suis pas venu pour parler de la vue.

Elle se redresse légèrement pour me regarder. Elle a les yeux verts et un carré court à la Louise Brooks. Elle porte un jean, un pull noir, des chaussettes.

Elle pourrait avoir n'importe quel âge entre vingt-cinq et cinquante-cinq ans.

— Asseyez-vous.

Je m'installe sur un fauteuil en cuir à côté d'un télescope.

— Vous désirez un thé ?

Je secoue la tête.

— Qu'est-ce que vous voulez ?

— Je veux, je veux…

Mais ma voix est blanche, faible, et les mots meurent.

— Je vais faire du thé, dit-elle.

Elle se lève et disparaît dans la cuisine.

Je regarde un minuscule voilier filer vers l'ouest dans l'impossible étendue bleue. Je me demande si la masse continentale qui s'étend derrière la presqu'île de Kintyre est l'île d'Arran dans le Firth of Clyde, où le navigateur saint Brendan a fait halte avant son périple vers le Nouveau Monde.

Elle revient avec une théière enveloppée d'une housse faite main.

— Je vous sers ?

— Je veux bien.

— Sucre et lait, c'est bien ça ?

Je hoche la tête. Elle ajoute du lait et du sucre dans la tasse en porcelaine fine et me la tend sur une soucoupe.

— Merci.

Je sirote mon breuvage et on reste assis sans rien dire quelques minutes.

Une fois que j'ai fini mon thé, elle m'en propose une autre tasse.

Je secoue la tête.

— Qu'est-ce que vous êtes venu faire ici, Sean ?

— J'ai des questions.

— Et vous croyez que j'ai les réponses ?

— En effet.

Elle croise ses mains sur ses jambes.

— Allez-y, je vous écoute.

— Quelle est la prochaine étape, Kate ?

— Pour vous ?

— Oui, pour moi.

— Celle que vous souhaitez, Sean. Vous voulez continuer votre carrière dans la police ?

Je n'en sais rien.

— Pourquoi refusez-vous que le nom de Dermot apparaisse dans les journaux ? Ça fait un mois que la presse républicaine a annoncé son décès mais je n'ai pas entendu son nom prononcé une seule fois en relation avec l'attentat de Brighton.

— J'imagine que cela sert mieux les fins de Scotland Yard de faire comme si les terroristes étaient encore dans la nature…

— Pour qu'ils puissent faire porter le chapeau à quelqu'un d'autre ?

— Vous devez en savoir plus que moi sur les méthodes de la police.

Je m'adosse contre mon fauteuil et souris.

— Les méthodes de la police… je répète pour moi-même.

Elle pose sa tasse et me prend la main.

— Ces derniers mois ont été horribles pour vous, n'est-ce pas ? Vous devez être épuisé.

J'acquiesce. Bien qu'épuisé ne soit pas le mot.

— C'est quoi votre vrai nom ? je demande.

— C'est Kate.

— Vraiment ?

— Vous voulez que je vous parle de cette maison ?

— Si vous voulez.

— C'est celle de ma grand-mère. Mon père était irlandais. En quelque sorte. Mais je crois vous l'avoir déjà dit ?

— En effet.

— Elle l'a fait construire sur un ancien fort. Elle aimait justement cet endroit pour ses qualités défensives. Les murs qui font soixante centimètres d'épaisseur. Il y a un tunnel secret qui mène au chemin de la falaise. C'était un sacré personnage.

Elle sourit et regarde par la fenêtre.

Un petit voilier vire de bord, s'immobilise puis reprend sa course en direction du nord.

— Est-ce que mon avenir est assuré au sein du RUC ? Qu'est-ce que vous comptez dire au directeur de la police ?

Elle s'esclaffe.

— C'est ça qui vous inquiète ?

Elle se penche vers moi et étreint ma main.

— Tant que Margaret Thatcher respire, vous êtes intouchable, Sean.

— Alors je peux réintégrer le CID ?

— Quand vous voulez, au grade que vous voulez, au poste de votre choix.

— J'ai été si bon que ça ?

— Et même plus. Vous avez empêché l'histoire de dérailler.

Je secoue la tête.

— Je n'ai rien fait. Je n'ai pas empêché l'explosion. Je n'ai pas empêché la mort de ces gens…

Kate lâche ma main et secoue la tête à son tour.

— Je ne devrais pas vous le dire, mais… fait-elle à mi-voix.

— Quoi ?

— Vous lui avez sauvé la vie.

— À qui ?

— Au Premier ministre.

— Comment ?

— Dès que vous avez appelé Tom, il m'a contactée, et bien qu'on ait fortement douté qu'il y ait une bombe, il a fallu l'exfiltrer. Dans le calme. Sans histoires. Nous l'avons réveillée, et avec Denis et toute son équipe elle était de l'autre côté de la rue quand la bombe a explosé.

— Bon sang !

— Évidemment, cette information ne pourra jamais être divulguée. Tout le monde a dû signer l'Official Secrets Act. Là, ça rigole pas. C'est la règle des cent ans qui s'applique.

— Mais sa chambre n'a pas été atteinte par la bombe, ça n'aurait fait aucune différence.

— Là encore, il s'agit de la version officielle. En fait, sa chambre a été entièrement détruite dans l'explosion. Dermot savait ce qu'il faisait. Il savait où elle avait séjourné par le passé, où elle était susceptible de dormir et il a positionné sa bombe de façon à obtenir un effet optimal. Il savait que sa chambre serait fouillée de fond en comble, mais quelques étages plus haut… la sécurité serait peut-être un peu plus relâchée.

Et comme nous le savons tous désormais, les chiens dressés à repérer les explosifs ne peuvent pas détecter le Semtex.

— Tom était au courant quand je l'ai rejoint à l'hôtel ?

— Bien sûr. On pensait que c'étaient des conneries, mais vous ne nous prenez quand même pas pour des abrutis finis ?

Saloperie de Thatcher. Merde alors. Peut-être que Dermot avait eu une bonne idée.

Elle me tapote le bras.

— Comme je vous l'ai dit, Sean, vous avez empêché l'histoire de dérailler.

— Pour le meilleur ou pour le pire.

— Certes, mais l'histoire poursuivra son chemin.

— Et le Premier ministre sait que c'est grâce à moi.

— Vous avez carte blanche, Sean, vous pouvez faire absolument tout ce qui vous chante ; comme a dit un de mes anciens collègues, vous pourriez vous taper la princesse de Galles dans la salle à manger de Balmoral que personne ne vous critiquerait… Vous ne seriez d'ailleurs pas le premier, mais c'est une autre histoire.

Je reste assis là un long moment.

— Pourquoi vous faites ça ? Qu'est-ce que vous en retirez ?

— Personnellement ?

— Pour vous, votre service, les Britanniques ? Pourquoi ?

Elle retire sa main de la mienne et la repose sur ses genoux. Elle est assise là, les jambes repliées sous elle. Féline. Intelligente. Sinistre.

— Nous jouons sur le long terme, dit-elle.

— Le long terme ?

— Oui.

— C'est-à-dire ?

— Vous étudiez l'histoire, Sean ?

— Un peu.

— Je vais vous raconter une petite histoire. Après la victoire dans la guerre franco-prussienne, un adjudant va trouver le général von Moltke et lui dit que son nom résonnera à travers les âges avec ceux des plus grands généraux de l'histoire, Napoléon, César, Alexandre. Mais Moltke secoue la tête tristement en expliquant qu'il ne sera jamais considéré comme un grand général parce qu'il n'a jamais "battu en retraite".

— Et c'est ce que vous faites ici ? Vous battez en retraite ?

— C'est ce que nous faisons depuis les premiers désastres du front occidental de la Première Guerre mondiale. Battre en retraite avec le plus de discipline possible depuis l'apogée de l'empire. Dans la plupart des cas, on s'en sort très bien. Dans d'autres, comme celui de l'Inde, on a foiré.

— Et l'Irlande peut potentiellement faire figure du plus grand de tous les désastres, je me trompe ?

— En effet. Si la Grande-Bretagne se retirait demain, on pourrait risquer des milliers de morts, sous nos yeux. Ce serait proprement intolérable.

— Ce ne serait pas des milliers, mais des dizaines de milliers.

— Comme vous dites. Vous voulez entendre quelques prédictions d'avenir, Sean ?

— Je veux bien.

— Mrs Thatcher a survécu à la tentative d'assassinat. Elle va gagner les prochaines élections. Et encore celles d'après. À un moment donné des années 1990, disons dans une dizaine d'années, elle démissionnera ou perdra face à un Parti travailliste qui aura basculé à droite. Plus jamais ce parti ne prônera un retrait unilatéral d'Irlande.

— Si vous le dites.

— La guerre des Malouines et l'attentat de Brighton font que c'est inévitable.

— Et après ?

— L'IRA deviendra de plus en plus marginalisée. Ils savent déjà que leur campagne a échoué. Ils n'ont pas réussi à tirer profit de l'impulsion donnée par les grèves de la faim. On sait à quel point ils sont démoralisés.

— Vous avez un membre infiltré dans leur conseil militaire, n'est-ce pas ?

— Je ne pourrais pas faire de commentaires à ce sujet, Sean, même si j'étais au courant, ce qui n'est pas le cas... Mais ce que je peux vous dire, c'est qu'ils ont déjà commencé à tâter le terrain pour mettre un terme au conflit via des tierces personnes impartiales.

— Alors, c'est plié, hein ? Voilà ce qui nous attend ces vingt prochaines années ?

Un petit rire de sa part.

— Vingt ? Je peux aller plus loin que ça, si vous voulez.

— Je vous écoute.

— Dans les années 1990, il y aura un cessez-le-feu.

— Non.

— Mais si.

— Dans dix ans ?

— Peut-être un peu plus. Disons quinze. Mais ça viendra. On passera un marché avec l'IRA. Ils déposeront les armes et nous libérerons tous leurs prisonniers, l'armée britannique se retirera et un Parlement collégial s'établira à Belfast.

— Paisley ne sera jamais d'accord.

— Ce sera au contraire Ian Paisley qui mènera cette réforme à bien. Ce sera grâce aux extrémistes que ce marché adviendra, pas aux modérés. Je crains que les modérés n'existeront pas dans les négociations. C'est toujours comme ça.

— Et après ? Qu'est-ce qui arrive de beau dans votre grand programme ?

— Eh bien, nous connaîtrons une longue période d'accalmie. Bien sûr, certaines factions de l'IRA commettront des atrocités, mais elles se feront écarter, et leurs actes demeureront principalement anecdotiques. Cette période durera peut-être une vingtaine d'années.

— On sera à la retraite depuis un bail, ou plus probablement six pieds sous terre.

— Parlez pour vous.

— Allez, je suis accro. Et après ça ?

— On n'échappe pas à l'expansion démographique. Le temps qu'on en arrive là, il devrait y avoir une majorité catholique confortable en Irlande du Nord et avec un peu de chance, après soixante ans d'intégration européenne, les frontières n'auront plus d'importance…

J'ai un déclic.

— C'est là que vous vous retirez. C'est là qu'émergera une Irlande réunie.

— Cela fera cinquante ans que l'argent européen coulera à flots. Les revenus auront augmenté. La classe moyenne se sera développée. Espérons que la faible minorité protestante ne se soulève pas pour lancer une guerre civile.

— Vous vous retirerez sans effusion de sang. Vous battrez en retraite avec succès.

— Nous battrons en retraite avec succès.

Je la regarde un long moment.

Ils en ont vu, ces yeux-là. Et ce cerveau a beaucoup réfléchi. Je me trompe sur son âge. Elle est vieille. Ancienne. Et elle m'a menti sur ses fonctions au sein du service. Elle est bien plus haut placée qu'elle ne me l'a laissé entendre.

— Qui êtes-vous ? je demande.

Elle ouvre la bouche mais la referme brusquement, comme un crapaud.

Elle balaie ma question du revers de la main.

— Je ne suis personne d'important.

Je la dévisage. J'ai froid. Je me lève.

— Je crois qu'il vaut mieux que j'y aille.

Elle acquiesce.

— Très bien.

— Je ne pense pas revenir dans les parages, dis-je de façon vague.

— Je ne le pense pas non plus, dit-elle. Je vous raccompagne.

Elle traverse la maison avec moi.

Elle ouvre la porte.

Je sors dans la lumière d'automne.

La porte se referme lourdement derrière moi.

32

ARMA VIRUMQUE CANO

Rathlin. C'est par ici que sont arrivés les premiers habitants d'Irlande. C'est à cet endroit qu'a commencé l'histoire humaine de l'île.

— Qu'est-ce qu'on en a à foutre, je dis dans ma barbe sous les branches de chêne, laissant Cliffside House derrière moi.

Je digère ce qu'elle m'a dit et j'essaie d'éprouver quelque chose : espoir, consternation, n'importe quoi. Mais je suis vidé. Tout ça n'est qu'un théâtre d'ombres. Un spectacle de marionnettes.

C'est elle qui tire les ficelles et moi, à l'autre bout, je m'agite. Et pour ajouter une métaphore : elle sait exactement combien de mou me donner. C'est elle l'experte de la pêche, pas moi. En arrivant au bout de l'allée, je franchis un muret de pierre et coupe à travers la bruyère pour rejoindre Church Bay et le port.

J'achète un paquet de cigarettes et le *Belfast Newsletter*, qui vient d'être livré au marchand de journaux.

Je monte à bord du ferry. L'*Isolde*, un ancien cargo de la Seconde Guerre mondiale de vingt mètres de long. Une douzaine d'écoliers en uniforme embarquent avec moi, ainsi qu'un vieil homme qui tire un cheval au bout d'une corde. J'allume une cigarette et pense à Kate.

J'ai l'impression d'avoir été instrumentalisé. Manipulé. Mais à quoi je m'attendais, aussi ? Le boulot du prince, c'est de régner, pas d'expliquer les règles du jeu aux petits pions.

Je finis ma sèche, en allume une autre et lis le journal en attendant le départ.

"INDIRA GANDHI ASSASSINÉE", me gueulent les gros titres.

Par ses gardes du corps sikhs, en représailles à l'attaque du Temple d'or qu'elle a ordonnée. Je lis l'article, qui s'étale sur quatre pages.

Une histoire horrible. Il y a eu ensuite des massacres de Sikhs dans Delhi, des fusillades dans les rues.

C'est sûr que les Britanniques ont bousillé l'Inde.

En page cinq, un autre article attire mon attention :

L'HÉRITIER D'UNE ENTREPRISE EN BÂTIMENT
ABATTU PAR BALLE

Harper McCullough, PDG de McCullough Construction à Ballykeel, dans le comté d'Antrim, a été tué par balle hier soir par deux hommes cagoulés, tandis qu'il sortait du parking de la société à bord de son véhicule, peu après sept heures. Aucun groupe terroriste n'a revendiqué l'assassinat. Un porte-parole de la police n'exclut pas un cambriolage ou une tentative d'enlèvement car –

Je replie soigneusement le journal et le jette à la poubelle. Les derniers passagers montent à bord : deux nouveaux gamins en uniforme scolaire.

— Attention au départ ! lance le pilote.

On sort du port pour affronter la houle.

On navigue sous un ciel noir.

Dans les eaux vertes…

La côte d'Antrim se rapproche. L'île de Rathlin et le royaume d'Écosse s'éloignent.

Je n'aurais jamais dû y aller. J'ai toujours été un poil trop curieux. Mieux vaut ne pas savoir. C'est plus facile de vivre dans le noir.

Ballycastle se profile dans la brume. Ses maisons mitoyennes, son école, le terrain où a lieu le marché aux chevaux.

— Défenses abaissées ! annonce le pilote tandis que nous nous glissons dans le port.

Il pilote le ferry jusqu'au débarcadère où des hommes en ciré amarrent le bateau à des bittes en béton.

— Cordages tendus ! dit le pilote une fois que l'*Isolde* est solidement attaché à la terre ferme.

Il coupe les gaz.

Un matelot abaisse une passerelle en bois. Les écoliers courent sous la pluie jusqu'au bus scolaire qui les attend. Le cheval et l'homme descendent la passerelle plus prudemment.

Les mains en coupe autour de mon Zippo, je donne vie à une cigarette.

J'emprunte à mon tour la planche en bois qui tangue sous mes pas et trouve refuge sous l'auvent de la capitainerie.

Terre ferme.

Terre d'Irlande.

Terre de mes ancêtres, de ma naissance. Pour laquelle je n'ai aucun amour. Tout juste bonne à récolter la cendre de ma cigarette et la boue de mes semelles.

Une corne résonne à l'autre bout de l'embarcadère où le ferry journalier de trente-six mètres, *The Lady of the Isles*, s'apprête à lever l'ancre pour Campbeltown en Écosse.

Une envie soudaine me prend.

Courir pour l'attraper.

M'enfuir.

Monter à bord, m'échapper vers la Grande-Bretagne et laisser tout… toute cette folie derrière moi.

Mais oui ! Barre-toi. Ils ont un plan tout tracé mais t'es pas obligé d'en faire partie.

Va en Écosse, en Angleterre.

Pars.

Mais pour quoi faire ?

Autre chose. Peu importe !

— Attention au départ ! gueule le skipper de *The Lady of the Isles* dans son mégaphone.

Qu'est-ce qui me retient ici ?

Je suis au-delà de leurs promesses.

Je suis libéré de mon devoir, de toute obligation. À quoi bon être flic ? Un flic n'est qu'un pion. Il n'est jamais là pour la fin de la partie.

— Derniers passagers pour Campbeltown ! lance le capitaine de port. Derniers passagers pour Campbeltown !

Il me regarde. Il a senti mon intérêt. C'est un homme svelte, avec une barbe noire, une veste noire et une casquette d'évocation nautique rassurante.

Mon regard croise le sien.

Les avenirs divergent.

Les chemins se séparent…

L'espace d'un instant.

D'une seconde.

Puis ils se rejoignent.

Je secoue la tête, tire une dernière bouffée de tabac et jette ma cigarette à la mer.

Je remonte le col de mon blouson et marche vers ma voiture, prêt à affronter ce qui sera de toute évidence une longue, longue guerre…

OUVRAGE RÉALISÉ
PAR L'ATELIER GRAPHIQUE ACTES SUD
ACHEVÉ D'IMPRIMER
SUR ROTO-PAGE
EN FÉVRIER 2021
PAR L'IMPRIMERIE FLOCH
À MAYENNE
POUR LE COMPTE DES ÉDITIONS
ACTES SUD
LE MÉJAN
PLACE NINA-BERBEROVA
13200 ARLES

DÉPÔT LÉGAL
1re ÉDITION : MARS 2021
N° impr. : 97730
(Imprimé en France)